SOPHI...........LA

Née à Londres en 1969, Sophie Kinsella est une véritable star. Elle est reconnue dans le monde entier pour sa série culte des aventures de Becky : *Confessions d'une accro du shopping* (2002), *Becky à Manhattan* (2003), *L'accro du shopping dit oui* (2004), *L'accro du shopping a une sœur* (2006), *L'accro du shopping attend un bébé* (2008), *Mini-accro du shopping* (2011), *L'accro du shopping à Hollywood* (2015) et *L'accro du shopping à la rescousse* (2016) ; série dont les deux premiers volets ont été adaptés au cinéma. Elle est également l'auteur de : *Les Petits Secrets d'Emma* (2005), *Samantha, bonne à rien faire* (2007), *Lexi Smart a la mémoire qui flanche* (2009), *Très chère Sadie* (2010), *Cocktail Club* (2012), *Poppy Wyatt est un sacré numéro* (2013) et *Nuit de noces à Ikonos* (2014). Tous ses romans sont publiés chez Belfond et repris chez Pocket.

En 2016 paraît *Audrey retrouvée* (PKJ), le premier livre que Sophie Kinsella a écrit pour la jeunesse.

Retrouvez toute l'actualité de l'auteur sur :
www.sophiekinsella.fr

NUIT DE NOCES
À IKONOS

DU MÊME AUTEUR
CHEZ POCKET

CONFESSIONS D'UNE ACCRO DU SHOPPING
L'ACCRO DU SHOPPING À MANHATTAN
L'ACCRO DU SHOPPING DIT OUI
L'ACCRO DU SHOPPING A UNE SŒUR
L'ACCRO DU SHOPPING ATTEND UN BÉBÉ
MINI-ACCRO DU SHOPPING
L'ACCRO DU SHOPPING À HOLLYWOOD

LES PETITS SECRETS D'EMMA
SAMANTHA BONNE À RIEN FAIRE
LEXI SMART A LA MÉMOIRE QUI FLANCHE
TRÈS CHÈRE SADIE
POPPY WYATT EST UN SACRÉ NUMÉRO
NUIT DE NOCES À IKONOS

LOVE AND THE CITY
(en collaboration avec Lauren WEISBERGER)

MADELEINE WICKHAM *ALIAS* SOPHIE KINSELLA

UN WEEK-END ENTRE AMIS
UNE MAISON DE RÊVE
LA MADONE DES ENTERREMENTS
DRÔLE DE MARIAGE
COCKTAIL CLUB
UN DIMANCHE AU BORD DE LA PISCINE

SOPHIE KINSELLA

NUIT DE NOCES À IKONOS

*Traduit de l'anglais
par Daphné Bernard*

belfond

Titre original :
WEDDING NIGHT
publié par Bantam Press,
une marque de Transworld Publishers, Londres

Pocket, une marque d'Univers Poche,
est un éditeur qui s'engage pour la préservation
de son environnement et qui utilise du papier fabriqué
à partir de bois provenant de forêts
gérées de manière responsable.

Pour Sybella

Prologue

Arthur

Ah, les jeunes ! Toujours pressés, toujours soucieux, toujours à exiger des réponses immédiates ! Ils me fatiguent, ces pauvres êtres stressés.

« Ne revenez pas ! » je leur dis toujours. *Ne revenez pas.*

La jeunesse demeure là où on l'a laissée, et d'ailleurs c'est là qu'elle doit rester. Ce qui valait la peine d'être emporté pour affronter la vie, vous l'avez déjà pris avec vous.

Vingt ans que je le leur répète, mais qui m'a écouté ? Personne ! Encore un qui fait son apparition. Haletant et pantelant en atteignant le sommet de la colline. La bonne trentaine, je dirais, et assez beau, vu à contrejour. Une vague allure d'homme politique. Ou peut-être d'une star de cinéma.

Je ne me souviens pas de son visage… Ce qui ne veut rien dire. Aujourd'hui, je me rappelle à peine mes propres traits quand je me regarde dans la glace. Ce type inspecte les lieux et s'assied dans mon fauteuil sous mon olivier favori.

— Arthur, c'est vous ? demande-t-il soudain.

— Dans le mille.

Je l'observe habilement. Plutôt riche. Avec son polo arborant le logo d'une grande marque. Il doit pouvoir m'offrir un double scotch sans se ruiner.

— Un verre vous ferait plaisir ? je lui demande gaiement.

Il est toujours utile de commencer une conversation par un tour au bar.

— Je n'ai pas soif ! Je veux savoir ce qui est arrivé.

J'ai du mal à étouffer un bâillement. Je l'aurais parié : il veut savoir ce qui est arrivé. Encore un banquier perturbé par la crise de la quarantaine qui flashe sur ses années de jeunesse. Les années folles ! « Ne réveillez pas un chat qui dort, ai-je envie de répondre. Demi-tour toute. Retournez donc à votre vie compliquée d'adulte. La solution ne se trouve pas ici. »

Mais il ne me croirait pas. Ils ne me croient jamais.

Je prends ma voix la plus douce.

— Cher ami, vous avez grandi. Voilà ce qui vous est arrivé.

Il se dandine en s'essuyant le front.

— Non, vous ne comprenez pas. Je ne suis pas venu par hasard. Écoutez-moi !

Il s'avance de quelques pas, sa forte carrure impressionnante dans les feux du soleil. Les traits de son beau visage sont concentrés.

— Je suis ici dans un but précis. Je ne voulais pas intervenir, mais je ne peux pas m'en empêcher. J'y suis obligé. Je veux savoir ce qui est arrivé exactement…

1

Lottie, vingt jours plus tôt.

Je lui ai acheté une bague de fiançailles. Vous croyez que c'est une erreur ? Attention, pas une bague de fille. Non, c'est un simple anneau incrusté d'un minuscule diamant que le vendeur de la bijouterie m'a convaincue de prendre. Si Richard n'aime pas le diamant, il peut toujours le tourner à l'intérieur de sa main.

Il peut aussi ne pas porter la bague. Et la garder sur sa table de nuit. Dans son écrin, par exemple.

Je peux également la rapporter au magasin sans jamais lui en parler. En fait, je ne suis plus tellement sûre de mon achat. Mais, d'un autre côté, je me sentirais nulle s'il n'avait rien. Au fond, pour les hommes, la demande en mariage, c'est facile. Tout ce qu'ils ont à faire, c'est décider du jour, mettre un genou à terre, poser la question *et* acheter la bague. Et nous les filles, on attend quoi de nous ? Qu'on dise « Oui ».

Ou « Non », évidemment.

Tiens, je me demande quelles proportions de demandes en mariage aboutissent à un « Oui » et à un « Non ». Automatiquement j'ouvre la bouche pour

11

faire part de cette réflexion à Richard et la referme aussi sec. Quelle andouille !

— Tu disais ?

— Rien !

Et j'ajoute, enthousiaste :

— Quelle carte formidable !

Je me demande s'il a déjà acheté la bague. En fait, ça m'est égal. S'il l'a fait, c'est fabuleusement romantique. Sinon, ce sera fabuleusement romantique d'aller la choisir ensemble.

Gagnante dans les deux cas.

J'avale une gorgée d'eau et regarde Richard avec amour. Notre table d'angle offre une vue dégagée sur la Tamise. Nous sommes dans un nouveau restaurant du Strand, à deux pas du *Savoy*. Marbre noir et blanc, lustres anciens et chaises capitonnées gris pâle. L'endroit idéal pour un déjeuner de demande en mariage. Je porte une tenue appropriée à l'événement : un chemisier blanc très future mariée, une jupe rose et des bas autofixants au cas où nous déciderions d'aller fêter nos fiançailles après le déjeuner. C'est la première fois que je porte des bas. Mais c'est la première fois qu'on va me demander en mariage.

Oooh ! Richard a peut-être retenu une chambre au *Savoy*.

Non, impossible. Il n'est pas bling-bling pour un penny. Jamais il n'aurait une attitude ridicule, un geste extravagant. Un bon déjeuner, oui. Une chambre d'hôtel hors de prix, non. Et je suis pleine d'admiration pour ce trait de caractère.

C'est fou ce qu'il a l'air nerveux. Il tripote ses boutons de manchettes, vérifie son portable, joue avec son verre d'eau. En remarquant que je l'observe, il me sourit.

— Alors ?

— Alors ?

C'est comme si nous parlions un langage codé, sans aborder le vrai sujet. À mon tour de malaxer ma serviette et de m'agiter sur ma chaise. Cette attente est insupportable. Pourquoi ne s'en débarrasse-t-il pas ?

Non ! « Se débarrasser » n'est pas le bon verbe. Loin de moi cette pensée. Ce n'est pas comme s'il s'agissait d'une piqûre de vaccin. C'est… au fait, c'est quoi ? Eh bien, c'est un début. Une première étape. Un départ à deux pour une grande aventure. Avec personne d'autre que lui avec moi, et moi avec lui. Parce que nous formons une équipe. Et que nous nous aimons.

Me voilà l'œil embué. Impossible de m'en empêcher. Ça fait des jours que j'ai la larme facile. Depuis que je me suis rendu compte de ce que Richard avait en tête.

Il est assez brut de décoffrage, en fait. Mais dans le genre adorable et sympa. C'est un garçon sérieux (Dieu merci !) qui va droit au but. Qui ne vous prend pas au dépourvu. Par exemple, pour mon dernier anniversaire, il n'a pas arrêté de me laisser entendre que son cadeau serait un voyage surprise. Du coup j'avais préparé mon petit sac de week-end.

Cela dit, il m'a tout de même *étonnée*. Car ce n'était pas l'évasion que j'imaginais. Mon cadeau était un billet de train pour Stroud qu'il a fait déposer sans prévenir à mon bureau au milieu de la semaine de mon anniversaire. En secret, il avait demandé à mon patron de m'octroyer deux jours de congé. Quand je suis arrivée à Stroud, une voiture m'a emmenée dans le plus adorable des cottages des Cotswolds. Richard m'y attendait devant un feu de bois et un tapis en

13

peau de mouton était étalé devant la cheminée. (Hum ! Disons seulement que s'envoyer en l'air devant un feu crépitant est la meilleure chose du monde. En tout cas jusqu'à ce qu'une étincelle brûlante atterrisse sur ma cuisse. Mais il s'agit là d'un détail sans importance.)

Cette fois encore, les indices qu'il a lâchés ne sont pas d'une grande finesse. On dirait plutôt des panneaux de signalisation solidement plantés dans le sol. Style *Je vais bientôt demander ta main* en lettres clignotantes. D'abord il a décidé de la date du « déjeuner spécial » – comme il l'appelle. Ensuite, en m'adressant force clins d'œil (que j'ai fait semblant d'ignorer, bien sûr), il a vaguement parlé d'une « grande question » qu'il voulait me poser. Après quoi, il s'est amusé à me demander si j'aimais son nom de famille, Finch. (À vrai dire Finch me plaît beaucoup. Je ne dis pas que je quitterai mon nom de Lottie Graveney sans regrets, mais je serai ravie de devenir Mme Lottie Finch.)

J'aurais aimé plus de subtilité de sa part, voire une vraie surprise. Mais du coup j'ai pu prévoir un rendez-vous chez la manucure.

— Alors Lottie, tu t'es décidée ?

Richard me regarde avec son sourire craquant. Mon cœur bondit, bondit. Pendant un instant je me dis qu'il est super malin et que c'est sa demande.

Je regarde la nappe pour cacher ma gêne.

— Euh…

Évidemment la réponse sera « Oui ». Un grand et joyeux « Oui ». J'ai peine à croire que nous en soyons arrivés là. Le mariage. Le ma-ri-age ! Depuis que Richard et moi sommes ensemble, c'est-à-dire depuis trois ans, j'ai soigneusement évité le sujet, comme aussi celui d'engagement et de tout ce qui y a trait (les enfants, les maisons, les canapés, les herbes aromatiques en pot). Nous vivons pratiquement chez lui, mais j'ai gardé mon appartement. Nous formons un couple, mais nous fêtons Noël dans nos familles respectives. Mais maintenant on y arrive !

Au bout d'un an j'ai su que ça marchait entre nous. Que j'étais amoureuse de lui. Je l'ai vu sous son meilleur jour (le voyage surprise d'anniversaire en plus de la fois où j'ai roulé sur son pied avec ma voiture sans le faire exprès et qu'il ne m'a même pas insultée) et sous le pire (quand il a refusé obstinément de demander la direction de Norfolk alors que notre GPS était cassé et que nous avons mis six heures à arriver à destination). Et je veux toujours l'épouser. Il n'est pas, mais alors pas du tout, m'as-tu-vu, Richard : c'est quelqu'un de mesuré et de réfléchi. Parfois on pense qu'il n'écoute pas, mais tout d'un coup il se réveille et montre qu'il a tout capté. Comme un lion qui, même assoupi sous un arbre, est toujours prêt à tuer sa proie. Moi, au contraire, je ressemble plus à une gazelle bondissante. Nous sommes complémentaires. Selon un processus naturel. (Dans le sens *métaphorique* du terme bien sûr, et non le sens d'une chaîne alimentaire.)

Donc, au bout d'un an je savais qu'il était mon Prince charmant. Mais je savais également ce qui arriverait en cas de faux pas. Croyez-moi, le mot « mariage » est comme un enzyme. Il produit toutes sortes de réactions chimiques dans une histoire d'amour, le plus souvent désastreuses, du type rupture. Et je parle d'expérience.

Regardez ce qui s'est passé avec Jamie, mon premier petit ami sérieux. Quatre ans que nous étions sur un nuage rose lorsque j'ai mentionné par hasard que mes parents s'étaient mariés à nos âges respectifs (vingt-six et vingt-trois ans). Et voilà ! Terminé à cause d'une seule phrase. Car il a paniqué et a déclaré que nous devions « faire une pause ». Une pause pour quoi faire, je vous le demande ? Jusque-là tout allait bien. J'en ai déduit qu'il voulait une pause pour éviter d'entendre à nouveau le mot « mariage ». Que, pour lui, l'angoisse était telle qu'il ne pouvait pas envisager de m'avoir en face de lui, de peur de voir mes lèvres prononcer ce mot atroce.

Avant la fin de la « pause », il s'était mis avec une rousse. Je m'en fichais parce qu'entre-temps j'avais rencontré Seamus. Seamus et son accent irlandais si chantant. Avec lui j'ignore ce qui n'a pas marché. On a été sur un nuage pendant presque un an – une passion sexuelle ! Des nuits de sexe ininterrompu ! – et tout à coup on a commencé à se chamailler toutes les nuits au lieu de faire l'amour. En vingt-quatre heures, la griserie des étreintes s'est transformée en lassitude éreintée ! Toxique ! Trop de prises de tête sur le thème « À quoi cette histoire nous mène-t-elle ? » et « Qu'est-ce que nous attendons de tout ça ? ». Clopin-clopant nous avons continué pendant encore un an. En y repensant, je vois cette seconde année comme un affreux gâchis.

Ensuite il y a eu Julian. Une liaison de deux ans qui n'a jamais vraiment pris. On aurait dit une histoire fantôme. Je suppose qu'à cette époque nous étions tous les deux trop absorbés par notre boulot. Je venais d'être engagée par Blay Pharmaceuticals et je voyageais dans tout le pays. Lui faisait tout pour devenir associé dans sa boîte d'expertise comptable. Il n'y a pas eu de rupture à proprement parler, nous nous sommes juste éloignés. À l'occasion on se revoit, en copains. Et quand nous en parlons, nous sommes bien incapables de dire ce qui a foiré. L'an dernier, il m'a même demandé de remettre ça, et je lui ai avoué que j'étais avec quelqu'un qui me rendait heureuse. C'était Richard. L'homme que j'aime. L'homme qui est assis en face de moi avec (peut-être) une bague dans sa poche.

Richard est de loin le plus beau de tous mes amoureux. (Bon, je ne suis peut-être pas objective, mais je vous jure qu'il est canon.) Il travaille énormément, comme analyste média, sans que son job soit une obsession. Il est moins riche que Julian, mais ça m'est égal. Il est bourré d'énergie et drôle. D'ailleurs, ses grands éclats de rire me mettent de bonne humeur quel que soit mon état d'esprit du moment. Il me surnomme Daisy depuis que je lui ai tressé une couronne de marguerites[1] pendant un pique-nique. Il peut piquer des colères mais personne n'est parfait. Et quand je regarde en arrière, je ne vois ni affreux gâchis comme avec Seamus ni espace vide comme avec Julian. Ce que je vois ? Une vidéo de musique sirupeuse, un montage d'images de ciel bleu et de sourires. De jours heureux. D'éclats de rire. D'intimité.

Et à cet instant précis nous arrivons à la grande scène de cette vidéo. Le moment où il va mettre un genou à terre et prendre une profonde inspiration.

Je me sens nerveuse pour lui. Pourvu que tout se passe à merveille ! Plus tard, je veux pouvoir dire à nos enfants que je suis retombée amoureuse de leur père quand il a demandé ma main.

Nos enfants. Notre maison. Notre vie.

En repassant ce film dans ma tête, je me sens comme libérée. Je suis prête à m'engager pour de bon. Oui,

---

1. *Daisy* signifie « marguerite », en anglais. *(N.d.T.)*

j'ai trente-trois ans et je suis prête. J'ai passé ma vie d'adulte à éviter le sujet du mariage. Mes copines aussi, d'ailleurs. C'est comme si c'était l'emplacement d'un crime entouré d'un cordon de police avec un écriteau « INTERDICTION D'ENTRER ». Pas question d'y pénétrer sous peine d'attirer la poisse et d'être larguée par son mec.

Mais maintenant, le mauvais sort peut aller voir ailleurs. Entre nous, je ne sens que des flots d'amour qui passent au-dessus de la table. J'ai envie de tenir les mains de Richard dans les miennes. J'ai envie de le prendre dans mes bras. Quel homme merveilleux. Merveilleux ! Dans quarante ans, quand nous aurons des rides et des cheveux blancs, nous nous promènerons peut-être sur le Strand, main dans la main, en nous remémorant ce jour. Nous dirons : « Heureusement que nous nous sommes trouvés. Parce que, franchement, dans ce monde surpeuplé, quelles étaient nos chances de tomber sur le bon numéro ? » L'amour est un tel hasard. Un tel hasard. C'est un miracle, vraiment…

Mon Dieu ! J'ai les larmes aux yeux. Et Richard vient de s'en apercevoir.

— Lottie ? Hé, p'tite Daisy, ça ne va pas ? Qu'est-ce qui se passe ?

Même si je suis plus franche avec lui qu'avec mes précédents amoureux, je crois qu'il vaut mieux cacher certaines de mes pensées le concernant. D'après Fliss, ma sœur aînée, j'ai tendance à voir la vie en Technicolor sans me rendre compte que la plupart des gens n'entendent pas les trilles des violons.

— Excuse-moi, dis-je en me tamponnant les yeux. Ce n'est rien. Simplement, je n'ai pas envie que tu t'en ailles.

Richard s'envole pour San Francisco demain pour un remplacement. Une mission de trois mois – ça pourrait être pire, mais il va me manquer terriblement. En fait, la seule chose qui pourra me faire penser à autre chose, c'est d'avoir un mariage à préparer.

Richard m'attrape les mains.

— Mon amour, ne pleure pas. Je ne peux pas le supporter. On se parlera sur Skype tous les jours.

Je serre ses mains très fort.

— Tu as raison. Quand tu voudras.

— Mais il faut que tu te souviennes que si je suis dans mon bureau, tout le monde peut entendre ce que tu dis. Y compris mon boss.

Il me charrie. Je le vois à un minuscule battement de cils. La dernière fois qu'on a parlé sur Skype, pendant une de ses missions, je lui ai donné des conseils sur la façon de se comporter avec son ignoble supérieur, oubliant que Richard était dans un bureau paysager et que l'ignoble en question était susceptible de passer devant lui à tout moment. (Heureusement, ça ne s'est pas produit.)

— Merci du tuyau, je rétorque, impavide.

— Et rappelle-toi qu'on peut te voir. Alors essaye de ne pas être *complètement* à poil quand tu me téléphones.

— Pas *complètement*, d'accord ! Je resterai simple. Un soutien-gorge transparent et son string assorti.

Richard rigole et serre mes mains encore plus fort.

— Je t'aime.

Sa voix est chaude, moelleuse, tendre. Je ne pourrai jamais m'en rassasier.

— Moi aussi, je t'aime.

— En fait, Lottie…

Il se racle la gorge :

— J'ai une question à te poser.

Quelque chose en moi va exploser. Un rictus d'anticipation me tord le visage. Et mon esprit tourne à mille tours minute.

Ça y est ! Il se lance... À partir de cette seconde, ma vie va changer. Concentre-toi, Lottie, savoure cet instant... Merde ! Ma jambe ! Il y a un tuc qui cloche !

Horrifiée, je regarde sous la table.

Que le charlatan qui a fabriqué ces bas autofixants aille rôtir en enfer ! Bordel ! Un des bas a glissé et s'est arrêté à la hauteur de mon genou. Résultat : la large bande adhésive qui était censée le tenir pendouille désormais sur mon mollet. Monstrueux !

Impossible de recevoir une demande en mariage dans cet état. Je ne peux pas passer le restant de mes jours à revoir la scène en me disant : *C'était un moment follement romantique anéanti par une connerie de bas.*

— Une seconde, Richard ! Désolée.

L'air de rien, je plonge sous la table et remonte le bas d'un coup sec. Mais le tissu fragile se déchire. De mieux en mieux ! Non seulement une bande adhésive orne mon mollet mais des lambeaux de nylon déchiquetés le décorent.

Comment imaginer que ma demande en mariage puisse être sabotée par un bas en vrille ? J'aurais dû venir jambes nues.

— Ça va ? demande Richard, légèrement surpris de me voir émerger de dessous la nappe.

— Je dois aller aux toilettes. Désolée, vraiment. On peut faire une pause ? Une nanoseconde ?

— Tu es sûre que tout va bien ?

— Oui, oui.

Et, rouge de confusion, j'ajoute :

— Un petit problème de fringue. Je ne veux pas que tu voies. Regarde ailleurs, s'il te plaît.

Richard tourne docilement les yeux. Je me lève et traverse rapidement le restaurant en ignorant les regards curieux des autres clients. Difficile de camoufler le désastre. Un bas qui pendouille, c'est un bas qui pendouille.

Je me précipite dans les toilettes, retire ma chaussure et mon bas. Ensuite je me regarde dans une glace, le cœur battant à toute allure. Quand je pense que j'ai interrompu sa demande en mariage ! Que je l'ai mise sur pause !

J'ai l'impression que le temps s'est arrêté. C'est comme si nous jouions dans un film de science-fiction. Comme si Richard était en hibernation et que j'avais tout mon temps pour décider si j'avais envie de l'épouser.

Mais, du temps, je n'en ai pas besoin puisque ma réponse est oui.

Une fille blonde avec un headband à strass me dévisage, son crayon à lèvres en l'air. Je dois avoir un drôle de look, toute figée avec une chaussure et un bas dans la main.

— Il y a une poubelle de ce côté, dit-elle. Vous vous sentez bien ?

— Très bien, merci.

J'ai soudain une envie folle de partager cette information capitale :

— Mon amoureux est au milieu de sa demande en mariage.

— C'est vrai ?

Devant la rangée de miroirs, toutes les filles se

retournent pour me regarder. Une petite rousse en rose me demande en fronçant les sourcils :

— Au milieu ? Ça veut dire quoi exactement ? Quand il a dit : « Veux-tu… » ?

— Il a commencé, mais mon bas m'a lâchée, j'explique en agitant la pièce à conviction. Donc mon fiancé est sur Pause.

— Sur Pause ? s'étonne une fille.

— Si j'étais vous, j'y retournerais vite fait ! s'exclame la rousse. Ça serait dommage qu'il change d'avis.

Et la blonde au headband à strass de s'extasier :

— C'est excitant ! On peut y assister ? Filmer ?

— Oui, renchérit une de ses copines. On pourrait mettre la séquence sur YouTube ! Est-ce qu'il a organisé un flash mob ?

— Je ne crois pas.

— Comment ça fonctionne ? coupe avec autorité une dame d'un certain âge aux cheveux gris acier.

Elle agite ses mains nerveusement sous le distributeur de savon automatique en râlant :

— Pourquoi on invente des machines pareilles ? Le bon vieux savon sur une tige, c'était bien mieux.

— Regarde, on fait comme ça, Tante Dee, explique gentiment la rousse en rose. Tu mets tes mains trop haut.

Je retire mon autre chaussure et mon autre bas. Tant que j'y suis, autant passer de la lotion hydratante sur mes jambes nues. Pas question de revoir la scène plus tard en me disant : *C'était un moment follement romantique bousillé par des mollets tout secs.* Ensuite j'attrape mon portable. Il faut que j'envoie un SMS à ma sœur Fliss. Je tape :

Ça y est !!!

Sa réplique apparaît sur mon écran :

Ne me dis pas que tu m'envoies un texto au milieu de sa demande en mariage !!!

Aux toilettes. Pour le moment.

Très excitant ! Quel couple ! Embrasse-le pour moi. Biz.

Sans faute ! Te parle plus tard. Biz.

— C'est lequel ? interroge la blonde dès que je repose mon portable. Je veux absolument aller voir.

Elle quitte les toilettes en trombe pour revenir trois secondes après :

— Je l'ai vu. C'est le beau gosse brun dans le coin ? Il est top ! Oh ! votre mascara a coulé.

Elle me passe un effaceur de maquillage.

— Une petite remise en beauté ?

— Merci.

Je lui adresse un sourire aimable et commence à enlever les traînées noires sous mes yeux. Mes cheveux châtains ondulés sont relevés en chignon. Je ne serais pas mieux si je les laissais tomber sur mes épaules pour le grand moment ?

Non. Too much ! Alors je tire quelques petites mèches autour de mon visage tout en évaluant mon maquillage. Rouge à lèvres ? Une jolie couleur corail. Ombre à paupières ? Gris irisé pour mettre en valeur les yeux bleus. Blush ? Pas besoin d'en rajouter, vu que je vais rosir d'émotion.

— Si seulement *mon* amoureux se décidait à demander ma main ! soupire une fille aux cheveux longs habillée en noir. C'est quoi, le truc ?

— Je ne sais pas.

Comme j'aimerais bien lui être d'une plus grande aide, j'ajoute :

— Nous sommes ensemble depuis un moment, nous nous entendons bien, nous nous aimons.

— Mais c'est pareil entre mon amoureux et moi ! s'exclame-t-elle. Nous vivons ensemble, nous faisons l'amour divinement. En fait, tout est formidable.

— Ne lui mettez pas la pression, conseille la blonde.

— Je parle mariage en passant, une fois par an. Il se crispe et on passe à autre chose. Et maintenant, je dois faire quoi ? Déménager ? Ça fait six ans, tout de même.

— Six ans ? Qu'est-ce qui ne va pas ?

C'est la dame aux cheveux gris, en train de se sécher les mains, qui vient de prendre la parole. La fille aux cheveux longs rougit avant de rétorquer :

— Tout va bien, merci. Au fait, c'est une conversation privée que j'ai.

— Privée ? Pffff ! Mais tout le monde écoute, ma petite !

— Tante Dee, chut ! s'exclame la rousse en rose très gênée.

— Je dis ce que j'ai envie de dire, Amy !

La dame âgée regarde la fille aux cheveux longs avec insistance.

— Les hommes sont des prédateurs. À la minute où ils trouvent leur proie, ils la mangent et s'endorment.

Il me semble que vous lui apportez sa proie sur un plateau.

— C'est plus compliqué que ça…

— De mon temps, les hommes se mariaient parce qu'ils voulaient coucher. C'était leur motivation première.

Après un brusque éclat de rire, la dame âgée reprend :

— Mais vous, les filles d'aujourd'hui, vous commencez par coucher et vivre ensemble, et *ensuite* vous voulez une bague de fiançailles. C'est tout à l'envers. Bon, Amy, on y va. Tu attends quoi ?

Pendant que sa tante prend son sac, Amy nous gratifie de mimiques d'excuse avant de sortir des toilettes. Nous levons les yeux au ciel. Quelle vieille bique !

— Ne vous en faites pas. Tout va s'arranger, j'en suis sûre.

Je me veux rassurante, dispensatrice de joie. Je veux que tout le monde ait, comme Richard et moi, la chance de tomber sur la bonne personne et de la saisir.

— Oui, répond la pauvre fille en essayant de se ressaisir. Espérons ! En tout cas, mes vœux à tous les deux pour une vie pleine de bonheur.

— Merci.

Je rends l'effaceur à la blonde et lui dis :

— J'y retourne. Souhaitez-moi bonne chance !

Une fois sortie des toilettes, je contemple l'animation du restaurant. J'ai l'impression que je viens de presser sur la touche « Marche ». Richard est assis au même endroit. Il ne regarde même pas son portable. Cet instant – décisif pour tous les deux – doit lui demander autant de concentration qu'à moi.

— Excuse-moi, je lance en me glissant sur ma

chaise avec mon sourire le plus engageant. On reprend
là où on s'est arrêtés ?

Richard me sourit aussi, mais apparemment il a un
peu perdu de son entrain. Revenir graduellement au
sujet qui nous intéresse, voilà ce qu'il faut faire.

— C'est un jour à marquer d'une pierre blanche,
tu ne trouves pas ?

— Tout à fait.

— Cet endroit est tellement merveilleux. Idéal
pour… une conversation importante.

J'ai négligemment posé mes mains sur la table et,
comme prévu, Richard s'en saisit.

— À propos, Lottie, il y a quelque chose que je veux
te demander. Rien de *vraiment* surprenant, je pense.

Tandis qu'il me regarde droit dans les yeux, ses
paupières clignent imperceptiblement.

Ça y est ! Ça y est !

— Oui ?

Ma voix n'est qu'un faible couinement.

— Vous désirez du pain ?

Nous sursautons en chœur. Le serveur s'est approché
si doucement que nous ne l'avons pas entendu. Me
prenant de court, Richard lâche mes mains et demande
du pain noir. De fureur, j'enverrais volontiers la corbeille valser. Le serveur ne pouvait pas se taire, non ?
On ne leur apprend donc pas à repérer les demandes
en mariage imminentes quand on les engage ?

Bon, maintenant Richard est complètement démonté.
Quel crétin, ce serveur ! Un vrai *crétin* ! Comment
ose-t-il gâcher le grand moment de mon amoureux ?

Je prends mon air le plus encourageant et demande :

— Donc, tu avais une question à me poser ?

— Oui.

Il me dévisage, au maximum de sa concentration, respire à fond et... son visage se décompose. Je tourne la tête pour découvrir qu'un *autre* connard s'est matérialisé à côté de notre table. En fait, pour être honnête, c'est généralement ce qui se passe dans un restaurant.

Nous commandons les plats – je fais à peine attention à ce que je choisis – et le serveur disparaît. Mais je parie qu'un autre va arriver d'une seconde à l'autre. Je suis navrée pour mon Richard. Comment peut-il espérer faire sa demande dans ces conditions ? Comment font les hommes ?

Je ne peux pas m'empêcher de lui adresser un sourire moqueur.

— Ce n'est pas ton jour, on dirait.

— Non, pas vraiment.

— Le sommelier va se ramener dans une minute.

— C'est pire que Piccadilly Circus aux heures de pointe, déclare Richard en levant les yeux au ciel avec une mine désabusée.

Je me sens de tout cœur avec lui. Cette situation, nous la traversons ensemble. Qu'importe l'heure de sa déclaration ! Qu'importe si ce n'est pas la scène parfaite que j'imaginais !

Il demande :

— On commande du champagne ?

Petit sourire de connivence de ma part.

— Tu ne crois pas que c'est un peu... prématuré ?

Il lève un sourcil.

— Ça dépend. Qu'est-ce que tu en penses ?

Le sous-entendu est si évident que j'hésite entre l'éclat de rire et un gros bisou.

— Eh bien, dans ce cas...

Je marque un temps d'arrêt étudié, faisant durer le plaisir à dessein :

— Oui ! Ma réponse est oui.

Le sourcil reprend sa place. Richard se détend. Croyait-il une seconde que je pouvais dire non ? Il est si modeste, si adorable. Oyez, oyez ! Nous allons nous marier !

— C'est un oui de tout mon cœur, j'ajoute pour faire bonne mesure, d'une voix soudainement tremblante. Tu sais ce que ça représente pour moi. C'est… Je ne sais pas quoi dire.

Ses doigts enlacent les miens. C'est comme un code secret entre nous. J'ai presque une pensée triste pour les autres couples qui ont besoin de mettre les points sur les *i*. Ils ne se comprennent pas à demi-mot comme nous.

Le silence s'installe un moment. Un nuage de bonheur nous entoure. Et je voudrais qu'il ne se dissipe jamais. Je nous vois dans l'avenir, peignant les murs de la maison, poussant un landau, décorant l'arbre de Noël avec nos enfants… Ses parents auront envie de passer les fêtes avec nous. J'en suis ravie, car je les adore. D'ailleurs, la première chose que je vais faire quand ce sera officiel, c'est de rendre visite à sa mère dans le Sussex. Elle va sûrement m'aider à organiser le mariage – car ce n'est pas comme si j'avais une mère pour le faire.

Tellement de possibilités. Tellement de projets. Une vie tellement formidable à passer ensemble. Je caresse sa main et dis :

— Alors, heureux ?

— Impossible de l'être plus, répond Richard en pétrissant mes doigts.

Je soupire de contentement.

— Ça fait des siècles que je vis ce moment dans ma tête, tu sais. Mais je n'ai jamais… Enfin, tu vois… C'est… comme… Comment dirais-je ?

— Je vois ce que tu veux dire, acquiesce-t-il.

— Je me souviendrai toujours de ce restaurant et de toi à cette minute précise, dis-je en lui serrant la main encore plus fort.

— Moi aussi.

J'aime la capacité qu'a Richard à communiquer d'un seul regard bref, d'un simple hochement de tête. Je lis si bien en lui qu'il n'a pas besoin d'en dire beaucoup. De l'autre côté de la salle, la fille aux cheveux longs nous observe. Spontanément, je lui souris (un humble sourire de gratitude, pas un sourire triomphant. Loin de moi l'envie de me montrer prétentieuse).

— Vous boirez un peu de vin, monsieur ? Et vous, mademoiselle ?

J'adresse un sourire rayonnant au sommelier :

— Je crois que nous allons boire du champagne.

— Absolument. Le champagne de la maison ? Ou l'excellent Ruinart des grandes occasions ?

— Le Ruinart !

Et, incapable de garder ma joie pour moi, j'ajoute :

— C'est une grande occasion. Nous venons de nous fiancer.

— Toutes mes félicitations, mademoiselle. Félicitations, monsieur !

Le sommelier et moi regardons Richard qui, visiblement, ne partage pas notre allégresse. Il me dévisage comme si j'étais une sorte de spectre. Pourquoi cette expression terrifiée sur son visage ? Qu'est-ce qui ne va pas ?

— Qu'est-ce… ?

Sa voix s'étrangle.

— Qu'est-ce que tu veux dire ?

Je me rends compte qu'il est fâché. Bien sûr ! Je suis la reine des gaffeuses. Vous pouvez compter sur moi pour mettre les pieds dans le plat.

— Désolée, Richard. Tu voulais prévenir tes parents d'abord ? Je comprends parfaitement.

Je lui serre les mains en signe de sympathie avant de continuer :

— Écoute, nous ne dirons rien à personne, promis.

— Dire quoi ? Mais Lottie, nous ne sommes pas fiancés.

— Pardon ? Tu viens de demander ma main et je t'ai répondu oui.

— Certainement pas ! s'exclame-t-il en retirant sa main de la mienne.

Bon. Il y en a un de nous deux qui perd la boule. Le sommelier, plein de tact, s'est retiré et fait signe au serveur à la corbeille de pain de rester à l'écart.

— Lottie, excuse-moi mais je tombe des nues. Je n'ai jamais parlé de fiançailles ou de mariage.

— Mais c'est ce que tu avais en tête. Quand tu as commandé du champagne et que tu m'as dit : « Qu'est-ce que tu en penses ? » et que je t'ai répondu : « C'est un oui de tout mon cœur. » C'était à la fois subtil et superbe.

Je le regarde fixement en souhaitant de toutes mes forces qu'il soit d'accord, qu'il soit sur la même longueur d'onde que moi. Mais il a l'air déconcerté. Tout à coup j'ai peur.

— Ce n'est *pas*… ce que tu avais en tête ?

Je peux à peine parler tant j'ai la gorge serrée. Tout semble complètement irréel.

— Tu n'avais pas l'intention de me demander de t'épouser ?

— Non, Lottie, je ne t'ai *rien* demandé. On arrête maintenant ! Fini, terminé !

Pourquoi faut-il qu'il parle aussi fort ? Les gens se tournent vers nous avec curiosité.

— OK ! Pigé ! Pas la peine d'alerter tout le restaurant !

L'humiliation me submerge par vagues tandis que le chagrin me paralyse. Comment ai-je pu me tromper à ce point ?

Il n'a pas demandé ma main, soit. Mais pourquoi ?

— Je ne comprends pas, dit Richard comme s'il se parlait à lui-même. Je n'ai jamais rien dit, nous n'en avons jamais parlé…

La fureur et l'indignation me font exploser.

— Tu en as parlé des tonnes de fois ! Pour toi, c'était quoi, ce « déjeuner spécial » ?

— C'est spécial. Je pars pour San Francisco demain.

— Et tu m'as demandé si ton nom de famille me plaisait. Ton *nom de famille*, Richard !

— On faisait un sondage d'opinion pour rire au bureau. C'était juste du bavardage.

— Et la « grande question » que tu voulais me poser ?

— Pas une grande question. Une question.

— J'ai entendu « grande question ».

Un horrible silence s'instaure. Le nuage de bonheur s'est évaporé. Le Technicolor et les trilles des violons ont disparu. Le sommelier a discrètement posé la carte des vins sur la table avant de battre en retraite.

— Alors, dis-moi, Richard, ta question de taille moyenne, c'est quoi ?

Richard a l'air du type pris au piège.

— Sans importance. Oublie !

— Mais si, dis-moi !

— Très bien. J'étais sur le point de te demander ce que je devais faire avec mes miles d'avion gratuits. Je pensais qu'on pouvait peut-être prévoir un voyage.

— Tes miles ?

Cette fois, impossible de me retenir. Je crie :

— Tu as retenu une table et commandé du champagne pour me parler de tes *miles* gratuits ?

Richard tressaille.

— Non, enfin, je... ! Lottie, tout ça me perturbe beaucoup. Je ne me doutais pas que...

— Mais bordel, nous avons eu toute une conversation sur les fiançailles, je rétorque au bord des larmes. Je te serrais les mains en te disant que je pensais à cet instant depuis des siècles et que j'étais au comble du bonheur. Et tu étais d'accord. Tu pensais que je parlais de quoi ?

Le regard de Richard va d'un point à un autre comme s'il cherchait à s'échapper.

— Je pensais que tu... euh... parlais de trucs.

— Que je « parlais de trucs » ? Et c'est quoi, précisément, parler de trucs ?

Richard a l'air plus désespéré que jamais.

— À vrai dire, je ne comprends pas toujours de quoi tu parles, avoue-t-il dans un accès de soudaine honnêteté. Alors, pour donner le change, il m'arrive... d'opiner du bonnet.

— Opiner du bonnet ?

Je le dévisage, accablée. Et moi qui imaginais que nous nous comprenions sans parler. Que le silence éloquent était notre mode de communication. Quand je pense que pendant ce temps, monsieur se contentait d'opiner du bonnet !

Deux serveurs nous apportent nos entrées avant de filer promptement. Ils se rendent compte que le moment n'est pas à la parlotte. Je prends ma fourchette pour la reposer aussitôt. Quant à Richard, il ne semble même pas avoir remarqué l'assiette posée devant lui.

Finalement j'annonce :

— Je t'ai acheté une bague de fiançailles.

Richard enfouit sa tête dans ses mains.

— Miséricorde !

— Ne t'inquiète pas ! Je vais la rapporter au magasin.

Il semble maintenant à la torture.

— Lottie, faut-il réellement que… Écoute, je pars demain. Si on laissait tomber cette conversation ?

— Tu as l'intention de te marier un jour ?

En posant la question, je suis au supplice. Il y a une minute je pensais être fiancée. Je courais le marathon. Je franchissais la ligne d'arrivée, bras levés en signe de triomphe… Et me voilà de retour sur la ligne de départ, en train de lacer mes chaussures en me demandant même s'il y a toujours une course.

— Mon Dieu, je ne sais pas, Lottie, répond Richard d'une voix abattue, lançant à droite et à gauche des regards paniqués. Oui, je suppose. Peut-être. Enfin oui, je finirai par me marier.

Bon, parfait. Le message ne peut pas être plus clair. Il se mariera un jour. Mais pas avec moi.

— Très bien.

Soudain le désespoir s'empare de moi. Je croyais de tout mon cœur qu'il était mon Prince charmant.

Comment ai-je pu me fourvoyer à ce point ? Plus jamais je n'aurai confiance en moi. Fixant ma salade, les feuilles de laitue, les tranches d'avocat, les grains de grenade, j'essaie de rassembler mes pensées.

— Le fait est, Richard, que je désire me marier. Je veux une cérémonie, des gosses, une maison, tout le package. Et je le veux avec toi. Mais le mariage est un engagement réciproque.

À cet instant, je marque une pause et prends une profonde respiration, bien déterminée à garder mon calme avant de poursuivre.

— Donc mieux vaut apprendre la vérité aujourd'hui que trop tard. Merci pour ta franchise, en tout cas.

— Attends, Lottie ! s'exclame Richard. Ça ne change rien à…

— Ça change tout. Je suis trop vieille pour figurer sur une liste d'attente. Si rien ne doit se passer entre toi et moi, je préfère le savoir et changer de cap. Tu vois ?

J'essaie de sourire, mais mes muscles de la joie refusent d'obéir.

— Amuse-toi bien à San Francisco. Je ferais mieux de partir.

Les larmes ont atteint la limite de mes cils. Il est temps de filer. J'ai pris mon après-midi, mais ça ne sert plus à rien. Pas de coups de fil joyeux à passer aux amis, pas de bonnes nouvelles à annoncer. Je vais rentrer au bureau et jeter un œil sur ma présentation de demain.

Au moment où je quitte le restaurant, je sens une main sur mon bras. À ma grande surprise, c'est la blonde au headband pailleté, l'air fébrile.

— Alors ? Il vous a donné une bague ?

Sa question me transperce le cœur comme un coup

34

de poignard. Non seulement il ne m'a pas donné de bague, mais il n'est même plus mon amoureux. Mais plutôt mourir que de l'avouer. C'est donc très digne que je lance :

— En fait, il m'a demandé de l'épouser et j'ai refusé.

— Oh ! s'écrie la blonde, stupéfaite.

— Eh oui ! J'ai dit non.

Je croise le regard de la fille aux cheveux longs qui, de toute évidence, a l'oreille qui traîne.

— Vous avez dit non ?

Sa mine incrédule m'exaspère. Je la fixe avec un air de défi :

— Oui. J'ai dit non. Après tout, nous n'étions pas faits l'un pour l'autre. J'ai donc pris la décision de rompre. Et pourtant il voulait vraiment m'épouser, avoir des enfants, un chien, et le reste.

Des regards curieux me transpercent le dos. En me retournant, je suis confrontée à l'expression stupéfaite de plusieurs autres personnes. À croire que le restaurant tout entier se mêle de mon histoire !

— J'ai dit non !

L'angoisse fait grimper ma voix dans les aigus.

— J'ai dit non. Non !

Je crie en direction de Richard qui, sidéré, est toujours assis à notre table.

— Désolée, Richard. Je sais que tu m'aimes et je sais que je te brise le cœur. Mais la réponse est non.

Me sentant un tout petit mieux, je quitte le restaurant à grandes enjambées.

Au bureau, ma table de travail croule sous une tonne de nouveaux Post-it. Le téléphone a dû chauffer à blanc pendant mon absence. Je m'affale sur ma chaise et pousse un long soupir en frissonnant. Un toussotement me fait lever le nez : Kayla, ma stagiaire, vient de se matérialiser à l'entrée de mon minuscule bureau. Elle vient souvent me rendre visite. Je n'ai jamais rencontré une stagiaire aussi assidue qu'elle. À Noël, elle m'a écrit sur une carte recto verso que j'étais son modèle et son inspiration, qu'elle n'aurait jamais fait son stage chez Blay Pharmaceuticals sans ma conférence à l'université de Bristol (dans le genre speech de recrutement pour des fabricants de médocs, je dois admettre que c'était pas mal).

Ses yeux lancent des éclairs.

— Comment s'est passé le déjeuner ?

Mon moral dégringole. Quelle idée j'ai eu de la mettre au courant ! Mais j'étais tellement sûre de moi. Voir son excitation me faisait plaisir. Et puis je me sentais au top dans tous les domaines.

— Très bien. Parfait. Restaurant génial.

Je commence à farfouiller dans mes papiers comme si je cherchais une information vitale.

— Ça y est ? Vous allez vous marier ?

Ses paroles me font l'effet d'une giclée de citron sur une écorchure. Elle ne serait pas un peu lourde sur les bords, ma stagiaire ? Demander sans ménagement à sa patronne si elle s'est fiancée ? Surtout si, comme c'est tristement le cas, la patronne en question n'arbore pas un énorme caillou scintillant… Dans mon rapport d'appréciation il faudra que je m'en souvienne. *Kayla a du mal à rester dans les limites appropriées.*

— Hum !

Pour gagner du temps, je brosse le revers de ma veste.

Ensuite, malgré ma gorge serrée, je dis :

— En fait, non. En fait, j'ai décidé de m'abstenir.

— C'est vrai ?

Je hoche la tête plusieurs fois.

— Oui. Après réflexion, j'ai conclu que, en l'état actuel de ma vie personnelle et professionnelle, ce n'était pas la bonne décision à prendre.

Kayla semble abasourdie.

— Mais… vous aviez l'air de vous entendre si bien.

— Kayla, les choses sont plus compliquées qu'elles n'y paraissent.

Et je farfouille dans mes papiers avec un regain de vigueur.

— Richard doit être désespéré.

— Affligé, ouais. Brisé, même. D'ailleurs… il a pleuré.

Je peux inventer ce que je veux. Kayla ne reverra jamais Richard. Et moi, il y a peu de chances que je le revoie un jour. Comme un coup de matraque dans l'estomac, l'énormité de la vérité me coupe le souffle. Voilà. Je ne me réveillerai jamais plus avec lui. Je ne l'enlacerai plus jamais. Cette dernière pensée, plus que tout, me donne envie de hurler.

— Lottie, vous êtes un tel exemple !

Les yeux de Kayla brillent.

— Savoir que quelque chose peut entraver votre carrière, avoir le courage de faire face et de dire : « Non, je ne ferai pas ce que tout le monde attend de moi. »

— C'est exactement ça, je dis en hochant la tête avec tristesse. J'ai pris position pour les femmes du monde entier.

Ma mâchoire est atteinte de tremblements. Il faut que cette conversation se termine avant que les choses se gâtent, avant que je m'offre une crise de larmes devant ma stagiaire.

— Dans les messages, rien d'essentiel ? je demande en passant les Post-it en revue sans vraiment les voir.

— Un de Steve au sujet de la présentation de demain. Et un certain Ben a appelé.

— Ben qui ?

— Juste Ben. Il a dit que sauriez.

Personne ne se présente comme « juste Ben ». Sans doute un étudiant culotté que j'ai rencontré au cours d'une tournée de recrutement et qui essaie de s'introduire dans la boîte. Je ne suis pas d'humeur à ça.

— Bon, allez ! Je vais revoir ma présentation.

D'un air affairé, je clique au hasard sur ma souris jusqu'à ce que Kayla dégage. Respire fort, Lottie ! Serre les dents ! Passe à autre chose, passe à autre chose, passe à autre chose !

Le téléphone sonne. Je l'attrape d'un grand mouvement plein d'autorité.

— Charlotte Graveney !

— Lottie, c'est moi.

Instinctivement j'ai envie de raccrocher, mais je me force.

— Oh ! Salut, Fliss !

— Alors, tu te sens comment ?

Je perçois une intonation taquine dans sa voix. Quelle andouille je suis ! Jamais je n'aurais dû lui envoyer un SMS du restaurant !

Quel stress ! Un stress atroce ! Pourquoi a-t-il fallu que je dévoile ma vie sentimentale à ma sœur ? Pourquoi lui ai-je confié que je sortais avec Richard ? D'ailleurs, pourquoi le lui avoir présenté ? Sans parler

de la demande en mariage que je lui ai annoncée !
Quelle erreur !

La prochaine fois que je rencontre un garçon, je
ne dirai rien à personne. *Nothing. Nada. Niente.* Rien
avant d'avoir dix années de mariage merveilleuses
à mon actif, trois enfants et d'avoir renouvelé nos
vœux. C'est seulement à ce moment-là que j'enverrai
un message à Fliss disant : « *Devine ce qui m'arrive ?
J'ai rencontré quelqu'un. Il a l'air très gentil !* »

J'arrive tout de même à prendre un ton dégagé.

— Moi, ça va très bien. Et toi ?

— Tout est bien qui finit bien. Et donc... ?

Elle laisse la question en suspens. Je sais parfaitement ce qu'elle veut dire. Elle veut dire : « Ça y est
ma petite, tu as l'annulaire orné d'un énorme diamant
et tu dégustes du Bollinger pendant que Richard te
suce les doigts de pied dans une suite d'hôtel hyper
luxueuse ? »

Nouveau et abominable pincement au cœur. Parler
de ça m'est insupportable. Sa compassion à mon égard
m'est insupportable. Il faut que je trouve un autre
sujet. N'importe quoi. Vite.

J'essaie de paraître nonchalante.

— Bon, en fait, j'étais en train de réfléchir, euh...
Je devrais vraiment suivre ce master sur la théorie des
affaires. Tu sais que j'ai toujours voulu approfondir ce
domaine. En fait qu'est-ce que j'attends pour m'inscrire ? Je devrais aller étudier à Birkbeck pendant mes
heures de loisirs. Tu en penses quoi ?

2

Fliss

Mon Dieu ! J'ai envie de pleurer. Le fiasco. Je ne sais pas pourquoi, mais tout est allé de travers.

Chaque fois que Lottie rompt avec un type, elle envisage immédiatement de se lancer dans un master. Un vrai réflexe de Pavlov.

D'une voix qui tremble à peine, elle me demande :

— Je pourrais même préparer un doctorat, non ? Ou aller étudier à l'étranger ?

Elle peut tromper son monde, mais pas moi. Pas sa sœur. Elle va vraiment mal.

— Bien sûr ! Un doctorat à l'étranger. En voilà, une bonne idée !

Inutile d'insister pour qu'elle me donne des détails ou de lui demander carrément ce qui s'est passé. Lottie a une technique personnelle pour digérer les ruptures. Il ne faut pas la bousculer ni s'apitoyer sur son sort. Je l'ai appris à mes dépens.

Par exemple quand elle s'est séparée de Seamus. Elle a débarqué chez moi avec un pot de Ben & Jerry's et les yeux rouges, et j'ai fait la grossière erreur de lui demander :

« Qu'est-ce qui est arrivé ? »

Là-dessus, explosant comme une grenade, elle a hurlé :

« Bon Dieu ! Fliss ! Je n'ai pas le droit de passer chez ma sœur pour partager avec elle un pot de glace sans être soumise à la question ? Et si je voulais seulement passer un moment en ta compagnie ? Et si l'existence ne tournait pas seulement autour des petits amis ? J'ai peut-être envie de… réévaluer ma vie. Et de commencer un master. »

Une autre fois, quand Jamie l'a larguée, j'ai fait l'erreur de lui dire :

« Oh Lottie, ma pauvre chérie ! »

Elle a grimpé au plafond.

« Pauvre chérie ? Tu veux dire quoi, par "ma pauvre chérie" ? Tu me plains parce que je n'ai pas de mec ? Moi qui pensais que tu étais *féministe*. »

S'est ensuivie une longue tirade où elle a vomi toute sa douleur en criant si fort qu'à la fin, j'ai pratiquement eu besoin d'une greffe du tympan.

Me voici en train d'écouter en silence un autre de ses longs discours où elle m'annonce que ça fait des siècles qu'elle a l'intention de mettre mieux à profit ses facultés intellectuelles et que d'ailleurs, sur les conseils de son professeur, elle s'est inscrite à un concours universitaire. « Tu le savais, non ? » conclut-elle. (Oui, absolument : elle avait mentionné ce projet juste après sa rupture avec Jamie.)

Finalement, elle se tait. Je retiens ma respiration. Avons-nous atteint le cœur du problème ?

— Au fait, Richard et moi, nous ne sommes plus

ensemble, m'annonce-t-elle d'un ton insouciant, comme si elle se débarrassait de quelques miettes collées au bout de ses doigts.

— Vraiment ?

J'adopte le même ton léger. On pourrait aussi bien discuter d'une vague intrigue d'un épisode d'*Eastenders*.

— Oui, on a rompu.

— Ah bon.

— Ça ne collait pas.

— Vraiment. C'est une sacrée...

Je suis à court de mots anodins à deux syllabes.

— Je veux dire, c'est...

— Oui, c'est dommage.

Silence.

— Enfin, d'une certaine façon.

— Bon, alors il était...

Je marche sur des œufs.

— Je veux dire, vous n'étiez pas...

Mais, bordel, il y a une heure, il était en train de te demander en mariage, alors quoi ? C'est ça que j'aimerais lui poser, comme question.

Je n'ai pas toujours confiance dans sa version des faits. Lottie est facilement idéaliste. Elle prend parfois ses désirs pour la réalité. Mais cette fois-ci, j'étais persuadée – comme elle – que Richard avait l'intention de faire sa demande. Oui, je l'aurais juré.

Et maintenant, non seulement ils ne sont pas fiancés, mais ils ne sont même plus ensemble ! Ça me sidère ! Richard, que j'ai appris à connaître, est un bon numéro. Le meilleur qu'elle ait tiré, si vous voulez mon avis. (Ce qu'elle m'a demandé plusieurs fois, le plus souvent vers minuit quand elle était furieuse contre lui. Mais je n'ai même pas le temps de finir ma phrase qu'elle m'annonce qu'elle l'aime, quelle que soit mon opinion !) Il est solide, gentil, excellent dans son job. Un type sans problème, pas mesquin. Beau gosse sans avoir la grosse tête. Et amoureux d'elle. Ce qui est l'essentiel. C'est la seule chose qui compte, en fait. Ils sont sur la même longueur d'onde, comme les couples qui s'entendent. Et ils s'accordent à merveille. On le voit dans la façon dont ils se parlent, dont ils s'assoient, dont il la prend doucement par les épaules, dont ses doigts jouent avec ses cheveux. Dans la façon dont ils voient l'avenir – qu'il s'agisse d'aller acheter des sushis ou de passer des vacances au Canada. Ils sont bien ensemble, ça saute aux yeux. En tout cas, aux miens.

Rectificatif : ça me sautait aux yeux, alors pourquoi pas à ceux de Richard ?

Quel connard ! Quel abruti ! Qu'est-ce qu'il recherche chez une femme ? Qu'est-ce qui cloche chez ma sœur ? Est-ce qu'il croit qu'elle l'empêche d'avoir une grande histoire d'amour avec un top model d'un mètre quatre-vingts ?

Pour décompresser, j'envoie balader une boulette de papier dans la corbeille. Pour m'apercevoir, l'instant d'après, que j'ai besoin de ce papier. Et merde !

Le téléphone reste muet. Pourtant je ressens la douleur de Lottie à travers la ligne. Je n'y tiens plus. Tant pis si elle n'est pas à prendre avec des pincettes, je dois en savoir plus. C'est dingue, à midi, ils se mariaient, à midi dix Lottie entamait le processus de rupture sans passer par la case départ !

— Tu ne m'as pas dit qu'il avait une « grande question » à te poser ? je demande avec beaucoup de tact.

— Oui, c'est vrai. Mais il a changé de version, répond-elle d'une voix qui se veut nonchalante. Dans le second scénario, ce n'était plus qu'une « simple question ».

Je fronce les sourcils. Très mauvais, ça. Une grande question n'est pas une question ordinaire. Ni même résiduelle.

— Alors, qu'est-ce qu'il voulait ?

— Me parler de nos miles d'avion, tout simplement.

Sa voix est plate comme tout.

Des *miles* ? Aïe ! Je vois mal Lottie digérer ça. Soudain, je me rends compte que Ian Aylward est planté devant ma porte vitrée. Il gesticule comme un fou. Je sais ce qu'il veut : mon discours pour la remise des prix qui a lieu ce soir.

— Je l'ai terminé !

Je mime ce mensonge éhonté en désignant mon ordinateur, coupable informatique de mon retard.

— Je te l'envoie par mail !

Finalement il s'éloigne. Je consulte ma montre. Mon pouls s'accélère. Il me reste dix minutes pour remonter le moral de Lottie, écrire la fin du discours et me refaire une beauté.

Non : neuf minutes et demie.

J'en veux au monde entier, et surtout à Richard. Quitte à briser le cœur de ma sœur, il aurait pu choisir un autre jour de l'année ! Mais surtout pas celui où je suis le plus occupée. J'affiche mon discours sur mon écran et commence à taper.

En conclusion, j'aimerais remercier tous les gens qui sont présents ici ce soir. Aussi bien ceux qui ont remporté un prix que ceux qui se mordent les lèvres jusqu'au sang. Si, si, je vous vois ! (Pause pour les rires.)

Un peu coupable, je poursuis ma conversation :

— Lottie, tu sais que la grande cérémonie a lieu ce soir. Je dois partir dans cinq minutes. Si je le pouvais, je ferais un saut chez toi, tu sais que je n'hésiterais pas.

Trop tard, je viens de commettre une énorme bourde. Je me suis apitoyée sur son sort. Comme prévu, elle se déchaîne :

— Venir chez moi ? crache-t-elle. Inutile ! Tu crois peut-être que je suis blessée à cause de Richard ? Tu crois que toute mon existence tourne autour d'un seul homme ? Je ne pensais même pas à lui ! Si je t'ai appelée, c'était pour t'annoncer mon nouveau projet de master. Un point, c'est tout.

J'acquiesce totalement.

— Bien sûr que je le savais.

— S'il y a un programme d'échange avec les États-Unis, j'envisage d'aller à Stanford…

Pendant qu'elle continue, je tape de plus en plus vite. C'est ma sixième édition. Chaque année, les mêmes mots usés à la corde, mais dans un ordre différent.

L'industrie hôtelière continue à innover et à inspirer de nouveaux talents. Je suis émerveillée par les prouesses et les nouveautés de notre secteur.

Non. C'est nul. J'appuie sur la touche Supprimer et recommence.

Je suis émerveillée par les prouesses et les progrès dont mon équipe de critiques et moi-même sommes témoins dans le monde entier.

Ouais ! « *Témoins* » donne une note de sérieux à cette manifestation. On pourrait penser que nous avons passé l'année à discuter avec un groupe de saints prophètes, alors que nous étions avec des attachées de presse hyper bronzées et juchées sur des talons aiguilles qui nous vantaient l'avant-garde des serviettes de piscine rafraîchissantes.

Comme toujours, je remercie Bradley Rose...

Qui mettre en premier ? Brad ? Megan ? Ou Michael ?

J'oublie sûrement quelqu'un. C'est la loi des discours de remerciements : on oublie quelqu'un d'essentiel, et l'on essaie de se rattraper en s'emparant du micro et en criant son nom, sauf que plus personne n'écoute. Pour se faire pardonner, on passe ensuite une demi-heure éprouvante à remercier les gens personnellement avec force sourires alors que flotte au-dessus de leurs têtes une bulle avec cette triste constatation : « Vous aviez oublié mon existence. »

Je remercie chaleureusement tous ceux qui ont contribué à l'organisation de cette remise des prix, tous ceux qui n'y ont pas contribué, toute mon équipe, toutes vos équipes, toutes vos familles, les sept milliards d'individus de notre planète, Dieu, Allah, et compagnie...

— ... Fliss, je vois ça comme quelque chose de positif, je te le promets. C'est ma chance de réorganiser ma vie. Crois-moi, j'en avais besoin.

Je m'oblige à l'écouter attentivement. Une des qualités les plus attachantes de Lottie est sa capacité à tout voir en rose. Son courage et sa volonté me fendent le cœur au point que je voudrais la prendre dans mes bras.

Mais j'ai également envie de m'arracher les cheveux. De lui crier : « Arrête de me gonfler avec tes satanés masters ! Avoue donc que tu souffres ! »

Parce que je connais la chanson, je l'ai déjà tant entendue. Toutes ses ruptures se ressemblent. Elle commence par être courageuse et réaliste. À ses yeux, rien

47

ne cloche. Pendant des jours et même des semaines, elle ne craque pas. À voir son immuable sourire aux lèvres, les gens qui la connaissent mal se disent : « Waouh ! La rupture n'a pas l'air de l'affecter ! »

Jusqu'au jour où éclate la bombe à retardement. Ce qui ne manque jamais. Sous la forme d'une réaction impulsive, outrancière, totalement abusive, qui la rend euphorique pendant cinq minutes. Elle improvise chaque fois. Un tatouage sur sa cheville ; une coupe de cheveux zinzin ; un appartement hors de prix à Borough qu'elle doit ensuite revendre à perte ; une adhésion à une secte ; un piercing « intime » qui s'infecte. Ç'a été le pire.

Non, c'est faux. La secte a été encore pire. On lui a piqué six cents livres, et elle continuait à parler d'« illumination ». Des salauds diaboliques qui fondent sur leur proie. J'imagine qu'ils quadrillent Londres en reniflant les gens qui viennent d'être largués.

À la suite de cette période de joie, Lottie craque vraiment. Commencent les sanglots, les jours où elle ne va pas travailler, les récriminations : « Fliss, je hais ce tatouage ! » Et « Fliss, je ne pourrai jamais consulter mon généraliste ! J'ai tellement honte ! Quelle *lose* ! ».

Personnellement, je qualifie ces réactions déconnantes de « Choix Malheureux », expression que notre mère utilisait souvent de son vivant. Cela s'adressait aussi bien à une paire de chaussures élimées que portait un invité à un dîner qu'à la décision sans appel de mon père de se mettre à la colle avec une beauté sud-africaine. « Choix Malheureux » sifflait-elle avec un regard glacial qui nous faisait frissonner et remercier notre bonne étoile de ne pas avoir fait de « Choix Malheureux ».

Ma mère me manque rarement, mais il m'arrive de regretter l'absence d'un membre de ma famille qui m'aiderait à remettre d'aplomb la vie de Lottie. Mon père ne compte pas. D'abord, il vit à Johannesburg. Ensuite, il ne s'intéresse qu'aux chevaux et au bon whisky.

En écoutant les projets universitaires farfelus de Lottie, mon cœur se serre. Un Choix Malheureux se dessine quelque part. J'ai l'impression d'observer l'horizon, une main protégeant mes yeux de l'éclat du soleil, en guettant le requin qui surgira de l'eau pour saisir son pied.

Si seulement elle jurait, gueulait, cassait des assiettes, je pourrais enfin me relaxer. Elle aurait évacué ses crises de folie. Quand je me suis fait larguer par Daniel, j'ai juré comme un charretier pendant deux semaines sans discontinuer. Ce n'était pas beau à entendre. Mais au moins, je n'ai pas adhéré à une secte.

Je me masse les tempes.

— Lottie, tu te souviens que je pars demain en vacances pour quinze jours ?

— Ah oui !

— Ça ira ?

— Bien sûr que ça ira.

Elle reprend son ton caustique.

— Je vais avaler une pizza et une bonne bouteille de vin. Il y a des siècles que j'en rêve.

— Bon appétit ! Mais ne noie pas ton chagrin.

Encore une expression de notre mère. Soudain, je me souviens d'elle avec son pantalon blanc et son ombre à paupières vert irisé. « Je noie mon chagrin, mes chéries. » Assise au bar de notre maison de Hong Kong, elle dorlotait son Martini pendant que nous la regardions dans nos robes de chambre roses identiques envoyées par avion depuis l'Angleterre.

Ensuite elle sortait et nous entonnions cette phrase comme une sorte de mantra. Je pensais que c'était une forme de toast, comme on dirait « cul sec ! ». Des années plus tard, j'ai choqué une copine de classe lors d'un déjeuner de famille en levant mon verre et en souhaitant : « Noyez votre chagrin, la compagnie ! »

Désormais, nous l'utilisons ma sœur et moi comme un synonyme de « se soûler à mort ».

— Je ne vais pas noyer mon chagrin, merci beaucoup, rétorque Lottie, offensée. D'ailleurs, tu peux parler, Fliss !

Elle a raison. J'avoue avoir bu quelques vodkas de trop après ma séparation d'avec Daniel. Sans parler de l'interminable tirade dont j'ai régalé les clients d'un restaurant indien.

Je pousse un soupir.

— Bon, eh bien, à bientôt !

Je raccroche, ferme les yeux et, pendant dix secondes, je tâche de reprendre mes esprits. Je dois oublier les déboires amoureux de Lottie et songer à la remise des prix. Et finir mon discours. Immédiatement.

Ouvrant les yeux, je tape une liste des gens à remercier. Au moins dix lignes mais mieux vaut prévenir que guérir. Je l'envoie par mail à Ian sous l'intitulé « *Discours ! Urgent !* ». Puis je bondis de mon fauteuil.

— Fliss !

Celia me fonce dessus à la seconde où j'émerge de mon bureau. C'est une de nos pigistes le plus prolifiques : elle a d'ailleurs les pattes d'oie qui sont la marque distinctive des critiques professionnelles spécialisées dans les spas. On pourrait croire que les soins octroyés dans les instituts annulent les dégâts du soleil, mais visiblement c'est tout le contraire. On devrait arrêter d'installer des spas en Thaïlande pour les construire dans des pays où l'hiver dure toute l'année et où le soleil est inexistant.

Hum. Pas mal comme idée. Il y a peut-être là matière à un article...

Je tape une brève note dans mon BlackBerry : *Spa sans lumière du jour ?* avant de lever la tête.

— Tout va bien ?

— Le Gruffalo est là. Il est vert de rage. Je devrais peut-être m'éclipser.

Le Gruffalo est le surnom donné par la profession à Gunter Bachmeier. Il possède une chaîne de dix hôtels de luxe, un tour de taille d'un mètre et il vit en Suisse. Je savais qu'il était invité ce soir, mais je ne croyais pas qu'il allait se pointer. Pas après notre article sur son nouveau spa de Dubai, le *Palm Stellar*.

— Ne t'en fais pas, Celia. Tout ira bien.

Elle tremble en m'implorant :

— Ne lui dis pas que c'était moi.

Je la prends par les épaules.

— Celia, tu as le courage de tes opinions, non ?

— Oui.

— Alors quoi ?

Je tente de lui remonter le moral, mais elle semble terrifiée. Incroyable qu'une journaliste capable de pondre des articles aussi cruels, aussi critiques, aussi drôles puisse avoir le cuir aussi fragile.

Hum. Pas mal comme idée. Il y a peut-être là matière à un article...

Je pianote : *Un tête-à-tête avec nos reporters ? Leurs profils ?*

Non, je supprime cette note. Nos lecteurs n'ont pas envie de rencontrer nos reporters. Ça ne les intéresse pas de savoir que « CBD » vit à Hackney et compose de beaux poèmes à ses heures perdues. Ils veulent seulement savoir ce que leur argent va leur fournir pour des vacances cinq étoiles : soleil ou neige, plage de sable doré ou montagnes élevées, tranquillité ou rencontres avec des célébrités, draps en coton égyptien ou hamac, gastronomie ou club sandwich hors de prix.

Je lui tapote le bras.

— Personne ne sait qui se cache derrière « CBD ». Tu n'as rien à craindre. Bon, faut que j'y aille.

J'enfile le couloir. Arrivée dans l'atrium, je regarde autour de moi. C'est une vaste salle, bien aérée, très haute de plafond – le seul endroit un peu majestueux de Pincher International. D'ailleurs, chaque année, nos jeunes rédacteurs entassés les uns sur les autres suggèrent qu'il soit transformé en bureau. Mais il prend toute sa justification pour la cérémonie de remise des prix. J'inspecte les lieux en énumérant ce qui me passe sous les yeux. Énorme gâteau glacé en forme de couverture de magazine que personne ne mangera : vu ! Serveurs disposant les verres : vu ! Table des lots : vu ! Ian du service informatique est accroupi sur le podium où il tripote le prompteur.

Je fonce vers lui :

— Tout va bien ?

— Pas de souci ! m'assure-t-il en se relevant. J'ai enregistré le discours. Tu veux qu'on fasse un essai son ?

Je monte sur scène, branche le micro et fixe le prompteur des yeux.

— Bonsoir ! j'articule en élevant la voix. Je m'appelle

Felicity Graveney et je suis la directrice du *Pincher Travel Review*. J'aimerais vous souhaiter, à tous, la bienvenue à la vingt-troisième cérémonie annuelle de remise des prix. Et quelle année que celle-ci !

À la mine sarcastique de Ian, je comprends qu'il va falloir que je mette un peu plus d'enthousiasme.

— Oh, ça va !

Ce qui le fait sourire.

— J'ai dix-huit prix à distribuer...

Ce qui est beaucoup trop. Chaque année, on se bagarre pour décider des récompenses à éliminer, mais il n'en sort jamais rien.

— Bla-bla-bla... C'est bon.

J'éteins le micro.

— À plus !

Au bout du couloir, Gavin, notre patron, tente de faire entrer cet hippopotame de Gruffalo dans l'ascenseur. Se sentant observé, celui-ci se tourne vers moi avec une tronche menaçante et lève quatre doigts grassouillets en ma direction.

Je sais ce que cela veut dire, et il ne me la fait pas. Nous n'avons attribué que quatre étoiles – au lieu de cinq – à son nouvel hôtel. Tant pis pour lui ! Il aurait dû créer un vrai palace. Investir dans un peu plus de sable à étaler sur le béton de sa « plage de luxe créée par l'homme ». Et engager du personnel un peu moins prétentieux.

Je me rends aux toilettes. Le miroir me renvoie une tête à faire peur. Parfois j'ai un choc en découvrant mon reflet. Pourquoi je ne ressemble pas à Angelina Jolie ? Quand donc ces cernes se sont-ils creusés ? Je décide soudain que tout chez moi est trop foncé. Mes cheveux, mes sourcils, mon teint olivâtre. Il me faut éclaircir un truc. Ou peut-être le tout. Il doit bien exister un spa dans ce bas monde qui dispose d'une cuve où l'on se blanchit d'un seul coup. Un plongeon vite fait, en gardant la bouche ouverte pour profiter de l'option « dents blanches ».

Hum. Pas mal comme idée. Il y a peut-être là matière à un article.

Je tape sur mon mobile : *Décolorer ?* Ensuite, j'entreprends une opération de ravalement en utilisant tous mes pinceaux et en finissant par une couche généreuse de Nars Rouge Absolu. Une chose à retenir : le rouge à lèvres me va bien. Ils l'inscriront peut-être sur ma tombe : *Ci-gît Felicity Graveney. Le rouge à lèvres lui allait vachement bien.*

Je me dirige vers mon bureau, vérifie l'heure et appuie sur « Daniel » dans mes contacts téléphoniques. Il sait pertinemment que je dois l'appeler maintenant. Il va décrocher, il doit décrocher. Allons, Daniel, réponds !… Tu es où ?

J'ai sa boîte vocale.

Salaud !

Avec Daniel, je peux passer du calme absolu à la colère noire en moins d'une seconde.

Je respire un grand coup en entendant le *bip*.

— Tu n'es pas là ! dis-je en me forçant à me contrôler. C'est dommage, car je vais me rendre à une soirée, ce que tu savais puisqu'on en a parlé. Plusieurs fois.

Ma voix est chevrotante. Je ne peux pas le laisser me démolir. Fliss, t'emballe pas. Divorcer est une longue marche. Pense Tao. Sois Zen. Vous voyez ce que je veux dire ? Ce truc dans tous les bouquins qu'on m'a donnés avec le mot *Divorce* inscrit en couverture au-dessus d'un cercle ou de l'image d'un arbre.

Je reprends mon souffle.

— En tout cas, peux-tu faire entendre ce message à Noah ? Merci.

Fermant les yeux un instant, je me rappelle que je ne parle plus à Daniel. Je dois éliminer son ignoble face de mon esprit. Je parle au petit visage qui illumine mon existence. Contre toute attente, c'est lui qui donne un sens à la vie. Je visualise sa frange rebelle, ses grands yeux gris, ses chaussettes d'école qui dégringolent sur ses chevilles. Blotti sur le canapé de Daniel, avec son singe dans les bras.

— Mon chéri, j'espère que tu t'amuses bien avec papa. Je te vois bientôt, d'acc ? Je vais essayer de te rappeler plus tard, mais si je ne peux pas, alors fais un gros dodo. Je t'embrasse fort.

J'ai presque atteint mon bureau. J'ai des tonnes de choses à faire. Mais j'ai besoin de continuer à lui parler aussi longtemps que possible, jusqu'à ce que le *bip* me dise d'aller me faire voir.

— Bonne nuit, mon chéri chéri.

J'appuie l'appareil contre ma joue.

— Fais de jolis rêves. Booooonne nuit !

— Booooonne nuit, répond une petite voix familière.

J'en trébuche presque sur mes escarpins du soir Manolo.

Qu'est-ce qui se passe ? Je rêve ? A-t-il débranché la boîte vocale ? J'inspecte mon portable pour être sûre, le tapote dans ma paume, écoute à nouveau.

— Allô ? je murmure.

— Allô ! Allô, allô, allô…

Mais non ! Cette voix ne provient pas du téléphone. Elle émerge de…

Je tourne le coin du couloir, me précipite dans mon bureau. Il est là ! Mon fils de sept ans ! Assis dans le fauteuil que j'offre à mes visiteurs.

— Maman ! crie-t-il tout joyeux.

— Waouh !

Je peux à peine parler.

— Noah ! Toi, ici ! Dans mon bureau. C'est vraiment... Daniel ?

Je me tourne vers mon ex-mari qui, près de la fenêtre, feuillette un vieil exemplaire du magazine.

— Qu'est-ce qui se passe ? Je croyais que c'était l'heure du goûter pour Noah, chez toi.

Et d'ajouter pour bien mettre les points sur les *i* :

— Comme nous l'avions décidé.

— Mais je suis ici, fait Noah triomphalement.

— Oui ! Je vois ça, mon petit chéri. Alors... Daniel ?

Mon sourire remonte jusqu'à mes oreilles. J'applique la loi établie : plus j'ai envie de poignarder Daniel, plus je lui souris.

D'un œil critique et bien qu'il soit désormais un étranger, je l'inspecte de la tête aux pieds. Un kilo de plus. Une nouvelle chemise rayée. Pas de produit capillaire. Une erreur : ses cheveux sont trop en bataille. C'est sans doute du goût de Trudy.

Nouvelle tentative :

— Daniel ?

Sans répondre, il se contente de hausser légèrement les épaules comme si j'enfonçais des portes ouvertes et que les mots étaient superflus. Avant, il ne haussait pas les épaules. Ce geste fait partie de l'ère post-Fliss. Quand nous étions ensemble, il était toujours voûté. Maintenant il hausse les épaules et porte un bracelet kabbalistique sous sa manche de chemise. Plutôt que d'entamer une discussion, il fait rebondir le débat comme une balle en caoutchouc. Il a troqué son sens de l'humour pour le rôle de moralisateur. Il ne plaisante plus : il juge.

Comment a-t-on pu coucher ensemble ? Et concevoir Noah ? Je me trouve peut-être dans *Matrix*, et je me réveille dans un monde bien plus logique après avoir passé tout ce temps couverte d'électrodes et allongée dans une cuve.

— Daniel ? je demande, le sourire figé.

— Nous étions convenus que Noah passerait la nuit avec toi.

Nouveau haussement d'épaules.

— *Comment !* je m'exclame, ahurie. Impossible ! C'est bien ta nuit !

— Je dois aller à Francfort ce soir. Je t'ai envoyé un mail.

— Certainement pas.

— Bien sûr que si !

— Rien du tout ! Tu ne m'as *rien* envoyé du tout !

— Nous étions d'accord pour que je te dépose Noah ici.

Il est parfaitement calme, comme seul lui peut l'être. Moi, en revanche, je suis au bord de la crise nerveuse.

— Daniel !

Je fais un effort surhumain pour ne pas lui écraser la tête contre le mur.

— Comment aurais-je pu accepter de prendre Noah ce soir alors que c'est la remise des prix ? Je ne suis pas dingue !

Encore un haussement d'épaules.

— Je dois aller à l'aéroport. Il a dîné. Voici son sac pour la nuit.

Il le laisse tomber par terre.

— Tout va bien, Noah. Maman va te garder ce soir, tu en as de la chance.

Il n'existe aucune issue possible.

— Chouette !

Je souris à mon fils qui nous regarde avec angoisse. Ça me brise le cœur de lire la peur dans ses grands yeux. On doit épargner le moindre tracas aux enfants de son âge.

— J'en ai de la chance de t'avoir, mon Noah.

J'ébouriffe ses cheveux pour le rassurer.

— Je reviens dans une minute…

Je me précipite aux toilettes. Elles sont vides, ce qui me convient parfaitement, car je ne peux plus me contenir. Je hurle :

— IL NE M'A PAS ENVOYÉ DE PUTAIN DE MAIL !

Ma voix résonne contre les portes. J'ai le souffle court. Mais mon moral s'est amélioré de dix pour cent. Assez pour tenir toute la soirée.

Je retourne calmement à mon bureau, où Daniel enfile son manteau.

— Eh bien, fais bon voyage, enfin… tout ce que tu voudras !

Je m'assieds, enlève le capuchon de mon stylo et j'écris *Félicitations !* sur la carte du bouquet de fleurs que recevra le vainqueur toutes catégories (un séjour dans le nouvel hôtel-spa de Marrakech). *Avec les meilleurs vœux de Felicity Graveney et de son équipe.*

Daniel est toujours là. Je sens qu'il tourne en rond. Il a quelque chose à me dire.

— Tu n'es pas encore parti ? je demande en levant les yeux.

— Encore une chose.

Il me surveille de son air moralisateur :

— J'ai deux dispositions à revoir dans le règlement du divorce.

Pendant un moment, je reste bouche bée. Incapable de réagir.

— Quoiii ?

Il ne va quand même pas rediscuter ! Le temps des dispositions à revoir est terminé. Nous sommes sur le point de signer. C'est bouclé. Après un procès, deux appels et un milliard de lettres d'avocats. FINI !

— J'en parlais avec Trudy, dit-il en écartant les doigts. Elle a relevé plusieurs points intéressants.

Pas question. J'ai envie de lui filer un grand coup sur la tête. Il n'a pas à discuter de notre divorce avec Trudy. C'est notre divorce. Si Trudy veut divorcer, il faudra d'abord qu'elle l'épouse. Et là, elle verra ce qu'elle verra, ah !

— Juste deux dispositions. Lis-les.

Il pose une liasse de feuilles sur mon bureau.

« Lis-les. » Comme s'il me recommandait la lecture d'un bon polar.

J'ai l'impression d'être une bouilloire prête à exploser.

— Daniel ! C'est trop tard pour inventer de nouvelles complications. C'est *bouclé*. On a déjà débattu de tout.

— Le plus important, c'est que ça soit parfait, n'est-ce pas ?

Comme si c'était ma faute ! Comme si je voulais l'arnaquer ! Comme si on n'avait pas discuté de tout à la virgule près !

— Je suis satisfaite de ce qu'on a signé, je réponds pincée.

« Satisfaite » n'est pas le terme qui convient. Pour

être plus précise : satisfaite, si je n'avais pas trouvé dans sa sacoche les brouillons de ses lettres d'amour adressées à une créature, là où n'importe qui à la recherche d'une tablette de chewing-gum les aurait trouvés.

Des lettres d'amour ! Non, mais sans blague ! Je n'arrive toujours pas à croire qu'il ait écrit des lettres d'amour à une nana, et pas à sa propre épouse. Qu'il lui ait envoyé des poèmes ultra-érotiques avec des dessins. J'ai vu rouge. S'il me les avait adressés, tout aurait été différent. J'aurais sans doute compris quel genre de pervers narcissique je risquais d'épouser.

Nouveau haussement d'épaules.

— Eh bien, je vois sans doute les choses avec plus de recul, alors que tu as le nez dedans.

« Dedans » ? Comment ne pas être « dedans », c'est mon propre divorce ? Qui est cette face en caoutchouc, cet imbécile au cœur rabougri, et comment est-il entré dans ma vie ? Je suis tellement frustrée, je respire si vite que si je me levais de mon bureau je pourrais battre Usain Bolt à son propre jeu !

Soudain, *boum* ! Je ne l'ai pas cherché. Pas prévu. Mon poignet tressaute, et voici que six petites taches d'encre apparaissent sur la chemise de Daniel ! Et mon cœur bondit de joie dans ma poitrine !

— C'est quoi ? demande Daniel en inspectant le devant de sa chemise.

Il relève la tête. Il est blême.

— De l'encre ? Tu viens de m'asperger avec ton stylo ?

Je jette un coup d'œil à Noah pour voir s'il s'est aperçu que sa mère est retombée en enfance. Mais il est perdu dans le monde bien plus adulte du *Capitaine Bobette.*

— Il m'a glissé des mains !

— Vraiment ! Tu as cinq ans d'âge mental, ma parole !

Avec une mine renfrognée, il tamponne sa chemise, ce qui a pour conséquence d'étaler une des taches.

— J'ai matière à appeler mon avocat.

— Oui ! Et discuter de la responsabilité parentale, ton sujet favori.

— Amusant !

— Non. Ça n'a rien de drôle.

Je n'ai plus envie de ce genre de duel.

Je regarde mon fils qui, penché sur son livre, se tord de rire. Son short est remonté sur ses cuisses. Sur son genou, on a dessiné au stylo à bille un visage et une flèche qui pointe vers *JE SUIS UN SUPERHÉROS* en lettres malhabiles. Comment Daniel peut-il se débarrasser ainsi de Noah ? Il ne l'a pas vu depuis quinze jours ; il ne lui téléphone jamais pour bavarder. On dirait que son fils est un passe-temps pour lequel il a acheté tout l'équipement avant de s'en lasser, de décider que finalement, ça ne l'intéressait pas et qu'il aurait dû faire de l'alpinisme à la place.

— Ce n'est pas drôle, je répète. Mieux vaut que tu partes.

Je ne lève même pas la tête quand il s'en va. Je prends son tas de papiers à la noix, les feuillette, bien trop furieuse pour en lire un mot. Puis j'ouvre un dossier sur mon ordinateur et tape comme une maniaque :

    D. arrive au bureau, me laisse N. sans
    me prévenir, malgré nos conventions. Un

sacré culot. Il désire réévaluer certaines dispositions de notre règlement
de divorce. Refuse de discuter raison-
nablement.

Je détache ma clé USB de la chaîne de mon cou
et enregistre ce dernier document. Cette clé est mon
doudou. Il contient tout mon dossier : la triste histoire
de Daniel. Je le remets autour de mon cou et appelle
Barnaby, mon avocat :

— Barnaby, ouvre grand tes oreilles ! je m'exclame
dans son répondeur. Daniel veut revoir notre règlement
encore une fois. Peux-tu me rappeler ?

Puis je surveille Noah pour voir s'il m'a entendue.
Non, il est en train de pouffer de rire. Il va falloir
que je le confie à mon assistante : elle m'a souvent
tirée d'affaire en cas de garde d'enfant improvisée.

Je me lève et lui ébouriffe les cheveux :

— Viens, on va chercher Élise.

Dans une soirée, quand on est la puissance invitante,
il est assez facile d'éviter les gens. On trouve toujours
une excuse pour rompre une conversation quand un hippopotame en chemise rayée rose fonce vers soi. (Désolée, mais je *dois* accueillir le directeur du marketing
du *Mandarin Oriental*, je reviens dans une seconde...)

La soirée a commencé depuis une demi-heure, et
j'ai réussi à éviter Gruffalo. Un coup de chance qu'il
soit aussi massif et l'atrium aussi vaste. Le plus naturellement du monde, chaque fois qu'il s'approche de
moi à moins d'un mètre, je pars dans la direction
opposée, je sors de la pièce ou, dernier recours, j'entre
dans les toilettes.

Horreur ! Il m'attend à la sortie ! Gunter Bachmeier bloque le couloir, devant la porte des dames.

— Ah ! Bonjour, Gunter ! je m'exclame de ma voix la plus douce. Quel plaisir de vous voir ! Je voulais justement vous appeler...

— Fous m'afez effité, dit-il de sa voix gutturale.

Je m'oblige à poser ma main sur son bras boudiné.

— Mais pas du tout.

— Fous afez diffaminé mon noufel hôtel.

Il prononce le mot comme s'il y avait dix *f* et l'arrange à sa façon : « difffaminé ». Qu'il connaisse ce mot, même vaguement, m'étonne. Je serais incapable de le traduire en allemand. Mes compétences germanophones se limitent à « *Taxi, bitte !* ».

— Gunter, vous exagérez, je réplique en souriant. Quatre étoiles, ce n'est pas de la diffamation ! Je regrette que mon journaliste n'ait pas pu vous décerner cinq étoiles...

— Fous n'afez pas anspelaté mon hôtel fous-même ?

Vert de rage, il en remet une couche :

— Fous afez enfoyé une amateuse. Fous m'afez traité afec dirrrespect !

— Fous fous trompez ! je réplique automatiquement. Je veux dire : vous vous trompez !

J'ai le visage en feu.

Je n'ai pas voulu me moquer de lui, mais j'ai cette horrible habitude d'imiter les gens. Un vrai perroquet ! J'imite les voix et les accents sans m'en rendre compte. Résultat ? Gunter me dévisage comme s'il allait me manger toute crue.

— Felicity, tout va bien ?

Gavin, notre patron, fait irruption. Ses sens sont en alerte et j'en connais la raison. L'année dernière,

Gruffalo a acheté vingt-quatre doubles pages de pub ; il nous permet de survivre. Mais je ne peux attribuer cinq étoiles à son hôtel pour le remercier de sa contribution publicitaire. Cinq étoiles dans le *Pincher Travel Review*, c'est énorme !

— J'étais en train d'expliquer à Gunter que j'ai envoyé un de nos meilleurs pigistes pour faire la critique de son hôtel. Je suis désolée qu'il n'ait pas été content, mais...

— Fous auriez dû hialler fous-même ! crache Gunter. Où est fotre crrrédibilité ? Où est fotre rréputation ?

Quand il s'éloigne, je suis un peu troublée. Le cœur battant, je regarde Gavin.

— Vous parlez d'un cirque ! dis-je en essayant de prendre ça à la légère.

Gavin est d'une humeur toute différente.

— C'était à vous de rendre compte du *Palm Stellar*, non ? Vous vous chargez des principales inaugurations. C'est la règle depuis toujours.

— J'ai décidé d'envoyer Celia Davidson, je réponds gaiement en éludant sa question. C'est une excellente plume.

— Mais pourquoi ne pas vous charger du *Palm Stellar* ? répète-t-il comme s'il ne m'avait pas entendue.

— J'avais des problèmes avec... avec...

Je m'éclaircis la voix, incapable de prononcer le mot.

— Une affaire personnelle.

Gavin me comprend soudain.

— Votre divorce ?

Je n'arrive pas à lui répondre. Je tourne ma montre autour de mon poignet, comme si son mécanisme m'intéressait.

Gavin hausse le ton :

— Votre divorce ? Encore ?

Mes joues brûlent de honte. Mon divorce est devenu un feuilleton aussi captivant que *Le Seigneur des anneaux*. Il ne devrait pas m'accaparer autant. Je n'ai pas cessé de promettre à Gavin que c'était bouclé pour de bon.

Mais je n'ai pas le choix, et c'est loin d'être *fun* !

— J'ai été obligée d'aller consulter un avocat spécialisé à Édimbourg. En avion. Il était archi-pris.

— Felicity !

Il me fait signe de le suivre au bout du couloir. À voir son sourire pincé, j'ai des crampes d'estomac. C'est le sourire qu'il arbore pour rogner dans les salaires et les budgets, et pour annoncer au personnel que leur rubrique est malheureusement supprimée – « Pouvez-vous quitter les lieux immédiatement ? ».

— Felicity, personne n'est aussi compatissant que moi. Vous savez comme je partage votre épreuve.

Quel sacré menteur ! Les divorces, il n'y connaît rien. Il a une femme et une maîtresse que la cohabitation ne semble pas déranger.

Je me crois obligée de dire :

— Gavin, je vous en remercie.

— Mais vous ne pouvez pas laisser votre vie personnelle intervenir dans votre travail ou ternir la réputation de *Pincher International*. Compris ?

Pour la première fois, j'ai peur. L'expérience m'a montré que Gavin commençait par invoquer la « réputation de *Pincher International* » quand il avait l'intention de virer quelqu'un. C'est un premier avertissement.

L'expérience m'a également montré que la seule conduite à suivre était de tout nier.

Je me dresse sur mes talons hauts et prends un air digne.

— Gavin, que les choses soient bien claires entre nous.

Je marque une pause comme si j'étais le Premier ministre David Cameron à la séance des questions du Parlement.

— *Bien* claires. S'il y a une chose que je ne fais jamais, c'est laisser ma vie privée intervenir dans mon travail. En fait...

— *Broum !*

Un cri strident me coupe la parole.

— Une attaque au laser !

Je me fige. Pas possible...

Oh non !

Un *ta ! ta ! ta ! ta !* qui m'est familier vrille mes oreilles. Des balles en plastique orange traversent l'air, frappent des invités en plein visage, tombent dans les coupes de champagne. Noah court dans le couloir en direction de l'atrium en riant à gorge déployée et en tirant avec son pistolet d'enfant. Merde et merde. J'aurais dû vérifier ce qu'il y avait dans son sac.

— Arrête !

Je me lance à sa poursuite, l'attrape par le col, lui arrache son arme des mains.

— Noah, arrête !

J'ajoute en direction de Gavin :

— Je suis *vraiment* désolée. Daniel devait garder Noah ce soir, mais il m'a laissée dans la panade et... Malheur !

Agitée comme je le suis, j'ai appuyé sur un bouton du pistolet, et il s'est remis à tirer. On dirait une scène de *Reservoir Dogs*. Gavin reçoit une balle dans le ventre. Ma première réaction ? Je massacre mon boss avec une arme automatique. Ça ne va pas faire joli-joli dans mon évaluation. Maintenant, c'est à la tête qu'il est criblé de balles. Il en perd la parole.

— Gavin ! Gavin ! Je ne sais quoi dire...

— C'est ma faute, intervient Élise. Je gardais Noah.

Je l'interromps :

— Mais il n'aurait pas dû venir au bureau. C'est *ma* faute.

Nous nous tournons vers Gavin comme si nous attendions son verdict. Il est occupé à observer les réactions des invités.

— Il y a votre vie privée, et votre job. Fliss, vous devez mettre de l'ordre dans tout ça, me conseille-t-il en croisant les mains.

Rouge de honte, j'entraîne mon fils de force dans mon bureau.

— Mais je *gagnais* ! proteste Noah.

— Je suis navrée, répète Élise en se mordant les lèvres. Il m'a dit que c'était son jeu favori.

— Ne t'en fais pas, je la rassure avec un sourire.

— Noah, tu ne dois jamais jouer avec ton pistolet à balles dans le bureau de maman ! *Jamais !*

— Je vais aller lui chercher quelque chose à manger, décide Élise. Fliss, retourne à la soirée le plus vite possible. Vas-y. Tout de suite. Pas de souci. Viens, Noah !

Tandis qu'elle le tire vers la sortie, j'ai l'impression de m'écrouler.

Élise a raison. Je dois y retourner, faire un grand tour parmi nos invités, ramasser les balles en plastique, présenter mes excuses, séduire les annonceurs, redonner à cette soirée l'ambiance sophistiquée et professionnelle qui la caractérise d'habitude.

Mais je suis tellement *crevée*. Si seulement je pouvais dormir. Le tapis sous mon bureau serait l'endroit idéal où me blottir.

Je me laisse tomber dans mon fauteuil au moment où le téléphone sonne. Je décide de décrocher. Peut-être une bonne nouvelle qui me remontera le moral ?

— Allô ?

— Felicity ? Barnaby à l'appareil.

— Ah, cher maître !

Je me redresse, soudain revigorée.

— Merci de me rappeler. Tu ne vas pas croire quel coup Daniel m'a fait. Il avait accepté de garder Noah ce soir et puis il me l'a laissé au bureau. Et, en plus, il veut revoir nos accords ! On va se retrouver une fois encore devant les tribunaux !

— Fliss, calme-toi. Relax !

Barnaby a l'accent traînant de Manchester. Parfois j'aimerais qu'il accélère son débit. Surtout que je le paie à l'heure.

— On va se débrouiller. Ne t'en fais pas.

— Je te jure, il me pompe l'air.

— Je te comprends ! Mais ne te stresse pas. Tâche d'oublier.

Il se fiche de moi ?

— J'ai noté tous les détails. Je peux te les envoyer par mail, je suggère en jouant avec ma clé. Maintenant ?

— Fliss, je te le redis : inutile d'ouvrir un dossier à chaque incident.

— Mais ça me fait plaisir ! J'ai envie de noter ses « comportements abusifs ». Si on les ajoutait au dossier et si le juge connaissait sa vraie personnalité…

— Le juge est parfaitement au courant.

— Mais…

— Fliss, tu es atteinte du Fantasme du Divorce, intervient Barnaby tranquillement. Je t'ai déjà parlé du Fantasme du Divorce ?

Silence. Je hais la façon dont Barnaby peut lire dans mes pensées. Je le connais depuis la fac et, bien que ses consultations coûtent un bras, je n'irais jamais voir quelqu'un d'autre. Il attend ma réponse, comme s'il était mon prof.

— Le Fantasme du Divorce ne se réalisera jamais, je murmure enfin en contemplant mes ongles.

— « Le Fantasme du Divorce ne se réalisera jamais », répète-t-il en appuyant sur chaque mot. Le juge ne lira jamais à voix haute en plein tribunal un plaidoyer de deux cents pages décrivant les défauts de Daniel. Et l'assistance ne se moquera pas de ton ex-mari. Il ne débutera jamais son jugement par ces mots : « Madame Graveney, vous êtes une sainte d'avoir supporté cette fripouille diabolique. En conséquence, je vous accorde tout ce que vous désirez. »

Je ne peux m'empêcher de rougir. C'est à peu près mon fantasme. Sauf que, dans ma version, les gens bombardent Daniel de projectiles divers.

— Daniel n'avouera jamais ses torts, continue Barnaby impitoyablement. Il ne se présentera jamais devant un juge en pleurant et en demandant : « Fliss, je t'en supplie, pardonne-moi. » Les journaux ne rendront jamais compte de ton divorce avec ce gros titre : « *Un sombre connard avoue qu'il est un sale con devant ses juges !* »

Je ne peux m'empêcher d'éclater de rire.

— J'en suis convaincue.

— Vraiment, Fliss ? demande Barnaby d'une voix

sceptique. Tu en es absolument sûre ? Ou tu préfères rêver qu'il se réveillera un jour et se rendra compte de tout le mal qu'il a fait ? Car persuade-toi d'une chose : Daniel ne se rendra jamais compte de rien. Il n'avouera jamais qu'il est un sale type. Je pourrais passer mille heures sur ton affaire sans y arriver.

— C'est trop injuste ! Il est nul, sur le plan humain. J'en ai presque un nœud à l'estomac.

— Je suis bien d'accord avec toi. Alors, ne fais pas une fixation sur lui. Passe-le par pertes et profits. Oublie-le.

— Plus facile à dire qu'à faire, je murmure au bout d'un moment. C'est le père de mon fils.

— Je sais, acquiesce Barnaby plus doucement. Je n'ai jamais dit que c'était facile.

Nouveau silence. Je regarde mon coucou mural en suivant les vilaines aiguilles en plastique faire leur ronde. Finalement, je m'affaisse complètement, reposant ma tête dans le creux de mon coude.

— Vacherie de divorce !

— La plus belle invention humaine !

— Si seulement je pouvais juste… Oh, j'en sais plus rien. Agiter une baguette magique et faire que mon mariage n'ait jamais eu lieu. Sauf pour Noah. Je garde Noah, et tout le reste n'est qu'un mauvais rêve.

— Tu veux une annulation, tout simplement, dit Barnaby gaiement.

— Une annulation ? je reprends en fixant le téléphone d'un air méfiant. Ça existe pour de vrai ?

— Tout à fait. Dans ce cas, le contrat est nul et non avenu. Le mariage n'a jamais existé. C'est fou le nombre de mes clients à qui ça plaît.

— Je pourrais l'obtenir ?

Je suis emballée. Il existe peut-être une façon bon marché et commode que je n'ai pas envisagée. *L'annulation*. Nul et non avenu. Ça sonne bien. Barnaby aurait pu m'en parler plus tôt, non ?

Sa réponse n'est guère encourageante.

— Aucune chance, sauf si Daniel est bigame. Ou s'il t'a forcée à l'épouser. Ou si le mariage n'a jamais été consommé. Ou si l'un de vous n'était pas sain d'esprit au moment de la cérémonie.

— Moi ! je m'exclame. J'étais folle d'avoir songé à l'épouser !

— Tout le monde dit ça ! commente-t-il en riant. Mais ça ne tiendra pas la route.

Ma lueur d'espoir s'éteint lentement. La barbe ! Si seulement Daniel avait été bigame ! Si seulement sa première femme, coiffée d'un bonnet mormon, pouvait se manifester en criant : « Je l'ai eu d'abord ! » et m'épargner tous ces tracas.

— Il va falloir s'en tenir à la procédure classique, j'avoue enfin. Merci, Barnaby. Mieux vaut que je raccroche avant que tu me demandes trente mille livres juste pour me dire au revoir.

— Tu as raison.

Barnaby ne se vexe jamais, quoi que je lui dise.

— Mais auparavant, tu comptes toujours aller en France ? demande-t-il.

— Oui, demain.

J'emmène Noah pour quinze jours sur la côte d'Azur. Pour lui, ce sera les vacances de Pâques. Pour moi, l'occasion de passer en revue trois hôtels, six restaurants et un parc à thème. Tous les soirs, je travaillerai jusqu'à pas d'heure sur mon ordinateur, mais je ne vais pas me plaindre.

— J'ai pris contact avec Nathan Forrester, mon vieux copain. Tu sais, je t'en ai déjà parlé ? Il est basé à Antibes. Vous devriez faire connaissance, prendre un verre ensemble.

— Sympa ! Quelle bonne idée !

Mon moral remonte d'un cran.

— Je t'envoie ses coordonnées par mail. C'est un type charmant. Il abuse du poker, mais ne lui en veux pas.

Un joueur de poker vivant dans le sud de la France, voilà qui n'est pas banal.

— T'en fais pas. Merci, Barnaby !

— Toujours ravi de t'entendre. Salut, Fliss.

J'ai à peine raccroché que le téléphone sonne à nouveau. Il a sans doute oublié de me dire quelque chose.

— Oui, Barnaby ?

Silence. Je n'entends qu'une respiration rapide, saccadée. Hum ! Barnaby aurait-il appuyé sur la touche *bis* pendant qu'il trousse sa secrétaire ? Malgré ces pensées lubriques, je sais qui m'appelle. Je reconnais son souffle. Et, à l'arrière-plan, j'entends Macy Gray qui interprète *I Try*. L'air favori de Lottie pour accompagner une rupture.

— Allô ? je répète. Lottie ? C'est toi ?

Encore la même respiration mais en plus rauque.

— Lottie ? Lotts ?

— Oh ! Fliss…

Elle commence à sangloter à perdre haleine.

— J'ai vraiment cru qu'il allait demander ma maaain…

— Mon Dieu, Lottie !

Si seulement j'étais certaine que c'est bien ma sœur au bout du fil, me dis-je en nichant le téléphone contre moi.

— Lottie, ma chérie…

— J'ai passé trois années avec lui et je croyais qu'il m'aimait et qu'il voulait des bébééés… Mais pas du tout ! Pas du tout !

Elle pleure aussi fort que Noah quand il s'est égratigné le genou.

— Et qu'est-ce que je vais faire maintenant ? J'ai trente-trois ans, trente-troooois.

Elle est prise d'une crise de hoquets.

— Trente-trois ans, ce n'est rien ! Crois-moi ! Tu es belle, tu es formidable…

— Je lui ai même acheté une baaague…

Elle lui a acheté une bague ? Je regarde le téléphone. J'ai bien entendu ? Elle lui a acheté, à lui, une bague ?

— Quel genre de bague ?

Je l'imagine offrant à Richard un saphir étincelant dans un écrin.

Pitié. Qu'elle ne me dise pas qu'elle lui a offert un saphir étincelant dans un écrin.

Elle renifle à fendre l'âme.

— Oh, tu sais ! Une bague. Une bague de fiançailles virile.

Une bague de fiançailles virile ? Impossible. Ça n'existe pas ! Pourtant je dois réagir avec tact.

— Lotts, es-tu sûre que Richard est le genre d'homme qui aime les bagues de fiançailles ? Ça l'a peut-être gêné ?

Les sanglots redoublent.

— Ça n'a rien à voir avec la bague ! Il ne l'a jamais vue. Je regrette d'avoir acheté cette maudite bague ! Mais je pensais que ce serait équitable ! Je croyais qu'il en avait acheté une pour moooi…

— Oh ! Je suis désolée !

— Ça va aller, dit-elle en se calmant un peu. Je ne pensais pas m'écrouler…

— T'excuse pas ! Je suis là pour ça, non ?

Son état de déliquescence me fait mal au cœur. Bien sûr, c'est horrible. Mais dans le fond, je suis plutôt soulagée. Le masque est tombé. Elle a fini de nier la réalité. Elle est sur la bonne voie. Elle progresse.

— En tout cas, je sais quoi faire et je me sens bien mieux. Tout est en ordre.

Elle se mouche bruyamment.

— J'ai le sentiment d'avoir un projet. Un plan. Un but.

Mes oreilles tintent. Oh non ! Un « but » ! C'est un de ses mots d'après rupture qui résonne telle la sirène des pompiers. Tout comme « programme », « changement de direction » et « merveilleux nouvel ami ».

— Parfait ! Alors, dis-moi, quel est ton but ?

J'envisage toutes sortes de possibilités. Surtout, pas de nouveaux piercings ! Ou l'achat d'un appartement ridicule. Je l'ai persuadée si souvent de ne pas abandonner son job que je ne vais quand même pas recommencer.

Surtout qu'elle ne parte pour l'Australie !

Surtout qu'elle ne perde pas six kilos. D'abord, 1) elle est déjà maigrichonne, et 2) la dernière fois qu'elle a fait un régime, elle m'a demandé d'être sa « conseillère » et je devais lui téléphoner toutes les trente minutes en lui disant : « Ne faiblis pas, espèce de truie ! » Quand j'ai refusé, elle m'a insultée.

— Alors, c'est quoi ?

J'ai posé la question d'un ton totalement détaché, mais à vrai dire, je suis nouée.

— Je vais prendre le prochain vol pour San

Francisco, faire la surprise à Richard et le demander en mariage !

J'en lâche presque l'appareil.

— Quoi ? Non ! C'est une mauvaise idée !

Qu'a-t-elle l'intention de faire, se précipiter dans son bureau ? L'attendre sur son paillasson ? S'agenouiller et lui offrir sa bague de fiançailles « virile » ? Impossible de la laisser réaliser son « but ». Elle reviendra humiliée, en miettes et je devrai recoller les morceaux.

— Mais je l'aime !

Elle a l'air complètement surexcitée.

— Je l'aime tellement ! Et s'il ne voit pas que nous sommes faits l'un pour l'autre, alors je dois le lui montrer ! Je n'ai pas le choix, c'est à moi de faire le premier pas. Je suis sur mon ordi et j'interroge Virgin Atlantic. Est-ce que je prends une Premium Économie ? Tu peux m'avoir un rabais ?

De ma voix la plus ferme, la plus autoritaire, je lui ordonne :

— Non ! Ne réserve rien ! Ferme ton ordinateur. Ne touche plus à Internet.

— Mais…

— Lottie, regarde les choses en face. Richard a eu sa chance. S'il avait voulu se marier, il l'aurait fait.

Voilà. J'ai été un peu brutale, mais c'est la vérité. Les hommes qui désirent se marier font leur demande. On n'a pas besoin de chercher de pseudo-signes. Ils font leur demande, et c'est ça, le signe.

— Mais il ne se rend pas compte qu'il veut se marier. Il a besoin d'être persuadé. D'un petit encouragement…

Un petit encouragement ? J'appellerais plutôt ça un grand coup de coude dans les côtes.

J'ai l'horrible vision de Lottie tirant Richard par les cheveux jusqu'à l'autel. Je connais la fin de l'histoire : une première consultation à cinq cents livres dans le bureau de Barnaby Rees, avocat en droit de la famille.

— Lottie, écoute-moi ! dis-je d'un ton sévère. Écoute-moi bien. Tu ne vas pas te marier sans être certaine à deux cents pour cent que ça marchera. Non, disons six cents pour cent.

Je jette un coup d'œil morose sur les papiers laissés par Daniel.

— Crois-moi. Ça ne vaut pas le coup. J'en ai fait l'expérience… C'est l'horreur.

Silence à l'autre bout du fil. Je connais Lottie par cœur. Je la vois avec sa sentimentalité exacerbée faisant sa demande sur le Golden Gate Bridge. C'était il y a cinq minutes. Maintenant, elle y pense à deux fois.

— Commence par bien réfléchir. Ne te presse pas. Quelques semaines ne changeront rien.

Je retiens ma respiration, croise les doigts.

— D'accord, fait-elle découragée. Je vais y penser.

Je n'en reviens pas ! J'ai réussi ! Pour la première fois de ma vie, j'ai convaincu ma sœur de ne pas faire un Choix Malheureux avant qu'il ne soit trop tard. J'ai guéri la plaie avant qu'elle ne s'infecte.

L'âge lui aurait-il mis du plomb dans la tête ?

— Déjeunons ensemble, je lui suggère pour lui donner du courage. Je t'invite. Dès mon retour de vacances.

— Oui, ça serait sympa. Merci, Fliss.

— Prends soin de toi. Je t'embrasse.

Elle raccroche. Et je laisse échapper un soupir de frustration – mais j'en veux à qui ? Richard ? Daniel ? Gavin ? Gunter ? Tous les mâles ? Non, pas *tous*. Tous les hommes sauf quelques exceptions notables : Barnaby, Neville, mon charmant laitier, le dalaï-lama bien sûr…

Soudain, je vois mon reflet sur mon écran et je pousse un petit cri d'épouvante. J'ai une balle en plastique orange nichée dans les cheveux !

Le bouquet.

3

Lottie

Je n'ai pas dormi de la nuit.

Généralement, quand on dit ça, ça signifie : je me suis réveillée à plusieurs reprises, je me suis fait une tasse de thé et je suis retournée au lit. Mais moi, je n'ai *vraiment* pas dormi de toute la nuit. Chaque heure qui passait, je l'ai comptée.

À une heure, j'ai décidé que Fliss avait complètement tort. À une heure trente, j'ai trouvé un vol pour San Francisco. Vers deux heures, j'ai écrit la demande en mariage parfaite, pleine d'amour et de passion, truffée de citations de Shakespeare, de Richard Curtis et des chansons de Take That. À trois heures, je me suis filmée en la lisant (onze prises). À quatre heures, je me suis regardée, et l'horrible vérité m'a frappée de plein fouet : Fliss a raison. Richard ne dira jamais oui. Trop paniqué. Surtout si c'est moi qui fais la demande. À cinq heures, j'ai fini tout un pot de glace pralinée Haagen Dazs. À six heures, j'ai terminé tout un pot de glace Ben & Jerry's au chocolat et chamallow. Et maintenant, effondrée sur une chaise en plastique, j'ai mal au cœur et je regrette tout.

Quelque chose en moi, une infime part, se demande si quitter Richard n'a pas été l'erreur de ma vie. Est-ce que notre histoire aurait continué d'une manière ou d'une autre si j'étais restée, en la bouclant, et surtout en omettant de prononcer le mot « mariage » ?

Mais dans l'ensemble, je suis plutôt rationnelle. Les gens disent que les femmes marchent à l'intuition, mais que la logique fait avancer les hommes. N'importe quoi ! J'ai étudié la logique à la fac, merci beaucoup. Je sais comment ça fonctionne. A = B, B = C, donc A = C. Alors quoi de plus logique que la démonstration suivante, à la fois désintéressée et succincte :

Postulat numéro 1 : Richard n'a pas l'intention de demander ma main. Là-dessus il a été parfaitement clair.

Postulat numéro 2 : Je veux m'engager, me marier et j'espère avoir un jour un bébé.

Conclusion : Mon avenir n'est pas avec Richard. Par conséquent, je dois trouver quelqu'un d'autre.

Conclusion supplémentaire : Je dois trouver un homme qui veut faire sa vie avec moi, et n'ouvre pas de grands yeux affolés à la moindre allusion au mariage, comme s'il s'agissait d'une idée effrayante. Un homme qui se rend compte qu'une histoire de trois ans peut sans doute déboucher sur un engagement de longue durée, sur des enfants, un chien et un arbre de Noël décoré à deux sans que cela ressemble à l'enfer sur terre. Pourquoi est-ce un sujet totalement tabou ? Pourquoi est-il interdit d'en parler alors que tout le monde dit que nous formions un couple épatant et que nous étions si heureux ensemble, et que même ta propre mère, Richard, suggérait que nous pourrions nous installer près de chez elle ?

OK. Cette démonstration n'est peut-être pas tellement succincte. Ni même désintéressée, d'ailleurs.

J'avale une gorgée de café dans le but de me calmer. Disons que je suis aussi calme et rationnelle que possible étant donné les circonstances suivantes : premièrement, j'ai pris le train de 7 h 09 pour Birmingham sans avoir dormi. Deuxièmement, je dois faire un discours de recrutement devant une centaine d'étudiants dans un amphi qui sent le gratin de chou-fleur.

Me voici avec mon collègue Steve dans une petite pièce à côté de l'amphi. Il est penché sur sa tasse de café, apparemment aussi en forme que moi. Nous faisons beaucoup de discours de recrutement ensemble sur les campus. En fait, nous travaillons en binôme. Il s'occupe de la partie scientifique, moi des généralités. L'idée maîtresse est la suivante : il épate les étudiants avec notre recherche de pointe et nos départements de développement. Moi, je leur dis que la boîte va s'occuper d'eux, que leur carrière sera formidable, qu'on ne les laissera pas tomber.

— Tu en veux un ?

Steve m'offre un biscuit fourré au chocolat.

— Non, merci.

Mon corps est déjà suffisamment saturé de graisses hydrogénées et de produit chimiques comme ça. Pas la peine d'en rajouter.

Tiens ! Et si j'allais dans un camp de survie en pleine nature ? Tout le monde prétend que ce genre de stage change la vie et offre une façon différente de voir les choses. Je devrais faire un stage où on ne fait que courir et boire des boissons protéinées. À la montagne ou dans le désert. Un truc vraiment dur et stimulant. Ou bien me lancer dans le triathlon. Ouais !

Je suis en train de taper *Camp d'entraînement pour triathlon féminin* sur mon BlackBerry quand la personne responsable des opérations de recrutement de la fac apparaît. C'est la première fois que nous venons ici et donc la première fois que je rencontre Deborah. Franchement, elle est bizarre. Tendue et fébrile à un point incroyable.

— Tout va bien ? Début de la présentation dans dix minutes. Faites court, d'accord ? Court. Efficace et court.

— À la fin, nous aimons bavarder avec les étudiants, je réponds en sortant de mon grand sac en toile des liasses de brochures intitulées *Pourquoi travailler chez Blay Pharmaceuticals ?*.

— Très bien, fait-elle, crispée. Mais, je vous préviens : efficace et court.

J'ai envie de lui rétorquer : « Vous croyez qu'on s'est déplacés de Londres pour faire efficace et court ? »

Elle est dingue ou quoi ? La plupart des responsables du recrutement sont enchantés qu'on prenne du temps pour répondre aux questions.

— Bon, Steve, on fait comme d'hab', d'accord ? Moi, toi, clip numéro 1 ; moi, toi, clip numéro 2, questions. OK ?

Il acquiesce et je tends un DVD à Deborah.

— Pour info. Mais c'est très basique.

Le DVD montre le pire aspect de notre présentation. Il a été tourné comme une vidéo musicale des années 1980. Vous voyez le genre ? Éclairage nul, musique électronique atroce et des gens au look complètement démodé qui font semblant d'être en réunion. Comme il a coûté une fortune, nous devons nous en servir.

Quand Deborah disparaît pour insérer le DVD dans le lecteur, je me cale dans mon fauteuil pour me détendre. Mais je n'arrête pas de me tordre les mains. Qu'est-ce qui m'arrive ? Tout me paraît tellement merdique ! J'ai l'impression que ma vie part à la dérive.

Et, au fait, ça n'a *rien* à voir avec Richard. Aucun rapport. C'est simplement mon avenir qui... Je ne sais pas. Il me faut un nouveau but. Une nouvelle dynamique.

J'attrape le livre qui traîne sur une chaise voisine. Son titre ? *Le Principe inverse. Changer de stratégie commerciale pour toujours.* Un bandeau de couverture annonce « *10 millions d'exemplaires vendus* ».

Je m'en veux de ne pas lire assez d'ouvrages professionnels. C'est là, le problème. Je ne me consacre pas assez à mon boulot. Je feuillette le bouquin en vitesse en essayant d'absorber le maximum d'informations. Il y a quantité de diagrammes avec des flèches dirigées d'abord vers un côté et ensuite vers l'autre. Le message est limpide : changez de direction. Bon, j'ai pigé en deux secondes. Ça paraît évident.

Je me demande si je ne devrais pas lire tout le livre et devenir spécialiste de ce domaine. Et si j'allais à la Harvard Business School ? Je me vois bien dans la bibliothèque de cette prestigieuse université bourrant ma cervelle de principes économiques avant de revenir en Angleterre pour diriger une société cotée en Bourse. Mon monde serait le domaine des idées et de la stratégie, le top niveau de la réflexion.

Je suis en train de taper dans Google *Étudiants*

étrangers à Harvard quand Deborah passe sa tête par la porte.

Au bord du désespoir, elle m'annonce :

— Les étudiants sont là.

— Oh ! très bien.

Quel est son problème à cette fille ? Peut-être qu'elle est nouvelle, en fait. Peut-être qu'elle est comme une pile électrique parce que c'est sa première présentation.

Je me remets une couche de gloss en évitant de regarder mes yeux injectés. L'air prête à se jeter par la fenêtre, la pauvre Deborah me précède sur l'estrade. Sa voix confuse couvre à peine le brouhaha de la salle. Après un petit moment, les applaudissements se font entendre. Je donne une petite tape à Steve qui en est encore à boulotter un croissant. Typique de lui !

— Allez ! C'est à nous !

Arrivée sur l'estrade, je n'en crois pas mes yeux.

Généralement, quand vous recrutez pour une société scientifique, les étudiants auxquels vous avez affaire arrivent en traînant la savate, avec des cheveux sales ou une barbe de trois jours et des yeux cernés. Mais là, c'est le contraire. Une bande de filles impeccables occupe le premier rang, parfaitement maquillées, manucurées, shampouinées. Derrière elles, est assis un groupe de garçons athlétiques dont les muscles saillent sous les tee-shirts. L'étonnement me coupe la parole. Comment sont les labos dans cette fac ? Équipés de tapis de course et de rameurs ?

Pour la rassurer, je murmure à l'oreille de Deborah :

— Superbes, ces étudiants ! Leur physique mérite la note maximum !

— Nous leur avons demandé de faire un effort.

Et, piquant un fard, elle s'esquive. Steve, en revanche, reluque les filles avec ravissement.

Je commence :

— Bienvenue à toutes et tous ! Et merci d'être venus. Je m'appelle Lottie Graveney. Je suis ici pour vous parler de la politique de recrutement chez *Blay Pharmaceuticals*. Vous connaissez notre entreprise grâce à nos différentes gammes de produits proposés en pharmacie, produits aussi variés que le Placidus qui fait partie de nos analgésiques ou que la crème pour bébé Sincero qui est un de nos best-sellers. Mais travailler chez nous est beaucoup plus que cela...

— C'est la promesse d'une carrière excitante.

Steve m'a pratiquement écartée d'un coup de coude.

— Oui, c'est un challenge qui vous fera frissonner. Nous sommes à l'extrême pointe de la recherche et, en notre compagnie, vous connaîtrez l'ivresse.

Qu'est-ce qui lui prend ? Il est *pathétique*. D'abord, ce qu'il raconte est hors sujet. Et puis d'où lui vient cette nouvelle voix faussement sexy ? En plus, le voilà qui roule ses manches de chemise à la façon d'un baroudeur de laboratoire pharmaceutique. Il se prend pour l'Indiana Jones du médoc, ma parole ! Grave erreur, soit dit en passant. Parce que ses avant-bras sont blafards et veinés de bleu.

— Si vous voulez une vie pleine d'aventure...

Une pause pour l'effet dramatique avant de continuer dans un genre de feulement :

— ... c'est là que vous devez commencer.

Steve est captivé par une fille du premier rang dont le chemisier blanc déboutonné laisse voir un grand décolleté bronzé. Cette blonde aux cheveux longs et aux yeux bleus semble noter avec application chaque mot qu'il prononce.

— Si on passait le DVD, Steve ?

Je l'éloigne avant qu'il ne bave littéralement sur la fille. L'obscurité se fait et notre premier DVD commence à être projeté sur l'écran derrière nous.

— Brillante assemblée, murmure Steve dès que nous sommes assis. Je suis impressionné.

Impressionné par quoi ? Par sa taille de soutien-gorge ?

— Comment peux-tu savoir s'ils sont brillants ? On n'a pas encore bavardé avec eux.

— On s'en rend compte au premier regard. Je suis dans le métier depuis assez longtemps pour remarquer un potentiel là où il y en a. Cette fille blonde du premier rang semble pleine d'avenir. Oui, très prometteuse. Je vais lui parler de nos bourses. La cueillir avant qu'un autre labo l'approche.

Miséricorde ! Il va bientôt lui offrir un contrat à un million.

Je rectifie avec sévérité :

— Nous allons lui donner toutes les informations sur le programme de bourse. Mais, quand tu parles, abstiens-toi de t'adresser à ses nichons, d'accord ?

Les lumières reviennent. Steve se place au milieu de l'estrade en relevant ses manches encore plus haut, comme s'il s'apprêtait à fendre un tronc d'arbre avant d'entreprendre à mains nues la construction d'une cabane en rondins.

— Je vais vous dévoiler quelques-unes de nos nouvelles découvertes et vous parler de nos dernières avancées. Celles que nous espérons concrétiser avec vous.

Il adresse un clin d'œil à la blonde qui le remercie d'un sourire poli.

Sur l'écran s'affiche l'image d'une molécule compliquée.

— L'hydrogénonium n'a bien sûr pas de secrets pour vous.

Steve désigne l'écran avec une flèche lumineuse et s'interrompt :

— Mais, avant de poursuivre, j'aimerais savoir ce que vous étudiez. Il y a forcément des biochimistes parmi vous...

Deborah le coupe avant que les étudiants ne réagissent :

— Ce qu'ils étudient est sans importance !

À ma grande surprise, elle bondit de son siège et se précipite au centre de l'estrade.

— Oui, c'est sans importance.

Elle est tendue comme un ressort. Que se passe-t-il ?

— Au contraire, c'est utile pour la suite de mon exposé, explique Steve. Alors, je demande à tous les biochimistes de lever la main...

— Mais c'est hors de propos, puisque vous prenez toutes sortes d'étudiants. C'est inscrit dans votre dossier d'information.

Cette fois, elle semble paniquée. Je *savais* qu'elle n'était pas nette, cette fille.

— Aucun biochimiste n'est présent ?

Sidéré, Steve balaie l'amphi des yeux. Normalement, au moins la moitié de notre audience étudie la biochimie.

Deborah est verte.

— On peut se parler ? demande-t-elle d'une voix tremblante en nous faisant signe de nous approcher.

Je crains qu'une erreur se soit produite. J'ai envoyé un mail à des étudiants d'autres disciplines.

Alors, c'est ça ! Elle n'a pas fait venir de biochimistes. Quelle andouille ! En même temps, elle est si bouleversée que je décide d'être sympa.

— Nous sommes larges d'esprit. Il n'y a pas que les biochimistes qui nous intéressent. Nous recrutons aussi parmi les diplômés en physique, en biologie, en études commerciales... Ceux-là étudient quoi ?

Silence. Deborah se mord furieusement les lèvres.

— La beauté. La plupart sont des futurs maquilleurs. Et les autres, des danseurs.

Des maquilleurs et des danseurs...

La stupéfaction me rend muette. Pas étonnant qu'ils soient si soignés et en forme, ces étudiants. Un coup d'œil à Steve me renseigne. Visiblement, il est tellement déçu que j'ai envie de rire. Au bout d'un moment, je dis :

— Dommage. Steve pensait que nous étions en présence d'un groupe prometteur. Il voulait leur fournir la possibilité d'obtenir une bourse dans des matières scientifiques. N'est-ce pas, Steve ?

Steve me jette un regard meurtrier et se tourne vers Deborah.

— Qu'est-ce qui se passe, bordel de merde ? Expliquez-moi pourquoi nous présentons le programme de recrutement d'une société spécialisée dans la recherche pharmaceutique à une foutue bande de maquilleurs et de danseurs ?

Dans deux minutes, Deborah va se mettre à sangloter.

— Je suis désolée ! Quand je me suis rendu compte de mon erreur, c'était trop tard. Je m'étais fixée pour but d'attirer des entreprises de premier ordre, et votre société est si prestigieuse que je n'ai pas osé annuler.

— Est-ce que *quelqu'un* parmi vous a le désir de travailler dans la recherche pharmaceutique ? demande Steve à l'assistance.

Personne ne lève la main. Je ne sais pas si je dois éclater de rire ou fondre en larmes. Et dire que je me suis levée à six heures pour venir ici. Ce n'est pas que j'aie sommeil mais quand même.

— Alors qu'est-ce vous faites là ?

J'ai l'impression que mon collègue est sur le point d'exploser.

— Nous devons assister à dix présentations de recrutement pour obtenir notre indemnité de recherche d'emploi, explique une fille dont la queue-de-cheval ne cesse de s'agiter.

— Bon sang ! Si vous croyez que j'ai du temps à perdre avec ça !

Steve arrache sa veste du dossier de sa chaise et quitte l'amphi en trombe. J'ai bien envie d'en faire autant. Cette Deborah est décidément la reine des incompétentes. Mais d'un autre côté, il y a plein de jeunes qui me regardent. Tous cherchent un boulot, même si ce n'est pas dans l'industrie pharmaceutique. Et puis, je suis venue exprès de Londres. Bref, il me semble que je ne peux pas partir comme ça.

Avec la télécommande, j'arrête le DVD et je reprends place au centre de l'estrade.

— OK. Reprenons. Les domaines professionnels du maquillage et de la danse me sont étrangers. Donc je ne vous donnerai pas de conseils spécifiques. En revanche, j'emploie des gens. Alors pourquoi ne pas vous donner des conseils généraux ? Vous avez des questions ?

Pas un murmure. Puis une fille en veste de cuir lève la main avec hésitation.

— Pouvez-vous jeter un œil à mon CV et me dire s'il est bien ?

— Bien sûr. C'est une bonne idée. D'autres CV à regarder ?

Une forêt de mains se lève. Jamais vu autant de mains aussi manucurées, soignées, poncées, crémées, impeccables.

Deux heures après, j'en suis à mon trentième CV. Là, j'ouvre une parenthèse : si Deborah est leur conseiller en CV, il est clair qu'elle doit être virée, fin de la parenthèse. J'ai répondu à des questions sur les retraites, sur les déclarations d'impôts et sur la réglementation du travail indépendant. J'ai donné tous les conseils susceptibles de les aider. En retour, j'ai appris beaucoup de choses sur des sujets que j'ignorais complètement. Par exemple : 1) Les techniques de maquillage de cinéma pour avoir l'air blessé. 2) Le nom d'une actrice soi-disant adorable qui se révèle une vraie peste avec son maquilleur. 3) Les mouvements pour réussir un grand jeté (pas facile à maîtriser, celui-là).

Maintenant que tous les thèmes ont été abordés, une fille pâle avec des mèches roses parle du coût de la peinture laquée et se plaint de la difficulté de faire des bénéfices en créant son propre salon de coiffure. J'écoute en tâchant de lui faire des suggestions judicieuses, mais mon attention est attirée par une autre fille du deuxième rang. Elle a les yeux rouges et n'a pas dit un mot, mais elle n'arrête pas de pianoter sur son mobile, de se moucher et de s'essuyer les yeux.

Il y a eu un moment pendant la session des questions où un mouchoir en papier m'aurait été d'une grande utilité. Je parlais des congés annuels, et aborder ce sujet m'a ramené ma douleur en pleine figure. J'avais gardé trois semaines de vacances. Pour ma lune de miel. J'avais même trouvé un endroit étonnant à Sainte-Lucie...

Non, Lottie, arrête d'y penser. Passe à autre chose, passe à autre chose, passe à autre chose. Je chasse mes larmes et m'intéresse à ce que dit la fille aux cheveux roses.

— ... et croyez-vous que je devrais me concentrer sur les sourcils ?

Punaise ! Je n'ai pas bien écouté. Se concentrer sur les sourcils ? Ça veut dire quoi ? Je suis sur le point de lui demander de récapituler les points essentiels pour l'audience (c'est toujours une bonne façon de s'en tirer) quand la fille du deuxième rang laisse échapper un énorme sanglot. Impossible de l'ignorer.

— Hou ! Hou ! Mademoiselle !

Je parle gentiment en faisant des gestes pour qu'elle me regarde.

— Excusez-moi ? Ça va ?

Sa voisine passe un bras protecteur autour de son épaule :

— Cindy vient de rompre. Elle peut partir ?

— Bien sûr ! Évidemment, elle peut.

— Mais ça comptera quand même pour son indemnité ? demande une autre amie. Parce qu'elle a déjà échoué à un module.

— C'est sa faute à lui, crache la première copine.

Environ dix filles hochent la tête en murmurant des trucs comme « Ça, c'est bien vrai », « Connard », « Même pas capable de réussir un smoky eye ».

Dans un nouveau sanglot, la fille pâle lâche :

— Deux ans que nous étions ensemble. Deux ans complets. La moitié de ses TP, c'est moi qui m'y collais. Et maintenant il claironne qu'il faut qu'il se concentre sur sa carrière. Je croyais que c'était moiiii qui comptait.

Elle termine sa sortie par de longs sanglots. En la regardant, je me sens au bord des larmes. Son chagrin m'est familier. *Familier*.

— Bien sûr que vous aurez les points nécessaires. En fait, je vais vous donner un mot à présenter en cas de crise d'angoisse.

— C'est vrai ? fait Cindy en souriant à travers ses larmes.

— Mais vous devez m'écouter attentivement, d'accord ?

J'ai une envie urgente de faire un exposé hors programme. De communiquer sur un sujet universel, pas sur les retraites, pas sur les réductions d'impôt, mais sur l'amour. Ou l'absence d'amour. Ou cet état mal défini dans lequel nous nous trouvons toutes les deux. Ça ne relève pas de mes attributions mais cette fille doit savoir. Oui, elle *doit* savoir. Mon cœur bat fort. Je me sens inspirée et généreuse comme Michelle Obama.

Je commence, en fixant la fille dans les yeux.

— Je vais vous dire une chose. De femme à femme. De professionnelle à professionnelle. D'être humain à être humain. Ne laissez pas une rupture sentimentale gâcher votre vie. Vous êtes forte. Vous êtes indépendante. Vous avez votre propre existence et vous n'avez pas besoin de lui. D'accord ?

J'exulte ! Je suis galvanisée ! Et tellement sûre de moi. Sa réponse me parvient dans un murmure :

— D'accord.

Je reprends en élevant la voix de manière à me faire entendre de tout l'auditoire.

— Les ruptures, nous savons toutes ici ce que c'est. Mais moi, je vais vous dire comment réagir. Ce n'est ni en pleurant, ni en vous bourrant de chocolats, ni en manigançant une terrible vengeance. Non ! Vous devez avancer, passer à autre chose. Chaque fois que je me suis trouvée dans cette situation, savez-vous ce que j'ai fait ? J'ai donné à ma vie une nouvelle direction. Je me suis intéressée à un nouveau projet. J'ai changé de look. J'ai déménagé. Qui est responsable de ma vie ? C'est moi, merci.

Et, martelant ma paume de mon poing, je termine :

— Et non un mec qui n'est même pas capable de réussir un smoky eye !

Deux filles se fendent d'applaudissements. La copine de Cindy siffle pour marquer son approbation et crie :

— C'est ce que j'ai dit ! Ce type est un bon à rien.

— Fini les larmes ! Fini les mouchoirs en papier. Fini les coups d'œil incessants sur le mobile pour voir s'il a appelé. Fini la boulimie de chocolats. Changez de vie. Trouvez des perspectives nouvelles. Si je peux le faire, vous le pouvez aussi.

Cindy me regarde, bouche bée, comme si je lisais dans son esprit.

— Mais vous êtes courageuse, s'exclame-t-elle. Vous êtes incroyable. Je ne suis pas comme vous. Et je ne le serai jamais même quand j'aurai votre âge.

Elle me contemple avec tant d'admiration que je suis touchée malgré tout. Mais, tout de même, quel besoin de me traiter de dinosaure ! Je n'ai pas cent ans, seulement trente-trois.

— Mais si, vous le serez ! Je vais vous faire une confidence. J'ai été comme vous. J'étais très timide. Je ne savais pas ce que je voulais faire et j'ignorais quelles étaient mes possibilités. J'avais dix-huit ans et je pataugeais.

Tiens ! Mais c'est mon speech sur la motivation qui revient au grand galop. Voyons voir si j'ai le temps de le leur servir… Un coup d'œil sur ma montre : c'est juste. Alors, la version courte.

— Oui, je me sentais perdue. Exactement comme vous aujourd'hui. C'est alors que j'ai pris une année sabbatique.

J'ai raconté cette histoire des dizaines de fois. Devant des étudiants, au cours de séminaires consacrés à l'esprit d'équipe, pendant des réunions d'employés désireux de prendre des congés sans solde. Non seulement je ne m'en lasse jamais, mais elle me procure toujours un petit frisson de plaisir.

— Donc, j'ai pris une année sabbatique. Et mon existence s'en est trouvée changée. Ma personnalité a changé. Il a suffi d'une nuit, une nuit capitale, pour que j'évolue.

J'avance de quelques pas et dirige mon regard sur Cindy.

— Vous voulez connaître ma philosophie personnelle ? Dans la vie de chaque personne existent des moments-clés qui définissent une trajectoire future. Personnellement, mon grand moment-clé s'est produit pendant mon année sabbatique. Un jour, vous aurez vous aussi votre moment décisif. Je peux vous l'assurer.

— Qu'est-ce qui s'est passé ?

La fille pâle est accro à mon histoire. Comme les autres, d'ailleurs. Certains étudiants éteignent même leur iPod.

— Je séjournais à Ikonos, une île grecque, chez l'habitant. La pension était pleine de gens comme moi. J'y suis restée tout l'été. C'était magique.

Toutes les fois que je me lance dans ce récit, les mêmes sensations, les mêmes images me reviennent à l'esprit. Le soleil grec dont les rayons éblouissants me réveillent. La fraîcheur de l'eau de mer sur ma peau brûlante. Le bikini mis à sécher sur un coin de volet en bois écaillé. Le sable dans mes espadrilles enfilées comme des savates. Les sardines grillées sur la plage. Les nuits passées à écouter de la musique et à danser.

Je me force à revenir au présent.

— Et puis, une nuit, il y a eu le feu. Un incendie terrible. La maison était bourrée de jeunes. Ils se sont réunis sur la véranda de l'étage. Pas d'extincteurs. Les flammes bloquaient l'escalier. Un piège mortel. Tout le monde criait...

Une fois encore, le même flash-back s'impose à moi. Je revois le toit s'effondrer. J'entends le bruit tonitruant et les hurlements. Je sens la fumée.

Je poursuis dans un silence absolu :

— J'avais la chance de me trouver dans une cabane nichée en haut d'un arbre. De mon observatoire, j'ai découvert qu'il y avait une issue de secours. En sautant de la véranda, on atterrissait sur le toit de l'étable des chèvres. Encore fallait-il le savoir. Dans la maison, c'était la panique. J'ai décidé de prendre en charge l'évacuation. J'ai crié pour me faire entendre, gesticulé, sauté en l'air – j'ai tout fait pour attirer l'attention. Au bout d'un moment, quelqu'un m'a remarquée et ils ont suivi mes instructions. Un par un, ils ont sauté sur le toit de l'étable. Tous en ont réchappé. Pour la première fois de ma vie, je me suis rendu compte que je pouvais être un leader, que j'étais capable de prendre les choses en main.

Les étudiants sont suspendus à mes paroles. On entendrait une mouche voler.

— Combien de personnes ? demande finalement Cindy.

— Dix ou douze.

— Vous avez sauvé douze vies ?

— Oh, qui sait ? je dis en plaisantant pour détendre l'atmosphère. De toute façon, ils auraient été sauvés. L'important, c'est ce que j'ai appris sur moi. Depuis ce jour, j'ai confiance en moi. Je suis suffisamment sûre de mes capacités pour entreprendre ce que je désire vraiment. J'ai changé de cap, de mentalité. Oui, honnêtement, ma transformation date de cet été-là. C'était mon moment-clé. Vous aurez le vôtre. Aucun doute là-dessus.

Je revis toujours ces événements. Quand je les raconte, je me sens bouleversée. C'était tellement effrayant. Ce que je ne dis pas, c'est que j'avais horriblement peur. Je criais dans le vent en espérant que quelqu'un m'entendrait.

Après m'être mouchée, j'adresse un sourire aux étudiants silencieux. *J'ai pris les choses en main*. Pendant des années, cette phrase m'a accompagnée comme un mantra. *J'ai pris les choses en main*. Quoi que je fasse d'idiot, *j'ai pris les choses en main*.

Pas un mot dans la salle. Et puis la blonde du premier rang se lève :

— Vous êtes de loin la meilleure conseillère en recrutement que j'aie eu l'occasion de rencontrer.

Et à ma grande surprise, elle commence à applaudir. Les autres l'imitent. Il y a même deux filles qui poussent des hourras.

— Mais non ! je proteste.

— Si, si ! Vous êtes géniale ! Comment vous remercier convenablement ?

— Moi-même, j'ai été ravie de ce moment passé en votre compagnie. Je vous souhaite de réussir votre vie professionnelle. Bonne chance à toutes et tous !

— Ce n'est pas ce que j'avais en tête, en parlant de remerciement.

Elle s'approche de l'estrade en brandissant un jeu de brosses rondes.

— Je m'appelle Jo, au fait. Vous êtes partante pour un changement de look ?

Je regarde ma montre.

— Je ne peux pas. C'est très gentil à vous mais...

— Je ne veux pas être désagréable, mais je pense qu'une petite amélioration ne serait pas superflue. Vos yeux sont gonflés. La nuit a été trop courte ?

Non mais, qu'est-ce qu'elle s'imagine, la gamine ?

— Non, pas du tout. J'ai beaucoup dormi, au contraire. Beaucoup.

— Alors c'est que votre crème pour les yeux n'est pas adaptée.

Et, me dévisageant de plus près, elle ajoute :

— Et ce nez rouge ? On dirait que vous avez pleuré.

— Pleuré ? Moi ? Absolument pas !

Jo me fait asseoir sur une chaise en plastique.

Ensuite elle me tapote délicatement le tour des yeux, tout en faisant des petits bruits réprobateurs avec sa bouche. Comme un maçon évaluant le travail mal foutu d'un collègue.

— Désolée... votre peau est dans un sale état.

Deux de ses copines appelées en renfort y vont de leurs commentaires.

— Oh oui, c'est pas terrible !

— Vos yeux sont d'un rouge...

— Incroyable ! Je ne sais vraiment pas d'où ça vient, j'affirme, en essayant de plaquer un sourire sur mon visage.

Saisie d'une inspiration subite, Jo déclare :

— Vous devez être allergique à quelque chose.

— Oui, voilà ! C'est une allergie.

— Quels produits de maquillage vous utilisez ? Je peux les voir ?

Je prends mon sac. Mais impossible de l'ouvrir : la fermeture à glissière coince. Avant que j'aie pu l'en empêcher, Jo l'attrape pour essayer à son tour. *Merde !* Je n'ai pas du tout envie qu'on voie l'énorme tablette de chocolat au lait que j'ai achetée ce matin à la gare et que j'ai à moitié boulottée en attendant Steve (un moment de faiblesse, je l'avoue).

— Laissez-moi ! Je vais y arriver, je dis en tirant sur le sac.

Jo a déjà forcé la fermeture. Pendant l'opération, le sac se renverse. Et qu'est-ce qui en sort tout d'un coup ? La moitié de la tablette, accompagnée d'une bouteille miniature de vin blanc (un deuxième moment de faiblesse, je l'admets) et des morceaux d'une photo déchirée de Richard (un troisième moment de faiblesse, j'en conviens).

— Excusez-moi, s'écrie Jo horrifiée. Mais c'est quoi, ça ? Une photo ? On dirait qu'il lui est *arrivé* quelque chose.

— En tout cas, voilà votre chocolat, me déclare une autre fille, en tendant la tablette.

Et sa copine, qui vient de ramasser les débris à moitié consumés de ce qui a été une carte de la Saint-Valentin, s'exclame :

— Ça ne serait pas une vieille carte de la Saint-Valentin toute brûlée ?

Cette carte, j'y ai mis le feu avec une allumette chez *Costa*, la cafétéria de la gare, avant qu'on me dise d'arrêter (un ultime moment de faiblesse, je le confesse).

Sur un fragment de la photo, Richard me regarde. Ce qui provoque en moi douleur et haut-le-cœur. Les filles échangent des regards pleins de sous-entendus, mais je reste muette. Pour sortir dignement de cette situation, je n'ai aucune méthode. Après un nouveau regard appuyé sur mes yeux rouges, Jo réagit et remet mes affaires dans mon sac.

— Bon, le *plus* important, c'est de vous rendre fabuleuse. Pour quelqu'un... Ou peu importe. Mais ça va prendre un peu de temps. Toujours d'accord ?

C'est la réponse. J'ignore la question, mais c'est assurément la bonne réponse. Je suis assise les yeux fermés dans une béatitude presque totale tandis que mon visage est travaillé au pinceau et au crayon par Jo, ma nouvelle meilleure amie, et ses copines étudiantes. À l'aide d'un spray, elles m'ont appliqué du fond de teint. Elles ont ensuite enroulé mes cheveux sur des gros rouleaux et maintenant elles débattent entre elles sur le look à donner à mes yeux. Moi, j'écoute à peine. Je suis comme sous hypnose. Je me moque d'être en retard au bureau. Je plane. Je passe du sommeil à l'état de veille. Des couleurs, des rêves, des idées tourbillonnent dans ma tête.

Chaque fois que je pense à Richard, j'oblige mon esprit à changer de direction. *Passe à autre chose, passe à autre chose, passe à autre chose.* Ça va aller. Ça va aller très bien. Il faut juste que je suive mon propre conseil. Que je trouve un nouveau projet. Une nouvelle voie. Un truc sur lequel me *concentrer*.

Voyons voir. Je peux peut-être redécorer mon appartement. Apprendre les arts martiaux. Suivre un stage intensif de remise en forme. Couper mes cheveux court et me doter de biceps comme Hilary Swank, l'actrice.

Ou alors me faire poser un piercing sur le nombril. Richard déteste ça. Voilà ce que dois faire.

Quoi d'autre ? Je peux voyager. Oui, je suis trop casanière.

Me voilà de retour en pensée à Ikonos. Quel été formidable, avant l'incendie, avant l'arrivée de la police et la débandade qui a suivi. J'étais si jeune. Et si *mince*. Je vivais en short coupé et haut de bikini. J'avais des perles dans les cheveux. Et il y avait Ben, mon premier vrai copain. Mon premier amoureux. Cheveux bruns et l'œil bleu rieur. Son parfum : sueur, sel et Aramis. On n'arrêtait pas de s'envoyer en l'air. Au moins trois fois par jour. Et dans l'intervalle on ne pensait qu'au sexe. C'était dingue. Comme une drogue. Ben ! Le premier mec qui m'a excitée à ce point...

Minute !

Ben ?

J'ouvre les yeux sans prévenir.

— Ne bougez pas ! s'exclame Jo.

Je bats des cils en tâchant de garder mon calme :

— Pardon, les filles ! On peut faire une petite pause ? Il faut que je téléphone.

J'attrape mon mobile et compose le numéro de Kayla. Non, Lottie, ne te monte pas la tête. Impossible que ça soit lui. Impossible. Ce n'est pas lui.

Évidemment, ce n'est pas lui.

La voix de Kayla :

— Coucou, Lottie ! Tout se passe bien ?

Pourquoi est-ce qu'il me téléphonerait après tout ce temps ? Quinze ans ont passé. Nous avons perdu le contact depuis… Depuis cette époque.

— Salut, Kayla. Je voudrais seulement le numéro de ce Ben, je dis d'une voix désinvolte. Celui qui a appelé hier quand j'étais sortie. Tu vois ?

Pour quelle raison je croise les doigts ? Pourquoi ?

— Ah oui ! Une seconde. Tiens.

— Qui est-ce ? demande-t-elle, après m'avoir dicté un numéro de portable.

— Je ne sais pas vraiment. Tu es certaine qu'il n'a pas laissé de nom de famille ?

— Non, juste Ben.

Je raccroche et fixe le numéro. Juste Ben. *Juste Ben*.

Sûrement un postulant plein de culot. Ou un chasseur de têtes qui pense qu'on est dans les meilleurs termes. Ou Ben Jones, mon voisin de palier, qui m'appelle au bureau pour une fuite. Combien de gens dans le monde s'appellent Ben ? Des milliards. Précisément.

Juste Ben.

Mais c'est ça ! Voilà pourquoi je respire avec un peu de difficulté. Voilà pourquoi je me redresse instinctivement sur mon siège. Qui peut bien laisser un message pareil, sinon mon ex ?

Je presse sur les touches en fermant très fort les yeux et j'attends. Une sonnerie, deux sonneries, trois.

— Ici Benedict Parr ! Allô ? C'est Benedict Parr à l'appareil. Vous m'entendez ?

Je suis incapable de parler. Mon cœur fait des bonds. C'est lui.

4

Lottie

Première constatation : je suis fabuleuse.

Deuxième constatation : je ne vais pas coucher avec lui.

Non. Non, môssieur ! Pas question.

Même si j'y ai pensé toute la journée. Même si la simple évocation de nos ébats passés me met en effervescence. Je me souviens de lui. De comment il était. De ce que nous faisions. La tête me tourne. C'est surréaliste : je vais le revoir après tout ce temps. Ben. Oui, Ben.

Le son de sa voix m'a catapultée quinze ans en arrière. Je suis assise face à lui à la table bancale que nous occupons chaque soir. Les oliviers nous entourent. Mes pieds nus sont posés sur ses cuisses. J'ai une canette de Sprite glacée devant moi. Tiens, j'avais oublié combien j'étais accro au Sprite à cette époque.

Toute la journée, des souvenirs et des tableaux de l'été grec ont refait surface. Certains flous, d'autres tout à fait précis. Ses yeux. Son odeur. Son *intensité*. C'est ce que je me rappelle le mieux. Il me donnait l'impression que nous étions les acteurs vedettes d'un film, comme si rien d'autre n'importait que lui, moi et l'instant présent. Tout n'était que *sensualité*. Son corps. Le soleil et la transpiration. Le sel et le sable. Nos peaux. Des sensations exacerbées, brûlantes et… incroyables.

Et maintenant, quinze ans après. C'est… disons bizarre. Je jette un coup d'œil à ma montre avec un petit frisson d'anticipation. Assez traîné devant les boutiques. C'est le moment d'y aller.

Nous avons rendez-vous dans le quartier de Clerkenwell, dans un nouveau restaurant de poissons dont les critiques gastronomiques disent le plus grand bien. Apparemment, Ben travaille dans le coin. Ce qu'il fait ? Aucune idée. Je ne lui ai pas demandé, ce qui est idiot. Aussi, en regagnant finalement mon bureau, j'ai dû avoir recours à Google. Rien sur Facebook, mais j'ai trouvé le site d'une entreprise de papier qu'il dirigerait. Plutôt surprenant, car il voulait être acteur. J'imagine que ça n'a pas marché. Ou qu'il a changé d'avis. À cette époque, nous ne parlions ni de job ni de plan de carrière. Notre seule préoccupation, c'était le sexe. Et aussi la façon dont nous allions changer le monde.

Nos conversations me reviennent en mémoire. Sur Brecht qu'il lisait. Sur Tchekhov, que je lisais. Sur le réchauffement de la planète. La philanthropie. La politique. Et l'euthanasie. En y repensant, ça faisait un peu discussion de classe de terminale. Un peu sérieuse. Mais très honnête. Rien d'étonnant : nous venions à peine de quitter le lycée. J'approche du restaurant en vacillant sur mes nouveaux talons hauts, sentant mes cheveux danser sur mes épaules et admirant mes ongles impeccables. Dès que Jo et ses copines ont appris que j'allais revoir un ancien amoureux, elles ont redoublé d'efforts. Elles m'ont fait une manucure d'enfer, elles ont teint mes cils. Et m'ont même proposé une épilation du maillot.

Évidemment, je n'en avais pas besoin puisque j'étais allée chez l'esthéticienne trois jours avant, histoire d'être prête pour une joyeuse séance de sexe endiablé d'après fiançailles avec Richard. Pour ce que j'en ai tiré ! Autant jeter de l'argent par la fenêtre.

C'est trop triste d'y penser. Trop humiliant aussi. Je devrais lui envoyer ma note de l'institut de beauté. La lui envoyer à San Francisco accompagnée d'une lettre pleine de dignité qui dirait simplement : *Cher Richard, quand tu liras cette lettre…*

Non ! Arrête, Lottie ! Interdiction formelle de penser à Richard. Et défense d'écrire une lettre pleine de dignité. *Passe à autre chose, passe à autre chose, passe à autre chose.*

Je serre ma pochette encore plus fort, pleine de détermination. Il y a une raison à tout. Chaque épisode se déroule selon un schéma prévu d'avance. Une minute, je me sens au plus bas, la minute suivante, Ben me contacte. C'est le destin. La providence.

Pourtant je ne vais pas coucher avec lui.

Non. Absolument pas.

En arrivant au restaurant, je sors un miroir de mon sac et m'inspecte une dernière fois. Punaise ! J'avais oublié comme j'étais bien. Teint radieux, avec des nouvelles pommettes inventées par Jo grâce à un pinceau et à un assortiment de poudres. Lèvres à la fois fraîches et voluptueuses. En un mot : sublime.

C'est le contraire du scénario cauchemardesque où

vous tombez sur votre ex-amoureux vêtue d'un simple pyjama et avec une gueule de bois carabinée. De ma vie je n'ai jamais été aussi en forme. Et je ne le serai d'ailleurs jamais plus à moins de faire appel à dix maquilleurs professionnels. On l'aura compris : sur le plan du look, je suis à mon top.

C'est en toute confiance que j'ouvre la porte du restaurant pour être accueillie par une chaude odeur de fruits de mer et d'ail. Il y a des boxes en cuir, un immense lustre central et un sympathique brouhaha. Pas de tape-à-l'œil détestable. Au contraire, tout semble convivial. Derrière le bar, un barman agite un shaker, ce qui me donne une irrésistible envie de mojito.

Mais je prends immédiatement une résolution de sobriété. Non. Je ne vais pas me soûler. Je ne vais pas coucher avec lui *et* je ne vais pas me soûler.

Un maître d'hôtel s'approche.

— Je dois retrouver… un ami. Il a réservé. Benedict Parr.

— Bien sûr.

Le maître d'hôtel me montre le chemin. En faisant des tours et des détours, nous passons devant une dizaine de tables et au moins autant de Ben potentiels. Chaque fois mon estomac fait des bonds. C'est lui ? C'est lui ? Pourvu que ce ne soit pas celui-là…

J'étouffe un petit cri. C'est lui, là, devant moi. Il se lève de sa chaise. Lottie, reste calme. Souris. C'est complètement et tellement surréaliste.

Je l'examine, enregistrant les détails à toute vitesse comme si je participais aux Olympiades de « Jaugez votre ex ». Une chemise avec un drôle de motif – à revoir. Plus grand que dans mon souvenir. Plus mince.

Son visage est plus fin et ses cheveux bruns et ondulés plus courts. Qui pourrait imaginer qu'autrefois il était aussi bouclé qu'un dieu grec ? Un petit trou visible sur le lobe de l'oreille rappelle qu'il a porté une boucle d'oreille.

— Salut !

Je suis satisfaite du ton dégagé de ma voix. Surtout que maintenant que je l'ai bien détaillé, je sens une bulle d'excitation grandir en moi. Ah, quel beau mec ! Super séduisant ! Comme avant mais en mieux. Plus adulte, moins gauche.

Il se penche pour m'embrasser. Deux bises d'homme hyper civilisé. Puis il se recule pour me contempler.

— Lottie ! Tu es superbe.

— Tu n'es pas mal non plus.

— Tu as l'air aussi jeune qu'avant.

— Pareil pour toi.

Nous nous regardons, enchantés, partageant une joie étonnée, comme abasourdis par notre chance. Imaginez deux gagnants d'une tombola qui, venant récupérer une boîte de chocolats minable, se retrouvent avec une enveloppe de mille livres en cash, et vous aurez une idée de la tête que nous faisons.

Car, soyons réalistes, plein de choses peuvent transformer un garçon entre vingt et trente ans. Ben pourrait être chauve. Il pourrait être bedonnant et voûté. Ou bourré de tics exaspérants.

Il doit probablement me regarder en se disant : *Dieu merci, elle n'a pas une tête de vieille bique pleine de cheveux gris avec trente kilos de plus.*

— Eh bien, dit-il avec un geste charmant vers la chaise où je m'assieds. Comment se sont passées ces dernières quinze années ?

— Très bien, je réponds en riant. Et toi ?

— Je ne peux pas me plaindre.

Et ses yeux plongent dans les miens avec le même air malicieux qu'autrefois.

— Voilà, on s'est mis à niveau. Tu veux un verre ? Ne me dis pas que tu ne bois que de l'eau.

— Tu plaisantes ? Voyons ce qu'ils ont.

J'ouvre la carte des boissons avec un pincement de plaisir. Quelle soirée ça va être ! Je le savais !

Deux heures plus tard, je suis dans un état d'exaltation incroyable. J'exulte. Je me sens comme un sportif au top de sa forme. Comme un converti touché par la grâce. Voilà. *Voilà*. Ben et moi, ça marche du tonnerre.

OK. Je n'ai pas tenu ma résolution concernant l'alcool. Il faut dire que c'était une résolution stupide, ridicule, irréfléchie. Dîner avec un ex est une situation virtuellement difficile, un motif de stress potentiel, une source d'embarras en puissance. Mais, avec l'aide de plusieurs cocktails, je passe la meilleure soirée de ma vie.

Ce qui est invraisemblable, c'est la façon dont Ben et moi nous entendons. Comme si nous reprenions le dialogue après nous être quittés la veille, comme si une décennie et demie ne s'était pas écoulée. À nouveau nous avons dix-huit ans. Nous sommes jeunes et enthousiastes, nous échangeons des idées folles et des blagues idiotes. Nous voulons explorer tout ce que le monde peut nous offrir. Ben me parle immédiatement d'une pièce qu'il a vue la semaine précédente, je lui décris l'expo que j'ai admirée à Paris (sans préciser que j'y étais avec Richard). Après ça, notre conversation s'envole. Il y a tellement à dire, tellement de souvenirs aussi.

Nous avons esquivé le « Qui, quoi, quand ? » assommant. Nous avons évité les anecdotes professionnelles, les confessions sentimentales ainsi que tous les sujets emmerdants à mourir. C'est tellement libérateur, tellement rafraîchissant de ne pas entendre : « Et alors, maintenant, tu travailles dans quoi ? » Ou : « Tu vis dans une maison rénovée ou un immeuble moderne ? » Ou encore : « Tu as un plan pour ta retraite ? »

Je sais qu'il est célibataire. Il sait que je le suis. C'est la seule précision utile.

Ben a bu bien plus que moi. Il se rappelle aussi beaucoup plus de choses de notre été grec. Il n'arrête pas d'évoquer des détails que j'avais occultés. Par exemple, le tournoi de poker. La barque de pêche qui avait sombré. Notre partie de ping-pong nocturne avec deux Australiens. Mais dès que Ben ravive ces souvenirs, ils me reviennent à l'esprit comme si c'était hier.

— L'un, c'était Guy et…

Je fronce le nez en essayant de retrouver le nom d'un des Australiens.

— Guy et… Comment s'appelait l'autre ?… Ah, oui, Bill.

— Oui, Bill ! Le grand Bill.

Ravi, Ben me tape dans la main.

C'est la première fois que je repense à Bill depuis des années. Et, pourtant, difficile de l'oublier ! Costaud comme un ours. Toujours dans un coin de la terrasse à lézarder au soleil et à siffler des bières. Champion hors catégorie des piercings sur le corps qu'il s'était faits lui-même avec une aiguille. Sa copine Pinky était vraiment cool. Quand il lui a percé le nombril, nous avons tous regardé et applaudi.

— Ah, les calamars ! Les meilleurs du monde !

Cette évocation délicieuse me fait fermer les yeux.

— Et les couchers de soleil. Tu t'en souviens ?

— Évidemment.

— Et Arthur ? Quel personnage !

Arthur était le propriétaire de la pension de famille où nous séjournions. Nous l'adorions tous et buvions chacune de ses paroles. Jamais rencontré un type aussi cool. Dans les cinquante ans, avec un parcours étonnant. Il avait étudié à Harvard et monté sa propre boîte, il avait fait faillite et le tour du monde à la voile, pour terminer à Ikonos où il avait épousé une fille de l'île. Tous les soirs, gentiment défoncé dans le champ d'oliviers, il racontait aux gens comment, lors d'un déjeuner avec Bill Clinton, il avait refusé le job que le Président lui proposait. Il avait vécu tellement d'aventures. Il était si avisé. Je me souviens d'un soir où, complètement éméchée, je pleurais sur son épaule tandis qu'il me réconfortait en murmurant des paroles formidables. (Quelles paroles exactement ? Je n'en sais trop rien mais c'était formidable.)

— Tu te souviens des marches ?

— Oh oui, les marches ! Je me demande comment on y arrivait.

C'est que la pension se trouvait au sommet d'une falaise. Pour descendre à la plage ou en remonter, il y avait cent trente-trois marches creusées dans la roche. Nous les dévalions et les grimpions plusieurs fois par jour. D'où ma minceur d'alors.

— Et Sarah ? Qu'est-elle devenue ?

— Sarah ? À quoi elle ressemblait ?

— Époustouflante. Un corps de rêve. Une peau de soie, dit Ben d'un air subjugué. C'était la fille d'Arthur. Tu te la rappelles forcément.

— Non, ou alors très vaguement.

À vrai dire, la description de la peau de soie des autres filles m'énerve plutôt.

— Elle était peut-être partie en voyage avant ton arrivée.

Et, changeant de sujet, il me demande :

— Tu te souviens des vieilles vidéos de *Dirk and Sally* ? Combien de fois les a-t-on vues et revues ?

— *Dirk and Sally !* Les histoires de détectives !

— « Partenaires dans la vie, partenaires dans le travail », annonce Ben en singeant la voix gnangnan du générique.

— « Partenaires dans la mort », je poursuis en mimant le salut de Dirk and Sally.

Ben et moi avons regardé chaque épisode de *Dirk and Sally* au moins cinq mille fois. D'abord, parce que c'était l'unique coffret vidéo de la pension. Ensuite, parce que, à part les nouvelles de la télé grecque, il fallait bien avoir quelque chose à se mettre sous la dent pendant le petit déjeuner. Dans cette histoire des années 1970, les deux protagonistes qui se sont rencontrés à l'école de police font équipe pour résoudre des affaires criminelles mais cachent leur mariage. Seul un tueur en série connaît leur secret et menace de le révéler. Une tuerie, cette série !

Je me revois soudain assise avec Ben sur le vieux canapé de la salle à manger. Nos jambes bronzées sont entremêlées. Nous sommes en espadrilles. Tandis que les autres pensionnaires sont sur la terrasse, nous dévorons des toasts en regardant *Dirk and Sally*.

— Mon préféré, c'est l'épisode où Sally est enlevée par le voisin ! je m'exclame.

— Non, pour moi, c'est celui où le frère de Dirk

vient vivre avec eux et devient un chef de la mafia. Quand Dirk veut savoir où il a appris à cuisiner et que la drogue est planquée dans le crumble aux pêches.

— Oh, oui, excellent !

Un ange passe, chargé de souvenirs.

— Apparemment personne n'a vu *Dirk and Sally*, reprend Ben. Personne n'en a même entendu parler.

— C'est vrai.

D'ailleurs j'avais moi-même oublié cette série jusqu'à ce qu'il la mentionne.

— Et la crique ?

Ben est déjà reparti sur un autre sujet.

— La crique ! Oh oui !

Je croise son regard et tout revient d'un coup. Me voilà presque submergée d'un désir d'adolescente. La crique est l'endroit où ça s'est passé pour la première fois. Où nous avons recommencé. Tous les jours. Une toute petite anse sablonneuse qu'on n'atteignait que par bateau. Ben nous y emmenait à la voile, sans dire un mot mais me lançant à l'occasion un regard plein de sous-entendus. Et moi, jambes repliées sur le bastingage, je suffoquais presque à la perspective de ce qui allait se passer.

Je regarde Ben. Il est en train de penser la même chose que moi. Il se revoit dans la crique. Il a l'air aussi grisé que je le suis.

— La façon dont tu t'es occupé de moi quand j'avais la grippe. Je ne l'ai jamais oubliée.

La *grippe* ? Pas l'ombre d'une réminiscence. Mais mes souvenirs sont si flous. S'il le dit, c'est que c'est vrai. Je ne veux pas l'interrompre ou le contredire, afin de ne pas pourrir l'ambiance. Donc j'acquiesce tranquillement.

— Tu me tenais la tête. Tu me chantais des berceuses. Je délirais, mais j'entendais ta voix chantonner toute la nuit. Lottie, tu étais mon ange gardien, dit-il en se reservant du vin. Peut-être que j'ai quitté le droit chemin parce que je ne t'avais pas dans ma vie.

Son « ange gardien ». Comme c'est romantique ! Évidemment, le récit de son déraillement m'intéresse au plus haut point mais lui poser des questions gâcherait l'instant. Et puis finalement, je m'en fiche. Tout le monde peut dérailler un jour ou l'autre, puis revenir sur le droit chemin. Et peu importe ce qui s'est passé entre-temps.

— Comment se fait-il que tu n'aies pas encore été enlevée ? demande-t-il en regardant ma main gauche.

— Je n'ai pas rencontré l'homme de mes rêves.

— Une belle fille comme toi ? Tu dois les repousser par dizaines.

— C'est peut-être ce que j'ai fait.

Je rigole, mais pour la première fois de la soirée mon calme est ébranlé. Et, tout à coup, malgré moi, je repense à ma première rencontre avec Richard. C'était à l'opéra, ce qui est étrange, car normalement, ni moi ni lui n'allons à l'opéra. Nous assistions à un gala de charité pour faire plaisir à des amis. On jouait *Tosca*. Il était en smoking, grand et distingué. En remarquant la blonde à son bras, j'ai éprouvé un pincement de jalousie. Je ne le connaissais pas et pourtant je me suis dit : « Elle en a, de la chance ! » Il versait du champagne en riant. Ensuite il s'est tourné vers moi en disant : « Nous n'avons pas été présentés. C'est désolant. » Et j'ai pratiquement plongé dans son beau regard sombre.

Et voilà. Un instant magique. Finalement il n'était

pas avec la blonde. Après l'entracte, il a changé de siège pour venir à côté de moi. Pour fêter le premier anniversaire de notre rencontre, nous sommes retournés à l'opéra. Et je pensais qu'il en serait de même chaque année jusqu'à la fin de nos jours. Quelle erreur ! Et pour l'histoire que je comptais raconter pendant notre réception de mariage, accompagnée des dizaines de « Ah ! » et de « Oh » émus.

Je sens les larmes qui...

Miséricorde ! Ben me dévisage.

— Excuse-moi. J'ai dit quelque chose qu'il ne fallait pas ?

— Pas du tout. La vie... Tu sais.

— Absolument.

Il hoche de la tête avec ferveur comme si je venais de résoudre une énorme difficulté contre laquelle il se débattait.

— Dis-moi Lottie... Est-ce que, toi aussi, tu te sens à la ramasse de temps en temps ?

— Oui, je dis après une longue gorgée de vin. Et même souvent.

Ben regarde dans le vide d'un air morose :

— Quand j'avais dix-huit ans et que nous étions là-bas, je savais où j'allais. C'était clair dans ma tête. Mais la vie réserve de drôles de surprises. On découvre l'aspect moche des choses. Leur côté corrompu. On se retrouve encerclé. Il n'y a pas d'issue. Pas question d'arrêter, de souffler, de faire ce qu'on veut. Tu vois ce que je veux dire ?

— Je vois tout à fait.

— Cet été, il y a quinze ans, a été le meilleur moment de ma vie. Toi. La Grèce. Tout, quoi ! Nous deux ensemble. Tout était *simple*. Sans *emmerdes*.

C'était pareil pour toi ? Quel a été le meilleur moment de ta vie ?

Je fais défiler les quinze dernières années de mon existence. Bon, il y a eu quelques bons moments. Mais je suis d'accord avec lui. Dix-huit ans... On était beaux. On pouvait boire toute la nuit sans craindre la gueule de bois du lendemain. Le meilleur moment de la vie sûrement.

— Tu as raison, c'était en Grèce.

— Pourquoi ne sommes-nous pas restés ensemble, Lottie ? Pourquoi nous sommes-nous perdus de vue ?

— Édimbourg et Bath. Bath et Édimbourg. Incompatibilité géographique.

— D'accord, mais c'était une raison débile. Quels crétins on a été !

Nous avions parlé interminablement de cette incompatibilité géographique quand nous étions sur l'île. Il allait à la fac d'Édimbourg. Moi, c'était à Bath. Notre histoire n'allait pas survivre à la rentrée universitaire. La fin était imminente.

De toute façon, après l'incendie, tout est parti en quenouille. On nous a logés dans différentes pensions de l'île. Les parents sont arrivés. Certains par le premier bateau avec de l'argent, des vêtements et des nouveaux passeports. Je me souviens de Pinky attablée à une taverne entre deux adultes très chic. Elle paraissait inconsolable. Indéniablement, la fête était finie.

Tout à coup, j'ai une sorte de flash.

— Nous devions nous revoir à Londres, non ? Mais tu as dû partir avec ta famille en Normandie.

— C'est vrai. J'aurais dû les planter. J'aurais dû aussi m'inscrire à Bath.

Les yeux de Ben s'attardent sur moi.

— Lottie, je n'ai jamais rencontré quelqu'un comme toi. Je me dis parfois que j'ai été un vrai con de te laisser partir. Oui, un con hors concours.

Mon estomac se livre à des acrobaties. J'en renverse presque mon verre de vin. Dans un coin de ma tête, j'espérais bien qu'il me sortirait une tirade de ce genre. Mais pas si tôt. Ses yeux bleus sont vrillés sur moi, pleins d'espoir.

— Je suis d'accord, je dis avant de prendre une bouchée de poisson.

— Ne me dis pas que tu as vécu une histoire plus intense que la nôtre. Parce que moi, bordel, je n'en ai pas eu !

Ben appuie ses propos en martelant la table de son poing.

— On s'est peut-être trompés de priorité. On aurait dû dire : « Merde à la fac, on préfère rester ensemble. » Qui sait ce qui serait arrivé ? On s'entendait super bien, Lottie. On a sans doute gâché ces quinze dernières années en étant séparés. Tu y penses de temps en temps ?

Sa véhémence me coupe le souffle. Comme je ne sais pas quoi répondre, j'enfourne une nouvelle bouchée de poisson.

— Aujourd'hui on serait mariés. On aurait des enfants. Ma vie aurait un sens.

Il se parle pratiquement à lui-même, s'exprimant avec une émotion contenue que je ne comprends pas.

— Tu veux des enfants ?

La question fuse sans que j'aie pu me retenir. *Au premier rendez-vous, je demande à un type s'il veut des enfants*. Je suis dingue ou quoi ? Sauf que… ce n'est pas notre premier rendez-vous. Plutôt le millionième.

116

Et puis, c'est lui qui a mis le sujet sur le tapis. En plus on ne sort pas ensemble. Donc…

— Oui, je veux des enfants. Je suis prêt à fonder une famille, à pousser un landau, à aller au jardin, et tout et tout.

Le regard résolu de Ben se pose à nouveau sur moi.

— Moi aussi, je renchéris, les larmes aux yeux. Moi aussi, je suis prête à fonder une famille.

Oh non ! Voilà Richard qui se rappelle à mon bon souvenir. Contre ma volonté. Un des mes vieux fantasmes surgit : Richard et moi construisant une cabane dans un arbre pour nos jumeaux, Arthur et Edie. J'ouvre vigoureusement mon sac pour attraper un mouchoir. Je n'ai pas prévu de pleurer. Ni de penser à Richard.

Heureusement, Ben ne remarque rien. Il remplit mon verre puis le sien. Je m'aperçois que nous avons presque fini la bouteille de vin. Comment est-ce possible ?

Sa voix me fait sursauter.

— Tu te souviens du pacte ?

Pas question.

Une poussée d'adrénaline se répand dans mon corps. Impossible de respirer. Comment se souvient-il du pacte ? Ce n'est pas moi qui en aurais parlé. C'était une toute petite promesse pour rire que nous nous sommes faite à l'époque. Trois fois rien. Un truc absurde.

— On y joue ?

Il me regarde franchement. Il doit plaisanter. À moins qu'il ne soit réellement sérieux. Non ! Impossible.

— La date est dépassée, non ? On avait dit : « Si nous ne sommes pas mariés à trente ans. » Or, j'en ai trente-trois.

— Mieux vaut tard que jamais. Mon appartement est à deux pas, murmure-t-il.

Son pied, qui a trouvé le mien, essaie de s'immiscer dans ma chaussure. Il prend ma main. Je frissonne de tout mon être. La mémoire musculaire. La mémoire sexuelle. Je sais où ça va nous mener.

Mais… Mais… Est-ce la direction que je désire prendre ? Que se passe-t-il ? Allez, Lottie, réfléchis !

— Vous désirez un dessert ?

La voix du serveur me sort de mon état de transe. Je relève la tête et j'en profite pour retirer ma main.

— Euh… Merci.

Rouge d'énervement, je parcours la carte des desserts tout en réfléchissant. Et maintenant, que faire ? Que faire ?

Freine des quatre fers, me souffle une petite voix. *Fausse route. Erreur de direction.*

Sans compter l'impression de déjà-vu que j'ai, le sentiment d'avoir déjà parcouru le même chemin.

Toutes mes histoires d'amour à long terme ont commencé de cette façon. Étreinte de mains au-dessus d'une table. Pulsions sexuelles. Jolis dessous, épilation impeccable. Grande partie de jambes en l'air, inventive, excitante, géniale. (Ou horrible, comme avec ce médecin. Beurk ! Vous pourriez croire qu'un docteur en sait long sur la façon dont le corps fonctionne ! Que nenni ! Inutile de préciser que je l'ai largué illico.)

En fait, il n'y a jamais de problèmes au début. C'est après qu'ils arrivent.

Curieusement, et pour la première fois, je suis convaincue d'une chose : il faut que je me renouvelle entièrement. Oui, le processus doit être différent. Mais comment faire ? Et vers quoi aller, d'ailleurs ?

Ben, qui m'a repris la main, couvre l'intérieur de mon poignet de petits baisers. Je décide d'ignorer la manœuvre. Pour mieux me concentrer.

— Qu'est-ce qui se passe ? Tu es tendue, Lottie. Laisse-toi aller. Ça devait arriver. Toi et moi, c'était écrit. Tu le sais.

Ses lèvres collées à ma peau, Ben me regarde. Ses yeux sont remplis de cette étincelle langoureuse et sexy que je connais bien. Et qui m'allume au quart de tour. Et si je capitulais en m'offrant une torride, une délicieuse nuit d'amour ? Je le mérite, après tout.

Mais si par hasard il y avait plus qu'une nuit formidable ? Comment me comporter ? Que faire ?

Tout serait plus facile si ma tête arrêtait de tourner. Je retire mon bras encore une fois.

— Ben, il faut que tu comprennes. Nous n'avons plus dix-huit ans, d'accord ? Je veux plus qu'un coup vite fait, bien fait. Je veux m'engager. Me marier. Faire des projets à deux. Avoir des enfants. Tout le tremblement.

— Moi aussi ! s'écrie-t-il. Tu n'as pas écouté ? Je suis dans les mêmes dispositions. Lottie, je n'ai jamais cessé de t'aimer, ajoute-t-il, en dardant sur moi un regard brûlant.

Mon Dieu ! Il m'aime. Les larmes reviennent. Je me dis que, moi non plus, je n'ai jamais cessé de l'aimer. Je me dis que si je ne m'en suis pas rendu compte, c'est que cet amour est resté au niveau d'un bruit de fond, présent, régulier, mais de faible intensité. Et qu'il vient de surgir sous la forme d'une passion dévorante.

— Moi non plus, j'avoue, la voix tremblante d'une soudaine certitude. Je t'aime depuis quinze ans.

— Quinze ans… On a été fous de se séparer.

119

Une vague de romantisme me submerge. Vous m'imaginez raconter ça à ma réception de mariage ? Vous imaginez les « Oh » et les « Ah » des invités ? « Après quinze années de séparation, nous sommes de nouveau ensemble. »

— Rattrapons le temps perdu, propose Ben en portant mes doigts à ses lèvres. Lottie, mon amour, ma chérie.

Ses mots sont aussi doux que du baume ; la sensation de sa bouche sur ma peau, d'une douceur presque intolérable. Je me laisse aller en fermant les yeux. Non ! Une sonnette d'alarme se fait entendre. Il ne faut pas que cette histoire tourne au désastre comme les précédentes.

— Stop ! je dis en retirant ma main. Arrête ! Je sais où ça va nous mener. Et c'est non. Pas cette fois-ci.

Ben a l'air perplexe.

— De quoi tu parles ? Je ne fais qu'embrasser tes doigts.

Il a de la bouillie dans la bouche. Mais moi aussi, sans doute.

J'attends que le serveur ait enlevé les miettes de la table puis, d'une voix basse et tremblante, je lance :

— Cette chanson, je la connais par cœur. Tu embrasses mes doigts. J'embrasse les tiens. Nous faisons l'amour. C'est merveilleux. Nous faisons encore l'amour. Ça tourne à l'obsession. Nous prenons quelques jours dans les Cotswolds. Nous allons chez Ikea acheter un canapé ou une bibliothèque. Deux ans passent à toute allure. Vient le moment où logiquement nous devrions nous marier… et pourtant nous ne le faisons pas. Nos rapports se détériorent. Les engueulades commencent, et c'est la rupture. Trop horrible.

Quel triste sort que le nôtre ! Ma gorge se serre. Tout ça est trop affreux, trop inévitable.

Visiblement, Ben est sidéré par mon scénario. Au bout d'un moment, il réagit :

— Très bien ! Mais... et si nos rapports restent au beau fixe ?

— Impossible ! C'est obligatoire. Les rapports se dégradent toujours, je rétorque, l'œil mouillé. Je le sais. Ça m'est arrivé plein de fois.

— Même si nous n'achetons pas une bibliothèque chez Ikea ?

Bon, Ben essaie d'être drôle mais moi je suis sérieuse. J'ai passé quinze années de ma vie à fréquenter des mecs. Fréquenter n'est pas une solution. J'ai fréquenté Richard. Fréquenter est le problème.

— Il y a sûrement une raison pour que tes histoires précédentes n'aient pas marché, reprend Ben. Les types n'étaient pas faits pour toi, c'est tout. Mais moi, je le suis.

— Comment tu en es si sûr ?

— Parce que... Parce que... Oh, écoute !

Il passe ses mains dans ses cheveux avec une tête exaspérée, puis :

— Parfait ! Tu as gagné ! Faisons-le dans la grande tradition. Lottie, veux-tu m'épouser ?

— Tais-toi ! Pas la peine de te foutre de moi !

— Non, je suis sincère. Veux-tu m'épouser ?

— Très marrant !

— Je suis sincère. Veux-tu m'épouser ?

— Ça suffit !

— Veux-tu m'épouser ? demande Ben plus fort.

À la table voisine, le couple nous regarde en souriant.

— Chut ! Ce n'est pas drôle !

À mon plus grand étonnement, il met un genou à terre et croise les mains. Plusieurs personnes observent la scène.

Mon cœur bat à cent à l'heure. Pas question. Pas question.

— Charlotte Graveney, j'ai passé quinze ans de ma vie à courir après de pâles imitations de toi. Me voici maintenant avec le modèle original que je n'aurais jamais dû laisser s'éloigner. Sans toi, ma vie n'a été qu'obscurité. Je veux revenir dans la lumière. Me feras-tu l'honneur de m'épouser ? S'il te plaît ?

Une drôle de sensation s'empare de moi. Comme si j'avais du coton plein la tête. Ben demande ma main. Il me demande de l'épouser. Pour de vrai.

— Tu es bourré, je rétorque.

— Pas bourré à ce point. Veux-tu m'épouser ?

— Mais je ne te connais *plus*, je réponds en riant à moitié. J'ignore tout de toi : ton boulot, ton appart, tes projets, ton but dans la vie.

— Pour répondre à tes questions, dans l'ordre : Je bosse dans le papier. Je vis à Shoreditch. Je veux être aussi heureux que je l'étais quand nous étions ensemble. Je veux me réveiller tous les matins et te faire l'amour comme à une reine. Je veux avoir des enfants qui auront tes yeux. Lottie, je sais que le temps a passé, mais je suis le même. Je suis toujours Ben.

Ses yeux se plissent et il conclut :

— Veux-tu m'épouser ?

Je le dévisage en respirant à pleine goulée. Dans ma tête, un bruit de cloches. Celles de la cérémonie de mariage ? Ou celles d'une sirène d'alarme ?

Je pensais qu'il y avait une chance pour qu'il

s'intéresse toujours à moi. Mais c'était plutôt de l'ordre du fantasme. Ainsi il m'a cherchée pendant tout ce temps ! Ainsi il veut m'épouser ! Il veut des enfants ! Une petite musique résonne à mes oreilles. Les trilles des violons ? Peut-être que, enfin, ça y est. ÇA Y EST ! Richard n'était pas le bon, mais Ben, oui !

J'avale une gorgée d'eau et cherche à faire un tri parmi toutes les pensées qui tourbillonnent dans ma tête. Allez, Lottie, c'est le moment d'être sensée ! De réfléchir posément. Est-ce que nous nous sommes déjà engueulés ? Non. Tu aimes être avec lui ? Oui. Tu l'aimes comme amant ? Oui. Énormément. Ai-je besoin d'en savoir plus au sujet d'un futur mari ?

Tout à coup, prise d'un pressentiment, je demande :

— Tu as un piercing sur la poitrine ? Parce que, autant te prévenir, ce n'est pas du tout mon truc.

— Pas l'ombre d'un !

Dans un geste théâtral, Ben ouvre brusquement sa chemise en faisant valser les boutons. Difficile de détourner mon regard. Miam ! Bronzé. Musclé. Aussi appétissant qu'avant.

— Tu n'as qu'un mot à dire, Lottie, c'est « oui ».

Ben ouvre grand les bras et, avec l'insistance du type qui a trop bu, il répète :

— Tu n'as qu'un mot à dire, Lottie, c'est « oui ». Dans la vie, les problèmes tiennent au fait que nous réfléchissons trop. Cette fois, arrêtons de nous triturer les méninges. Bordel, on a perdu assez de temps ! On s'aime, alors sautons le pas !

Il a raison. On s'aime. Et il veut des bébés qui auront mes yeux. Personne ne m'a jamais rien dit d'aussi magnifique. Pas même Richard.

Dans ma tête, la confusion est à son comble. Je

voudrais être rationnelle, mais je perds pied. C'est vrai, ce qu'il dit ? Ce n'est pas seulement pour m'entraîner dans son lit ? Question : est-ce vraiment le moment le plus romantique de ma vie ou suis-je la reine des andouilles ?

Finalement j'y vais d'un bredouillis hésitant :

— Euh… oui

— Comment ça : « euh… oui » ?

— Attends ! Je reviens tout de suite.

J'attrape mon sac et me dirige vers les toilettes pour dames. Je dois m'éclaircir les idées. Enfin, éclaircir, c'est vite dit, vu que je suis prise de tournis et que, quand je me regarde dans la glace, je me vois affublée de trois yeux.

Ça peut marcher. J'en suis sûre. Mais comment faire pour que ça marche ? Comment éviter les pièges dans lesquels je suis tombée au cours de toutes mes histoires d'amour aussi nulles que lamentables ?

Tandis que je me recoiffe, je passe en revue les premiers rendez-vous avec mes précédents amoureux. D'autres débuts. Au cours des années, je suis restée plantée dans tellement de toilettes pour dames, rectifiant mon maquillage et pensant : *Est-ce le Prince charmant que j'attendais ?* Avec, chaque fois, le même espoir, la même excitation. Alors, à quel moment me suis-je plantée ? Comment ne pas recommencer ? Comment *ne pas* faire ce que je fais habituellement ?

Soudain, je me souviens du livre que j'ai regardé ce matin. *Le Principe inverse.* Tournez la flèche. Changez de direction. Conseil judicieux, certes. Mais comment changer de direction ? Les paroles proférées par cette vieille bique, l'autre jour dans les toilettes du restaurant, me reviennent. Elle disait quoi déjà ? « Les hommes sont des prédateurs. Ils tuent leur proie, ils la mangent et s'endorment. » Elle n'était peut-être pas aussi piquée que ça, après tout ? Peut-être y avait-il du vrai dans son délire.

J'arrête de me coiffer. J'ai la réponse. Un flash d'inspiration. La solution inattendue. Moi, Lottie Graveney, vais inverser le cours des choses. Je vais agir d'une manière complètement différente, faire le contraire de ce que j'ai fait avec mes précédents mecs.

Un coup d'œil dans la glace. J'ai l'air un peu agitée, mais bon, rien de surprenant à ça. Avant j'exultais, maintenant je suis euphorique. Je me sens comme le chercheur venant de découvrir une particule atomique qui va révolutionner la science nucléaire. Je suis sur la bonne voie. Sûre et certaine. *La bonne voie !*

Trébuchant un peu sur mes talons, je fais irruption dans la salle et m'approche de la table.

— On ne couche pas !

— Quoi ?

— Jusqu'au mariage. On ne couche pas ensemble. À prendre ou à laisser.

— Quoi ?

Malgré l'air sidéré de Ben, j'affiche un sourire serein. Je suis géniale. S'il m'aime vraiment, il attendra. Du coup, plus de raison de s'enliser dans la routine. Aucune. En plus, j'aurai une lune de miel de folie. Nous nagerons dans le bonheur sexuel et la béatitude. Nous aurons le voyage de noces idéal !

Sa chemise est toujours ouverte. Je l'imagine tout nu, sur le lit d'une chambre d'un hôtel divin, entouré de pétales de roses. Cette seule idée me fait frémir.

— Tu plaisantes ou quoi ? *Pourquoi ?*

Son visage est décomposé.

— Parce que je veux que les choses soient différentes. Je veux changer de façon de faire. Je t'aime, d'accord ? Tu m'aimes aussi, d'accord ? Nous voulons passer toute notre vie ensemble ?

— Quinze ans que je t'aime. Nous avons perdu quinze ans, Lottie...

Ah ! je sens qu'il va se lancer dans un discours fortement alcoolisé. Je l'interromps.

— Eh bien, nous attendrons un petit plus longtemps. Et nous aurons une nuit de noces. Une *véritable* nuit de noces. Réfléchis ! On n'en pourra plus. On sera comme... des fous !

J'introduis mon pied nu sous son pantalon et le glisse le long de sa jambe. Un truc qui marche à tous les coups. Ben est comme paralysé. Nous nous taisons. Ou, plus exactement, nous communiquons d'une manière différente.

— En fait, ça peut être rigolo ! admet-il d'une élocution trouble.

— Très rigolo, même.

Très naturellement je défais un ou deux boutons de mon chemisier et je me penche pour lui faire admirer un bel aperçu de mon soutien-gorge pigeonnant. Mon autre pied est posé sur sa braguette. Ben est muet.

— Tu te souviens de la nuit de ton anniversaire ? Sur la plage ? On pourrait refaire ça.

Entre nous, si on refait ça, je protégerai mes genoux. En Grèce, j'ai eu des croûtes pendant une semaine. Comme s'il lisait dans mes pensées, Ben ferme les yeux et gémit :

— Tu me tues !

— Quel pied ça va être !

Je nous revois à la pension, enlacés dans ma chambre éclairée uniquement par des bougies parfumées.

— Tu sais à quel point tu m'excites, Lottie ? Je meurs d'envie de me précipiter sous la table.

Il commence à me mordiller les bouts des pouces. Mais cette fois je n'enlève pas ma main. Mon corps tout entier ressent le contact de sa bouche et de ses dents. J'aimerais les avoir partout sur moi. Je me souviens de cette impression. Je me souviens de lui. Comment pourrais-je l'oublier ?

— La nuit de noces, tu es sûre ? souffle Ben.

Mes doigts de pied sont toujours en action et j'ai la très ferme preuve que Ben apprécie grandement.

— La nuit de noces, je confirme.

— Mais d'ici là, je vais mourir de frustration.

— Moi aussi. Mais ensuite j'exploserai.

Quand il fait entrer mon pouce à l'intérieur de sa bouche, je manque m'évanouir. Si nous ne partons pas tout de suite, le serveur va nous enjoindre de prendre une chambre.

Et quand Richard m'entend parler d'explosion...

Non. Mauvaise direction. Richard n'a rien à voir avec ça. Avec Ben, c'est le destin. Un morceau d'un plus grand film, d'une histoire romantique à vous tirer des larmes, avec comme personnages principaux, Ben et moi-même et Richard seulement en figurant.

Je sais que je suis soûle. Je sais que c'est trop précipité. Mais en même temps, c'est bien. Si, au fond de mon cœur, j'éprouve toujours de la peine, j'ai trouvé la potion magique pour l'adoucir. Ma rupture était écrite. Mon chagrin également. Si j'en crois mon karma, ces épreuves vont déboucher sur des épousailles suivies d'une partie de jambes en l'air d'enfer.

Finalement, mon prix de tombola n'était pas de mille livres mais d'un million.

Le regard de Ben se fait vitreux. Ma respiration devient saccadée. Tenir sans céder va être compliqué.

— C'est pour quand, le mariage ? je murmure.

— Vite, répond Ben. Très, très vite.

5

Fliss

J'espère sincèrement que Lottie va bien. J'ai été absente pendant quinze jours sans recevoir de nouvelles. Elle n'a répondu à aucun de mes gentils messages. Notre dernière conversation téléphonique date du soir où elle voulait s'envoler pour San Francisco et faire la surprise à Richard. Au royaume des Choix Malheureux, c'était le pompon ! Heureusement, j'ai réussi à la dissuader.

Depuis, rien. Silence radio. Je lui ai laissé des messages sur sa boîte vocale et des SMS, mais aucune réponse. J'ai pu joindre sa stagiaire, qui m'a précisé qu'elle venait travailler tous les jours. Je sais donc qu'elle est vivante et en bonne santé. Mais Lottie n'est pas du genre à se murer dans le silence. Je me fais du souci. Je passerai la voir ce soir pour m'assurer qu'elle va bien.

Je sors mon portable et lui écris :

```
Salut, ça boume ?
```

Puis je surveille la cour de récréation de l'école. Elle déborde de parents, enfants, nounous, chiens, gosses sur des patinettes. C'est le premier jour de la rentrée de Pâques : des tas de visages bronzés, de chaussures neuves, de nouvelles coiffures. Et je ne parle que des mères.

— Fliss !

Quelqu'un m'interpelle au moment où je sors de ma voiture. C'est Anna, une mère. Elle tient une boîte Tupperware d'une main et de l'autre un labrador qui tire de toutes ses forces sur sa laisse.

— Comment vas-tu ? Bonjour, Noah ! Je voulais t'appeler pour un café…

— Ça me ferait très plaisir.

Chaque fois qu'on se rencontre, Anna me propose de boire un café – ça fait maintenant deux ans –, et ça n'est jamais arrivé. Mais pour le moment, cela n'a aucune importance. Pour le moment, ce n'est pas l'essentiel.

— Ces satanés travaux pratiques sur le thème du voyage ! jure Anna en se dirigeant vers l'entrée de l'école. Je me suis levée à cinq heures du matin pour finir notre devoir. Au fait, les voyages, c'est ton domaine, non ?

Elle éclate d'un rire cristallin.

— Quels travaux pratiques ?

— Tu sais, pour la classe d'art ? précise-t-elle en me désignant sa boîte. On a fait un avion. Complètement nul. En fait, on a emballé un jouet dans du papier d'argent. On l'a pas fabriqué nous-mêmes, mais j'ai dit à Charlie : « Chéri, Mme Hocking ne s'apercevra pas qu'il y a un jouet dedans. »

Je répète :

— Quels travaux pratiques ?

— Tu sais bien, il fallait fabriquer un véhicule. Ils les exposeront à la réunion. Charlie, avance ! La cloche a sonné !

De quoi veut-elle parler, bon sang ?

En m'approchant de Mme Hocking, je vois qu'une autre mère, Jane Langridge, lui montre la maquette d'un yacht. En balsa et en papier, il a trois cheminées, une rangée de hublots parfaitement découpés et des petits personnages en pâte à modeler qui bronzent autour d'une piscine bleue. Ahurie, je ne peux pas en détacher mes yeux.

— Attention, madame Hocking, avertit Jane, la peinture est encore fraîche. On s'est vraiment amusés à le fabriquer, n'est-ce pas Joshua ?

— Bonjour, madame Phipps, me dit la maîtresse gaiement. Vous avez passé de bonnes vacances ?

« Madame Phipps » ! Je grince des dents chaque fois qu'on m'appelle ainsi. L'école ne sait pas encore que je suis devenue Mme Graveney. En vérité, je ne sais pas quoi décider. Je ne veux pas perturber Noah. Ni faire tout un cirque autour de son nom. J'aime porter le même nom que lui. C'est à la fois familial et logique.

À sa naissance, j'aurais dû choisir un nouveau nom. Juste pour nous deux. En cas de divorce.

— Maman, tu as apporté la montgolfière ? demande Noah en me jetant un regard angoissé. On l'a prise ?

Je le dévisage sans comprendre. De quoi parle-t-il ?

— Noah nous a dit qu'il fabriquait une montgolfière. Une super idée, approuve Mme Hocking en fondant sur nous.

C'est une femme d'une soixantaine d'années tout le temps en fuseau. Elle est si détendue et si nonchalante qu'à côté d'elle, j'ai l'impression d'être une tornade doublée d'un moulin à paroles. Elle fixe mes mains vides.

— Vous l'avez ?

Est-ce que j'ai l'air d'avoir une montgolfière sur moi ?

— Non, pas sur moi, je réponds.

— Oh !

Elle ne sourit plus du tout.

— Bon, si vous avez l'occasion de nous l'apporter ce matin, nous pourrons l'exposer.

— Oui, bien sûr ! dis-je très sûre de moi. J'ai juste besoin de parler avec Noah d'un petit détail.

Je l'éloigne de la maîtresse et me penche vers lui.

— Chéri, de quelle montgolfière s'agit-il ?

— Pour les travaux pratiques, réplique Noah comme si c'était évident. On doit l'apporter aujourd'hui.

— Je vois.

Ça me tue de garder le sourire et de paraître décontractée.

— Vraiment ? Tu ne m'en as jamais rien dit.

— J'ai oublié. Mais souviens-toi, on a reçu une lettre.

— Cette lettre, elle est passée où ?

— Papa l'a mise dans la coupe de fruits.

Je vais exploser. Je le savais. Je le savais, bon sang !

— Très bien, dis-je en enfonçant mes ongles dans mes paumes. Papa ne m'en a rien dit. Quel dommage !

— Nous avons discuté de ce qu'on allait faire, et papa m'a dit : « Que penses-tu d'une montgolfière ? »

Les yeux de Noah se mettent à briller.

— Papa a dit qu'on achèterait un ballon, on le couvrirait de papier mâché et on fabriquerait une nacelle, et des gens. Et des cordes. Et on le peindrait. Et le passager serait Batman.

Il est excité comme une puce.

— Il l'a fabriquée ? Tu l'as ?

— Je vais… vérifier.

Je ne souris plus du tout.

— Va t'amuser un peu sur les agrès.

Je m'éloigne pour appeler Daniel.

— Daniel Phi…

Je le coupe aussi sec.

— C'est Fliss. Est-ce que par hasard tu foncerais à l'école en apportant une montgolfière enrobée de papier mâché avec Batman dans la nacelle ?

Un long silence s'ensuit.

— Oh, merde ! Désolé.

À sa voix, je comprends qu'il s'en fiche complètement. Si je pouvais le zigouiller !

— Ah ! Non ! Pas de « merde, désolé » ! Daniel, tu ne peux pas te conduire comme ça. C'est pas juste pour Noah et c'est injuste pour moi et…

— Fliss, relax ! Il s'agit juste de travaux pratiques de rien du tout.

— Tu te trompes ! Pour Noah, c'est ultra important ! C'est… Tu es…

Je me tais, hors d'haleine. Il ne comprendra jamais. Inutile de gaspiller ma salive. Je dois me débrouiller seule.

— D'accord. Comme tu voudras. Je vais m'arranger.

Je raccroche avant qu'il réponde. Je suis un vrai concentré de volonté. Je ne vais pas laisser tomber Noah. Il va l'avoir, sa montgolfière. Je peux y arriver. Au travail !

Dans ma voiture, j'ouvre mon attaché-case. J'ai

133

gardé un petit sac en carton, reçu en cadeau lors d'un déjeuner de presse. Ce sera la nacelle. Les lacets de mes chaussures de gymnastique pour les cordes. Je prends une feuille de papier et un stylo et j'appelle Noah.

— Je suis en train de terminer ta montgolfière. Et si tu dessinais Batman pour le mettre dans la nacelle ?

Pendant qu'il se met à l'œuvre sur la banquette arrière, je défais rapidement mes lacets. Ils sont marrons et tachetés : des cordes idéales. J'ai du scotch dans ma boîte à gants. Quant au ballon lui-même...

Nom d'une pipe ! Qu'est-ce que je pourrais bien utiliser ? Je n'ai pas l'habitude de me trimballer avec des paquets de ballons, au cas où...

Une idée ridicule, innommable me traverse l'esprit. Je pourrais toujours...

Non ! Impossible. *Je n'oserai jamais...*

Cinq minutes plus tard, j'aborde Mme Hocking, en tenant l'œuvre de Noah d'un air dégagé. Peu à peu, les autres mères se taisent. À vrai dire, on dirait que la cour entière observe un silence religieux.

— C'est Batman ! explique Noah en montrant la nacelle. C'est moi qui l'ai dessiné !

Tous les gosses regardent Batman. Toutes les mères regardent le ballon. C'est un préservatif *Durex Feeling Extra* que j'ai gonflé. Il a pris de belles proportions, et le bout du capuchon se balance dans le vent.

Anna laisse échapper un grognement, mais quand je regarde autour de moi, je ne vois que des mines innocentes.

— Mon Dieu, Noah ! Quelle grande montgolfière, s'exclame Mme Hocking.

— C'est obscène ! s'indigne Jane en pressant son bateau contre son sein comme pour se protéger. Nous sommes dans une école, au cas où vous l'auriez oublié. Il y a des enfants ici.

— En ce qui me concerne, je rétorque, ce ballon est parfaitement innocent. Mon mari m'a mise dans le pétrin.

Je me tourne vers la maîtresse et la prie de m'excuser :

— Vous comprenez, je n'ai pas eu beaucoup de temps.

Surprise ! Madame Hocking me soutient :

— Mais c'est excellent, Mme Phipps ! Quel usage créatif d'un…

— Et s'il éclate ? s'inquiète Jane.

— J'ai des rechanges ! j'annonce triomphalement.

Aussitôt, j'étale le reste du paquet en éventail, comme un jeu de cartes.

Je me rends compte trop tard de l'effet produit. Rouge de honte, je m'efforce, sans en avoir l'air, de dissimuler les mots *Nervuré pour un plaisir maximum*. Et *lubrifié*. Et *stimulation*. À vouloir censurer l'échantillonnage complet des capotes Durex, ma main s'est transformée en étoile de mer.

— Madame Phipps, nous allons trouver en classe un ballon pour Noah, dit enfin Mme Hocking. Vous devriez garder les autres pour votre usage personnel, afin de…

Elle hésite, ayant du mal à trouver la manière de finir sa phrase.

— Tout à fait ! dis-je en l'interrompant. Quelle bonne idée ! Je les utiliserai pour… Enfin, vous voyez. Pour ça. Enfin, non !

J'éclate d'un petit rire aigu.

— Non, je ne m'en servirai sans doute pas. Ou du moins… Enfin, ça montre que je prends mes responsabilités !

Je me tais. Je viens d'expliquer à la maîtresse de mon fils l'usage que je fais des préservatifs. Comment en suis-je arrivée là ?

Désespérée, j'ajoute :

— Bon, je vais les emporter. Et les utiliser. Pour… une chose ou une autre.

Je me dépêche de les enfouir dans mon sac. Dans ma hâte, je laisse tomber un *Plaisir maximum* que je m'empresse de ramasser avant qu'un gosse de sept ans s'en empare. Les autres mères m'observent, bouche bée, comme si elles venaient d'assister à un accident de voiture.

— Noah, j'espère que la réunion se passera bien. Amuse-toi bien, mon chou.

Je lui donne la montgolfière accompagnée d'un baiser, puis je pivote sur mes hauts talons et m'éloigne en respirant à fond. J'attends d'être sur la route pour appeler mon avocat depuis le téléphone de voiture :

— Barnaby ! Daniel vient de me faire un coup incroyable. Noah avait des travaux pratiques pour son école, et Daniel ne m'en a pas dit un seul mot…

— Fliss, m'interrompt l'avocat de sa voix placide, Fliss, calme-toi !

— J'ai été obligée de remettre à la prof de Noah un préservatif gonflé ! Pour imiter une montgolfière !

Barnaby éclate de rire à l'autre bout du fil.

— Ce n'était pas drôle. Daniel est nullissime ! Il raconte qu'il s'occupe de son fils, mais il est tellement égoïste, il laisse tomber Noah…

— Fliss !

Barnaby a pris un ton dur qui me coupe le sifflet.

— Il faut que ça s'arrête !

— Qu'est-ce qui doit s'arrêter ?

— Tes jérémiades quotidiennes ! Je vais maintenant te dire une chose, et c'est ton vieil ami qui te parle. Si tu continues comme ça, tu vas rendre tout le monde dingo, toi la première. Tout n'est pas rose dans la vie, compris ?

— Mais...

— Ces choses-là *arrivent*. Et ça ne sert à rien de les ressasser. Il faut que tu passes à autre chose. Refais ta vie. Sors dîner avec un mec sans le bassiner avec les slips de ton ex.

— De quoi tu parles ?

— Tu avais un rendez-vous. Un rendez-vous galant !

L'intonation affligée de Barnaby ne m'échappe pas.

— Tu étais censée flirter avec Nathan, pas ouvrir ton portable et lui lire la procédure de divorce dans son intégralité.

— Mais je n'ai pas tout lu ! dis-je en tripotant ma clé comme pour me défendre. On bavardait et, par hasard, j'ai mentionné mon divorce et comme il m'a paru intéressé...

— Il n'était pas intéressé ! Il était poli, tout simplement. D'après ce que je sais, tu as déblatéré pendant cinq minutes sur les dessous de Daniel.

Je suis outrée.

— C'est très exagéré !

Mais je pique un fard. Cinq minutes ? Peut-être que oui ! J'avais un peu bu. Et il y a beaucoup à dire sur les dessous de Daniel, et pas en bien, je te l'assure.

— Fliss, tu te rappelles notre premier entretien ?

continue Barnaby sans se démonter. Tu m'as assuré que, quoi qu'il arrive, tu ne serais jamais aigrie.

Moi, aigrie ? Quel toupet ! Je rectifie :

— Je suis… en colère. J'ai des regrets.

Et, me creusant la cervelle pour trouver un terme convenable, j'ajoute :

— Je suis triste. Accablée. Philosophe.

— Nathan a utilisé l'adjectif « aigrie ».

— *Mais non, je ne suis pas aigrie*, je hurle presque. Si c'était le cas, je crois que je le saurais.

Silence à l'autre bout du fil. Ma respiration s'accélère. Sur le volant, mes mains sont moites. Je tente de me souvenir de mon rendez-vous avec Nathan. J'avais l'impression de parler de Daniel de manière drôle, détachée, ironique. Nathan n'a pas semblé s'ennuyer. Mais, au fond, c'est peut-être ça, l'attitude des gens à mon égard. Ils essaient de me faire plaisir.

— Bon ! Au moins je suis au courant. Merci pour tes conseils.

— Pas de quoi ! réplique Barnaby gaiement. Tu sais que je suis ton ami. Je t'adore. Mais tu as parfois besoin d'être bousculée. On se parle plus tard !

Il raccroche, je tourne à gauche en mordillant ma lèvre inférieure et en regardant la rue d'un œil sombre. Tout va très bien. Tout est parfait.

Au bureau, la messagerie de mon ordinateur déborde de quantité de messages, mais je m'assieds et regarde dans le vide. J'avoue que Barnaby m'a piquée au vif. Ainsi, je deviendrais une mégère aigrie à l'esprit tordu. Je serais en train de terminer en vieille bique ratatinée qui en veut au monde entier, joue des coudes dans les rues pour se frayer un passage, tape sur les gens avec sa cane et refuse de sourire aux enfants du voisinage qui, terrifiés, s'enfuient en la voyant.

Un vrai scénario catastrophe !

Au bout d'un moment, je décroche mon téléphone et compose le numéro de Lottie à son bureau. C'est peut-être le moment de se soutenir.

La fille qui répond s'appelle Dolly, elle est l'adjointe de ma sœur.

— Salut, Dolly ! Lottie est dans les parages ?

— Elle est sortie. Faire du shopping. Je ne sais pas quand elle revient.

Du shopping ? Ça alors ! Lottie s'ennuie parfois dans son boulot, mais de là à partir faire des courses et à l'annoncer à son adjointe, voilà qui n'est pas tellement indiqué en ces temps de disette économique.

— Vous savez quand elle va réapparaître ?

— Aucune idée. Elle s'achète des trucs pour son voyage de noces.

Je sursaute. Ai-je bien entendu ? Un voyage de noces ? Comme dans... nuit de noces ?

— Vous pouvez répéter ? Lottie se marie pour de bon ?

— Vous n'étiez pas au courant ?

— J'étais absente ! C'est... J'ai été...

J'ai le souffle coupé.

— Mon Dieu ! Dites-lui que j'ai appelé et faites-lui... mes félicitations.

Je repose le téléphone et j'arpente le bureau dans un état proche de l'extase. Mon humeur maussade s'est évanouie. J'ai envie de danser. Lottie est fiancée ! Ce qui prouve que parfois, tout va pour le mieux dans le meilleur des mondes.

Mais comment ?

Qu'est-ce qui s'est passé ? Peut-être qu'elle est allée à San Francisco, après tout ? Ou alors c'est lui qui serait revenu ? À moins qu'ils ne se soient téléphoné ? Pour en avoir le cœur net, je lui envoie un texto :

```
T fiancée ??????????
```

Je m'attends à un grand silence, mais elle répond aussitôt :

```
Ouais !!!! Je voulais attendre que tu
sois rentrée pour t'en parler !

La vache ! Comment c arrivé ?

Très vite. Je n'y crois pas encore. Il
est revenu dans ma vie, tout à coup,
a fait sa demande dans un restaurant,
je ne m'en doutais pas une seconde, un
vrai tourbillon !!!!
```

Il faut absolument que je lui parle. J'appelle son mobile, mais ça sonne occupé. Merde. Je vais me chercher un café et j'essaie à nouveau.

En me rendant à notre cafétéria *Costa*, je n'arrête pas de sourire aux anges. En réalité, je suis si heureuse que j'ai envie de verser une larme, mais les directrices de *Pincher International* ne pleurent pas sur leur lieu de travail. Alors je me contente de m'envoyer des baisers à moi-même.

Richard est parfait. Il représente tout ce que je pourrais souhaiter pour Lottie. Je ne veux pas jouer les mamans – pourtant je me sens maternelle à son égard.

Je l'ai toujours été. Nos parents ont renoncé très tôt à leur rôle à cause du divorce et de l'alcool, des liaisons de l'une avec des hommes d'affaires friqués et de l'autre avec des beautés sud-africaines... En d'autres termes, nous étions souvent livrées à nous-mêmes. Lottie a cinq ans de moins que moi. Bien avant la mort de notre mère, elle se tournait déjà vers moi quand les choses allaient mal.

En tant que mère de substitution / sœur / demoiselle d'honneur potentielle (?), rien ne me ferait plus plaisir que de voir Richard se joindre à notre étrange petite cellule familiale. D'abord, il est beau sans être fracassant. À mon avis, c'est important. Si votre sœur se dégotte un homme *qu'elle trouve* beau comme un dieu, c'est bien. Mais pas question d'avoir envie, vous-même, de le séduire. Question : comment je réagirais si Lottie me ramenait Johnny Depp à la maison ?

Je tente d'examiner la situation honnêtement, en toute sincérité. Eh non ! J'enverrais valser mon rôle de sœur parfaite et j'essaierais probablement de le lui piquer. Chacun pour soi et que la meilleure gagne !

Mais Richard n'est pas Johnny Depp. Il est bien de sa personne, je ne dis pas le contraire, mais il n'est pas à tomber. En tout cas, il n'a pas le genre gay, toujours pomponné, toujours au régime minceur, comme cet affreux Jamie. Richard est viril. À mes yeux, il ressemble parfois à un jeune Pierce Brosnan et parfois à l'ancien Premier ministre Gordon Brown en beaucoup plus jeune. (Je crois être la seule personne sur Terre à voir cette dernière similitude. Un jour, j'en ai parlé à Lottie, qui est montée sur ses grands chevaux.)

Je sais qu'il bosse bien. (Quand il a commencé à sortir avec Lottie, je me suis évidemment renseignée auprès de mes relations d'affaires.) Je sais aussi qu'il peut être soupe au lait au point d'avoir un jour tellement engueulé son équipe qu'il a été obligé de l'emmener déjeuner pour se faire pardonner. Mais il est également facile à vivre. La première fois que je l'ai vu, il avait dans les bras un fauteuil que Lottie voulait déplacer. Elle tournait en rond dans son salon en disant : « Ici… non, là ! Et pourquoi pas là ? » Pendant qu'elle hésitait, il continuait à trimballer l'énorme bergère sans piper. Quand j'ai croisé son regard, il m'a souri et j'ai compris : ce type était fait pour Lottie.

Je suis si heureuse que j'ai envie de sauter sur place. Après le merdier de mon divorce, nous avons besoin d'un truc bien. Alors, ça s'est passé comment ? Qu'est-ce qu'il a dit ? Je veux tout savoir. De retour à mon bureau, je rappelle Lottie, et sa ligne est libre.

— Salut, Fliss !

— Lottie ! je crie joyeusement. Félicitations ! Quelle nouvelle fantastique ! Je n'arrive pas à y croire.

— Je sais ! Je sais !

Elle semble encore plus euphorique que je ne l'imaginais. Richard a dû lui sortir le grand jeu.

— Alors… quand ?

Je m'assieds et bois mon café.

— Il y a quinze jours. Je n'en suis encore pas revenue !

— Donne-moi des détails !

— Il a débarqué de nulle part et m'a contactée.

Lottie éclate d'un petit rire euphorique et continue :

— Je n'en croyais pas mes yeux. Je pensais ne

jamais le revoir. Alors imaginer qu'il me parlerait mariage !

S'il a demandé sa main il y a deux semaines, cela veut dire qu'il était parti depuis seulement une journée. Au maximum. Il a donc atterri à San Francisco et repris l'avion dans la foulée. Bravo, Richard !

— Qu'est-ce qu'il t'a dit ? Il a mis un genou à terre ?

— Absolument ! Il m'a dit qu'il m'avait toujours aimée, qu'il voulait passer sa vie avec moi. Ensuite il m'a demandé au moins dix fois de l'épouser et à la fin… j'ai accepté !

Son bonheur pétille comme du champagne.

— Tu peux le croire ?

Heureuse, je soupire et j'avale une autre gorgée de café. C'est tellement romanesque ! Comme dans un rêve. Je me demande si je peux sécher la conférence de presse de British Airways et emmener Lottie déjeuner pour célébrer l'événement.

— Raconte encore. Tu lui as donné la bague ?

— Mais non !

Lottie semble prise de court.

— Bien sûr que non !

Tant mieux. Je n'ai jamais été folle de cette histoire de bague.

— Alors, finalement, tu as décidé de la garder ?

— Ça ne m'a même pas traversé l'esprit !

Soudain, à ma grande surprise, on dirait qu'elle est peinée.

— Tu sais bien que cette bague était destinée à Richard !

— Qu'est-ce que tu veux dire ?

J'avoue que je suis perdue.

— C'est simple, j'ai acheté la bague pour Richard,

dit-elle contrariée. Ça serait bizarre de l'offrir à quelqu'un d'autre. Tu n'es pas d'accord ?

Je voudrais lui répondre, mais ça coince dans ma tête. Qui est ce « quelqu'un d'autre » ? J'ouvre la bouche pour répondre, mais la referme aussitôt. Ai-je mal entendu ? Est-ce une allusion que je ne comprends pas ?

— Donc, dis-je avec précaution, comme si je parlais une langue étrangère, tu as acheté une bague pour Richard... mais tu ne l'as pas donnée ?

Je gagne du temps pour tenter d'éclaircir ce mystère. Mais je ne m'attends pas à ce qu'un ouragan me tombe dessus, comme si j'avais gâché sa journée.

— Fliss ! Tu sais bien que je l'ai gardée ! Bon Dieu, tu pourrais avoir un peu plus de tact ! Je prends un nouveau départ ! J'essaie de m'embarquer pour une nouvelle vie avec Ben ! Tu n'as pas besoin de ramener Richard sur le tapis !

Ben ?

Là, c'est l'incompréhension totale. J'ai dû perdre la boule. Qui est Ben et qu'est-ce qu'il vient faire ici ?

— Lottie, ne te fâche pas, mais je ne pige vraiment rien...

— Je t'ai tout dit dans mon SMS ! Tu ne sais pas lire ?

— Tu dis que tu es fiancée !

J'ai soudain une horrible impression : et s'il s'agissait d'un immense malentendu ?

— Tu n'es pas fiancée alors ?

— Bien sûr que si, je suis fiancée ! À Ben !

— *Bordel ! Qui est Ben ?* je hurle plus fort que je ne le voudrais.

Élise passe son nez pour savoir ce qui se passe. Je lui fais signe de ne pas s'en faire.

À l'autre bout du fil, Lottie se tait, avant de s'excuser.

— Désolée. Je viens de relire mon message. Je croyais te l'avoir dit. Je n'épouse pas Richard, j'épouse Ben. Tu te souviens de Ben ?

— Non, Ben ne me dit rien, je réponds, soudain épuisée.

— C'est vrai, tu ne l'as jamais rencontré. Il a été mon petit ami en Grèce pendant mon année sabbatique. Il est revenu dans ma vie et nous allons nous marier.

Le ciel va me tomber sur la tête. Elle allait épouser Richard. C'était logique. Et voici qu'elle s'en va avec un type prénommé Ben. Par où commencer ?

— Lotts… Mais Lotts… Comment peux-tu l'épouser ?

Soudain, une idée me vient :

— C'est pour qu'il obtienne un permis de séjour ?

— Non et non ! C'est par amour !

— Tu aimes suffisamment ce Ben pour te marier avec lui ?

Quand je pense que je parle à ma sœur ! Cette conversation est surréaliste !

— Oui, affirme-t-elle.

— Quand est-il réapparu dans ta vie ?

— Il y a quinze jours.

— Quinze jours, je répète calmement alors que je suis au bord de l'hystérie. Après combien de temps ?

— Quinze ans, crache-t-elle. D'ailleurs, avant que tu me poses la question, je te réponds : « Oui, j'ai bien réfléchi. »

— Parfait ! Toutes mes félicitations. Je suis sûre que Ben est un type formidable.

— Il est extraordinaire. Tu vas l'adorer. Il est beau, il est drôle, il connaît tout le monde…

— Extra ! Déjeunons ensemble, d'accord ? On pourra en discuter.

Peut-être que je dramatise. Je dois simplement m'habituer à cette nouvelle situation. Il est possible que ce Ben soit parfait pour Lottie et que ça marchera à merveille. Du moment qu'ils ont de longues fiançailles et qu'ils ne se précipitent pas.

— Tu veux qu'on se retrouve chez *Selfridges* ? suggère Lottie. J'y suis en ce moment. Je m'achète des dessous pour notre lune de miel !

— Oui, j'ai bien entendu. Vous vous mariez quand ?

— Demain ! fait-elle gaiement. Nous voulons que ce soit le plus tôt possible. Tu pourras prendre ta journée ?

Demain ?

Ma sœur est zinzin.

J'ai un mal fou à articuler :

— Lotts, ne bouge pas. Je te retrouve tout de suite. Il faut qu'on discute.

Je n'aurais jamais dû baisser la garde. Je n'aurais jamais dû partir en vacances. J'aurais dû me rendre compte que Lottie ne se calmerait qu'après avoir trouvé un dérivatif à sa peine. Elle l'a déniché. C'est le mariage.

Le temps d'arriver chez *Selfridges*, mon cœur bat la chamade, ma tête déborde de questions. Lottie, en revanche, porte un panier rempli de dessous. Non, pas des dessous, plutôt une panoplie de tenues coquines. En fonçant vers elle, je manque de renverser un présentoir de lingerie Princesse Tam-Tam. Dès qu'elle m'aperçoit, Lottie me montre une guêpière transparente.

— Qu'en penses-tu ?

Je jette un œil dans son panier. Elle a dévalisé le rayon Agent Provocateur, la marque anglaise la plus sexy. Des tas de dentelles noires transparentes. Et ça, c'est quoi, un loup ?

Elle perd patience.

— Qu'est-ce que tu en penses ? répète-t-elle en agitant la guêpière sous mon nez. Elle est assez chère. Je devrais sans doute l'essayer, non ?

« N'y a-t-il pas des questions plus sérieuses à aborder ? ai-je envie de crier. Par exemple : Qui est Ben et pourquoi l'épouses-tu ? » Mais si je sais une chose au sujet de Lottie, c'est qu'il faut la jouer en douceur. En faisant très attention.

Je prends ma voix la plus enjouée.

— Ainsi, tu vas te marier. Avec quelqu'un que je ne connais pas.

— Tu feras sa connaissance au mariage. Fliss, tu vas l'adorer.

Ses yeux brillent quand elle ajoute la guêpière transparente à son panier ainsi qu'un minuscule string.

— J'ai du mal à croire que tout se passe aussi bien. Je suis tellement heureuse.

— Oui, c'est épatant. Moi aussi, je suis ravie !

Je marque une petite pause avant d'ajouter :

— Juste une idée comme ça, tu as vraiment besoin de te marier aussi vite ? Tu n'aimerais pas de longues fiançailles pour tout bien planifier ?

— Mais il n'y a rien à planifier ! C'est facile comme bonjour. Mairie de Chelsea. Déjeuner dans un endroit délicieux. Simple et romantique. Tu seras ma demoiselle d'honneur, hein ?

Elle me serre le bras et choisit une seconde guêpière.

Il y a quelque chose d'ultra bizarre chez elle. Je la dévisage, cherchant à discerner ce qu'elle a de changé. Elle a cet air hystérique qui lui prend après une rupture, mais en plus fort que d'habitude. Ses yeux brillent trop. Elle est surexcitée. Et si Ben était un dealer ? Et si elle prenait des trucs ?

— Alors, Ben t'a contactée à l'improviste ?

— Oui, il m'a téléphoné et on a dîné ensemble. Comme si on ne s'était jamais quittés. On est tellement à l'unisson.

Elle pousse un soupir de contentement.

— Il est amoureux de moi depuis quinze ans. Quinze ans ! Et moi aussi. C'est pour ça que nous sommes pressés de nous marier. Fliss, nous avons déjà perdu trop de temps.

Sa voix chevrote d'une façon mélodramatique, on croirait une héroïne de feuilleton télé.

— Une nouvelle vie nous attend. Nous voulons la commencer immédiatement.

Quooooi ?

Quelle connerie ! Lottie n'a pas été amoureuse de Ben pendant ces quinze dernières années. J'aurais été au courant !

J'ose mettre sa parole en doute :

— Ainsi, tu es amoureuse de lui depuis quinze ans. Marrant que tu ne m'en aies jamais parlé. Pas une fois.

— Je l'aimais de l'intérieur.

Elle pose une main sur son cœur.

— Ici ! Je ne t'en ai pas parlé ? Ha ha, peut-être que je ne te dis pas tout.

Comme par défi, elle ajoute un porte-jarretelles à ses achats.

— Tu as une photo de lui ?

— Pas sur moi. Mais il est superbe. À propos, je veux que tu fasses un discours, annonce-t-elle gaiement. Tu es ma seule et irremplaçable demoiselle d'honneur. Le témoin de Ben est son meilleur ami, Lorcan. Nous serons quatre à la cérémonie.

Elle commence à me porter sur les nerfs. Je voulais y aller en douceur, faire preuve de tact, mais ça m'est impossible. On nage en pleine folie.

— Lottie !

Je l'empêche de prendre un paquet de bas.

— Arrête ! Et écoute-moi bien. Je sais que tu n'as pas envie d'entendre ce que j'ai à te dire.

J'attends qu'elle détourne les yeux de ses satanés dessous.

— Tu as rompu avec Richard il y a cinq minutes alors que tu étais prête à t'engager pour la vie avec lui. Tu lui as acheté une bague. Tu lui as juré que tu l'aimais. Maintenant tu te tires avec un type que tu connais à peine. Tu crois que c'est une bonne idée ?

— J'ai drôlement bien fait d'avoir rompu avec Richard ! Oui, drôlement bien fait !

Soudain, Lottie se hérisse comme un chat.

— Fliss, j'ai beaucoup réfléchi. Je me suis rendu compte que Richard n'était pas du tout fait pour moi. Il avait tout faux ! J'ai besoin d'un homme romantique. Quelqu'un qui sente les choses. Quelqu'un qui se dépassera pour moi, tu vois ? Richard est sympa et j'ai cru que je l'aimais. Mais maintenant j'en suis sûre : il est borné.

Elle crache « borné » comme si c'était la pire insulte.

149

— Comment ça, « borné » ?

J'ai presque envie de prendre la défense de Richard.

— Il est étroit d'esprit. Il n'a aucune classe. Ce n'est pas lui qui se lancerait dans une grande aventure pleine de risques. Lui ne retrouverait jamais une fille après quinze ans d'absence. Il ne lui dirait jamais qu'après avoir vécu dans le noir sans elle, il veut désormais allumer la lumière.

Quand elle lève le menton en signe de défi, je cache une vilaine grimace. Alors c'est ça, le baratin de Ben ? « Allumer la lumière » ?

Dans le fond, je compatis. Après m'être séparée de Daniel, j'ai eu une ou deux aventures pitoyables. Mais au moins, je n'ai épousé personne !

Je change de tactique.

— Lottie, je te comprends. Je suis passée par là. Tu souffres. Tu es perdue. Un vieux copain débarque de nulle part et, bien sûr, tu plonges dans un lit avec lui. C'est naturel. Sauf que… pourquoi vouloir absolument te marier ?

— Tu as tout faux ! exulte-t-elle. Tu te trompes complètement. Je n'ai pas plongé dans un lit avec lui. Et je ne le ferai pas. Je veux me garder pour notre nuit de noces.

Elle…

Quoooi ?

Je m'attendais à tout sauf à ça ! Ahurie, je fixe Lottie, incapable de lui répondre. Qu'est devenue ma sœur ? Qu'est-ce que ce type lui a fait ?

— Tu te *gardes* ? je répète bêtement. Mais… pourquoi ? Il est amish ?

Soudain, je crains le pire.

— Il fait partie d'une secte ? Il t'a promis l'illumination ?

Surtout qu'elle ne m'annonce pas qu'elle lui a donné tout son argent. Pas une seconde fois.

— Bien sûr que non !

— Alors… explique.

— Je veux que ma nuit de noces soit la plus chaude, la plus excitante possible.

Elle reprend le paquet de bas.

— Nous savons déjà que ça colle entre nous, alors autant se garder pour ce moment-là. Notre nuit de noces. Il faut qu'elle soit exceptionnelle. Fabuleuse.

Elle frétille comme si elle ne pouvait plus se contenir.

— Crois-moi, elle le sera. Fliss, il est tellement sexy. On n'arrête pas de se toucher. Comme si on avait retrouvé nos dix-huit ans.

Soudain les pièces du puzzle se mettent en place. L'éclat de ses yeux prend un sens. Le panier de dessous coquins a une signification. Elle piaffe d'impatience. Ces fiançailles font partie de préliminaires fastueux. Pourquoi ne pas l'avoir compris immédiatement ? Elle est sous l'emprise du désir sexuel ! Du désir sexuel de sa jeunesse ! Elle ressemble à ces ados qui se bécotent aux arrêts de bus comme si le reste du monde n'existait pas. Pendant un instant, je suis jalouse. J'adorerais disparaître dans une bulle où je ne serais qu'une bombe sexuelle âgée de vingt ans. Mais mon rôle, c'est d'être rigoureuse. Je dois être la voix de la raison.

— Lottie, écoute-moi !

Je cherche à m'exprimer lentement et clairement, à transpercer sa carapace de folie érotique.

— Personne ne te force à te marier. Il suffit que tu prennes une chambre dans un hôtel.

— Mais je veux me marier !

En chantonnant, elle ajoute un déshabillé hors de prix à son panier. Je me retiens de hurler. Tout est parfait. Mais si elle voulait bien enlever ses lunettes aux verres lubriques, elle verrait à quel point cette escapade risque de lui coûter cher. Une cargaison de dessous. Un mariage. Une lune de miel. Un divorce. Tout ça pour une nuit de baise épique ? Qu'elle aurait pu avoir gratis ?

Elle relève la tête et me regarde, l'œil mauvais.

— Je sais ce que tu penses. Mais au moins, tu pourrais te réjouir pour moi.

— J'essaye de toutes mes forces. Mais ça n'a pas de sens. Tu mets la charrue avant les bœufs.

— Ah oui ? Vraiment ? D'après qui ? N'est-ce pas, au contraire, comme ça qu'on fait traditionnellement ?

Elle commence à m'exaspérer.

— Lottie, tu deviens ridicule. Ce n'est pas la manière de commencer une vie conjugale. Le mariage est un acte sérieux, légal…

Elle m'interrompt :

— Je sais ! Et je veux qu'il marche et c'est la bonne façon. Fliss, je ne suis pas stupide.

Elle croise les bras sur sa poitrine.

— J'ai beaucoup réfléchi. Ma vie amoureuse a été un désastre. Mec après mec, ç'a été la même routine. Sexe. Amour. Pas de mariage. Encore et encore. J'ai maintenant l'occasion d'agir différemment. J'inverse le processus. Amour. Mariage. Sexe.

— Mais c'est de la folie ! je m'exclame. Totalement dingue. Tu dois bien en être consciente !

— Pas du tout ! C'est une brillante réponse à un vrai problème. C'est la solution vintage ! Elle a été essayée et adoptée ! Est-ce que la reine Victoria a couché avec Albert avant de l'épouser ? Et leur couple, n'a-t-il pas été une immense réussite ? Est-ce qu'elle ne l'a pas aimé du fond du cœur, au point de lui construire un monument dans Hyde Park ? Et Roméo et Juliette, tu crois qu'ils ont couché avant de convoler ?

— Mais…

— Et les héros de Jane Austen ? Elizabeth Bennet et M. Darcy ? Ils ont couché avant ?

Ses yeux lancent des éclairs comme pour mieux me convaincre.

Bon sang ! Si elle a besoin de faire appel à M. Darcy pour soutenir ses arguments, je laisse tomber.

— D'accord, je finis par admettre.

Je m'estime vaincue. Je dois faire machine arrière et trouver un autre angle d'attaque.

— Bon, qui est ce Lorcan ? Qui est ce témoin de Ben dont tu parlais ?

Le meilleur ami de Ben n'est sans doute pas plus chaud que moi. Ce mariage à l'improviste ne devrait guère lui plaire. Nous pourrions unir nos forces.

— Aucune idée. Un vieux copain. Il travaille avec lui.

— Où ça ?

— L'affaire s'appelle quelque chose comme… *Decree*.

— Et Ben fait quoi dans la vie exactement ?

— Aucune idée. Un truc, forcément.

Elle examine une culotte qui s'ouvre par-derrière.

Je résiste à l'envie de lui crier : « Tu vas l'épouser et tu ne sais pas dans quoi il travaille ! »

Sortant mon BlackBerry, je note : *Ben – Lorcan – Decree ?*

— Quel est le nom de famille de Ben ?

— Parr. Je vais m'appeler Lottie Parr. Sympa, non ?

Ben Parr.

Je le tape, surveille mon écran et fais semblant de sursauter.

— Mon Dieu ! J'avais complètement oublié ça. Lottie, je ne vais pas avoir le temps de déjeuner. Il faut que j'y aille. Amuse-toi bien avec ton shopping.

Je l'embrasse.

— On se parle plus tard. Et… toutes mes félicitations.

Mon sourire tient le temps que je reste au rayon lingerie. Mais avant même d'atteindre les ascenseurs, j'interroge Google sur *Ben Parr*. Ben Parr, mon éventuel beau-frère. C'est qui, bon sang ?

Avant d'arriver à mon bureau, j'ai extrait de Google tout ce que j'ai pu sur Ben *Parr*, mais je n'ai pas trouvé de société au nom de *Decree*. Seulement quelques articles sur un Ben Parr comédien spécialisé dans les monologues. De mauvaise qualité d'après les critiques. Ce serait lui ?

Formidable ! Un comédien raté. Le genre de beau-frère dont je vais raffoler !

En persévérant, je tombe sur un article au sujet d'une fabrique de papier du nom de *Dupree Sanders*. Ben aurait pour titre « Consultant Général en Stratégie ». Je tape *Ben Parr Dupree Sanders* et je suis noyée sous un million d'articles. *Dupree Sanders* existe pour de bon. C'est même une grosse boîte. Voici la page d'accueil, arrivent sa photo et une courte bio que je scanne.

Après avoir travaillé avec son père dans sa jeunesse, Ben Parr a été ravi de rejoindre Dupree Sanders *en 2011, à un poste stratégique (...) vraie passion pour les affaires (...) Depuis la mort de son père, il se consacre encore plus à l'avenir de la société.*

Me penchant sur mon écran, je regarde sa photo à la loupe pour me faire une idée de l'homme qui pénètre au sein de ma famille à la vitesse d'une fusée. J'avoue qu'il est beau. Un visage de gosse. Mince. Affable. Je ne suis pas sûre pour sa bouche. Un peu fine.

L'image commence à danser sous mes yeux. Je me cale dans mon fauteuil et tape *Lorcan Dupree Sanders*.

L'instant suivant apparaît la photo d'un tout autre homme. Brun, le cheveu en bataille, des sourcils noirs, l'air revêche. Un nez fort, un peu aquilin. Le genre pas commode. Sous la photo, un texte :

Lorcan Adamson. Poste 310. Lorcan Adamson était avocat à Londres avant de rejoindre Dupree Sanders en 2008 (...) responsable de nombreuses initiatives (...) a développé la marque Papermarker, *une ligne de papier de luxe (...) a collaboré avec le* National Trust *pour agrandir le centre des visiteurs (...) fervent adepte de l'industrie renouvelable et responsable.*

Un avocat. Espérons qu'il est du genre logique et raisonnable, et pas un connard arrogant. Je compose son numéro tout en regardant mes mails.

— Lorcan Adamson.

Sa voix est profonde et rauque. Du coup, j'en laisse tomber ma souris. Pas possible que cette voix soit humaine. Elle fait artificielle.

— Allô ? répète-t-il.

Je retiens un ricanement. Ce type a une voix de présentateur de bande-annonce. Le mélange de grondements et de sons caverneux qu'on entend en avalant du pop-corn avant le début du film. « Nous pensions que nous étions en sécurité dans le monde. Nous pensions que l'univers nous appartenait. Jusqu'à LEUR arrivée. »

— Allô !

La voix de basse continue. « Dans une lutte acharnée contre le temps, une jeune fille doit briser le code… »

— Bonjour. Euh… bonjour.

Je tente de recouvrer mes esprits.

— Vous êtes bien Lorcan Adamson ?

— Lui-même.

« Avec plusieurs oscars de la mise en scène à son actif… »

Non, Fliss, arrête ! Concentre-toi ! Voilà :

— Très bien. Il faut que nous parlions. Je m'appelle Felicity Graveney. Ma sœur s'appelle Lottie.

— Ah !

Sa voix s'anime soudain.

— Sans vouloir paraître grossier, c'est quoi, ce bordel ? Ben vient de me téléphoner. Il semblerait qu'il désire épouser votre sœur ?

Deux choses me sautent à l'oreille : il a un vague accent écossais, et cette idée de mariage ne lui plaît pas énormément. Enfin un être sensé !

— Tout à fait. Et vous êtes son témoin ? J'ignore comment l'idée m'est venue, mais nous devrions nous voir et…

— Et quoi ? Organiser la décoration de la table ?

Il m'empêche de placer un mot.

— Je ne sais pas comment votre sœur a persuadé Ben de prendre une décision aussi ridicule, mais je vais tout faire pour qu'elle échoue, que ça vous plaise à vous et à votre sœur, ou non.

Je contemple le combiné. Qu'est-ce qu'il vient de dire ? Lorcan ne s'arrête plus :

— Je travaille avec Ben, et c'est une période cruciale pour lui. Pas le moment de partir pour un voyage de noces aussi absurde qu'irréfléchi. Il a des responsabilités. Je ne sais pas ce que votre sœur espère en tirer…

— Comment ?

Je suis tellement outrée que je reste muette.

— Pardon ?

C'est son tour de jouer les étonnés parce que j'ai eu l'audace de l'interrompre ! Je vois le genre de sale type !

— Bien, monsieur !

Quelle ânerie de l'avoir appelé « monsieur » ! Mais autant continuer :

— Primo, ma sœur n'a persuadé personne de rien. Vous apprendrez que votre ami a débarqué de nulle part et l'a embobinée pour qu'elle l'épouse. Deuzio, si vous croyez que je vous ai téléphoné pour « organiser la décoration de la table », vous vous trompez lourdement. J'ai bien l'intention de mettre le holà à ce mariage. Avec ou sans votre aide.

— Je vois !

Il a l'air sceptique.

— Si Ben vous a dit que Lottie l'a convaincu de l'épouser, c'est un gros menteur !

— Pas aussi nettement. Mais Ben peut… disons… être facilement influencé.

— « Facilement influencé » ? je répète, furieuse. Si quelqu'un a endoctriné l'autre, c'est votre Ben. En ce moment, Lottie n'est pas dans son assiette, elle est vulnérable et elle n'a pas besoin d'un beau parleur dans sa vie.

Pour ce que j'en sais, Ben peut aussi bien appartenir à une secte d'illuminés. Ou exceller dans des escroqueries à la Madoff.

— Et puis, c'est quoi, son boulot ? Je ne suis au courant de rien.

— Vous ne savez pas d'où il vient ?

Une fois encore, il se montre sceptique. Punaise ! Ce type commence à me porter sur les nerfs.

— Je sais seulement qu'il a fait la connaissance de ma sœur pendant son année sabbatique et qu'ils se sont envoyés en l'air comme les deux ados qu'ils étaient. Maintenant, il prétend qu'il n'a pas cessé de l'aimer. Résultat, ils ont l'intention de se marier demain et de recommencer à baiser comme des malades. Et il travaille pour *Dupree Sanders*.

Lorcan rectifie le tir :

— *Dupree Sanders* lui *appartient* !

— Pardon ? dis-je comme une idiote.

J'ignore ce que fabrique cette boîte. Je n'ai pas approfondi la question.

— Depuis la mort de son père survenue il y a un an, Ben est le principal actionnaire de *Dupree Sanders*, affaire de papier de trente millions de livres. Pour votre information, sa vie est compliquée et il est également vulnérable.

Comprenant ses sous-entendus, la moutarde me monte au nez :

— Vous prenez ma sœur pour une croqueuse de diamants ? C'est ça ?

Quelle insulte ! Quel connard prétentieux ! Ma respiration s'accélère, j'ai envie de lui tordre le cou.

— Je n'ai jamais dit ça, répond-il calmement.

Je prends mon ton le plus glacial.

— Veuillez m'écouter, monsieur Adamson. Examinons les faits. Votre cher ami a persuadé ma sœur de l'épouser. Un mariage ridicule et précipité. Et certainement pas l'inverse ! D'ailleurs, qui dit que Lottie n'est pas l'héritière d'une encore plus grande fortune ? Qui dit que nous ne sommes pas parents des... Getty, ces multimilliardaires américains ?

— Touché ! avoue Lorcan au bout d'un instant. Vous l'êtes ?

— Bien sûr que non. Mais vous tirez des conclusions hâtives. Surprenant, pour un avocat !

Autre silence. J'ai l'impression de l'avoir coincé. Excellent !

— Bon, je vous présente mes excuses. Je ne voulais rien sous-entendre à propos de votre sœur. Il est possible que Ben et Lottie soient parfaitement assortis. Mais il se prépare un gros truc dans la boîte. Ben doit être totalement disponible. S'il veut partir en voyage de noces, il devra remettre ça à plus tard.

— Ou à jamais.

— Ou à jamais, en effet, répète Lorcan d'un ton amusé. Vous n'êtes pas une fan de Ben, on dirait ?

— Je ne l'ai jamais vu. Mais notre petite conversation n'a pas été inutile. C'est l'essentiel. Laissez-moi faire, je m'en occupe.

— Pas du tout. Je m'en occuperai, insiste Lorcan. Je vais parler à Ben.

Il commence à me gonfler ! Pourquoi serait-il aux commandes ?

Je réplique aussi sèchement que possible :

— Je vais parler à Lottie. Je vais tout arranger.

— Inutile ! Je parlerai à Ben. Tout va passer aux oubliettes très vite.

159

J'insiste sans m'occuper de lui :

— Je parlerai à Lottie et je vous le ferai savoir quand j'aurai tout arrangé.

Nouveau silence. Personne ne veut lâcher prise.

— Bien, finit par dire Lorcan. Au revoir.

— Au revoir.

Je raccroche, saisis mon portable et appelle celui de Lottie. Fini, la grande sœur compréhensive. Je vais arrêter ce mariage. Immédiatement.

6

Fliss

Incroyable ! Elle me boude depuis vingt-quatre heures. Quel culot !

Une journée et une nuit se sont écoulées depuis ma conversation avec Lorcan. Le mariage doit avoir lieu dans une heure, et je n'ai toujours pas parlé à Lottie. Elle a snobé tous mes appels (à peu près une centaine). En même temps, elle s'est arrangée pour me laisser une série de messages sur mon téléphone au sujet de la mairie, du restaurant, du rendez-vous au *Bluebird* pour un verre avant la cérémonie. Une robe de demoiselle d'honneur en satin mauve a été livrée par un cycliste à mon bureau pendant le déjeuner. Un poème est arrivé par mail que je dois lire pendant la cérémonie avec un mot : « Le sommet de notre journée ! »

Je ne suis pas dupe ! Si elle ne prend pas mes appels, c'est qu'il y a une raison : elle est sur la défensive. Ce qui veut dire que j'ai une chance. Je peux la convaincre de renoncer à cette folie. Il me suffit de déterminer son point faible et l'exploiter.

En passant la porte du *Bluebird*, je la vois au bar

en mini-robe de dentelle crème, des roses dans les cheveux et d'adorables babies vintage aux pieds. Elle est si belle, si lumineuse que je regrette un instant d'être obligée de torpiller son beau navire.

Mais non. Il faut que quelqu'un garde la tête sur les épaules. Elle ne sera pas aussi éclatante le jour où elle sera traînée devant le juge des affaires familiales.

Noah n'est pas avec moi. Il passe la nuit chez son ami Sebastian. J'ai raconté un bobard à Lottie en prétendant qu'il était « désolé de rater le mariage ». La vraie raison ? Je refuse que la cérémonie ait lieu.

Lottie, qui m'a repérée, me fait de grands signes. J'agite la main et m'approche, un sourire innocent aux lèvres. J'entre tranquillement dans l'arène, rassurante, les banderilles cachées dans mon dos. Je suis l'Éminence Grise de la Mariée.

— Tu es magnifique ! dis-je à Lottie en la serrant dans mes bras. Quel grand jour ! Rien que du bonheur !

Elle me dévisage sans répondre, ce qui prouve que j'ai raison : elle est bien sur la défensive. Mais je continue à sourire, faisant mine de ne m'apercevoir de rien.

— Je croyais que l'idée ne t'emballait pas, finit-elle par remarquer.

— Comment ? fais-je, choquée. Bien sûr que l'idée me plaît. J'ai juste été… surprise. Mais je suis certaine que Ben est absolument merveilleux et que vous serez heureux longtemps, très longtemps.

Je retiens mon souffle. Elle se détend et baisse sa garde.

— Oui, nous serons très heureux. Eh bien, assieds-toi ! Prends du champagne. Tiens !

Elle me tend un petit bouquet de roses.

— Waouh ! C'est charmant !

Elle me remplit une flûte que je lève comme pour un toast. Puis je jette un coup d'œil à ma montre. Encore cinquante-cinq minutes. Il va falloir que je me dépêche pour faire échouer le navire.

Sans avoir l'air d'y toucher, je demande :

— Tu as des plans pour ton voyage de noces ? Tu n'as sans doute pas pu faire de réservations, si peu de temps à l'avance. Quel dommage ! Un voyage de noces est tellement unique qu'il faut qu'il soit parfait. Si tu le retardais de quelques semaines, je t'aiderais à organiser quelque chose d'extraordinaire. D'ailleurs… personne ne vous en empêche ?

Je pose mon verre, comme si je venais d'avoir une brillante idée :

— Lottie, retardons le mariage juste un petit peu, et nous allons bien nous amuser à planifier un voyage parfait !

— Pas de souci ! Nous avons déjà organisé le voyage parfait ! Une nuit au *Savoy*, et demain on s'en va !

— Vraiment ?

Je suis prête à surenchérir.

— Où allez-vous ?

— Nous retournons à Ikonos. Là où nous nous sommes connus. Génial, non ?

— Dans une auberge de routards ?

— Ne sois pas bête. Nous irons dans cet hôtel fantastique, l'*Amba*. Celui avec la cascade. Tu en as fait la critique, non ?

Évidemment ! Impossible de battre l'*Amba* ! Il a ouvert il y a trois ans et depuis nous en avons parlé à deux reprises. En lui attribuant cinq étoiles à chaque fois. C'est l'endroit le plus spectaculaire des Cyclades. Deux années de suite, il est arrivé premier dans la catégorie « Destination pour lune de miel ».

En vérité, récemment, il est devenu un peu bling-bling sur les bords. Bourré de couples célèbres, c'est le lieu favori pour les séances de photos de *Hello*. À mon avis, il mise également un peu trop sur la clientèle russe, chinoise ou japonaise des voyages de noces. Malgré tout, il demeure un des plus beaux palaces au monde. Je vais avoir du mal à dissuader Lottie d'y aller.

Je secoue tristement la tête.

— À l'*Amba*, il faut absolument avoir une chambre du bon côté. En dernière minute, on t'a sans doute fourgué une chambre dans une des ailes. Il n'y a pas de soleil mais beaucoup de mauvaises odeurs.

Soudain, je prends un air réjoui :

— J'ai une idée ! Attends quelques semaines et laisse-moi vous pistonner. Je te promets la suite Apollon. Tu verras, Lotts, à lui seul le lit mérite d'attendre un peu. Il est immense et installé sous un dôme en verre qui permet de voir les étoiles. Un *must* absolu.

Je sors mon portable.

— Appelle donc Ben pour lui dire de reculer le mariage de quelques semaines…

Ma sœur me coupe gaiement la parole.

— Mais nous *avons* la suite Apollon ! Elle est pour nous ! Nous avons une lune de miel sur mesure avec notre maître d'hôtel personnel, des soins quotidiens dans notre spa privé et une journée sur le yacht de l'hôtel.

Je la regarde comme sonnée, mon téléphone pendant au bout de mon bras.

— Com...ient ça ?

— Grâce à une annulation. Ben a utilisé son

abonnement « Tapis rouge » et tout a marché comme sur des roulettes. Fabuleux, non ?

— Fabuleux ! je répète au bout d'un instant. Super !

— Ikonos représente tellement pour nous. Je crains que l'île soit complètement fichue. Quand nous y étions, il n'y avait même pas d'aéroport et aucun grand hôtel. Il fallait s'y rendre en bateau. Malgré tout, on aura l'impression de remonter le temps. Je suis tellement impatiente.

Inutile de poursuivre dans cette voie. Je bois un peu de champagne en réfléchissant à toute allure.

— Dis-moi, tu disposes d'une Rolls-Royce vintage aujourd'hui ? Tu tenais tellement à avoir une Rolls-Royce pour ton mariage…

Elle hausse les épaules.

— Non. Je peux marcher, tu sais.

— Comme c'est triste ! j'insiste en faisant grise mine. Tu la voulais tellement. Si tu attendais un peu, tu l'aurais.

— Fliss, je ne veux pas te faire la morale, mais je te trouve un peu superficielle. L'important, c'est l'amour. Trouver un compagnon pour la vie. Pas telle ou telle voiture. Tu n'es pas d'accord ?

— Bien sûr.

Bon, je laisse tomber la voiture. Je vais essayer un autre angle d'attaque.

La robe ? Non. Ce qu'elle porte est ravissant.

La liste de mariage ? Non. Elle n'est pas aussi terre-à-terre.

Je demande enfin :

— Alors… il y aura des chants ?

Un silence qui se prolonge. Pleine d'espoir, je regarde Lottie. Elle serre les dents.

— Nous n'avons pas droit aux chants, déclare-t-elle enfin en fixant son verre. C'est interdit à la mairie.

Gagné !

— Aucun cantique ?

Je couvre ma bouche de ma main, comme si je ne le savais pas depuis le début.

— Mais comment peux-tu te marier sans chant ? Pas même « Trouver dans ma vie ta présence ». Tu as toujours dit que tu l'aurais à ton mariage.

Lottie faisait partie de la chorale de notre pensionnat. Elle était soliste. Elle attachait beaucoup d'importance à la musique. J'aurais dû commencer par l'attaquer là-dessus.

— Bof ! Ce n'est pas important.

Un sourire timide, mais son attitude a changé.

— Qu'en pense Ben ?

— Les cantiques ne l'intéressent pas beaucoup, avoue-t-elle.

Ben n'est pas intéressé par les cantiques. J'ai envie de sauter de joie. J'ai trouvé. Son talon d'Achille. Je la tiens. Je commence à chanter doucement :

— « Trouver dans ma vie ta présence, tenir une lampe allumée… »

— Arrête ! crie-t-elle presque.

— Excuse-moi ! dis-je en levant la main. Je… pensais tout haut. Pour moi, un mariage, c'est d'abord de la musique. Des chants très beaux, très émouvants.

Quel pieux mensonge ! Je me fiche bien de la musique et, si Lottie était un peu plus attentive, elle se rendrait compte que je me moque d'elle. Mais elle regarde au loin, perdue dans son monde. Ses yeux sont-ils un peu humides ?

J'en rajoute une couche.

— Je t'ai toujours imaginée agenouillée devant l'autel dans une église de campagne, au son de l'orgue. Pas dans une salle de mairie. C'est drôle, non ?

Elle acquiesce sans tourner la tête.

— Da-da-dadada-da-da-da-da...

Je ne connais pas toutes les paroles, mais ce que je fredonne est suffisant pour l'émouvoir.

Son regard est terne. Bon : l'heure de l'assaut final a sonné.

— En tout cas, c'est un grand jour pour toi : voilà l'essentiel. Il sera parfait. Rapidement mené. Pas de musique superflue, pas d'enfants de chœur, pas de cloches carillonnant en haut d'un clocher de village. Tu entres et tu sors. Tu signes un registre, dis quelques mots et c'est fait. Pour la vie. *Finito*.

Quand je vois sa lèvre inférieure prise de petits tremblements, je me dis que je suis une sacrée garce.

— Tu te souviens de la scène de mariage dans *La Mélodie du bonheur* ? Quand Maria remonte la nef au son du chant des religieuses et que son long voile flotte autour d'elle...

Fliss, n'exagère pas !

Je me tais, bois mon champagne, j'attends. Les yeux de Lottie sont traversés de pensées diverses. Son côté romantique se bat contre son désir charnel. J'ai l'impression que l'amour l'emporte. Les violons jouent plus fort que les tam-tams de la jungle. Elle semble avoir pris une décision. Je t'en supplie, Lottie, sois raisonnable...

Elle relève la tête :

— Fliss ! Fliss...

J'ai gagné le concours de la meilleure Éminence Grise de la Mariée.

Pas de discussion. Pas d'affrontement. Lottie pense que c'est elle qui a décidé de retarder son mariage. Et moi, je suis celle qui demande :

— Lottie, tu es sûre ? Tu es tout à fait certaine de vouloir tout annuler. Vraiment ?

Je lui ai vendu l'idée d'un mariage à la campagne avec de la musique, un chœur et des cloches. Elle cherche déjà le nom de l'aumônier de notre ancienne école. La voici partie sur un nouveau rêve fait de satin, de petits bouquets de fleurs et de cantiques.

Ce qui me convient. Un mariage, c'est parfait. Le mariage, c'est parfait. Il est possible que Ben soit le compagnon de sa vie et, quand elle aura son dixième petit-fils, je me mordrai les doigts en songeant : « Quelle mouche m'a piquée ? » Mais au moins, elle va avoir le temps de respirer. D'observer Ben et de se dire : « Hum ! Encore soixante ans à passer avec toi. Est-ce une si bonne idée ? »

Lottie est partie à la mairie pour mettre Ben au courant. J'ai fait mon travail. Il suffit maintenant que je lui achète le magazine *Mariages*. Nous devons nous retrouver demain devant une tasse de café pour parler traîne et voile et, plus tard dans la soirée, je vais *enfin* faire la connaissance de Ben.

J'attends de traverser King's Road en me félicitant mentalement de mon brillant stratagème quand j'aperçois quelqu'un que je reconnais. Un nez aquilin. Des cheveux ébouriffés par le vent. Une rose à la boutonnière. Du haut de ses trois mètres, il arpente le trottoir d'en face avec le visage courroucé du type qui va être témoin au mariage de son meilleur ami richissime avec une croqueuse de diamants. Sa rose tombe. Quand il se penche pour la ramasser, il la regarde avec une expression tellement meurtrière que j'ai envie de rire.

Ah ! Attendez un peu que je lui raconte ! Comment s'appelle-t-il déjà ? Ah oui ! Lorcan.

— Bonjour ! je crie en agitant frénétiquement la main. Lorcan ! Arrêtez-vous !

Il avance si vite que je ne pourrai jamais le rattraper. Mais il pile net et se retourne vers moi, l'air soupçonneux. Je lui fais signe à nouveau.

— Par ici ! Il faut que je vous parle !

Une fois qu'il a traversé la rue, je m'approche de lui et brandis mon bouquet sous son nez :

— Je suis Fliss Graveney. La sœur de Lottie. On s'est parlé hier.

— Ah, oui !

Il se détend un instant puis reprend sa mine maussade réservée aux mariages joyeux.

— J'imagine que vous allez là-bas, vous aussi ?

J'avais oublié cette voix ridicule de présentateur de films. Pourtant, moins grotesque qu'au téléphone, elle est assortie à son visage : sombre et intense.

— En fait, dis-je d'un ton condescendant, je ne vais pas là-bas, car la cérémonie est annulée.

Il en reste comme deux ronds de flan.

— Qu'est-ce que vous voulez dire ?

— C'est annulé. Pour le moment. Lottie est allée ajourner le mariage.

— Pourquoi ?

Ce qu'il peut être méfiant !

— Afin de s'assurer que la fortune de Ben est investie de manière à être facilement détournée. Qu'est-ce que vous croyez ?

Un éclair de gaieté passe dans ses yeux.

— D'accord, je l'ai mérité. Bon, qu'est-ce qui se passe exactement ? Pourquoi cet ajournement ?

— J'ai réussi à la dissuader. Je connais ma sœur et je sais à quel point elle est influençable. À la suite de notre petite conversation, elle veut une cérémonie romantique dans une vieille église de campagne. Voilà tout. Je pense que, s'ils retardent leur mariage, ils auront le temps de voir s'ils sont faits l'un pour l'autre.

— Merci, Seigneur ! soupire Lorcan en se passant la main dans les cheveux.

Enfin, il cesse de se hérisser. Enfin, il cesse de froncer les sourcils.

— Ben n'est pas en état de se marier à l'heure actuelle. C'était de la folie.

— Complètement ridicule.

— Zinzin !

— L'idée la plus bête du monde. Non, je retire ça. M'envoyer une robe mauve était l'idée la plus bête du monde.

— Je vous trouve très élégante.

Encore un éclat de gaieté dans ses yeux. Il consulte sa montre.

— Que dois-je faire maintenant ? Je devais retrouver Ben à la mairie.

— Mieux vaut ne pas s'y pointer.

— D'accord.

Nous nous taisons. C'est bizarre de se tenir au coin d'une rue, habillés pour un mariage qui n'a pas lieu. Je tripote mon bouquet, hésitant à le jeter dans une poubelle. Mais ça ne se fait pas, n'est-ce pas ?

Lorcan se lance d'un coup.

— Vous avez envie d'un verre ? Moi, oui.

— J'en prendrai six. Ça pompe une sacrée énergie de dissuader quelqu'un de se marier.

— Bon, allons-y !

Un homme aux décisions rapides. Ça me plaît. Il m'entraîne aussitôt dans une petite rue, vers un bar comportant un auvent et des meubles de bistrot français sur le trottoir. Il s'arrête à la porte.

— À propos, j'espère que votre sœur a bien ajourné le mariage. Je n'ai pas envie de recevoir un SMS furieux disant : « Bordel, qu'est-ce que tu fous ? »

Je vérifie mon téléphone.

— Rien reçu de Lottie. Elle était déterminée à annuler la cérémonie d'aujourd'hui. Je suis certaine qu'elle s'est tenue à sa décision.

— Rien de Ben non plus, dit Lorcan en consultant son BlackBerry. Nous sommes hors de danger.

Il me mène jusqu'à une table d'angle et ouvre la carte des vins.

— Que désirez-vous boire ?

— Un double gin-tonic.

— Vous le méritez, dit-il gaiement. La même chose pour moi.

Il commande, éteint son téléphone et le glisse dans sa poche. Un homme qui range son mobile, ça me plaît aussi.

— Dites-moi pourquoi Ben ne peut pas se marier en ce moment. D'ailleurs, qui est ce Ben ? Donnez-moi quelques renseignements.

— Ben…

Il grimace comme s'il ne savait pas par où commencer.

— Ben, Ben, Ben.

Il se tait un long moment. A-t-il oublié à quoi ressemble son meilleur ami ?

— Il est… brillant. Novateur. Il a de nombreuses qualités.

Lorcan me paraît si tendu, si peu convaincant que je le dévisage.

— À vous entendre, j'ai l'impression que vous parlez d'un meurtrier à la tronçonneuse.

— Pas du tout !

— Mais si !

Je n'ai jamais vu quelqu'un être aussi négatif en essayant de vanter un ami. Je prends une voix lugubre :

— Il est brillant. Il est novateur. Il tue les gens dans leur sommeil. À sa façon innovante !

— Mon Dieu ! Êtes-vous toujours aussi…

Lorcan se tait et soupire.

— D'accord, c'est vrai que j'essaie de le protéger. Il est dans une situation délicate. Son père est mort. La société a un avenir incertain, et il doit décider quelle direction lui faire prendre. Ben est un joueur inné, mais il manque de jugeote. C'est dur pour lui. Je pense qu'il traverse la crise de la quarantaine.

La crise de la quarantaine ? Parfait ! Juste ce qu'il faut à Lottie.

— Pas le mari idéal, c'est ça ?

Lorcan pousse un léger grognement.

— Un jour, peut-être. Quand il aura réglé ses putains de problèmes. Le mois dernier, il a acheté une cabane dans le Montana. Puis il voulait un bateau pour faire des régates. Avant ça, il ne parlait que d'investir dans les motos anciennes. La semaine prochaine, ce sera une nouvelle folie. À mon avis, il ne va pas rester marié plus de cinq minutes. Et votre sœur paiera les pots cassés.

J'en suis malade.

— Dieu merci, c'est annulé.

— Vous avez fait du bon travail. Non seulement nous avons besoin de la présence de Ben, mais il ne peut pas déserter encore une fois.

— Comment ça, « déserter » ?

Lorcan soupire.

— Il l'a déjà fait une fois. Quand son père est tombé malade. Il a disparu pendant dix jours. Quelle histoire ! La police s'en est mêlée. Puis il a réapparu. Pas d'excuses, pas d'explications. Je ne sais toujours pas où il était allé.

On nous apporte nos verres et Lorcan lève le sien :

— À votre santé ! Aux mariages annulés !

— Aux mariages annulés !

Je lève mon verre, avale une délicieuse gorgée de gin-tonic et reviens à Ben :

— Quelle est le motif de sa crise de la quarantaine ?

Lorcan hésite, comme s'il ne voulait pas trahir un ami.

— Allez ! Il fait presque partie de la famille.

— Sans doute. Je connais Ben depuis que j'ai treize ans. Nous étions en pension ensemble. Mes parents se sont expatriés à Singapour et je n'avais personne d'autre. J'ai passé des vacances chez Ben et je suis devenu proche de sa famille. Son père et moi partageons la passion de la marche. Je devrais dire « partagions ».

Il se tait, tient son verre entre ses deux mains.

— Ben ne venait jamais marcher avec nous. Ça ne l'intéressait pas. L'affaire non plus. Il la voyait comme une immense contrainte. Tout le monde s'attendait à ce qu'il rejoigne la société à la fin de ses études, mais c'était la dernière chose qu'il désirait.

— Alors pourquoi est-ce que vous travaillez pour eux ?

— Je les ai rejoints il y a quelques années.

Lorcan sourit bizarrement.

— Je traversais… des difficultés personnelles. Je voulais m'éloigner de Londres, aussi j'ai été habiter chez le père de Ben, dans le Staffordshire. Au début, je pensais y rester quelques jours, faire des marches, m'éclaircir l'esprit. Mais je me suis impliqué dans l'affaire. Je ne l'ai plus quittée.

— Le Staffordshire ? Mais je croyais que vous viviez à Londres ?

— Nous avons des bureaux à Londres, bien sûr. Je fais la navette entre les deux, mais je préfère être là-haut. C'est un pays magnifique. Les usines de papier sont installées dans le domaine. Les bureaux occupent en partie le château, qui est la maison de famille. Il est classé aux monuments historiques. Vous avez vu la série de la BBC, *Highton Hall* ? C'est chez nous. Ils ont tourné pendant deux mois. Ça nous a rapporté un sacré pécule !

Je suis sidérée.

— *Highton Hall* ? Waouh ! C'est un endroit magnifique. Et qui en impose !

— En effet. De nombreux employés habitent dans des maisons du domaine. Nous organisons des visites guidées du château, des usines, des forêts. Nous sommes impliqués dans la préservation de la nature. C'est un lieu très particulier.

Ses yeux s'éclairent.

— Je vois, dis-je en digérant ces informations. Vous avez commencé à travailler pour la société, mais Ben n'était pas intéressé, c'est ça ?

— Il a commencé quand son père est tombé malade et qu'il s'est rendu compte qu'il allait hériter du tout. Auparavant, il a fait des pieds et des mains pour éviter de s'en occuper. Il a suivi des cours d'art dramatique, il s'est essayé au one-man-show...

— C'était lui ! je m'exclame en posant mon verre un peu trop violemment. Je l'ai Googlé et n'ai trouvé à son nom que des critiques de ses spectacles. Toutes épouvantables ! Il était si mauvais que ça ?

Lorcan regarde tourner ses glaçons, comme absorbé par la surface de son verre.

— Vous pouvez me dire la vérité, dis-je en baissant la voix. Ça restera entre nous. C'était gênant à ce point ?

Il ne répond pas. Bien sûr ! Il ne va pas dire du mal de son meilleur ami. Je le respecte pour ça.

Je réfléchis un instant.

— Bon, juste cette question : quand je le verrai, est-ce qu'il va me raconter des blagues ? Et faire semblant de les trouver drôles ?

— Faites attention s'il vous sort une chanson sur les jeans !

Lorcan lève enfin la tête, en souriant presque.

— N'oubliez pas de rire, ajoute-t-il. Sinon il sera fâché.

Les jeans ! Je me mets ça dans le crâne.

— Merci de m'avoir avertie. Avez-vous la moindre chose positive à dire sur ce type ?

Lorcan s'offusque.

— Bien sûr ! Quand Ben est en forme, vous n'avez

pas envie de le quitter de la soirée. Il est charmant. Il est divertissant. Je comprends que votre sœur soit tombée amoureuse de lui. Quand vous ferez sa connaissance, vous serez d'accord.

J'avale une autre gorgée d'alcool. Je me détends lentement.

— Il deviendra peut-être mon beau-frère. Mais au moins, ça ne sera pas aujourd'hui. Mission accomplie.

— Je discuterai avec Ben plus tard. Pour m'assurer qu'il ne fait pas de bêtises.

Il plaisante ou quoi ? me dis-je en râlant. *Je viens d'annoncer que j'avais accompli ma mission, non ?*

— Inutile de parler à Ben, fais-je poliment. J'ai déjà tout arrangé. Lottie ne va plus se marier en quatrième vitesse. À votre place, je laisserais tomber.

— Ça ne peut pas faire de mal, réplique Lorcan, impavide. Pour bien enfoncer le clou.

— Mais si ! je m'écrie, furax. N'enfoncez rien du tout. J'ai passé une demi-heure à persuader Lottie que c'était elle qui avait eu l'idée d'annuler la cérémonie. Que ça venait d'elle ! J'ai été subtile. Prudente. Je n'y suis pas allée avec un… marteau.

Ses traits ne bougent pas. Il se contrôle parfaitement. Or moi aussi. Et il s'agit de ma sœur.

— Ne parlez pas à Ben, je lui ordonne. N'intervenez pas. Le mieux est l'ennemi du bien.

Silence. Puis Lorcan hausse les épaules et finit son verre. Je devine qu'il me donne raison mais refuse de me l'avouer. Je termine mon gin-tonic, attends un instant en retenant ma respiration. En mon for intérieur, j'espère qu'il va commander une nouvelle tournée. Une maison vide m'attend. Je n'ai rien à faire. Pas de plans. En vérité, j'aime être assise dans ce bar à batailler avec cet homme un peu trop tendu, un peu mal élevé.

— Un autre ?

Il croise mon regard et je sens que les choses ont passé un cap entre nous. Le premier verre marque la fin d'une histoire où chacun se montrait courtois.

Désormais, c'est plus que de la courtoisie.

— Oui, pourquoi pas.

— La même chose ?

J'acquiesce et l'observe pendant qu'il appelle le serveur. Il a de belles mains. Un menton ferme. Des manières nonchalantes mais laconiques. Il est bien plus séduisant que sa description dans Google.

— Votre photo sur le Net est atroce, dis-je tout à coup. Vraiment moche. Vous le savez ?

— Oh !

Il fronce les sourcils, surpris par mon attaque.

— Au moins, vous n'y allez pas par quatre chemins. J'ai de la chance de ne pas être vaniteux.

— Ce n'est pas une question de vanité. Non pas que vous soyez mieux en réalité. Mais votre *personnalité* est plus attrayante. Je vous regarde et je vois un type qui consacre du temps aux gens. Qui range son téléphone. Qui écoute. Vous êtes charmant. À votre manière.

— À ma manière ? répète-t-il en riant jaune.

— Votre photo ne livre rien de tout ça, je continue comme si de rien n'était. Sur la photo, vous êtes renfrogné. Vous avez l'air de dire : « Qui êtes-vous, bon sang ? Qu'est-ce que vous regardez ? Je n'ai pas de temps à vous consacrer ! »

— Vous avez déduit tout ça d'une simple photo ?

— Vous avez dû accorder cinq minutes au

photographe sans cesser de râler et en consultant votre BlackBerry entre chaque cliché. Un mauvais point.

Lorcan reste muet et je me demande si je n'ai pas exagéré. *Bien sûr* que j'ai exagéré ! Je ne connais pas ce type et je me livre à une analyse critique de son allure. Je fais marche arrière :

— Désolée. Il m'arrive d'être brutale.

— Sans blague ?

Je le regarde dans les yeux.

— À vous d'être brutal si vous le désirez. Je ne me vexerai pas.

— D'accord. Cette robe de demoiselle d'honneur vous va comme des manchettes à un cochon.

Malgré moi, je me sens piquée au vif. Je ne pensais pas qu'elle était *aussi* laide. À moi de contre-attaquer.

— Tout à l'heure, vous m'avez dit qu'elle était jolie.

— J'ai menti. Vous ressemblez à un bonbon acidulé.

Bon, je l'ai cherché.

— D'accord, vous avez peut-être raison.

Et je poursuis, pour le plaisir de lui lancer une pique :

— Au moins, sur le Net, je ne ressemble pas à un bonbon acidulé.

Le serveur nous apporte nos deux verres. Je prends le mien, quelque peu échauffée par notre petite passe d'armes. Je me demande également comment nous en sommes arrivés là. Il serait peut-être temps de revenir à notre sujet principal :

— À propos, vous avez entendu parler de la règle que s'imposent Ben et Lottie : pas de sexe avant le mariage ? Vous ne trouvez pas ça ridicule ?

— Ben l'a vaguement évoquée. J'avoue que j'ai cru à une plaisanterie.

— C'est très sérieux, au contraire. Ils veulent attendre la nuit de noces. À mon avis, se marier sans avoir fait l'amour est irresponsable. C'est aller au-devant d'un tas d'ennuis.

— Une idée intéressante, réplique Lorcan. Mais démodée.

J'avale une grande lampée d'alcool. Je ressens le besoin d'exprimer mon opinion sur le sujet. Je me penche vers Lorcan.

— Si vous voulez connaître ma théorie, je dirais que cette décision les a détraqués. Tout n'est qu'une question de coucherie. Lottie est perdue dans un nuage où le sexe est roi. Plus elle attend, moins elle verra les choses clairement. Bien sûr, je la comprends. Je suis persuadée que Ben est un amant fabuleux et qu'elle rêve d'en profiter. Mais ça ne l'oblige pas à l'épouser, si ?

— Leur décision ne tient pas debout !

— Je le lui ai dit ! Qu'ils se trouvent un lit ! Qu'ils passent une semaine sous la couette. Un mois s'ils le veulent ! Qu'ils prennent leur pied. Ensuite, ils verront s'ils veulent toujours se marier. Enfin, inutile de passer devant monsieur le maire pour s'envoyer en l'air...

Je me tais car je viens de penser à quelque chose.

— Vous êtes marié ?

— Divorcé.

— Moi aussi. Divorcée. On est donc au courant tous les deux.

— Au courant de quoi ?

— Des relations sexuelles.

Je me rends compte que ma langue a fourché et rectifie aussitôt :

— Je veux dire, du mariage.

179

Lorcan prend un peu de temps pour réfléchir en éclusant son verre avant de se prononcer.

— Plus je songe aux années passées, moins j'ai de certitude au sujet du mariage. Faire l'amour, en revanche, je crois en connaître un rayon.

Le gin m'est monté directement à la tête. Il me donne un vague tournis et délie ma langue :

— Je n'en doute pas !

Le silence qui suit me semble lourd. Un peu tard, me revient en mémoire le fait que j'ai dit à un total inconnu qu'il devait être bon au lit. Comment reculer ? Être plus précise ?

Non. Passer à autre chose. Je regarde autour de moi à la recherche d'un détail anodin pour relancer la conversation, mais Lorcan intervient le premier :

— Puisqu'on se parle franchement, comment avez-vous vécu votre divorce ? Un affreux cauchemar ?

Mon divorce a-t-il été un affreux cauchemar ?

J'ouvre la bouche, prends une grande respiration tout en palpant ma clé USB autour de mon cou. Puis je stoppe.

Fliss, pas de hargne. Ne te montre surtout pas aigrie. Quelque chose de sucré. Pense à du sucre, à des bonbons, à des fleurs, à des moutons frisés, à Julie Andrews…

Je suis soudain tout miel.

— Vous savez, ces choses arrivent.

— Il y a longtemps ?

J'arbore un sourire de madone.

— Ce n'est pas fini. Mais le terminus n'est pas loin.

— Et vous arrivez à sourire ?

— J'essaie de rester zen. Demeurer calme, penser à

l'avenir. Voir le bon côté des choses. Ne pas m'éterniser sur le passé.

Lorcan écarquille les yeux.

— Oh ! Je suis impressionné. Pour moi, c'était il y a quatre ans et j'ai toujours mal.

— Je vous plains. Pauvre de vous.

Mon sourire factice me tue. J'aimerais lui demander comment est sa souffrance, ce qui est arrivé. Nous pourrions comparer la façon dégueulasse dont nos ex se sont conduits. Je meurs d'envie d'entrer dans les détails, de continuer à lui parler jusqu'à ce qu'il me dise ce que je veux entendre, c'est-à-dire que j'ai raison et que Daniel a tort.

Exactement ce pourquoi Barnaby m'a passé un savon. Il a toujours raison, ce salaud !

— Alors, je vous offre une tournée ? je propose en plongeant dans mon sac et en sortant mon portefeuille.

Oh, malheur !

Mon portefeuille s'ouvre et mon paquet de *Durex Feeling Extra*, *nervurés pour un plaisir maximum* se répand sur la table. Un *Pleasuremax* atterrit dans le verre de Lorcan et lui éclabousse le visage. Un *Super-Lubrifié* tombe dans le bol de cacahuètes.

— Oh ! je m'écrie en les ramassant en vitesse. Ils ne sont pas... Ils ont servi aux travaux pratiques de mon fils.

— Ah !

Acquiesçant poliment, Lorcan retire le *Pleasuremax* de son verre et me le tend :

— Votre fils a quel âge ?

— Sept ans.

— *Sept ans ?* fait-il, scandalisé.

— C'est une longue histoire.

Je cille quand il me tend le préservatif trempé.

— Permettez-moi de vous offrir un autre verre. Je suis vraiment navrée.

Machinalement, je sèche le *Pleasuremax* avec une serviette en papier.

— À votre place, je le jetterais. Sauf si vous êtes vraiment à court.

Je sursaute. Il reste impavide, mais quelque chose dans sa voix m'inciterait à rire.

— Pas de problème. Mais je n'aime pas le gaspillage.

Je le remets dans mon sac et propose :

— Un autre gin ? Sans capote anglaise comme on dit outre-Manche.

— Je m'en occupe.

Il se redresse, bascule sa chaise en arrière pour appeler le serveur et moi, je me surprends à contempler son long corps élancé. Est-ce le gin, l'excitation de lui avoir dit qu'il était sûrement un bon amant ou cette étrange situation dans laquelle nous sommes plongés ? En tout cas je fais une fixation sur lui. Je l'intègre dans ma tête. Petit à petit. S'il pose ses mains sur ma peau, je ressentirai quoi ? Et quand je caresserai ses cheveux ? Il a une barbe de deux jours, ce qui me plaît. J'aime que ça gratte un peu. J'aime les étincelles. Ce que je sens entre nous. Une bonne étincelle.

Dans un lit, je le vois lent et déterminé. Concentré. Il doit faire l'amour aussi sérieusement qu'il patronne la vie sentimentale de son ami.

Ai-je dit « Je le vois » ? Je pense à quoi exactement ? Je m'embarque dans quoi ?

En reposant sa chaise sur le sol, il m'observe ; et je note un certain éclat dans ses yeux. Il pense à un truc. Il ne cesse de contempler mes jambes. L'air de rien, je me tortille pour que ma jupe remonte un peu.

Je parie qu'il mord. Juste une intuition.

Que dire ? Aucun sujet de conversation polie qui pourrait l'amuser ne me vient à l'esprit. J'aimerais encore deux gin-tonics. Oui, deux gins feraient l'affaire. Et ensuite…

Je me lance :

— Alors…

— Alors…

Lorcan hoche la tête avant d'ajouter d'un ton léger :

— Vous devez rentrer pour votre fils ?

— Pas ce soir. Il dort chez un copain.

— Ah bon !

Il me regarde maintenant droit dans les yeux et ma gorge se serre. J'ai trop envie de lui. Ça fait trop longtemps. Bien trop longtemps. Bien sûr, pas question de le lui avouer. S'il m'interroge, je répondrai nonchalamment : « Oh, j'ai eu une courte histoire qui n'a pas marché. » Facile. Normal. Sûrement pas : « Je suis si seule, si stressée, j'en meurs d'envie. Pas seulement de faire l'amour mais de caresses, de la présence d'un autre être humain à mon côté, d'un homme qui me tienne dans ses bras, même pour une seule nuit ou quelques heures ou une portion de la nuit. »

Voilà ce que je tairai.

Une serveuse nous apporte nos verres. Elle les pose et remarque mon bouquet ainsi que la boutonnière de Lorcan.

— Ah ! Vous allez vous marier ?

Je ne peux pas m'empêcher d'éclater de rire. Quelle question !

— Non, non ! Pas du tout.

— Certainement pas ! surenchérit Lorcan.

— C'est parce que nous offrons une remise spéciale pour les mariages, insiste-t-elle. Nous en avons tellement, avec la mairie au coin de la rue. Les mariés vont venir vous rejoindre ?

Je décide de lui clouer le bec.

— En fait, nous sommes anti-mariage. Notre devise c'est : « Oui à l'amour, non à la corde au cou ! »

— D'accord à cent pour cent, approuve Lorcan en levant son verre, les yeux brillants.

La serveuse nous regarde, ébauche un sourire et s'éloigne. J'avale la moitié de mon verre d'un trait. J'ai de nouveau le tournis et encore plus envie de lui. J'imagine ses lèvres sur ma bouche ; ses mains déchirant ma robe...

Mon Dieu ! Fliss, reprends-toi ! Il est probablement en train de penser à son trajet en bus pour rentrer chez lui.

Je regarde au loin, joue avec mon verre, cherche à gagner du temps. Je déteste le stade incertain d'une rencontre, quand on ignore comment les choses vont évoluer. Vous montez ensemble l'escalier d'un premier rendez-vous. Vous savez quel palier vous avez atteint, mais vous ne savez pas s'il vous suit, ou s'il ne va pas redescendre. Me voici à mi-chemin de mon fantasme sexuel n° 53. Mais Lorcan ? Au fond, peut-être qu'il songe à battre en retraite poliment.

— Vous aimeriez aller quelque part ? demande-t-il tout d'un coup.

J'en frémis d'avance. *Quelque part ?* Où ?

Je m'efforce de considérer sa proposition avec nonchalance.

— Bonne idée ! Qu'est-ce qui vous dirait ?

Il fronce les sourcils, plisse le front, agite ses glaçons, comme s'il ignorait par quel bout prendre cette question à la fois profonde et complexe.

— On pourrait dîner quelque part, suggère-t-il sans beaucoup d'enthousiasme. Des sushis peut-être. Ou...

— Ou bien on n'est pas obligés de dîner.

Il relève la tête, baisse sa garde. Un frisson délicieux me parcourt. J'ai l'impression de me voir dans ses yeux, comme dans un miroir. Il a l'air affamé. Il meurt d'envie de dévorer quelque chose, et ce n'est pas des sushis.

— C'est une possibilité, avoue-t-il en reluquant à nouveau mes jambes.

Un passionné des gambettes, c'est évident.

— Eh bien... où habitez-vous ? je demande comme si ma question était d'un intérêt purement général.

— Pas loin.

Ses yeux ne quittent plus mes yeux. Bien. Nous avons atteint le dernier étage. Ensemble. Je vois ce qui nous attend. Un petit sourire joyeux se dessine sur mes lèvres. Nous sommes partis pour nous payer du bon temps.

7

Fliss

Je ne suis qu'à moitié réveillée. Enfin, je crois. C'est fou ce que j'ai mal à la tête.

Trop de pensées. Par où commencer ? Des sensations confuses envahissent mon esprit. Et de brefs éclairs : des souvenirs étonnants, intenses à couper le souffle. Lui. Moi. Dessous. Au-dessus. Je me rends compte soudain que je récite le texte d'un livre illustré pour enfant : *Les Contraires sont drôles !* Intérieur. Extérieur. Par ici. Par là.

La fête est finie. D'après la lumière qui m'éblouit, c'est le matin. Je suis couchée, une jambe hors de la couette, et je n'ose pas ouvrir les yeux. Toi. Moi. Alors. Maintenant. *Mon Dieu ! Maintenant !*

J'entrouvre un œil. Et que vois-je ? Une couette beige. Ah oui ! Je l'ai remarquée la nuit dernière. À l'évidence, son ex-femme a emporté les jolis draps en coton égyptien et lui s'est précipité dans le magasin le plus proche spécialisé dans le Linge de Maison pour Divorcés. Ma tête bat comme un tambour, et le beige se met à scintiller. Je referme les yeux et roule sur le dos. Je n'avais pas couché avec un homme depuis long-temps. Depuis très, très, très longtemps. J'avais oublié le déroulement des opérations. Un baiser maladroit ? L'échange des numéros de téléphone ? Un café ?

Un café. Je prendrais bien un café.

— Bonjour !

Le son de sa voix rauque me ramène à la réalité. Il est ici. Dans la chambre.

— Oh ! Hum !

Me soulevant sur un coude, je tente de gagner du temps, m'empressant de frotter mes yeux pour en chasser le sommeil.

— Bonjour.

Bonjour. Au revoir.

Me drapant dans la couette, je me redresse et m'efforce de sourire. Je dois avoir cent ans ! Lorcan porte costume et cravate, et tient une tasse. Je cligne des yeux, m'efforçant de concilier l'image de lui aujourd'hui avec lui hier soir. J'ai peut-être *rêvé* après tout.

— Un peu de thé ?

La tasse à rayures qu'il me tend est du genre bon marché. Elle doit provenir du magasin de Vaisselle pour Divorcés.

Je fais une grimace.

— Oh ! Désolée. Je n'aime pas le thé. Juste de l'eau.

— Du café ?

— J'*adorerais* un café. Et une douche.

Et me changer. Et prendre ces dossiers que j'ai laissés à la maison et le cadeau Molton Brown pour l'anniversaire d'Élise… Lentement, les rouages de mon cerveau se mettent en branle. Ce n'était pas malin de ma part. Je dois foncer chez moi, reporter mon entretien téléphonique de 9 heures… Je tâtonne pour retrouver mon portable. Je dois aussi appeler chez Sebastian pour dire bonjour à Noah.

Mon regard tombe sur ma robe mauve de demoiselle d'honneur. Merde et merde !

— La salle de bains est par ici, m'indique Lorcan depuis le pas de la porte.

— Merci.

Je tente de m'enrouler dans la couette d'une façon élégante, comme une actrice dans une scène d'amour de feuilleton, mais elle est trop lourde. Autant porter un ours blanc ! Avec un effort considérable, je la soulève du lit, fais un pas un avant, trébuche et cogne mon coude sur le coin du bureau.

— Aïe !

— Une robe de chambre ?

Lorcan me tend un modèle élégant à motif cachemire. L'ex-femme ne l'a pas embarquée.

J'hésite un instant. La porter me semble un peu trop intime. Genre « Permettez-moi d'enfiler votre grande chemise si virile et de laisser les manches battre contre mes tendres doigts ». Mais je n'ai pas le choix.

— Oui, merci.

Poliment, il détourne les yeux, tel un kiné dans un spa – manœuvre, à mon avis, tout à fait superflue puisqu'il a déjà tout vu. Je l'enfile.

— Tu es une snob du café, je suppose. J'ai raison ?

J'ouvre la bouche pour dire : « Oh, pas du tout. N'importe lequel me va ! » quand je m'arrête net. C'est vrai que je suis une snob du café. Et que j'ai la gueule de bois. À dire vrai, je préfère me priver que d'avaler de l'eau de vaisselle.

— Tu n'as pas tort. Mais ne t'en fais pas. Je prends une mini douche et je débarrasse le plancher dans…

— Je vais sortir t'en chercher.

— Non !

— Ça me prendra deux secondes. Le temps de ta douche.

Il disparaît, et je commence à chercher mon sac. Il contient une brosse et une crème pour les mains qui me servira de lotion hydratante. Tout en inspectant les lieux, je me pose des questions. Est-ce que Lorcan me plaît ? Est-ce que je pense le revoir ? Commencer une… histoire ?

Pas une histoire sérieuse ! Au milieu de mon divorce, ce serait de la folie. Mais c'était bon. Même si je ne me souviens précisément que d'une moitié, cette moitié est suffisante pour recommencer. Après tout, on pourrait trouver un arrangement régulier. Une fois par mois, comme un club de lecture.

Où est mon sac ? Je m'aventure plus avant et découvre un masque d'escrime accroché à un mur. Il y a également une épée, si ça s'appelle ainsi. J'ai toujours aimé l'escrime. Allez, je ne résiste pas. Je décroche le masque avec précaution et le mets. Ensuite je m'approche du miroir mural en brandissant l'épée.

— En garde, baron de nulle part ! dis-je à mon reflet. Ha ! Ha !

J'exécute un mouvement de kung-fu et la robe de chambre tombe à mes pieds.

Je suis prise d'un fou rire. Soudain, j'ai envie de partager cet instant farfelu avec Lottie. Je l'appelle sur son mobile.

— Salut, Fliss ! répond-elle immédiatement. Je suis sur le site de *Mariages*. Voile ou pas voile ? Et que penses-tu d'une traîne ?

J'ai envie d'éclater de rire. La voici obsédée par

les robes de mariée ! Naturellement. Lottie – et c'est une de ses qualités – n'est pas rancunière. Quand elle essuie un échec, elle ne ressasse pas. Elle change de direction et repart la fleur au fusil.

— Un voile, je dirais.

— Comment ?

— Un voile.

Je m'aperçois que ma voix est assourdie par mon masque. Je l'enlève aussitôt.

— Un *voile*, je répète. Alors, tu as annulé la cérémonie ? Ben n'a pas fait de difficulté ?

— Il a fallu le convaincre, mais à la fin, il était d'accord, il m'a dit que mes désirs étaient des ordres.

— Alors, tu as passé ta nuit de noces au *Savoy* comme prévu ?

— Mais non ! s'insurge-t-elle. Je t'ai dit que nous allions attendre d'être mariés.

Pitié ! Elle garde son plan qui ne tient pas debout. Et moi qui espérais que le démon du désir prendrait le dessus.

— Et Ben a été d'accord ? je demande, légèrement sceptique.

— Ben ne veut que mon bonheur, déclare Lottie de son ton sirupeux que je connais par cœur. Tu sais, Fliss, je suis si contente que nous ayons pu bavarder. Le mariage n'en sera que plus réussi. Et en prime, tu auras l'occasion de faire la connaissance de Ben.

— Tu vas le présenter à ta famille *avant* d'aller à l'autel et t'engager pour la vie ? Tu es bien sûre de toi ?

Je ne crois pas qu'elle saisisse l'ironie du propos. Le nuage rose de la future épousée la protège de tout. Le sarcasme ne l'atteint pas, abritée qu'elle est par cette sorte de bouclier.

191

— À propos, j'ai vu son ami Lorcan hier soir. Il m'a un peu parlé de Ben.

— Vraiment ? s'écrie Lottie au comble de l'excitation. Tu connais Lorcan ! Waouh ! Qu'est-ce qu'il t'a dit sur Ben ?

Qu'est-ce qu'il a dit sur Ben ? Voyons. « Ben n'est pas en état de se marier à l'heure actuelle. Il traverse la crise de la quarantaine. Et votre sœur paiera les pots cassés. »

Je mens effrontément :

— Rien d'essentiel. En tout cas, je suis impatiente de rencontrer ton Ben. Pourquoi pas très vite ? Ce soir, par exemple ?

— Ouais ! Prenons un verre. Fliss, tu vas l'adorer. Il est tellement drôle. D'ailleurs, il a été acteur comique !

— Un comédien ! je m'exclame, étonnée et ravie. Oh, c'est amusant… Bon, euh… Devine où je suis en ce moment ? Chez Lorcan.

— Hein ?

— Oui, il y a eu un déclic. On est tombés l'un sur l'autre près de la mairie, on a pris quelques verres et une chose menant à une autre…

Puisqu'elle l'apprendra de toute façon, autant que je le lui annonce la première.

— *Incroyable !* C'est parfait ! On va célébrer un double mariage !

Elle est unique, ma sœur ! Il n'y a qu'elle pour sortir un truc pareil.

— Bien vu ! Exactement ce que je pensais. On pourrait aller à l'autel montées sur deux poneys assortis ?

Cette fois, la vanne ne lui échappe pas. Elle n'est pas contente :

— Ne réagis pas comme ça ! Tu ne peux pas savoir.

Garde l'esprit ouvert. J'ai connu Ben par hasard et regarde où nous en sommes.

Oui, je vois ça ! Une fille au cœur brisé et un type qui traverse une crise de la quarantaine qui convolent en d'absurdes noces. Je suis sûre qu'il doit y avoir une chanson où « embrasser » rime avec « se faire plumer ».

— Avec Lorcan, c'était juste un coup ! je rectifie patiemment. Vite fait, bien fait. Terminé.

— À moins que ce ne soit le début de quelque chose, corrige Lottie. Il pourrait devenir l'amour de ta vie. Tu as été heureuse ? Il te plaît ? Il est bon au lit ?

— Oui, oui et oui !

— Eh bien alors ? Ne claque pas la porte. Écoute, je suis sur ce site de mariage. À ton avis, je choisis quoi ? Un gâteau aux profiteroles ? Ou une pyramide de choux à la crème ?

Je ferme les yeux. Elle me fait penser à un rouleau compresseur.

— Ils ont eu ça au mariage de tante Diana, tu te rappelles ? C'était un grand mariage ?

— Non, petit.

— Tu es sûre ? Je me souviens d'une grande fête.

À l'époque, elle avait cinq ans. D'où ses souvenirs nettement amplifiés !

— Sérieusement : très modeste. Cette soirée a été infernale. J'ai dû faire semblant de m'amuser alors que tout le temps...

Je fais la grimace en me souvenant de ma robe de demoiselle d'honneur bien trop serrée. Et des innombrables tours de danse avec les amis imbibés de bière de tante Diana.

— Tu crois ? s'étonne Lottie. Mais la cérémonie était bien, non ?

— Non, horrible. Et après, ça ne s'est pas arrangé.

— Ah ! Ils proposent des profiteroles avec un glaçage brillant. Tu veux le lien du site ?

Cette idée me rend malade. En fait, j'ai envie de gerber. Dans ce cas, Lorcan ne tombera *jamais* amoureux de moi et il n'y aura pas de double mariage sur des poneys assortis…

Je tourne la tête en entendant un bruit. Je rougis jusqu'à mes racines. Merde ! Oh merde !

Il est là. Lorcan se tient dans l'encadrement de la porte et me regarde du haut de ses trois mètres. Depuis quand ? Qu'a-t-il entendu ?

— Lotts, il faut que je raccroche.

J'éteins mon portable.

— Je bavardais avec ma sœur, je lui explique gaiement. On plaisantait. Sur des tas de sujets. Comme toi.

Je me souviens soudain que je porte son masque. Horreur ! Je suis gênée à en avoir mal au ventre. Car, si je résume la situation de son point de vue, ça donne quoi ? Une fille dans sa chambre, vêtue de sa robe de chambre, son masque d'escrime sur la tête, qui parle d'un double mariage.

Je m'empresse de retirer le masque.

— Comme c'est gentil, je dis bêtement.

Il attend une éternité avant de répondre :

— Je ne savais pas si tu le voulais noir ou au lait.

— Ah… le café !

L'atmosphère est chargée. Pourquoi ? Ah, oui ! Je m'entends dire au téléphone : « J'ai dû faire semblant de m'amuser… »

Il ne m'a pas entendue, si ? Il n'a quand même pas cru que je parlais de…

« Sérieusement, très modeste. Cette soirée a été infernale. »

Il n'a pas pu penser que j'évoquais...

J'en suis malade. Non ! Non !

Que dire ? M'excuser...

NON.

Mais au moins lui expliquer...

Je lui jette un coup d'œil méfiant. Il est impassible. Impossible de savoir s'il a capté quelque chose ou pas.

Je ne vois pas comment aborder le sujet sans risquer d'aggraver la situation. Et nous donner à tous les deux l'envie de mourir sur-le-champ. Je dois partir. Me bouger. Tout de suite. En route.

— Bon... Merci pour... Hum !

Je replace le masque sur son crochet. Allez, Fliss, faut dégager, ma fille ! Tout de suite.

Toute la matinée, j'ai le rouge au front.

Je réussis pourtant à m'extraire du taxi et à foncer jusqu'à ma porte sans être vue des voisins. Je me débarrasse de ma robe mauve, prends une douche *rapido presto*, j'appelle Noah et branche le haut-parleur du téléphone tout en me maquillant vite fait. (Règle élémentaire : ne jamais se presser quand on applique du mascara. Je le sais. Pourtant je tombe *toujours* dans le même piège et suis obligée ensuite d'effacer des traces noires sur mes joues, mon front et mon miroir.) Comme je m'y attendais, la soirée de Noah a été un succès à cent pour cent, et il s'est amusé comme un fou. Si seulement je pouvais en dire autant de ma nuit !

Le courage me manque pour rappeler Lottie et, de toute façon, le temps me manque également. Je lui envoie donc un SMS pour proposer de prendre un verre à 19 heures.

De retour au bureau, je lis la critique qui vient de me parvenir sur un nouveau voyage de luxe au Kenya autour d'un safari. L'article est deux fois trop long. Le journaliste s'imagine sûrement qu'il écrit le prochain *Out of Africa*. Il ne parle ni de la piscine, ni du service en chambre, ni du spa. Seulement de la lumière brumeuse au-dessus de la savane, de l'allure noble des zèbres se désaltérant à l'aube, des prairies chatoyantes dont les antiques légendes continuent à alimenter les tambours des Masai.

Je gribouille « *service en chambre ???* » dans la marge et note d'envoyer un mail à l'auteur. Mon téléphone est muet. Bizarre, ce silence de Lottie. Je pensais qu'elle mourrait d'envie de me dire combien de magazines de mariage elle avait parcouru dans cette seule journée.

Je consulte ma montre. J'ai encore le temps de passer un coup de fil à ma petite sœur. Je me cale dans mon fauteuil, compose son numéro tout en faisant signe à Élise de m'apporter un café. Nous avons mis au point un excellent système de communication par signes. Je peux lui faire comprendre « Une tasse de café ? », « Dis-leur que je suis sortie ! » et « Rentre chez toi, il est tard ! » sans ouvrir la bouche. À son tour, elle peut me demander « Une tasse de café ? » ou m'annoncer « Je crois que c'est important » et « Je sors manger un sandwich ».

— Fliss ?

— Salut, Lottie.

Je balance mes chaussures et bois une gorgée d'Évian à la bouteille.

— Alors, tu es d'accord pour un verre plus tard ? Avec Ben ?

Pas de réponse. Pourquoi ce silence ? Lottie n'est pas du genre muette.

— Lottie ? Tu es là ?

— Devine ! fait-elle tout excitée. Devine !

Elle paraît tellement contente d'elle que je suis sûre qu'elle a fait un truc très spécial.

— Tu vas te marier dans la chapelle de l'école, et la chorale va chanter « Trouver dans ma vie ta présence » pendant que les cloches retentiront.

Elle éclate de rire.

— Non !

— Tu as trouvé un gâteau de mariage aux profiteroles et aux choux à la crème recouvert d'un glaçage brillant ?

— Sois pas bête, Fliss ! Nous sommes mariés !

— Comment ?

À moi d'être muette !

— Oui ! C'est fait ! Ben et moi venons de nous marier à la mairie de Chelsea !

Je serre ma bouteille d'Évian si fort que l'eau jaillit dans les airs et retombe sur mes paperasses.

Lottie n'a pas l'air contente.

— Alors ? Tu ne me dis pas : « Félicitations ! » ?

Je ne peux pas dire « Félicitations ! » car je ne peux rien dire. Ma bouche est comme cousue. Je transpire. Non, je gèle. Je suis terrifiée. Comment est-ce arrivé ?

— Waouh ! je réussis enfin à articuler. C'est… Comment ça ? Je croyais que tu voulais retarder la cérémonie. On était d'accord pour que tu ajournes.

Tu devais remettre ton mariage à plus tard.

Élise, qui entre avec mon café, me jette un coup

d'œil angoissé et me demande « Tout va bien ? » dans notre langage des signes. Hélas, je n'ai pas de signes pour dire « Ma conne de sœur vient de foutre sa vie en l'air ». Aussi je prends la tasse avec un sourire forcé.

— On ne pouvait pas attendre, reprend Lottie toute joyeuse. Ben ne pouvait plus attendre.

— Je croyais que tu l'avais persuadé ?

Je ferme les yeux, me masse le front, tente de comprendre :

— Et le magazine *Mariages* dans tout ça ? Et la petite église à la campagne ?

Où est passée l'obsédée des robes de mariée ? Ramenez-la-moi S.V.P. !

— Ben était entièrement d'accord pour la petite église et tout et tout. Il a ce côté charmant, traditionnel...

— Alors, qu'est-il arrivé ?

— C'est Lorcan.

— Quooooi ? Ça veut dire quoi : « C'est Lorcan » ?

— Il est venu voir Ben ce matin. Il lui a dit qu'il ne devait pas se marier, que ce serait une énorme erreur. Alors Ben est devenu fou ! Il a foncé comme un malade dans mon bureau, en proclamant qu'il voulait se marier *immédiatement* et que tout le monde pouvait aller se faire foutre, y compris Lorcan.

Lottie pousse un soupir de bonheur.

— C'était totalement romantique. Au bureau, tout le monde le regardait. Puis il m'a soulevée dans ses bras et m'a emportée, comme dans *Officier et Gentleman*. On a eu droit à une vraie ovation. Fliss, c'était formidable.

Je respire à fond pour tenter de me maîtriser. Quel idiot ! Quel stupide, arrogant et merdique... *idiot* !

J'avais résolu le problème. Tout était arrangé. En jouant la carte diplomatique. Et qu'a fait Lorcan ? Il a tout fichu en l'air. En provoquant Ben, il l'a poussé à commettre un geste aussi inconsidéré que ridicule. Pas étonnant que Lottie soit tombée dans le piège.

— Nous avons eu de la chance. Une annulation à la mairie dont nous avons profité. La bénédiction religieuse aura lieu plus tard. Ainsi, je suis gagnante sur les deux tableaux.

J'ai envie de balancer ma tasse à travers le bureau. Ou de me la verser sur la tête. J'ai comme un poids mort sur l'estomac. C'est aussi ma faute. Si je lui avais répété ce que Lorcan m'avait dit, j'aurais pu tout arrêter.

« Il traverse la crise de la quarantaine. Et votre sœur paiera les pots cassés. »

— Tu es où en ce moment ?

— Je fais ma valise. On part pour Ikonos ! C'est tellement excitant !

— Ben voyons ! je marmonne.

Que puis-je faire ? Rien. Strictement rien. Ils sont mariés. Pour le meilleur et pour le pire.

Lottie ajoute timidement :

— Peut-être qu'on va mettre en route un bébé. Ça te plairait d'être tante ?

— Pardon ? je m'exclame en me redressant. Lottie…

— Fliss, il faut que j'y aille. Le taxi est en bas, je t'embrasse très fort…

Elle raccroche. Je compose à nouveau son numéro, mais je tombe sur sa boîte vocale.

Un bébé ? *Un bébé ?*

J'ai envie de pleurer. Est-elle devenue folle ? Se rend-elle compte des conséquences de l'arrivée d'un bébé dans un couple ?

Ma vie amoureuse a été un tel fiasco. Je ne supporte pas l'idée qu'il arrive la même chose à Lottie. Je veux que sa vie conjugale réussisse. Que ses fantasmes se réalisent. Et qu'elle vive heureuse très longtemps. Sur des bases solides. Qu'on ne me parle pas d'un enfant-nuit-de-noces dont le père est un mollasson qui traverse une phase parentale avant de collectionner les motos anciennes. Je veux épargner à Lottie de se retrouver dans le bureau de Barnaby Rees, les yeux rougis, le cheveu gras, avec un bébé qui bave sur tous les livres de droit.

Instinctivement, je google l'hôtel *Amba*. Immédiatement, une série de photos érotico-exotiques me sautent aux yeux. Ciels bleus et couchers de soleil. La célèbre grotte-piscine avec sa cascade de dix mètres de haut… Des couples splendides déambulant au bord de la mer… Des lits immenses disparaissant sous des pétales de rose… Voyons les choses en face : ils auront mis en route leur bébé avant l'aube ! Les ovaires de Lottie vont entrer en action et elle vomira pendant tout le vol du retour.

Ensuite, s'il se *révèle* être un mollasson… s'il la laisse tomber… Je ferme les yeux et j'enfouis ma tête dans mes mains. C'est insupportable. Je dois parler à Lottie. En tête à tête. Longuement. Il faut qu'elle écoute ce que j'ai à lui dire, pas qu'elle s'évade dans son monde irréel. Je veux m'assurer au moins qu'elle a mesuré les conséquences de ses actes.

Figée comme une statue, incapable de raisonner d'une façon constructive, j'ai l'impression d'être enfermée à jamais dans un labyrinthe. J'essaie de trouver une solution, une porte de sortie et je me heurte à des murs…

Soudain, je relève la tête et respire à fond. Je viens de prendre une décision. Énorme ! Extrême ! Mais je n'ai pas le choix : je vais saccager leur nuit de noces.

Tant pis si c'est un geste odieux. Tant pis si elle ne me le pardonne jamais. De toute façon, je m'en voudrai toujours si je n'agis pas. Se marier était une chose ; avoir des rapports sexuels non protégés en est une autre. Je dois sauver ma sœur d'elle-même.

D'un geste sec, j'appelle *Travel*, notre agence de voyages.

— Bonjour, Clarissa, dis-je à la fille qui s'occupe de nos réservations. J'ai un gros problème. Je dois me rendre à Ikonos de toute urgence. Oui, l'île grecque. Par le premier vol disponible. Et je dois loger à l'*Amba*. On me connaît là-bas.

— Bien.

Je l'entends s'activer sur son clavier.

— Il n'existe qu'un vol direct par jour. Sinon, il faut changer à Athènes, ce qui prend un temps fou.

— Je suis au courant. Réservez-moi une place sur le prochain vol direct. Merci mille fois.

Elle semble surprise.

— Vous avez publié récemment un article sur cet hôtel, non ? Il y a quelques mois.

J'invente un joli mensonge.

— J'écris une suite. En fait, j'inaugure une nouvelle rubrique. Inspections impromptues.

C'est l'avantage d'être la directrice. Personne ne vous pose de questions. De plus, c'est une bonne idée d'article. J'ouvre mon BlackBerry et je tape : *Inspections imprévues ??*

— Très bien. Je vous rappelle. Avec un peu de chance, je peux vous mettre sur le vol de demain.

— Merci encore.

Toujours nerveuse, je raccroche et tapote mon portable. Dans le meilleur des cas, je n'y serai pas avant vingt-quatre heures. Lottie, elle, est déjà en route pour l'aéroport. Elle prendra le vol de l'après-midi et arrivera à l'hôtel ce soir. La suite Apollon l'attendra avec son lit royal, son jacuzzi encastré, son champagne.

Combien de couples conçoivent un enfant pendant leur nuit de noces ? Y a-t-il des statistiques de ce genre sur Google ? Je tape *Concevoir bébé première nuit de noces* et l'efface aussitôt. Google ne compte pas. Lottie compte. Si seulement je pouvais les arrêter. Si seulement je pouvais arriver avant qu'ils... quel est le mot exact ? Consomment.

Avant qu'ils aient consommé. Ça me rappelle quelque chose. C'était quoi ? Je fronce les sourcils en essayant de me souvenir. Ah oui ! Barnaby me parlant d'annulations. J'entends encore le son de sa voix : « Cela veut dire que le contrat est nul et non avenu. Le mariage n'a jamais existé. »

Le mariage n'a jamais existé.

Dans le mille ! Voilà la réponse. Une annulation. Le mot le plus exquis du vocabulaire anglais. La solution idéale. Pas de divorce. Pas de bagarre juridique. En un clin d'œil, c'est fini puisque ça n'a jamais eu lieu.

Il faut que je le fasse pour Lottie. Que je lui fournisse une porte de sortie. Mais comment réussir ? Oui, comment, comment, comment ?

Une nouvelle idée germe dans mon cerveau. Un truc à couper le souffle. Je n'arrive pas à croire que j'aie pu cogiter une chose pareille. C'est encore plus énorme, encore plus extrême que de saccager leur nuit de noces. Mais c'est LA solution.

Non, ça m'est impossible. Vraiment, je ne peux pas faire ça. À tout point de vue. Extravagant. Et immoral. La personne qui ferait ça à sa propre sœur serait un monstre.

Bon, je suis un monstre.

En prenant mon téléphone, je tremble. Je ne sais pas si c'est d'effervescence ou de volonté.

— Hôtel *Amba*, bureau VIP. À votre service.

— Bonjour, dis-je d'une voix mal assurée. J'aimerais parler à Nico Demetriou. De la part de Fliss Graveney du *Pincher Travel Review*. Dites-lui que c'est important.

Pendant que je suis mise en attente, j'imagine Nico, haut comme trois pommes, avec son gros bedon débordant de son costume. Je l'ai connu au *Mandarin Oriental* d'Athènes et auparavant au *Sandals* de la Barbade. Il a commencé comme groom, travaillé dans l'hôtellerie toute sa vie, grimpé les échelons un par un. Désormais, il est le responsable des opérations VIP de l'*Amba*. Je le vois s'agitant sur le sol en marbre du hall dans ses chaussures vernies, l'œil sans cesse en alerte.

Il est chargé du « Bien-être des clients ». Commander un cocktail personnalisé, programmer une balade en hélicoptère, organiser une séance de natation avec des dauphins, fournir des danseuses du ventre pour une soirée privée : rien ne lui fait peur. Si j'avais besoin d'un complice pour commettre un crime, je choisirais Nico.

— Fliss ! s'exclame-t-il gaiement. Je viens d'apprendre il y a une seconde que vous aviez l'intention de nous rendre une petite visite ?

— Oui, j'espère arriver demain soir, si tout va bien.

— Vous revoir aussi vite est un immense honneur.

Puis-je vous aider en quoi que ce soit ? Ou est-ce un séjour privé ?

Je décèle un peu de méfiance dans sa voix. Quelle raison a-t-elle de revenir si tôt ? Qu'est-ce qu'elle manigance ?

— Je dirais que c'est d'ordre privé.

Je marque un temps d'arrêt pour choisir mes mots :

— Nico, j'ai un service à vous demander. Ma sœur va arriver à l'*Amba* aujourd'hui. Elle vient de se marier. C'est son voyage de noces.

— Quelle merveille ! s'écrit-il d'une voix tonitruante. Votre sœur va passer les meilleures vacances de sa vie. Elle disposera de mon meilleur majordome. Dès son arrivée arrosée au champagne, nous établirons un emploi du temps hors pair. Nous pourrions la surclasser, lui offrir un dîner spécial...

— Nico, non ! Vous ne comprenez pas. Ce que vous me dites est merveilleux, mais c'est un service tout à fait différent que je vous demande. C'est... inhabituel.

Je me tords les doigts.

— Je fais ce travail depuis tant d'années que moi, Nico, je ne trouve plus rien d'inhabituel. Vous voulez lui faire une surprise ? Vous désirez que je mette un cadeau dans leur chambre ? Que j'organise une séance de massage pour deux sur la plage, dans une cabine particulière ?

— Pas exactement, non.

Mon Dieu ! Comment le lui dire ?

Allons, Fliss. Sois simple. Je me lance d'un coup :

— Je voudrais que vous les empêchiez de faire l'amour.

Lourd silence au bout de la ligne. Même Nico est cueilli à froid.

— Fliss, répétez-moi ce que vous désirez. J'ai peur de ne pas avoir bien compris.

Je crains le contraire.

— Je veux que vous les empêchiez de faire l'amour, je répète en détachant chaque mot. Qu'ils ne couchent pas ensemble. Qu'il n'y ait pas de nuit de noces. Pas avant mon arrivée en tout cas. Je vous donne carte blanche. Mettez-les dans des chambres séparées. Occupez-les. Kidnappez l'un des deux. Tout ce qui vous passe par la tête.

Complètement déboussolé, Nico se rebelle.

— Mais ils sont en voyage de noces !

— Je sais. C'est pour ça que je vous demande ce service.

— Vous essayez de perturber la nuit de noces de votre propre sœur ? fait-il, choqué. Vous voulez vous interposer entre un homme et sa nouvelle épouse ? Qui viennent d'être réunis par Dieu ?

J'aurais dû me montrer plus claire.

— Nico, elle s'est mariée sur un coup de tête. Et ce n'était pas devant Dieu ! C'est une énorme, une stupide erreur. J'ai besoin de lui parler. Je prends le premier vol, mais, en attendant, si vous pouvez les éloigner l'un de l'autre…

— Elle n'aime pas cet homme ?

— Au contraire, elle l'adore. En fait, elle n'a qu'une envie, c'est de se retrouver dans un lit avec lui. Il va donc être difficile de réussir à les arrêter.

Nouveau silence. J'imagine la perplexité de Nico.

— Fliss, mille regrets, mais je ne peux accepter de donner suite à votre étrange requête. Je peux cependant offrir à votre sœur un dîner à la table du chef de notre restaurant de fruits de mer cinq étoiles…

Je l'interromps, désespérée :

— Nico, je vous en prie, écoutez-moi ! Il s'agit de ma jeune sœur. Elle a été larguée par l'homme qu'elle aime et c'est pour se venger qu'elle s'est jetée dans ce mariage. Ce type, elle le connaît à peine. Et voici qu'elle parle d'avoir un enfant de lui. Immédiatement. Je ne l'ai jamais vu mais on m'a dit qu'il était dingue. Nico, si votre fille risquait de ruiner sa vie à cause d'un mauvais choix, vous feriez tout ce qui est en votre pouvoir pour l'arrêter, non ?

Je connais Maya, la fille de Nico. C'est une adorable enfant de dix ans avec des rubans dans les cheveux. Mon argument devrait porter, non ?

Je poursuis mon raisonnement.

— S'ils ne font pas l'amour, le mariage peut être annulé, car il n'est pas consommé légalement. Mais s'ils *couchent*…

— Et s'ils couchent, c'est leur affaire ! s'exclame Nico excédé. Fliss, nous sommes un hôtel, pas une prison ! Il m'est impossible de surveiller chaque geste de mes clients ! Je ne peux pas contrôler leurs… activités.

Je le mets au défi.

— Vous voulez me faire croire que vous n'y arriverez pas ? À simplement les empêcher pendant vingt-quatre heures ?

Nico est persuadé, et il en est fier, qu'il est capable de résoudre n'importe quel problème, de relever n'importe quel défi. Je parie qu'il est déjà en train d'échafauder des plans pour y parvenir.

— Si vous y réussissez, je vous serais éternellement reconnaissante.

Je baisse ma voix :

— Bien sûr, je vous prouverai ma reconnaissance

en faisant une nouvelle critique de l'hôtel et en lui attribuant cinq étoiles. Promis, juré !

— Nous avons déjà obtenu cinq étoiles dans votre magazine, et cela par deux fois ! me renvoie-t-il.

J'improvise aussi sec :

— Six étoiles alors. J'inventerai une nouvelle catégorie juste pour vous. Une nouvelle classe mondiale, euh... super-luxe. Ça figurera sur la couverture. Vous vous rendez compte de ce que ça vaut ? Vous imaginez la satisfaction de vos directeurs ?

— Fliss, je comprends votre problème. Cependant, vous devez réaliser que je ne peux pas intervenir dans la vie privée de nos clients, surtout quand ils viennent chez nous en voyage de noces !

Bigre, il n'est pas facile à persuader ! Il va falloir que je sorte un argument massue !

— D'accord, dis-je d'une voix confidentielle. *Écoutez-moi* bien ! Si vous m'aidez, je publierai un portrait de vous dans le magazine. De vous seul, Nico Demetriou. Le titre ?... « Le Secret du succès de l'hôtel *Amba* ». « L'Atout le plus précieux de ce palace ». « Le directeur indispensable aux VIP ». Le monde de l'hôtellerie en prendra connaissance. Le monde entier.

Je n'ai pas besoin de continuer. Notre magazine est diffusé dans soixante-cinq pays. Tous les grands patrons des palaces le feuillettent. Un tel portrait lui ouvrirait n'importe quelle porte, et à n'importe quel poste.

— Je sais que vous avez toujours rêvé du *Four Seasons* de New York, j'ajoute doucement.

J'ai le cœur qui bat. J'ai un peu honte d'abuser de mon pouvoir. C'est la première fois. La corruption commence ainsi. Si je continue, j'échangerai de bonnes critiques contre des valises de fric ou des missiles sol-air !

C'est exceptionnel, me dis-je fermement. *Une compromission pour une bonne cause.*

Nico ne réagit pas. Je regrette d'avoir à le mettre dans cette situation où sa conscience lutte avec son ambition professionnelle. Mais ce cirque, je n'en suis pas l'auteur, hein ?

Un peu de flatterie ne fait jamais de mal.

— Nico, vous êtes un magicien. Vous avez du génie. Si une personne au monde peut réussir cette mission, c'est bien vous.

L'ai-je persuadé ? Suis-je dingue ? Est-ce qu'il est en train d'envoyer un mail à Gavin, mon cher patron ?

Je suis sur le point d'abandonner quand sa voix me parvient :

— Fliss, dit-il très bas, je ne vous promets rien.

L'espoir renaît !

— Je vous comprends très bien. Mais… vous allez au moins essayer ?

— Oui. Pendant vingt-quatre heures. Comment s'appelle votre sœur ?

Yes !

— Charlotte Graveney, je réponds en frétillant de bonheur. Je pense pourtant qu'elle s'inscrira sous le nom de Mme Parr. Son mari s'appelle Ben Parr. Ils ont réservé la suite Apollon. Ils peuvent faire ce qui leur chante du moment qu'ils s'abstiennent de toutes relations sexuelles. Ensemble, j'ajoute comme arrière-pensée.

Après un long silence, Nico sort ce simple commentaire :

— Ce sera une lune de miel pas ordinaire.

8

Lottie

Je suis mariée ! J'arbore en permanence un sourire béat, au comble de l'euphorie. Je nage dans le bonheur. Aujourd'hui a été le plus beau jour de ma vie, le plus magique, le plus extraordinaire. Je me suis mariée ! *Je me suis mariée !*

La scène repasse en boucle dans ma tête. Ben arrive, un bouquet de roses à la main. Mâchoires serrées, regard déterminé : tout à fait le type sur le point de conclure un deal. Même mon patron, Martin, sort de sa tanière pour observer. Pas un bruit dans tout le bureau. Ben se plante à ma porte et proclame : « Je vais t'épouser, Lottie Graveney, et pas plus tard qu'aujourd'hui. »

Ensuite il me soulève dans ses bras – oui, il me soulève – sous les acclamations de tout le monde. Kayla nous rejoint avec mon sac et mon mobile. Ben me donne le bouquet et voilà. Je suis mariée.

J'étais dans un tel état de choc que je me souviens à peine de la cérémonie. Ah si ! je me rappelle que Ben se précipitait pratiquement sur chaque question.

Il enchaînait les réponses à toute allure. D'ailleurs, quand il a prononcé le « oui » sa voix était presque agressive. Ensuite ? Nous nous sommes lancé l'un l'autre les confettis biodégradables qu'il avait apportés et il a ouvert une bouteille de champagne. Après quoi nous avons filé à l'aéroport. Je ne me suis même pas changée. En fait, je porte toujours mon tailleur de bureau. Je me suis mariée en tenue de travail, mais je m'en fiche.

Le reflet de mon visage dans la glace du bar me donne envie de rire. J'ai les joues en feu et l'air de planer complètement. Installés dans le lounge réservé à la classe affaires à Heathrow, nous attendons le vol pour Ikonos. Je n'ai rien avalé depuis le petit déjeuner et pourtant je n'ai pas faim. Je suis hyper excitée. Mes mains n'arrêtent pas de trembler.

Je choisis quelques tranches de fruits et une lamelle d'emmental, juste pour me dire que je me sustente. Soudain le contact d'une main sur ma jambe me fait sursauter.

— On prend des forces ? susurre Ben d'une voix qui me fait frissonner.

Ses lèvres sont sur mon cou, et sa main fourrage discrètement sous ma jupe. Oh, que c'est bon !

— Je n'en peux plus, murmure Ben dans mon oreille.

— Moi non plus.

— Tu m'excites tellement.

— Et toi encore plus.

Combien de temps à attendre ? Une fois de plus, je me lance dans les calculs. Voyons, le vol de Londres à Ikonos dure trois heures et demie. Je compte un maximum de deux heures pour passer la douane et aller à l'hôtel. J'ajoute dix minutes pour qu'on nous monte les bagages… Cinq minutes pour qu'on nous montre comment allumer et éteindre… Trente secondes pour accrocher l'affichette « *Ne pas déranger* » à la poignée de la porte.

En tout, presque six heures. Je ne suis pas sûre de pouvoir tenir. Et, à mon avis, Ben non plus. Il halète comme un fou. Ses mains traînent entre mes jambes. Difficile de me concentrer sur la compote de figues.

— Excusez-moi !

Un vieux bonhomme s'immisce entre nous et empile des tranches de gruyère dans son assiette. Le regard qu'il nous jette est peu amène.

— Vous devriez prendre une chambre, lance-t-il lourdement.

Je pique un fard. Il ne faut pas exagérer quand même !

— Nous sommes en voyage de noces, je riposte.

— Félicitations, réplique le vieux, l'air pas du tout impressionné. J'espère seulement que votre mari se lavera les mains avant de se servir.

Quel rabat-joie !

Ben et moi allons nous installer dans des fauteuils recouverts de tissu pelucheux. Mon corps n'est qu'une pulsation. Vite, vite, que les mains de Ben reprennent leur petit manège !

— Euh ! Bon ! Tu veux du fromage ? je dis en tendant mon assiette.

— Non, merci.

Mon mari fait la tête.

Quelle torture ! Je consulte ma montre. Deux minutes seulement ont passé. Il va falloir meubler le temps. En faisant la conversation. Oui, c'est ça ! Nous allons converser.

Je commence :

— J'adore l'emmental. Pas toi ?

— Non, pas du tout.

— C'est vrai ? Je ne savais pas.

Voilà une information à noter dans mes tablettes.

— L'année où j'ai vécu à Prague, j'en ai complètement perdu le goût.

— Alors comme ça, tu as vécu à Prague ?

J'ignorais que Ben avait habité à l'étranger et qu'il détestait l'emmental. C'est le grand avantage d'épouser quelqu'un sans avoir vécu auparavant avec lui. On a des tas de trucs à découvrir. On part en voyage d'exploration. Toute une existence vouée à examiner et fouiller la vie de l'autre. Ben et moi, nous ne ressemblerons jamais à un de ces couples sinistres qui, s'étant tout dit, n'ont plus qu'à attendre l'addition en silence.

— Pourquoi Prague, au fait ?

— Oh, de l'histoire ancienne. J'apprenais les techniques du cirque.

Les techniques du cirque ? Intéressant, comme révélation ! Au moment où je m'apprête à lui demander ce qu'il a fait d'autre, son portable sonne. En lisant le SMS qui s'affiche, Ben fronce les sourcils.

— Un problème ?

— C'est Lorcan. Il peut aller se faire voir.

Encore Lorcan ! Je meurs d'envie de le rencontrer. À vrai dire, je lui suis drôlement reconnaissante, à ce Lorcan. S'il n'avait pas dit ce qu'il a dit, Ben ne se serait pas rué à mon bureau et je n'aurais jamais connu ce moment de romantisme insensé.

Je tapote gentiment le bras de Ben.

— Puisque Lorcan est ton plus vieux copain, tu ne devrais pas te réconcilier avec lui ?

— Il l'était avant.

En regardant au-dessus de son épaule j'arrive à capter un morceau du SMS.

```
Il faut que tu prennes ces décisions,
Ben. On a tous bossé comme des malades.
Déserter maintenant est simplement…
```

Ben éloigne l'écran. Je me vois mal lui demander de me faire lire le reste. Mais j'ose quand même une question.

— Quelles décisions ?

— Des trucs merdiques et chiants. Et d'abord, je ne fuis pas mes responsabilités. Bon sang ! Lorcan veut toujours que je sois à sa botte. Avec mon père, il avait l'habitude de commander. Mais les choses ont changé !

Il pianote un texte court avec ses pouces. Immédiatement la réponse arrive. Ben jure dans sa barbe.

— Il me parle de priorités. Mais j'ai une vie, moi ! Je fais ce que j'aurais dû faire il y a quinze ans. J'aurais dû t'épouser à cette époque. On aurait déjà dix enfants !

Il veut une famille nombreuse. Quel homme divin ! Nous n'avons jamais abordé le sujet, mais j'espérais bien qu'il désirait plein d'enfants. Peut-être quatre. Ou même six.

— On peut rattraper le temps perdu, je propose en l'embrassant dans le cou.

Au bout de quelques secondes, Ben lâche son portable.

— À part nous deux, rien n'est important, dit-il.

— Tu as raison.

— Je suis tombé amoureux de toi le jour où on s'amusait à faire la roue sur le sable. Tu prenais un bain de soleil sur un rocher planté au milieu de la mer. Tu as plongé et nagé jusqu'au rivage. Et là, au lieu de marcher, tu as fait la roue tout le long de la plage sans t'apercevoir que je te regardais.

Je me souviens de ce jour. De la sensation du sable mouillé sous mes paumes. De mes cheveux qui flottaient dans le vent. J'étais agile et athlétique. Avec des abdos en acier trempé.

Et je savais qu'il me regardait. Évidemment.

— Tu me rends fou, Lottie. C'était pareil il y a quinze ans.

Sous ma jupe, les mains de Ben repartent à l'assaut. Je croise le regard que le vieux bonhomme me lance par-dessus son journal.

— Ben, arrête ! Pas ici !

— Je n'en peux plus !

— Moi non plus. Mais on doit attendre.

Les pulsations ont repris de plus belle. Quelle heure est-il ? Oh non ! Dix minutes seulement de passées. Comment va-t-on tenir ?

— Hé, Lottie, tu es déjà allée aux toilettes ici ?

Ben poursuit à voix basse.

— Elles sont grandes et… unisexe.

Je réprime un rire.

— Tu n'y penses pas…

— Et pourquoi pas ? Tu es partante ?

— Maintenant ?

— Pourquoi pas ? On n'embarque que dans vingt minutes.

— Je… Je ne sais pas.

214

La vérité, c'est que je suis déchirée. D'un côté, je ne voyais pas vraiment ma nuit de noces comme un coup vite fait dans les toilettes de Heathrow. De l'autre, je ne pensais pas être dans un tel état de manque. Finalement, je décide de m'en tenir à ma résolution initiale.

— Et notre nuit de noces alors ? Cette explosion sexy et romantique qu'on se promettait ?

— On l'aura, notre nuit de noces ! Là, ce n'est qu'une répétition. La bande-annonce du grand événement.

Les doigts de Ben qui titillent doucement le lobe de mon oreille provoquent un frisson dans mon cou. Ils sont maintenant sur l'élastique de mon soutien-gorge.

— Franchement, Lottie, si on ne fait rien tout de suite, je vais craquer.

— Moi aussi, Ben, je suis à l'agonie. OK, vas-y en éclaireur. Trouve-nous un endroit.

— Je t'envoie un message.

Il se dirige promptement vers les toilettes unisexe tandis que, renversée sur mon siège, je réprime un fou rire. Honnêtement je ne vois pas comment on va y arriver dans cet endroit si calme et feutré.

J'attends le téléphone à la main et, impulsivement, j'appuie sur le numéro de Fliss. Le sexe au septième ciel étant un de nos grands sujets de plaisanterie, il est essentiel que je lui raconte.

```
Tu t déjà demandé comment c de le faire
dans les toilettes d'un aéroport ? Te
tiens o courant...
```

Un SMS pour se marrer dont je n'attends pas de réponse. Et pourtant, à ma grande stupéfaction, elle renvoie :

Stop ! STOP !!!!! Idée nulle. Attends
l'hôtel !!!!!

Je suis sidérée. Qu'est-ce qui lui prend, à ma sœur ?
Je réplique immédiatement :

T'inquiète ! On est mariés.

Le temps de boire un peu d'eau et voilà un autre
message. De Ben :

Troisième cabine à gauche. Tape deux fois.

Un frisson délicieusement coquin me parcourt.

J'arrive !

Au moment où je prends mon sac, un nouveau SMS
de Fliss s'affiche.

Tu devrais vraiment, vraiment, attendre.
Rien avant l'hôtel !

Elle commence à me casser les pieds. Je l'ai tenue
au courant pour rigoler, pas pour qu'elle me fasse la
morale. En fait elle a peur que, si on se fait prendre,
les gens remontent jusqu'à elle et que son cher magazine soit éclaboussé par le scandale. Furieuse, je
réponds :

C'est pas t oignons !

En me dirigeant vers les toilettes, je tremble d'excitation. Deux coups à la porte de la troisième cabine et Ben, à moitié déshabillé, me fait entrer.

— Oh, mon Dieu !

Sa bouche est sur la mienne, sa main fourrage dans mes cheveux, l'autre détache mon soutien-gorge, tandis que je m'extrais de ma culotte. Vitesse grand V. Il faut dire que c'est la première fois que j'en ai envie si vite et si fort.

On se cogne contre les parois – solides, heureusement – en murmurant des « chut » passionnés. On se met en position aussi rapidement que possible, Ben appuyant ses bras contre le mur. On respire aussi fort que des locomotives à vapeur. À mon avis toute l'affaire va être réglée en dix secondes...

— Capote ?

— Non. D'accord ?

— D'accord.

Je ressens un surplus d'excitation. En prime, on va peut-être faire un bébé.

Tout d'un coup Ben s'immobilise :

— Dis-moi, tu as fait des trucs bizarroïdes depuis la dernière fois ? Faut que je sache.

— Parfois, je souffle en remontant ma jupe encore plus haut. Allez !

— OK. Un peu de patience.

Toc ! Toc ! Toc !

Le bruit sur la porte me fait presque défaillir. Du coup je me cogne un genou contre la cuvette. Qu'est-ce que c'est ?

Une voix de femme résonne :

— Excusez-moi. Je suis la responsable des salles d'attente. Y a-t-il quelqu'un à l'intérieur ?

Fuck ! comme on dit en anglais.

Impossible de répondre ou de bouger. Ben et moi échangeons un regard paniqué.

— Ouvrez, s'il vous plaît.

Ma jambe gauche est entortillée autour du dos de Ben, mon pied droit en appui sur le siège des toilettes. Mes sous-vêtements sont… je ne sais où. Mais le pire, c'est que j'ai toujours envie.

Et si on ignorait la responsable ? Si on continuait ? Au fond, qu'est-ce qui pourrait nous arriver ?

— On continue ? Sans faire de bruit ?

Quand je mime pour me faire mieux comprendre, la lunette des toilettes claque. Merde !

— Si vous ne sortez pas, je vais utiliser un passe pour entrer.

Quoi ? Un passe pour pénétrer dans les toilettes ? Mais on est où, là, dans un État fasciste ?

Mon souffle est toujours précipité mais de frustration, désormais. Impossible de continuer. De consommer ma nuit de noces avec la responsable des salles d'attente postée, aux aguets, à quinze centimètres derrière la porte avec un passe prêt à servir.

Elle frappe à nouveau. En fait, maintenant elle cogne sur la porte.

— Vous m'entendez ? Quelqu'un m'entend à l'intérieur ?

Nous échangeons un regard désabusé. Il faut répondre, avant qu'elle fasse irruption avec les malabars de la sécurité.

— Oh ! Coucou ! je lance, tout en agrafant en hâte mon soutien-gorge. Désolée, j'étais en train de… faire un truc avec… ma tête.

218

J'ai dit « ma tête » ? Ma parole, je suis tombée dessus !

— Et mon mari m'aide, je poursuis en cherchant partout ma culotte tandis que Ben remonte son pantalon. Voilà, nous avons fini.

Bordel ! Ou est passée cette culotte ? Tant pis, je laisse tomber. J'aplatis mes cheveux vite fait, je jette un coup d'œil à Ben, récupère mon sac, j'ouvre la porte et adresse un sourire à la femme aux cheveux gris qui attend à l'extérieur flanquée d'une fille brune.

— Mille excuses. J'ai un genre de maladie. Comme mon mari a dû m'administrer un sérum, nous voulions avoir un peu d'intimité.

La bonne femme me dévisage avec suspicion.

— Vous voulez que j'appelle un médecin ?

— Très aimable à vous mais je me sens beaucoup mieux. Merci, chéri, je lance à Ben, pour faire bonne mesure.

Les yeux de la femme sont fixés au sol.

— C'est à vous ?

Je jure silencieusement en suivant son regard. Ma petite culotte ! Elle était là !

— *Bien sûr* que non ! je rétorque avec une dignité absolue.

— Très bien !

Et, se tournant vers son assistante :

— Leslie, demande aux techniciens de surface de venir nettoyer cet endroit.

Oh naaaan ! C'est une culotte Aubade qui m'a coûté un œil. En plus, elle est assortie au soutien-gorge que je porte. Pas question qu'elle finisse à la poubelle !

— En fait…, je dis, en regardant la culotte avec attention comme si je venais de remarquer quelque chose. En y réfléchissant, il se pourrait bien qu'elle m'appartienne.

D'un air qui se veut dégagé, je ramasse l'objet du délit et contemple un minuscule bouton de rose imprimé.

— Oui, c'est à moi !

Et je l'empoche prestement en évitant l'œil mauvais de la responsable.

— Merci pour votre aide. Et bravo pour votre efficacité. Ces salles d'attente sont épatantes.

— Et félicitations pour le buffet, ajoute Ben, en m'entraînant avant que j'éclate.

De rire ? De fureur ? Je n'en sais rien. Ce que j'aimerais surtout savoir, c'est comment c'est arrivé. Comment cette bonne femme était au courant.

— Pourtant on n'a pas fait de bruit, grommelle Ben tandis que nous nous éloignons. Zéro bruit.

— Je parie que c'est le vieux. Il a deviné ce qu'on faisait et nous a dénoncés.

— Salaud !

Je m'affale sur un siège pelucheux. Quelle misère ! Les compagnies aériennes devraient prévoir des endroits spéciaux pour s'envoyer en l'air au lieu de proposer des grappes de raisin et des prises Internet.

— Commandons du champagne ! s'exclame Ben, en serrant mon bras. Tant pis ! On continuera ce soir !

Je renchéris avec ferveur :

— Oui, on continuera ce soir !

Je consulte ma montre. Encore cinq heures et trente minutes avant de pouvoir accrocher l'affichette « *Ne pas déranger* ». Je vais compter chaque millième de seconde. Quand Ben va au bar, j'envoie un message à Fliss :

Pris sur le fait. Saloperie de mouchard a kfté.

Après un bon moment, sa réponse s'affiche :

Pauvres chéris ! Bon voyage. Biz.

9

Fliss

Éducatif. Oui, c'est ça : un voyage éducatif.

Je n'ai pas demandé l'autorisation. Je n'ai pas prévenu à l'avance. Je n'ai pas subi les remontrances de la directrice. Dans le cas présent, la surprise est un élément primordial.

— Madame Phipps ?

Mme Hocking passe la tête par la porte de sa classe.

— Vous désiriez me voir ?

— Oui, bonjour, dis-je d'un ton faussement assuré. Pour un petit problème. Je vais devoir retirer Noah de l'école pendant quelques jours. Je l'emmène en Grèce. Ce sera très éducatif.

— Ah ! fait-elle, contrariée. Vous allez devoir demander la permission à la directrice…

— Oui, je comprends. Malheureusement, je n'ai pas le temps de voir la directrice qui, j'ai cru le comprendre, est absente aujourd'hui.

— Vous êtes sûre ? Quand désirez-vous partir ?

— Demain.

— *Demain ?* fait Mme Hocking horrifiée. Mais

nous avons commencé le trimestre il y a seulement deux jours !

— Ah bon !

Je fais mine d'être surprise, comme si cela m'avait échappé.

— Vous comprenez, c'est un cas d'urgence.

— Comment ça ?

Une urgence qui a un rapport avec une lune de miel et ses débordements sexuels. Vous voyez le topo !

— Euh… Une crise familiale. Mais j'insiste, ce sera un voyage très éducatif. Incroyablement éducatif. Hautement éducatif.

Et j'ouvre les bras pour montrer l'ampleur des bienfaits éducatifs que Noah en retirera.

— Hum !

Mme Hocking ne semble pas convaincue.

— Il me semble que c'est la quatrième fois de l'année que vous retirez Noah de l'école. Ou je me trompe ?

— Vraiment ? Je n'en suis pas sûre.

— Je sais que les choses ont été… difficiles pour vous. Non seulement avec votre travail mais… tout le reste.

— Oui.

Nous fixons le plafond toutes les deux, comme pour expurger de nos mémoires le jour où Daniel est arrivé à la sortie de l'école flanqué de ses ténors du barreau et que j'ai pleuré sur l'épaule de Mme Hocking.

— Bien, soupire-t-elle. Je préviendrai la directrice.

— Merci, dis-je humblement.

— En ce moment, Noah prend sa leçon particulière. Mais entrez, je vous donnerai son sac.

Je la suis dans la salle de classe vide qui sent le bois, la peinture et la pâte à modeler. Ellen, la maîtresse auxiliaire, qui range les tables, me fait un grand sourire. Son mari gagne un gros salaire dans la banque, ce qui lui permet de fréquenter les palaces cinq étoiles. Elle lit mon magazine tous les mois, me pose souvent des questions sur les derniers traitements hydrothérapiques et me demande régulièrement si Dubai est toujours à la mode.

— Mme Phipps emmène Noah pour un voyage éducatif dans une île grecque, annonce Mme Hocking d'un ton pince-sans-rire qui signifie : « Cette mère irresponsable va passer un petit séjour dévolu à la drogue et à l'alcool, et entraîne son pauvre fils qui va respirer ces fumées nocives, mais que puis-je y faire ? »

— Charmant ! s'exclame Ellen. Mais que va devenir votre nouveau chiot ?

— Mon quoi ? je demande ahurie.

— Noah nous a dit que vous aviez un nouveau chiot. Un cocker, je crois.

— Un cocker ? je répète en riant. J'ignore d'où lui est venue cette idée. Nous n'avons pas de chiot et je n'ai pas l'intention d'en adopter un…

Je m'interromps. Mme Hocking et Ellen se regardent bizarrement.

— Un problème ?

Après un silence, Mme Hocking pousse un profond soupir :

— On se posait des questions. Dites-moi, Noah a-t-il perdu son grand-père récemment ?

— Mais non.

— Pendant les vacances, il n'a pas eu d'opération à la main ? s'interroge Ellen. À l'hôpital de Great Ormond Street ?

— Pas du tout, dis-je en les regardant à tour de rôle. C'est ce qu'il vous a raconté ?

— Ne vous faites pas de souci, intervient la maîtresse précipitamment. Le trimestre dernier, nous avons remarqué que Noah avait… beaucoup d'imagination. Il raconte des tas d'histoires dont certaines sont bien sûr inventées.

— Quelle horreur ! Quelles histoires ?

— À son âge, il est tout à fait normal de vivre dans un monde imaginaire.

Elle biaise.

— De plus, il est perturbé à la maison. Mais il s'en sortira, bien sûr.

J'insiste :

— Quelles histoires ?

Une fois encore, les maîtresses s'interrogent du regard.

— Il nous a dit qu'il avait subi une greffe cardiaque. Évidemment, nous ne l'avons pas cru. Il a parlé d'une petite sœur de substitution et une fois encore, nous avons pensé que ce n'était sans doute pas vrai.

Une greffe cardiaque ? Une petite sœur de substitution ? Comment Noah est-il même au courant de ces choses ?

— Bien, nous allons avoir une petite discussion.

— Allez-y doucement, me suggère Mme Hocking en souriant. Comme je vous l'ai dit, il s'agit d'une phase normale. Il cherche peut-être à attirer l'attention sur lui ou bien il n'a pas conscience de ce qu'il fait. De toute façon, ça lui passera.

Ellen ajoute en riant :

— Une fois, il nous a dit que vous aviez jeté par la fenêtre tous les vêtements de votre mari et invité vos voisins à se servir ! Quelle imagination !

Je rougis violemment. Merde ! Je croyais qu'il dormait.

— Quelle imagination, je répète d'un ton aussi naturel que possible. Personne n'agirait de façon aussi insensée !

J'ai encore le visage en feu quand j'arrive devant la section du soutien scolaire. Noah prend des cours particuliers tous les mercredis, car son écriture est illisible. (Officiellement, cela s'appelle un manque de « coordination spatiale » et coûte soixante livres par séance.)

Je prends place dans un petit canapé de la salle d'attente. En face de moi, une étagère où s'alignent des stylos de forme bizarre, des ciseaux biscornus et des petites balles remplies de billes. Une autre étagère est pleine de livres avec des titres genre *Comment je me porte aujourd'hui ?* Au mur, une télé diffuse faiblement un programme pour enfants.

Si seulement on avait une salle pareille au bureau ! Je serais ravie de m'échapper une demi-heure par semaine pour jongler et choisir une carte sur le thème *Aujourd'hui je suis triste car mon patron est un connard.*

Ce que j'entends à la télévision attire mon attention : « ... j'ai été opérée à l'hôpital de Great Ormond Street. Ma main m'a fait mal après et je ne pouvais plus écrire. » J'observe l'écran. Une petite fille d'origine asiatique s'adresse à la caméra. « Mais Marie m'a aidée à écrire à nouveau. » Sur un fond musical, l'on voit ensuite une petite fille qui a du mal à se servir d'un crayon et une femme qui guide sa main. La scène finale représente la même gamine très fière d'elle exhibant un dessin qu'elle a réalisé. Les images s'évanouissent et je demeure perplexe.

L'hôpital de Great Ormond Street : est-ce une coïncidence ?

« Ma maman va être une mère porteuse », déclare à l'écran un gamin couvert de taches de rousseur, tandis que la musique change. « Au début je me suis senti à l'écart. Mais maintenant je suis hyper content. »

Comment ?

Je m'empare de la télécommande et monte le son au moment où Charlie présente sa petite sœur de substitution. À la fin de la séquence, on les voit tous assis dans un jardin. Puis c'est le tour de Romy qui a eu un implant cochléaire, puis Sara dont la mère a subi plusieurs interventions de chirurgie esthétique et qui n'a plus le même visage (mais ça, c'est plutôt bien) et puis David et son nouveau cœur.

Je me rends compte rapidement que le DVD ne transmet pas de message. C'est une suite de bandes-annonces pour d'autres DVD. Ça passe en boucle : une histoire après l'autre, toutes émouvantes et inspirantes.

Je suis au bord des larmes chaque fois qu'un gosse raconte son histoire poignante. Mais je suis également furieuse. Aucune maîtresse n'a songé à les regarder ? Personne n'a établi un rapport entre les fables de Noah et ce qu'il voyait à la télé ?

« Désormais je peux courir et jouer, déclare David à la caméra. Je peux m'amuser avec Lucy, mon nouveau chiot. »

Lucy, un cocker ? Évidemment !

Soudain la porte s'ouvre et Noah, escorté vers la sortie par sa répétitrice, Mme Gregory, sort.

— Ah, madame Phipps, Noah fait de grands progrès, me dit-elle comme chaque semaine.

— C'est parfait. Noah, mon chéri, va mettre ta veste.

Pendant qu'il se dirige vers le portemanteau, je me tourne vers sa prof et parle à mi-voix :

— Je viens de regarder votre intéressant DVD. Noah a beaucoup d'imagination et je pense qu'il s'identifie un peu trop aux enfants qu'il voit sur l'écran. Pourriez-vous éteindre la télévision quand il est dans la salle d'attente ?

— S'identifier ? répète-t-elle, déconcertée. Comment ça ?

— Il a dit à Mme Hocking qu'il avait subi une greffe du cœur. Et une opération de la main à l'hôpital de Great Ormond Street. Tout provient de ce DVD.

Je lui montre la télévision.

Elle reste bouche bée.

— Ah ! Mon Dieu !

— Ce n'est pas grave, mais vous pourriez peut-être mettre un autre DVD. Ou éteindre le poste. Je vous en remercie à l'avance.

Certains enfants se prennent pour Harry Potter. Faites confiance au mien pour se croire la vedette des DVD qui montrent comment s'en sortir par soi-même. Dehors, je prends Noah par la main.

— Mon chéri, j'ai vu le DVD de ta maîtresse. C'est amusant de regarder toutes ces histoires, tu ne trouves pas ? Les histoires qui arrivent à d'autres gens, j'ajoute en appuyant sur chaque mot.

Noah réfléchit un long moment avant de dire :

— Si une maman a de la chirurgie esthétique, ce n'est pas important. Même si elle n'est plus pareille. Parce qu'elle est plus heureuse comme ça.

Mon sourire se fige. Pourvu qu'il n'ait pas raconté

à ses maîtresses que j'ai subi une chirurgie esthétique et que je suis plus heureuse.

— Tu as raison, je réponds en essayant de me détendre. Mais, Noah, tu sais que ta maman n'a pas eu de chirurgie esthétique, n'est-ce pas ?

Noah évite de me regarder. Mon Dieu ! Qu'est-ce qu'il a pu raconter ?

Je suis sur le point d'insister sur mon absence totale d'intervention (une seule et unique séance d'injection de Botox ne compte pas) quand mon téléphone bipe. Un SMS de Lottie. Doux Jésus ! Pourvu qu'ils ne se soient pas accouplés !

On embarque. Que penses-tu de s'envoyer en l'air au septième ciel ? On pourrait appeler le bébé « Miles » ou « Miley » ?

Je réponds tout de suite :

Un peu de tenue ! Amuse-toi bien ! Biz

Après avoir appuyé sur Envoyer, je contemple mon portable. Ils ne vont rien tenter dans l'avion. Sûrement pas. De toute façon, les gens de l'aéroport auront averti discrètement le personnel de bord afin qu'ils surveillent le couple assis en Business qui a l'air d'avoir le feu aux fesses. Lottie et son mari vont être sous contrôle. Je peux me relaxer.

Pas complètement. En regardant ma montre, je peste contre la nullité des horaires et des vols. Une seule liaison directe pour Ikonos par jour ? C'est de la folie. Je voudrais être déjà là-bas.

Mais comme c'est impossible, je m'en vais me livrer à quelques investigations.

Je le trouve exactement où je l'imaginais : sous son lit, rangé avec les autres. Lottie a commencé à tenir un journal à quinze ans, et ce n'était pas une mince affaire. Elle m'en lisait des extraits et m'assurait qu'ils seraient publiés un jour. D'un air sûr d'elle, elle pontifiait : « Ainsi que je l'ai écrit hier dans mon journal… » comme si ses pensées étaient supérieures aux miennes (non écrites, perdues dans les brumes du temps. Une perte irréparable à faire pleurer la postérité, bien sûr).

Je n'ai encore jamais lu les journaux de Lottie. Par sens moral. Par indifférence. Mais j'ai besoin d'en savoir plus sur ce Ben et je ne dispose que de cette source. Personne n'en saura jamais rien.

Dans la cuisine, Noah regarde sagement *Ben 10* à la télé. En m'asseyant sur le lit de Lottie, je respire son odeur qui provient de la housse du duvet : florale, sucrée et propre. À dix-huit ans, elle portait Eternity et j'en retrouve des effluves dans les pages de son journal.

Bon, plongeons à l'intérieur. Je suis tendue, taraudée par un sentiment de culpabilité. Pourtant, Lottie m'a confié ses clés il y a déjà longtemps, j'ai parfaitement le droit d'être dans son appartement alors qu'elle est dans un avion, à des kilomètres de là. D'ailleurs, si quelqu'un entre, je planque le journal sous son oreiller et j'affirme : « Je suis ici pour des raisons de sécurité ! »

J'ouvre le cahier au hasard.

« *Fliss est une belle garce.* »

— Va te faire foutre ! je réponds automatiquement.

D'accord, ma réaction est inutile et enfantine. Je ne dois pas tirer de conclusions hâtives. Il doit y avoir une explication. Je lis plus attentivement. Apparemment, j'aurais refusé de lui prêter ma veste en jean pour son voyage de fin d'études.

Ça, c'est un peu fort ! Elle me traite de garce parce que je ne lui ai pas passé une veste que j'ai payée de mes propres deniers ? Je suis tellement indignée que j'ai envie de lui téléphoner sur-le-champ pour mettre les choses au point. Au fait, j'aimerais savoir si elle a consigné les six paires de tongs que je lui ai prêtées et que je n'ai jamais revues. *Et* mes lunettes de soleil Chanel, finalement cédées parce qu'elle n'arrêtait pas de me supplier ?

Bouillante de rage, je m'oblige à tourner quelques pages. Je ne peux pas m'éterniser sur une querelle vieille de quinze ans. Il faut que j'avance. En arriver à Ben. Au fur et à mesure, j'ai l'impression de participer à son voyage : d'abord Paris puis le sud de la France, ensuite l'Italie, le tout par petits bonds. Je suis prise par son récit :

« *... je pense venir vivre à Paris quand je serai plus grande... mangé trop de croissants, beurk, je suis grosse, je suis hideuse... ce type à la fac qui s'appelle Ted est* VRAIMENT COOL... *il est existentialiste... je devrais m'y intéresser, il dit que je suis une vraie...*

... Coucher de soleil FANTASTIQUE... *bu trop de rhum-Coca... pris des terribles coups de soleil... couché avec ce Pete, j'aurais pas dû... projeté d'habiter le sud de la France quand nous aurons tous trente ans...*

... Si seulement je parlais mieux l'italien. C'est ici que je veux vivre pour toujours. C'est FANTAS-TIQUE... *mangé trop de glaces, beurk, mes jambes sont immondes... pars demain pour la Grèce...*

... cet endroit est INCROYABLE... *ambiance formidable de fête, comme si nous nous* ENTENDIONS *tous bien... Je pourrais me nourrir de feta... plongé dans les grottes sous-marines... ce garçon qui s'appelle Ben... pique-nique avec des types et Ben... couché avec Ben...* FANTASTIQUE...

— Lottie ?

Une voix masculine interrompt ma lecture. Je sursaute si violemment que le journal vole dans les airs. Instinctivement, j'essaie de le récupérer, mais je m'aperçois que ce geste m'accuse. Alors je le lâche et l'envoie valser d'un coup de pied. Je relève enfin la tête.

— Richard ?

Il se tient sur le seuil de la porte, vêtu d'un imperméable, une valise à la main. Le visage tourmenté, les cheveux en bataille, il ressemble encore plus à Gordon Brown jeune qu'à Pierce Brosnan.

— Où se trouve Lottie ?

— Je suis ici pour des raisons de sécurité ! je marmonne très vite, le visage rouge de honte, mes yeux ne quittant pas le journal. Pour la sécurité !

Richard me dévisage comme si j'étais folle. Ce qui n'est pas loin de la vérité.

— Où est Lottie ? Je veux le savoir. Qu'est-ce qui ne va pas ? Je suis allé à son bureau, et personne n'a voulu me dire où elle se trouvait. J'arrive ici et je te trouve assise sur son lit. Alors ?

Il laisse tomber sa valise.

— Elle n'est pas malade, au moins ?

L'idée même me donne envie de hurler de rire.

— Malade ? Non. Pas du tout. Mais toi, qu'est-ce que tu fabriques ici ?

L'étiquette de la compagnie aérienne est encore accrochée à sa valise. Il a dû venir directement de l'aéroport. Un geste élégant et romanesque. Quel dommage que Lottie ne soit pas ici pour le voir.

— Je me suis trompé. Lourdement trompé.

Il s'approche de la fenêtre, regarde dans la rue puis se tourne vers moi :

— J'ignore ce qu'elle t'a raconté.

— Pas mal de choses, je réponds diplomatiquement.

J'imagine qu'il n'a pas envie d'apprendre qu'elle m'a tout dit, absolument tout. Par exemple, qu'il aime faire ça les yeux bandés et qu'elle a un penchant pour les sex toys bien qu'elle soit terrifiée à l'idée que la femme de ménage tombe dessus.

— Voilà, nous nous sommes séparés il y a quinze jours, avoue-t-il tristement. Quinze jours.

— Oui, j'en ai entendu parler. Elle était bouleversée.

— Eh bien, moi aussi !

Il me fait face, le souffle court.

— Ç'a éclaté comme une bombe. Je croyais que nous étions heureux ensemble. Je croyais qu'*elle* était heureuse.

— Elle était heureuse ! Mais elle ne voyait pas où ça la menait.

— Tu veux dire...

Il hésite un long moment avant de cracher :

— Le mariage.

Il m'agace un peu. Moi-même, je ne suis pas une folle du mariage, mais il n'a pas besoin de paraître aussi peu enthousiaste.

— Ce n'est pas un rite tellement saugrenu. Généralement les gens qui s'aiment se marient.

— Oui, je sais…

Il fait une grimace comme si nous discutions des mœurs abominables des gens abominables qu'on voit dans des émissions de téléréalité abominables. La moutarde me monte au nez. S'il s'était conduit d'une façon plus virile et avait demandé sa main à Lottie, nous n'en serions pas là.

Je lui demande brutalement :

— Richard, qu'est-ce que tu veux ?

— Voir Lottie. Je veux lui parler. Je veux mettre les choses au point. Mais elle ne me rappelle pas et ne répond pas à mes mails. J'ai donc dit à mon nouveau patron que je devais retourner en Angleterre.

Son ton reflète une certaine fierté. À son avis, il s'est conduit d'une manière sublime.

— Et qu'est-ce que tu vas lui dire ?

— Que nous appartenons l'un à l'autre. Que je l'aime. Que les choses peuvent s'arranger. Que le mariage est une éventualité.

Leur mariage est une éventualité. Génial ! Il sait vraiment faire la cour à une femme !

— Hélas, tu t'y prends trop tard !

J'ai un certain plaisir sadique à prononcer ces mots de ma petite voix sucrée.

— Elle s'est mariée !

— Comment ?

Richard fronce les sourcils, incapable de digérer ce que je viens de lui asséner. Je lui répète :

— Elle s'est mariée.

— Qu'est-ce que tu veux dire par « Elle s'est mariée » ?

Il a l'air parfaitement ahuri.

Punaise ! Qu'est-ce qu'il croit ?

— Elle est mariée ! La bague au doigt, tu vois !
Plus précisément, elle est dans l'avion en route vers
Ikonos pour y passer sa lune de miel.

Je consulte ma montre.

— À cette heure-ci, elle est dans les airs.

— Comment ?

Une ride énorme creuse son front. Tout à fait comme
le Premier ministre Gordon. Dans une minute il va
m'envoyer son ordinateur portable à la figure.

— Comment peut-elle s'être mariée ? C'est quoi,
cette connerie ?

— Elle a rompu avec toi, manqué sombrer dans la
dépression nerveuse, retrouvé un vieil amoureux qui
lui a immédiatement demandé sa main et elle a dit
oui parce qu'elle était en état de choc, malheureuse
à mourir, et que malheureusement, il lui plaît. Voilà
ce dont je parle. Tu piges ?

— Mais… qui est-ce ?

— Le petit ami rencontré pendant l'année qu'elle a
passée à l'étranger à la fin de ses études. Elle ne l'a
pas vu pendant quinze ans. Son premier amoureux.

Il me regarde d'un drôle d'œil. Je peux voir les
circonvolutions de ses méninges en action. La réalité
pénètre son esprit : ce n'est pas du bluff. Je lui dis
la vérité. Lottie est mariée.

— Merde… et merde !

Il cogne ses deux poings contre son front.

— Ouais ! C'est exactement ce que je ressens.

Nous nous taisons, impuissants. Une pluie légère bat
la vitre, je croise mes bras sur ma poitrine. Le plaisir
de punir Richard ayant disparu, je me sens triste et
endolorie. Quel gâchis !

— Eh bien, ce qui est fait est fait, dit-il amèrement.

— Sans doute.

Je hausse les épaules. Pas question de lui faire part de mes plans. Je ne veux surtout pas l'avoir dans mes pattes ou écouter ses conseils à la noix. J'ai pour priorité de retirer Lottie des bras de Ben, pour son bien. Ensuite, si Richard veut tenter sa chance, libre à lui.

— Alors… que sais-tu de ce type ? demande Richard de retour sur terre. Il s'appelle comment ?

— Ben.

— Ben, répète-t-il méfiant. Elle ne m'a jamais parlé d'un Ben.

— Ah ?

— Je suis au courant pour ses autres petits amis. Jamie. Seamus. Et Trucmuche, là, le comptable.

— Julian, je précise sans le vouloir.

— Exact. Mais elle n'a jamais fait allusion à un Ben.

Richard inspecte la chambre comme à la recherche d'une piste, puis remarque le journal de Lottie, à moitié ouvert par terre. Il me regarde, incrédule :

— Tu lis son journal ?

Miséricorde ! J'aurais dû me douter que ça ne lui échapperait pas. Il est bien plus observateur qu'on ne pense. Lottie prétendait qu'il ressemblait à un lion à moitié endormi sous un arbre, mais je crois qu'il fonctionne plus comme un taureau. Une minute, il broute paisiblement, l'instant suivant, il charge, tête baissée.

Je cherche à paraître posée.

— Je ne le lisais pas à proprement parler. Je cherchais quelques renseignements sur Ben.

Richard est tout à fait intéressé.

— Qu'as-tu découvert ?

— Pas grand-chose. J'en étais arrivée au passage où ils font connaissance à Ikonos…

Il plonge sur le journal. En un éclair, je réussis à en saisir un coin. Nous l'agrippons tous les deux, aucun de nous ne voulant lâcher prise. Il est bien plus fort que moi, mais pas question que je le laisse s'en emparer. Il y a des limites !

— Je n'arrive pas à croire que tu lises le journal de ta sœur ! s'étonne Richard en essayant de me l'arracher des mains.

— Je n'arrive pas à croire que tu oses lire le journal de ta petite amie, je rétorque. Allez, lâche-le !

Finalement, le cahier tombe en ma possession et je le plaque contre ma poitrine.

— J'ai le droit de savoir, affirme Richard en me lançant des regards noirs. Si Lottie l'a préféré à moi, je dois être au courant. Qui est ce type ?

— D'accord. Je vais t'en lire des bouts. Un peu de patience.

Je feuillette les pages, en omettant ce qui concerne la France et l'Italie pour arriver à Ikonos. J'y suis. Page après page, il n'est plus question que de Ben. Ben par-ci, Ben par-là. Ben, Ben, Ben.

— Elle l'a rencontré dans la pension où ils logeaient.

— La pension d'Ikonos ? précise Richard en sursautant. Mais Lottie m'en a parlé des milliers de fois. Une maison avec des marches. Où elle a sauvé tout le monde des flammes d'un incendie. Cet endroit a changé sa vie. Elle m'a souvent répété que c'est là qu'elle est devenue une autre personne. Elle garde une photo quelque part...

Il fait le tour de la chambre.

— La voilà !

Nous nous penchons tous les deux sur la photo encadrée de Lottie sur une balançoire, vêtue d'une courte jupe blanche à fleurs, une fleur derrière l'oreille. Elle est mince, jeune, rayonnante.

— Elle ne m'a jamais dit un mot sur ce Ben, radote Richard. Pas une seule fois.

Je me mords la lèvre.

— Elle avait ses secrets.

— Je vois.

Il se laisse tomber dans le fauteuil du bureau, l'air grincheux.

— Vas-y, continue !

Je déchiffre l'écriture de Lottie.

— En fait, ils se sont vus à la plage... et il y a eu une fête et ils étaient ensemble...

Richard me coupe.

— Pas de résumé ! Lis ce qu'elle écrit !

— Tu es sûr ?

Je lève les sourcils vers Richard.

— Tu es prêt à tout entendre ?

— Vas-y ! je te dis.

— En avant !

Je respire à fond et choisis un paragraphe au hasard.

« *Regardé Ben faire du ski nautique ce matin. Mon Dieu, il est cool. Il joue de l'harmonica et il est terriblement bronzé. On a fait l'amour tout l'après-midi sur le bateau, pas de marques de bronzage. Super. Acheté encore des bougies parfumées et de l'huile de massage pour ce soir. Tout ce que je veux, c'est être avec Ben et faire l'amour avec lui toute ma vie. Je n'aimerai personne d'autre comme ça. JAMAIS.* »

Mal à l'aise, je me tais.

— Elle me tuerait si elle savait que je t'ai lu ça.

Richard ne répond pas. Il semble blessé.

— C'était il y a quinze ans, je bredouille

maladroitement. Elle avait dix-huit ans. C'est le genre de chose qu'on écrit dans son journal à cet âge-là.

— Tu crois... Tu crois qu'elle a écrit à peu près la même chose à mon sujet ?

Un signal d'alarme retentit dans ma tête. Oh non ! Pas question. Je ne vais pas me laisser entraîner dans cette voie.

— Je n'en ai aucune idée !

Je referme le journal d'un claquement sec.

— Tout est différent. Tout change quand on grandit. Les rapports sexuels sont différents, l'amour est différent, la cellulite est très différente...

Je tente de détendre l'atmosphère, mais Richard ne semble pas capter. L'œil fixé sur la photo de Lottie, il fronce tellement les sourcils qu'il en devient méconnaissable. La sonnette de l'entrée nous fait sursauter. En le regardant dans les yeux, je vois que nous avons la même idée : Lottie ?

Richard se rue vers la porte et je le suis, le cœur battant. Il l'ouvre d'un seul coup. Ma déception est grande de trouver là un homme maigre, assez âgé.

— Ah, monsieur Finch ! dit-il mécontent. Charlotte est-elle là ? Malgré ses promesses, elle n'a pas commencé les travaux sur la terrasse du toit. L'endroit est toujours dans un état innommable.

La terrasse du toit ! Même moi, je suis au courant. Un jour, Lottie m'a téléphoné pour me dire qu'elle était devenue folle de jardinage, qu'elle avait commandé un tas d'outils ravissants et qu'elle changeait de métier pour devenir paysagiste de potagers urbains.

— Je suis quelqu'un de raisonnable, monsieur Finch, mais une promesse est une promesse. Nous avons tous contribué financièrement au fonds de plantation et je trouve sincèrement...

Richard le coupe en parlant si fort que le lustre en tremble.

— Elle mènera les travaux à bien, mettez-vous ça dans la tête ! Elle travaille sur un grand projet. C'est une vraie créatrice. Mais ces choses prennent du temps. Alors, décampez !

Effrayé, le vieux bonhomme ne se le fait pas dire deux fois. L'attitude de Richard me surprend. Waouh ! Ça ne me déplairait pas qu'on prenne ainsi ma défense de temps en temps.

Donc : j'ai archi raison. Il n'a rien d'un lion, c'est un pur taureau. Si c'était un lion, il serait en train de poursuivre Ben patiemment dans les sous-bois. Richard est trop direct pour ça. Il est du genre à charger fougueusement sa cible la plus proche, même si ça veut dire casser un millier de tasses en chemin. Façon de parler, bien sûr.

La porte se referme et nous nous regardons sans trop savoir quoi nous dire, comme si cette interruption avait changé l'atmosphère.

— Je dois partir, annonce Richard tout de go en boutonnant son imperméable.

Je suis consternée.

— Tu vas retourner à San Francisco ? Tout simplement ?

— Bien sûr.

— Et Lottie alors ?

— Alors quoi ? Elle est mariée et je lui souhaite tout le bonheur possible.

— Richard...

J'hésite à continuer, ne sachant quoi lui dire.

— Ils étaient comme Roméo et Juliette et ils se sont retrouvés, admet Richard. C'est compréhensible. Bonne chance à eux !

Pas de doute : il est contrarié. Je dirais même bouleversé. Il serre les dents et regarde au loin. Bon sang, je m'en veux. Je n'aurais jamais dû lui lire le journal de Lottie. Je voulais seulement qu'il arrête sa crise d'autosatisfaction.

— Rien à voir avec Roméo et Juliette ! Écoute, Richard ! Ce n'est qu'une histoire de baise à la con ! Depuis que Lottie et toi avez rompu, elle est incapable de raisonner sainement. Quant à ce Ben, il traverse la crise de la quarantaine... Richard, je t'en supplie, écoute-moi !

Je pose ma main sur son bras et j'attends qu'il me regarde :

— Le mariage ne durera pas. J'en suis sûre.

— Comment le sais-tu ? grogne-t-il.

On dirait qu'il m'en veut de lui redonner un peu d'espoir.

— Ce n'est qu'une mystérieuse impression. Appelle ça l'intuition de la grande sœur.

Il hausse les épaules.

— On verra bien. Mais ce n'est pas pour tout de suite.

Il se dirige vers la chambre et saisit sa valise.

— C'est faux ! je crie en fonçant derrière lui et en l'attrapant par l'épaule pour le forcer à s'arrêter.

— Tu vois... ça pourrait être plus tôt que tu le crois. Beaucoup plus tôt. Sincèrement, à ta place, je n'abandonnerais pas la partie. Je m'accrocherais et je verrais ce qui se passe.

Richard évalue ses chances.

— Ils se sont mariés quand ?

— Ce matin.

Il a vraiment loupé son coup, je me dis en moi-même. S'il était arrivé un jour avant...

— Alors ce soir est leur...

Il s'interrompt, incapable de prononcer l'imprononçable.

— Leur nuit de noces. Oui. Oui, sans doute.

Je marque une pause et examine mes ongles. Puis, le visage vide de toute expression, la mine innocente, je lâche :

— Qui sait comment la nuit va se passer ?

10

Lottie

C'est insupportable. Ça ne peut plus durer. Je vais être la première personne au monde à mourir de frustration sexuelle.

Je me souviens des interminables et pénibles attentes de mon enfance. L'attente de mon argent de poche. L'attente de mon anniversaire. L'attente de Noël. Mais aucune n'a été aussi cauchemardesque que celle-ci. J'ai vécu des moments de torture absolue. Cinq heures à attendre, puis quatre heures, puis trois heures. Pendant tout le voyage en avion et le trajet en voiture de l'aéroport à l'hôtel, j'ai scandé silencieusement : *Bientôt... bientôt... bientôt.* Ma seule façon de tenir le coup. Ben n'arrêtait pas de caresser ma jambe, regardant droit devant lui et respirant calmement. Mais je devine qu'il prend sur lui autant que moi.

Il n'y a plus que quelques minutes à attendre. L'hôtel se trouve à cinq cents mètres. Le chauffeur vient de quitter la route principale. Plus on s'approche, plus il est difficile de tenir. Ces derniers moments passés à patienter me tuent. Tout ce que je veux, c'est Ben.

Je regarde par la fenêtre en essayant de m'intéresser au paysage, mais je ne vois que la route, des collines arides et des panneaux d'affichage criards vantant des boissons grecques aux noms imprononçables. Par rapport à la pension où nous séjournions autrefois, l'aéroport est de l'autre côté de l'île. C'est sans doute la première fois que je viens dans ce coin, qui ne m'évoque rien. Je suis dans un état proche du désespoir.

Bientôt... bientôt... bientôt... nous sauterons dans notre gigantesque lit, nos vêtements seront par terre et nous serons l'un contre l'autre, peau contre peau avec rien pour arrêter notre élan. Alors, enfin, *enfin...*

— Et voilà l'hôtel *Amba*, annonce fièrement le chauffeur en ouvrant une portière.

Dès que je sors, l'air tiède de la Grèce effleure mes épaules. L'entrée du bâtiment est bordée de colonnes blanches. Quatre lions de pierre et plusieurs fontaines crachent de l'eau dans un bassin d'ornement. Des cascades de bougainvillées rose vif dégringolent des balcons. Les criquets s'en donnent à cœur joie. Derrière leur aubade, je perçois les notes d'un quatuor à cordes. Pas de doute, cet endroit est spectaculaire.

En montant les marches en marbre, je suis prise d'euphorie. Tout semble d'une parfaite perfection ! Notre lune de miel va être parfaite. Je serre le bras de Ben.

— C'est génial, tu ne trouves pas ?

— Extraordinaire !

Il glisse une main sous mon top jusqu'à l'agrafe de mon soutien-gorge.

— Arrête ! On est dans un hôtel chic. Attends encore un tout petit peu.

Je me détache de lui alors que je souhaite de mon tout corps qu'il continue.

— Je ne peux plus attendre.

— Moi non plus. Je meurs !

— Je meurs encore plus !

Ses doigts se dirigent vers ma ceinture.

— Tu portes quelque chose sous cette jupe ?

— Rien du tout !

Ben émet une sorte de grognement profond :

— OK, nous allons prendre notre clé, verrouiller la porte et...

— Monsieur et madame Parr ?

Un petit type brun en costume avec des chaussures ultra brillantes se dirige rapidement vers nous. Au revers de sa veste, il porte un badge qui indique « *Nico Demetriou, Directeur des opérations V.I.P.* ».

— Bienvenue à l'hôtel *Amba*, madame, dit-il, en m'offrant un gros bouquet de fleurs. Nous sommes très heureux de vous accueillir pour votre lune de miel.

Il nous précède dans l'immense entrée au plafond cathédrale. Creusé dans le sol en marbre, un bassin est orné d'une multitude de bougies flottantes. Une délicieuse odeur musquée parfume l'atmosphère. Des instruments de musique égrènent doucement leurs notes.

— Toutes nos félicitations ! Asseyez-vous, je vous prie, pour une coupe de champagne.

Un serveur se matérialise soudain avec un plateau en argent.

J'hésite mais finalement, après un coup d'œil à Ben, je prends une coupe.

— C'est très aimable à vous, dit mon mari, sans s'approcher du long canapé en lin. Mais nous aimerions monter tout de suite dans notre chambre.

— Bien entendu, bien entendu, répond l'ami Nico avec un clin d'œil de connivence. Vos bagages vont être montés. Si vous voulez bien remplir la fiche.

Et, tendant à Ben un sous-main en cuir et un stylo, il ajoute :

— Je vous en prie, asseyez-vous. Ce sera plus confortable.

Ben s'installe à contrecœur sur le canapé et commence à griffonner à toute allure, pendant que Nico me donne une feuille imprimée à notre nom où figure tout ce que propose l'établissement. La liste est incroyable. Plongée sous-marine et pique-nique au champagne, croisière à la journée sur un yacht de 20 mètres, dîner préparé spécialement pour vous par un chef renommé et servi sur votre terrasse, massage en duo aux huiles essentielles sous les étoiles...

— Nous sommes enchantés de vous présenter notre programme « Voyage de noces » haut de gamme, m'annonce un Nico rayonnant. Un majordome est à votre service exclusif vingt-quatre heures sur vingt-quatre. Vous bénéficiez des traitements du spa privé qui fait partie de votre suite. Je suis moi-même à votre disposition tout le temps de votre séjour. Quelles que soient vos requêtes, petites ou grandes, elles seront les bienvenues.

— Merci.

Il est tellement charmant que je lui adresse mon meilleur sourire.

— Votre lune de miel se doit d'être un moment unique. Et moi, Nico Demetriou, je vais faire en sorte qu'elle soit vraiment unique. Inoubliable.

— Voilà, j'ai terminé, fait Ben en lui rendant les fiches. Pouvons-nous aller dans notre chambre ? Où se trouve-t-elle ?

— Permettez-moi de vous escorter. L'ascenseur particulier qui dessert votre suite est par ici.

Un ascenseur particulier ? Rien qu'à voir la tête de Ben, je devine que ça lui donne des idées. À moi aussi, d'ailleurs.

Dans l'ascenseur, je tâche de garder mon calme malgré les coups d'œil insistants de Ben sur ma jupe. Ça ne va pas traîner. On débutera par une séance de trente secondes, puis on recommencera. Ensuite, peut-être une pause-dîner, après quoi on prendra *vraiment* notre temps pour…

— Nous y sommes.

Ping ! Les portes s'ouvrent et Nico nous entraîne gaiement dans une entrée au sol pavé de marbre et aux murs couverts de boiseries sombres.

— Voilà la suite Apollon. Le magazine *Condé Nast Traveller* l'a élue numéro 1 des suites pour voyage de noces. Après vous, s'il vous plaît.

— Waouh !

Fliss avait raison. Cet endroit est fabuleux. La suite ressemble à une grotte avec des colonnes, des lits bas et des statues antiques juchées sur des socles. Seule ombre au tableau : le feuilleton des *Télétubbies* qui braille à la télé. Je déteste les *Télétubbies* depuis que j'ai été obligée de regarder au moins vingt épisodes quand je gardais Noah.

Qui a bien pu mettre ça ?

— On peut éteindre, s'il vous plaît ?

— Bien sûr, madame. Mais j'aimerais d'abord vous montrer les aménagements de la suite. En plus de l'accès par l'ascenseur, voici l'autre entrée. Ici, nous avons la salle de bains avec une cabine de douche thermostatique. Là, votre spa particulier, puis la cuisine avec entrée de service, une petite bibliothèque, le salon avec home video...

J'essaie de manifester un certain intérêt pour la démonstration du lecteur de DVD. Mais le désir rend ma tête cotonneuse. On est arrivés. On y est. Dans notre suite ! C'est notre nuit de noces. Dès que ce type aura fini son baratin et filera – une question de secondes peut-être –, Ben arrachera ma jupe, je déchirerai sa chemise et... Miséricorde, ma patience est à bout.

— Le minibar se trouve à l'intérieur de ce placard. Vous y avez accès au moyen d'une carte électronique.

— Ah, très bien !

Je hoche la tête poliment, mais mon corps n'est que concupiscence et bouillonnements. Je me moque complètement de la façon dont le minibar fonctionne. Maintenant ferme-la et laisse-nous à notre partie de jambes en l'air.

— Et par ici se trouve la chambre à coucher.

Nico ouvre grand une porte. Folle d'impatience, j'entre et stoppe consternée.

— Quooooi ? s'exclame Ben.

La chambre est immense, avec un plafond en verre. Et, sous le dôme, il y a deux lits jumeaux.

— Euh ! je...

Je suis si étonnée que je peux à peine articuler un mot :

— Les lits.

Et, les désignant à Ben, je répète :

— Les lits.

— Oui, en effet, ce sont des lits, madame, acquiesce Nico fièrement. Et c'est la chambre à coucher.

— Je sais que ce sont des lits, je dis en m'étouffant à moitié. Mais pourquoi deux lits jumeaux ?

— Sur votre site, on voyait un lit gigantesque, renchérit Ben. Je me souviens de la photo. Où est passé ce lit ?

La question déconcerte Nico.

— Nous proposons différents modes de couchage. Les occupants précédents ont probablement demandé des lits jumeaux. Ils sont excellents. La meilleure qualité. Cette option ne vous donne pas satisfaction ?

— Bordel, non ! Pas satisfaction du tout, réplique Ben. Nous voulons un grand lit. Un seul lit. Et grand. Le meilleur.

— Mille excuses, monsieur. Je suis désolé. Comme cela n'a pas fait l'objet d'une commande préalable…

— Enfin, c'est n'importe quoi ! Et c'est une suite dédiée aux jeunes mariés. Vous connaissez beaucoup de suites spéciales voyages de noces qui comportent des lits jumeaux, vous ?

— Je vous en prie, monsieur, ne vous énervez pas. Je comprends parfaitement votre souci, et je vais immédiatement commander un lit double.

Se saisissant de son portable, il se lance dans une tirade en grec. Pour finir, il raccroche avec une mine triomphante.

— L'affaire est arrangée. Encore toutes mes excuses. Pendant que nous résolvons ce problème, accepteriez-vous de prendre un cocktail offert par la maison au bar du rez-de-chaussée ?

Je retiens une réponse acerbe. Au diable le cocktail au bar ! Ce que je veux, c'est ma nuit de noces. Et sur-le-champ !

— Combien de temps ça va prendre ? interroge Ben. Cette histoire est ridicule.

— Nous allons procéder à l'échange aussi vite que possible. L'équipe sera sur place dans le…

Un coup à la porte l'interrompt.

— Ah, les voilà ! se réjouit Nico.

Six mecs en salopette blanche font irruption dans la chambre. Nico s'adresse à eux en grec. L'un d'eux soulève le bout d'un des lits et le regarde en hésitant. Il parle en grec à un autre qui grogne en faisant non de la tête.

— Quoi, s'énerve Ben. Quel est le problème ?

— Aucun problème, monsieur. Je vous recommande de vous asseoir dans votre salon en attendant que nous venions à bout de ce petit inconvénient.

Nico nous fait entrer dans le salon. Les *Télétubbies* s'égosillent de plus belle. J'essaie d'éteindre avec la télécommande, mais rien ne se passe. Et le contrôle du volume ne fonctionne pas non plus. Problème de pile ?

— S'il vous plaît, je demande froidement. C'est insupportable. Pouvez-vous l'arrêter ?

— Et il fait froid, ajoute Ben. Comment marche l'air conditionné ?

C'est vrai qu'on gèle. Je l'ai déjà remarqué.

— Je vais appeler votre majordome, répond Nico en souriant. Il va s'occuper de vous.

Quand il nous quitte, je dévisage Ben, incrédule. À l'heure qu'il est, nous devrions être en train de faire l'amour dans un débordement de sensualité au lieu d'être plantés sur un canapé dans une pièce glaciale, les *Télétubbies* braillant leur chanson de fin de séquence, et six déménageurs travaillant derrière la porte.

— Viens dans la bibliothèque, propose soudain Ben. Il y a un canapé.

Il me pousse dans la pièce et ferme la porte. Je vois des étagères remplies de livres factices, un bureau sur lequel trône le papier à lettres de l'hôtel et une volumineuse chaise longue recouverte de lin marron.

— Enfin ! s'écrie-t-il.

— Enfin, je réponds en écho.

— C'est dingue ! disons-nous en même temps.

Ensuite, c'est comme si on nous avait donné le départ du concours de vitesse des Zones Érogènes. Il me touche partout, je le touche partout. Mon soutien-gorge est dégrafé, mon top est arraché, je déboutonne sa chemise... Sa peau est chaude, elle a bon goût. J'aimerais la savourer un peu, mais Ben veut entrer tout de suite dans le vif du sujet. Il jette un coup d'œil autour de la pièce.

— Le canapé ou le bureau ? dit-il en haletant.

— Je m'en fiche.

— Je ne peux plus attendre.

— Et s'ils nous entendent ?

— Mais non, ils n'entendront pas.

Il enlève ma jupe. Je saute en l'air. Enfin, enfin, enfin... oui... oui...

— Monsieur ? Madame ? Monsieur Parr ?

Quoi ?

— Noooon, je gémis. Noooon...

Bordel... Ben est blême.

— Nous sommes occupés ! s'écrie-t-il. Revenez dans dix minutes.

— J'ai un cadeau de la part de la direction, nous dit une voix à travers la porte. Des cookies tout chauds. Où voulez-vous que je les pose ?

— N'importe où.

— S'il vous plaît, monsieur, pourriez-vous signer le reçu ?

J'ai l'impression que Ben va exploser.

— Vous m'avez entendu, monsieur ? J'ai des cookies de la part de la direction.

— Dépêche-toi d'aller signer et reviens, je murmure.

— Bon sang...

— Ouais !

Nous essayons de reprendre contenance. Ben boutonne sa chemise en respirant à fond.

— Pense aux impôts, je suggère pour l'aider. Et allons chercher ces foutus cookies.

Derrière la porte de la bibliothèque se tient un homme âgé en veste à galons qui porte une cloche d'argent sur un plateau du même métal.

— Bienvenue à l'hôtel *Amba*, monsieur et madame Parr, dit-il cérémonieusement. Je suis Georgios, votre majordome personnel, à votre service jour et nuit. Voici les cookies, avec les compliments de la direction.

— Merci, répond Ben sèchement. Posez-les où vous voulez.

Et il signe le reçu que le majordome lui présente.

— Merci, monsieur, fait Georgios en posant le plateau. Mon collègue va arriver avec les jus de fruit.

— Quels jus de fruit ?

— Des jus de fruit frais offerts par la direction. Pour accompagner les cookies. Mon assistant, Hermès, vous les apportera. Si vous en désirez davantage, appelez-moi.

Le majordome tend sa carte à Ben.

— Vous y trouverez mon numéro, monsieur. À votre service.

— Écoutez ! s'écrie Ben, nous ne voulons pas de jus de fruit. Annulez ce jus. Nous voulons qu'on nous laisse tranquilles, d'accord ?

— Je comprends, monsieur. Tranquilles, bien sûr. Vous êtes en voyage de noces et vous désirez ne pas être dérangés. La lune de miel est un moment unique pour un homme et une femme.

— Précisément...

Un épouvantable vacarme interrompt Ben.

— Qu'est-ce... ?

Nous nous précipitons dans le salon. Un type en salopette blanche se tient à la porte de la chambre et s'engueule avec quelqu'un. Nico arrive en se tordant les mains.

— Toutes mes excuses, monsieur et madame Parr, pour cet horrible bruit.

— Qu'est-ce qui se passe ? D'où vient ce boucan ? demande Ben.

— Un petit problème concernant l'enlèvement des lits. Un tout petit problème.

Un autre ouvrier apparaît, un gros marteau à la main. Avec un air sinistre, il secoue la tête.

— Que dit-il ? interroge Ben. Pourquoi secoue-t-il la tête ? Vous avez déjà changé les lits ?

— Et, je vous en prie, faites quelque chose avec cette télévision, j'ajoute. C'est insupportable.

Entre chaque coup de maillet, on entend les *Télétubbies* brailler. J'ai même l'impression que le son est plus fort qu'avant.

— Veuillez accepter mes plus humbles excuses. Nous nous occupons des lits au plus vite. Quant à la télévision...

Nico appuie sur la télécommande. Ce qui amplifie aussitôt le volume.

— Non, je crie. Trop fort. L'autre bouton !

— Mes excuses. J'essaie une autre fois.

Il appuie sur le bouton plusieurs fois sans que rien ne se produise. Il secoue la télécommande, la cogne contre sa tête. En vain.

— C'est cassé, s'étonne-t-il. Je dois appeler le réparateur.

— Excusez-moi !

Un autre homme en veste à galons vient de se matérialiser.

— La porte était ouverte. J'apporte les jus de fruits frais avec les compliments de la direction. S'il vous plaît, madame, je les pose où ?

— Euh... Je...

J'en bégaie presque. J'ai envie de pleurer, d'exploser. C'est notre nuit de noces. Notre nuit de noces. Et nous sommes plantés dans une suite d'hôtel, entourés d'ouvriers avec des marteaux, de maîtres d'hôtel avec des plateaux et des *Télétubbies* qui hurlent à me fendre le crâne.

Nico s'adresse gentiment à moi :

— Madame, croyez bien que je suis consterné par ce qui arrive. Puis-je vous offrir un autre cocktail au bar ?

11

Fliss

Je déteste lire ces SMS. C'est comme espionner. Ou contempler les victimes d'un accident de la route. Mais c'est mon devoir, même si j'ai envie de mettre mes mains devant mes yeux.

Lottie et Ben passent la pire nuit de noces depuis Adam et Ève. Pas d'autre façon de parler. C'est épouvantable. Horrible. Et tout est ma faute. Mon estomac n'est qu'un tourment acide. À chaque message, je me sens plus mal. Mais c'est pour la bonne cause, me dis-je pour me rassurer en cliquant.

```
Encore une tournée de margaritas. Sûr
que ce client tient l'alcool. N
```

Depuis le début de la soirée, Nico ne cesse de me tenir au courant des événements. Ses quatre derniers SMS ont concerné les cocktails gratuits que Lottie et Ben ont ingurgités. De quoi pleurer. Ils ont commencé à boire à vingt-deux heures, heure locale. Il est maintenant minuit. Lottie doit être fin soûle.

Et Ben ? Je réfléchis un instant, tapotant mon portable contre ma paume. Lorcan m'a dit un truc au sujet de Ben qui me revient : « C'est un joueur inné mais il manque de jugeote. »

Un joueur inné. Hum. Immédiatement, j'écris à Nico :

Il aime les paris.

Je n'en dis pas plus. Nico saura tirer profit de cette information.

J'appuie sur Envoyer, me dépêche de fermer ma valise en m'efforçant de calmer mon esprit en ébullition. Des pensées conflictuelles traversent mon cerveau telles des flèches qui me transpercent l'une après l'autre :

Je sabote la lune de miel de ma sœur. Je suis atroce.

Mais j'agis ainsi car je me soucie de son bonheur. Absolument.

Absolument !

Imaginez que je ne sois pas intervenue, qu'elle tombe enceinte, qu'ils rompent et qu'elle regrette ce coup de folie ? Alors quoi, dites-moi ? Est-ce que je ne regretterais pas de n'avoir RIEN fait ? Serais-je comme ces gens qui ont choisi la politique de l'autruche en ignorant l'invasion des nazis ?

Mais Ben n'est pas un nazi. D'après ce que j'en sais.

Cette histoire de *Télétubbies* me rend malade. Une cruauté de ma part. Lottie hait ce programme. Une sorte de phobie.

Je roule ma valise jusque dans le vestibule et la place à côté de celle de Noah. Il dort dans sa chambre, étreignant son singe et respirant doucement. Il est en paix avec le monde. J'aime le voir ainsi. La nouvelle de notre voyage en Grèce ne l'a pas inquiété. Très calme, il a immédiatement préparé son petit bagage. Sa seule question : combien de pantalons devait-il emporter ? Un jour, Noah sera le maître du monde.

Je me fais couler un bain, versant dans l'eau tous les produits hors taxes qui encombrent ma salle de bains. En fait, j'achète tout dans les aéroports. J'essaye les vêtements avant d'embarquer et les achète à mon retour. Les produits Clarins, je les prends dans l'avion. Je possède suffisamment de saucisses sèches espagnoles et de morceaux de parmesan pour tenir un an. Sans parler des tablettes de Toblerone.

J'hésite. Une envie de Toblerone. Dans mon bain, avec un verre de vin…

Après un débat intérieur d'une nanoseconde, j'ouvre le placard aux douceurs de la cuisine. Six énormes tablettes de chocolat tiennent compagnie à une boîte géante de Ferrero achetée au *duty free* bien sûr. Tous les samedis, Noah a droit à trois Rochers. Il croit qu'on les vend par trois. Il n'a jamais pensé qu'ils étaient disponibles en plus grande quantité.

J'entame une tablette de Toblerone quand mon téléphone sonne. Je regarde dans l'espoir d'avoir Nico au bout du fil. Mais l'écran indique : *Lottie*.

Lottie ? Je suis tellement surprise que je laisse échapper mon précieux réconfort. Je fixe le téléphone, mon cœur battant la chamade, mon pouce hésitant à appuyer sur Répondre. Je n'ai pas envie de lui parler. De toute façon, c'est trop tard. Ma boîte vocale a pris le relais. Ouf ! Mais à peine ai-je posé mon portable sur le comptoir qu'il sonne à nouveau. *Lottie*.

J'ai la gorge sèche. Il faut que je réponde. Sinon, je

serais obligée de la rappeler, ce qui sera encore plus pénible. Fermant les yeux, je respire à fond.

— Lottie ! Je te croyais en voyage de noces, je fais gaiement. Pourquoi perds-tu ton temps à m'appeler ?

— Flissssss ?

J'analyse immédiatement le son de sa voix. Elle est ivre. Bon, ça, je le savais déjà. Mais elle est également en larmes. Enfin, elle ignore que je suis mêlée à ces malheurs, sinon elle ne dirait pas « Flisssssss ? » avec un point d'interrogation.

— Qu'est-ce qui se passe ?

Elle gémit dans l'appareil.

— Fliss, je ne sais pas quoi faire. Ben est totalement ivre. Il a failli tomber dans les pommes. Il faut que je le dessoûle. Mais comment ? Tu as une formule magique ?

Oui, j'ai un remède qui a fait ses preuves : café noir, glaçons et déodorant injecté dans les narines. Mais ce n'est pas le moment de le lui révéler.

— Ma pauvre ! Je te plains. Que puis-je te suggérer ? Peut-être du café ?

— Il est incapable de s'asseoir ! Il a bu tous ces foutus cocktails. J'ai dû le soutenir jusqu'à notre chambre et ensuite il s'est écroulé sur le lit. Et ça devait être notre nuit de noces !

Je fais mine d'être effondrée.

— Pas possible ! Alors tu n'as pas...

— Non. Rien de rien !

Je pousse un immense soupir de soulagement. J'avais peur qu'ils se soient envoyés en l'air en vitesse sans que personne ne soit au courant.

— Nous n'avons *rien* fait, reprend Lottie désespérée. Je sais que tu nous as recommandé cet hôtel, mais franchement, il est nul. Je vais me plaindre. Ils ont bousillé notre lune de miel. On a des lits jumeaux ! Ils prétendent qu'ils ne peuvent pas les remplacer ! En ce moment, je suis assise sur un lit à une place.

Sa voix grimpe dans les aigus.

— Des lits jumeaux ! Dans la suite nuptiale !

— Incroyable !

Je parle d'une façon de plus en plus théâtrale, mais comme Lottie est sur sa lancée, elle ne remarque rien.

— Alors, pour s'excuser, ils nous offrent tous ces verres. Ensuite, le concierge parie avec Ben qu'il est incapable d'avaler un cocktail grec très spécial. Et voici Ben qui le descend sous les applaudissements des clients installés au bar. Du coup il tombe presque dans le coma ! Qu'est-ce qu'il y avait dedans ? De l'absinthe ?

Je n'ose imaginer la mixture !

— On se bécote dans l'ascenseur en remontant dans notre chambre. Je pense alors que ça y est, enfin… et soudain je sens un poids mort sur mon épaule. Ben s'est endormi ! Au beau milieu d'un baiser ! J'ai été obligée de le traîner dans la chambre, et il pesait une tonne. Et tu sais quoi ? Maintenant il ronfle !

Elle est au bord des larmes.

— Écoute, Lottie.

Je me passe la main dans les cheveux en réfléchissant à la meilleure façon de lui présenter les choses.

— Ce n'est pas une catastrophe ! Dors bien et… profite de tout ce que ce palace peut offrir.

— Je vais leur intenter un procès, menace-t-elle sans faire attention à ce que je dis. Je me demande comment ils ont pu remporter le concours de la meilleure suite nuptiale. C'est la plus abjecte !

— Tu as dîné ? Fais-toi monter quelque chose. Ils ont des sushis délicieux ou alors il y a cette pizza…

— D'accord. C'est une idée.

Sa colère s'est calmée et elle pousse un profond soupir.

— Désolée de t'embêter avec tout ça. Fliss, je sais que ce n'est pas *ta* faute.

Je suis incapable de lui répondre.

Furieuse contre moi-même, je me répète en silence : j'agis pour le mieux. Que vaut-il mieux ? Passer une mauvaise nuit de frustration et de colère ? Ou être mariée, enceinte et le regretter toute sa vie ?

— Fliss ? Tu es toujours là ?

— Oui, oui. Tente de bien dormir. Demain tout ira mieux.

— Bonne nuit, Fliss.

— Bonne nuit, Lottie.

Je raccroche, regarde le mur pendant un instant pour évacuer ma culpabilité.

Demain tout ira mieux.

Un sacré mensonge. J'en ai déjà parlé à Nico : pas d'amélioration en vue !

12

Lottie

Loin de moi l'idée d'être négative. Mais, franchement, le lendemain de ma nuit de noces ne ressemble
pas à ce que j'espérais.

Cela n'y ressemble pas du tout.

Je décrirais un lendemain de nuit de noces parfait ainsi : moi et mon mari nichés dans un grand lit
aux draps de coton frais, tout à fait comme dans les
pubs de lessive. Des oiseaux pépient dehors. Le soleil
illumine nos visages tandis que nous échangeons des
petits baisers avec en tête le souvenir de nos exploits
fabuleux de la veille. Nous nous murmurons de tendres
propos avant de revenir lentement mais sûrement vers
ce qui s'annonce comme une formidable partie de sexe
matinal.

Et maintenant, la réalité : réveil dans un lit à une
personne, torticolis, mauvais goût dans la bouche,
relents de la pizza livrée hier soir, grognements de
Ben provenant du lit voisin.

— Ça va ?

Je me force à être gentille alors que j'ai envie de le battre.

— À peu près, marmonne Ben en faisant un effort considérable pour relever sa tête.

Il a le teint verdâtre, mon mari. Et il porte toujours son costume.

— Qu'est-ce qui s'est passé ?

— Tu as gagné un pari. Bravo à toi.

Son regard est vague. Visiblement il essaie de se reconnecter en clignant des yeux comme un dingue.

— J'ai complètement merdé, hein ?

— Un peu, oui.

— Désolé.

— On n'en parle plus.

— Si, je suis désolé.

— D'accord.

— Écoute, je suis vraiment, vraiment désolé.

Il sort ses jambes du lit, se lève et vacille sérieusement pendant un instant.

— Madame Parr, recevez toutes mes plus humbles excuses. Comment pourrais-je me faire pardonner ?

Il fait une courbette et manque de tomber. Et moi, je me retiens pour ne pas éclater de rire. Impossible de rester fâchée. Le charme de Ben a toujours été irrésistible.

— Voyons voir, je réponds avec une moue.

— Il y a de la place dans ton lit ?

— Peut-être...

Je me pousse et soulève la couette à son intention. C'est une couette de luxe bourrée de plumes d'oie. Nous avons eu également droit à un choix d'oreillers à la carte : vingt variétés différentes. J'ai lu leur description hier soir en avalant ma pizza. Mais à l'instant présent, je me fiche bien de savoir si mon oreiller est bio, hypoallergénique ou recouvert de soie. Mon mari est au lit avec moi. Réveillé. C'est tout ce qui compte.

Ben enfouit son visage dans mon cou.

— Miam, ce que tu es douce !

— Et toi, tu n'aurais pas un peu la gueule de bois ? je réponds en fronçant le nez. Enlève ton costume.

— Tes désirs sont des ordres.

D'un seul geste, Ben passe au-dessus de sa tête sa veste et sa chemise. Ensuite, torse nu, il se met à califourchon sur moi :

— Bonjour, ma femme ! sourit-il.

— Bonjour, idiot !

— Comme promis, je vais me faire pardonner.

Il passe un doigt sur ma joue, le long de mon cou et, sous la couette, sa main descend le long de mon caraco hors de prix.

— Nous avons tout le temps.

— Toute la journée, je dis en l'attirant vers moi pour l'embrasser.

— On l'a bien mérité. Oh, bon sang ! Oh, mon Dieu ! Lottie, je me souviens de toi, souffle-t-il en tirant sur ma culotte assortie à mon haut.

— Moi aussi, je me souviens de toi, j'articule d'une voix lourde de sensualité.

Ben a retiré tous ses vêtements. Il est aussi sexy qu'avant, aussi excitant. Oh, que ça va être bon !

— Madame ?

La voix grave de Georgios résonne à mon oreille. Ben s'est-il lancé, pour plaisanter, dans une imitation ? Non. C'est bien notre majordome. Ce qui signifie…

Je me redresse en vitesse, le cœur battant, la couette enroulée autour de moi.

Le majordome est dans notre suite ?

— Bonjour, je croasse.

— Madame désire son petit déjeuner ?

J'hallucine ! Horrifiée, je regarde Ben qui a l'air furibard.

Il dit tout bas :

— Tu n'as pas accroché la pancarte « *Ne pas déranger* » ?

— Je crois que si.

— Alors qu'est-ce…

— Je n'en sais rien.

Georgios apparaît à la porte de la chambre.

— Bonjour, madame ! Bonjour, monsieur ! J'ai pris la liberté de commander pour vous notre collation du matin haut de gamme. Plébiscitée par la crème de nos clients. Je vous propose notre petit déjeuner au champagne en musique.

Je reste sans voix. En musique ? Ça veut dire quoi, au juste ?

C'est le comble ! Je suis pratiquement prise de convulsions quand arrive une blonde aux cheveux longs habillée d'une toge antique. Elle transporte une harpe.

Avec Ben, nous échangeons des regards paniqués. Comment faire pour arrêter ce récital ? Comment ?

— Monsieur et madame Parr, acceptez tous mes vœux de bonheur. Pour accompagner votre petit déjeuner, je serai heureuse de vous jouer quelques morceaux choisis.

La harpiste s'assied sur un tabouret pliant. Et pendant que Georgios et son assistant posent les plateaux près du lit, versent le champagne, pèlent les fruits et nous tendent des rince-doigts, elle commence à pincer vigoureusement les cordes de son instrument.

La scène est tellement surréaliste que je suis incapable de proférer un mot. Être sur le point de consommer mon mariage divinement et sauvagement et me retrouver avec un kiwi pelé par un vieux maître d'hôtel à veste galonnée pendant qu'une harpiste égrène les notes de *Love Changes Everything*... il y a de quoi craquer, non ?

Je n'ai jamais été folle de harpe. Mais celle-là en particulier me donne envie de la bombarder avec tous les mini-croissants de la corbeille.

— Je vous en prie, monsieur et madame. Et maintenant, permettez-moi de vous suggérer un toast en l'honneur de votre mariage.

Docilement, nous entrecroisons nos bras pour boire notre champagne pendant que, sans prévenir, Georgios jette sur nos têtes une poignée de confettis roses. La surprise me fait bredouiller. Comment tout ça est arrivé ? Tout d'un coup, un flash éclate devant mes yeux. Georgios vient de nous prendre en photo.

— Une photo commémorative, annonce-t-il avec gravité. Nous vous l'offrirons dans un album en cuir. Avec les compliments de la direction.

Quoi ? Oui, c'est ça ! Une photo commémorative où j'ai l'air échevelée et bouffie d'alcool avec en prime un confetti collé sur la lèvre. Quel scandale !

— Dépêche-toi de manger, me glisse Ben. Après ils partiront.

Il a raison. Je vais pour attraper la théière quand Georgios me devance d'un air réprobateur :

— Laissez-moi faire, madame, susurre-t-il en remplissant ma tasse.

J'avale deux gorgées, déguste un peu de kiwi puis, la main sur l'estomac, je déclare :

— Hum ! C'était délicieux, mais je n'en peux plus.

— Moi pareil, fait Ben. Ce petit déjeuner était merveilleux. Maintenant que nous avons terminé, vous pourriez peut-être débarrasser.

Georgios semble peu disposé à se retirer.

— Monsieur et madame, je vous propose la suite : des œufs extrafrais au safran.

Ben s'écrie :

— Non, merci, pas d'œufs. Merci infiniment.

— Je comprends parfaitement, monsieur.

Notre majordome particulier fait signe à la fille qui s'empresse de terminer son air à une cadence effrénée, se lève, s'incline et fait rouler sa harpe hors de la chambre. Les deux maîtres d'hôtel emportent les plateaux. Et Georgios revient.

— Monsieur et madame Parr, j'espère que vous avez apprécié votre petit déjeuner au champagne en musique. Je reste à votre entière disposition. Toutes vos demandes sont les bienvenues.

L'occasion pour Ben de répliquer :

— On vous appellera quand on en aura besoin.

— J'attends vos ordres, répète Georgios avant de quitter la chambre.

Il ferme la porte derrière lui. Ben et moi nous regardons. Je suis à la limite du fou rire nerveux.

— Punaise ! Pour une première, c'est une première ! s'exclame Ben.

— Tu ne voulais pas d'œufs ? je rigole. De bons œufs au safran ?

— Je sais ce que je veux !

Il fait descendre les bretelles de mon top. Le seul contact de sa peau me met dans tous mes états.

— Moi aussi.

Je me colle à lui, ce qui lui arrache un frisson.

— Où en étions-nous ? demande Ben.

Ses mains s'aventurent sous la couette, lentement et sûrement. J'aime tellement qu'il me touche que je ne peux réprimer un long gémissement.

Un désir urgent agrandit ses yeux. Sa respiration se fait rauque. Ses lèvres sont partout sur moi. Mon corps s'abandonne entièrement à lui. Je ne pense plus à rien. Ça y est enfin. Ça y est. Je gémis de plaisir. Lui aussi. Voilà, on y est… Je vais exploser… Allez, *allez…*

Soudain, je me fige. J'entends un bruit. Une sorte de froissement. Juste derrière la porte de la chambre.

Instinctivement, je me dégage de l'étreinte de Ben et je m'assieds, tous mes sens en alerte. Et je balbutie péniblement :

— Attend ! Écoute. Il est encore là.

— Quoi ?

Ben, défiguré par le désir, n'a pas l'air de comprendre ce que je dis.

— Le majordome, je répète en retirant sa main de mon sein. Il n'est pas parti.

— Quoi ?

Le regard de Ben se fait meurtrier. Il jaillit du lit complètement nu.

Je m'étrangle :

— Tu ne peux pas sortir comme ça ! Mets un peignoir.

Avec une expression carrément assassine, Ben s'empare d'un peignoir en éponge et ouvre brusquement

269

la porte. Devinez qui se trouve dans le salon, derrière le bar ? Georgios en train d'aligner soigneusement les verres sur les étagères.

— Georgios, vous ne m'avez pas compris, je pense. C'est tout pour maintenant. Merci infiniment.

— Je comprends, monsieur, répond l'autre avec un hochement de tête respectueux. J'attends vos ordres.

Ben est en train de perdre son sang-froid.

— D'accord ! Eh bien, mes ordres sont les suivants : partez. Quittez la suite. Au revoir. *Adios*. Laissez-nous seuls, ajoute-t-il avec un geste évocateur.

Le visage de Georgios s'illumine soudain.

— Ah, je vois, monsieur ! Parfaitement. Appelez-moi si vous désirez quelque chose.

Après une dernière petite courbette, il se dirige vers la cuisine de la suite. Ben hésite une seconde puis lui emboîte le pas pour être certain qu'il s'en aille.

Je l'entends dire :

— Allez-y, Georgios ! Allez vous reposer ! Ne vous faites pas de souci pour nous. Non, non, nous pouvons tout à fait nous verser de l'eau, merci. Au revoir, au revoir...

Quand il entre dans la cuisine, sa voix devient inaudible.

Quelques secondes plus tard, il revient en soufflant :

— Enfin, il s'est tiré !

— Bien joué !

— Quel connard têtu !

— Il fait son boulot. Sûr qu'il est doté d'un vrai sens du devoir.

— Il ne voulait pas partir. Pas question pour lui de profiter de l'occasion pour avoir du temps libre. Il n'arrêtait pas de me seriner qu'on avait besoin de lui pour verser de l'eau minérale dans nos verres, et je lui assurais qu'on n'était pas des tarés complets et qu'on pouvait s'en occuper. On se demande quel genre de clientèle ils ont dans cet hôtel…

Tout à coup, Ben s'arrête de parler. Il arbore une expression complètement ahurie. Une seconde plus tard, je ne suis pas loin d'avoir la même.

Non.

Impossible…

Sidérés, nous regardons Hermès, l'assistant du majordome, pénétrer dans le salon.

— Bonjour, monsieur et madame Parr, fait-il gaiement.

Une fois parvenu au bar, il commence à arranger les verres que Georgios vient d'aligner il y a moins de dix secondes.

— Puis-je vous offrir une boisson ? Un léger snack ? Puis-je vous faire des suggestions de divertissement pour aujourd'hui ?

— Quoi… Qu'est-ce…

Le malheureux Ben a de la peine à s'exprimer.

— Vous faites quoi ici, exactement ?

Visiblement étonné par cette question, Hermès répond :

— Je suis votre assistant-majordome. En service quand Georgios prend un peu de repos. J'attends vos ordres.

À ce stade, c'est sûr, la folie me guette.

Nous sommes piégés dans un enfer peuplé de domestiques.

C'est ça, l'existence des gens riches ? Je comprends pourquoi la plupart du temps les *people* semblent misérables. Ils doivent se dire : « Si seulement le maître d'hôtel nous laissait faire l'amour tranquillement ! »

Ben, lui, est à deux doigts de péter les plombs.

— S'il vous plaît. Partez. Sur-le-champ.

Et il tire Hermès vers la sortie.

— Monsieur, s'insurge Hermès, j'utilise la sortie de service, jamais la porte principale.

— Je m'en contrefous, s'écrie Ben. Fichez le camp ! Filez ! Disparaissez !

Plantée dans l'embrasure de la porte, j'observe la scène, enroulée dans la couette. Ben pousse l'assistant vers la sortie comme s'il s'agissait d'un animal nuisible, et le pauvre Hermès, terrifié, essaie de se dégager. Soudain, la sonnette nous fait sursauter tous les trois. Ben se ressaisit et regarde autour de lui comme pour débusquer un nouveau coup du sort.

— Monsieur ! Vous permettez que j'aille ouvrir la porte ?

Ben ne répond pas et souffle fort par les narines. Quand il se tourne vers moi, je ne peux que lui adresser un petit haussement d'épaules navré. La sonnette retentit à nouveau.

— Monsieur, je vous en prie, permettez que j'aille ouvrir la porte.

— Allez-y, râle Ben. Ouvrez ! Mais, je vous préviens, pas d'équipe de nettoyage, pas de personnel du soir, pas de personnel de jour, pas de champagne, pas de fruits et pas de foutue harpe !

— Très bien, monsieur. Si vous me permettez.

Hermès passe devant Ben, se dirige vers la porte d'entrée et ouvre. Le plus naturellement du monde,

Nico fait son entrée, suivi des six déménageurs en salopette blanche.

— Bonjour, monsieur et madame Parr. J'espère que vous avez bien dormi. Mille excuses pour hier soir. Mais j'ai de bonnes nouvelles. Nous allons procéder à l'échange des lits.

13

Lottie

C'est inimaginable ! Nous avons été éjectés de notre suite Apollon, la suite de notre nuit de noces !

Ils sont nuls et archi-nuls, ces types en blanc ! Je n'ai jamais vu une telle équipe de bras cassés ! Ils ont dévissé les pieds d'un lit, l'ont déplacé, l'ont soulevé, l'ont déclaré intransportable, ensuite Nico a suggéré de remettre les pieds en place et de recommencer... Pendant tout ce temps, Ben bouillonnait de fureur.

Finalement, il s'est tellement énervé que les types se sont réfugiés derrière Nico, qui a gardé son sang-froid, un bon point pour lui, même quand Ben l'a menacé avec le séchoir à cheveux. Il nous a cependant priés de quitter la suite pour laisser ses employés travailler et nous a proposé de savourer le somptueux petit déjeuner qu'il nous offrait sur la véranda.

C'était il y a deux heures. Après avoir épuisé tout ce que la carte des mets pouvait nous offrir, nous remontons à notre suite pour prendre nos affaires de bain. Pour trouver les mêmes gros bras contemplant les lits en se grattant la tête. La chambre est jonchée

275

de pieds et de têtes de lit. Un matelas gigantesque est appuyé contre un mur. Nous avons, paraît-il, la « mauvaise taille de lit ». Je n'y comprends rien.

— Ce n'est quand même pas la mer à boire que d'échanger deux lits ! râle Ben en marchant vers la plage. De vrais abrutis !

— Exactement ce que je pense.

— C'est ridicule !

— Absurde !

Nous nous arrêtons à l'entrée de la plage. Quelle vue ! Une mer bleue, un sable doré, des rangées de matelas somptueux, des parasols blancs gonflés par la brise, des serveurs virevoltant avec des plateaux en argent chargés de boissons multicolores. Un autre jour, j'aurais salivé de bonheur.

Mais en ce moment précis, je ne désire qu'une chose, et ce n'est pas une séance de bronzage.

— Ils auraient dû nous donner une autre chambre, répète Ben pour la centième fois. On devrait leur faire un procès.

Dès que nous avons été priés d'évacuer notre suite, Ben a réclamé une chambre de remplacement et, pendant une minute paradisiaque, j'ai cru que tout allait s'arranger. Nous allions disparaître dans une chambre vacante, passer une matinée féerique et ressortir à temps pour déjeuner... Pas du tout ! Nico s'est tordu les mains et nous a déclaré qu'il était navré mais que l'hôtel était plein à craquer. Cependant, il était heureux de nous offrir en remplacement une promenade en montgolfière.

Ben a failli l'étrangler.

— On n'en veut pas, de cette balade dans les airs à la noix !

Arrêtée devant le kiosque des serviettes, je devine la présence d'une tierce personne. C'est Georgios. D'où sort-il celui-là ? Il nous a suivis ? Ça fait partie de ses attributions ? Je fais signe à Ben qui lève les yeux au ciel.

— Madame, dit Georgios d'un air grave. Puis-je vous aider dans la sélection de vos serviettes ?

— Oh, euh ! Merci.

Je suis assez grande pour les choisir moi-même, mais ce serait grossier de lui demander de déguerpir.

Georgios prend deux serviettes, et nous suivons un plagiste qui nous conduit vers deux matelas face à la mer. De nombreux clients sont déjà installés, une odeur de crème solaire flotte dans l'air. Des vagues finissent doucement leur course sur le sable. J'avoue, c'est le bonheur.

Georgios et le plagiste s'activent avec une précision toute militaire pour étaler nos serviettes.

— De l'eau minérale ? Aimeriez-vous, madame, que je la décapsule ?

— Inutile. J'en boirai peut-être un peu plus tard. Merci beaucoup, Georgios. Ce sera tout pour le moment. Merci.

Je m'assieds sur un des matelas, Ben occupe l'autre. J'envoie promener mes tongs, enlève mon cafetan, m'allonge et ferme les yeux en espérant que Georgios comprendra le message. Quelques secondes plus tard, une ombre passe devant mes paupières et j'ouvre les yeux. Incroyable ! Il s'affaire à ranger mes tongs et à plier mon cafetan.

Il a l'intention de nous coller toute la journée ? Je jette un coup d'œil à Ben qui visiblement pense la même chose.

En me voyant m'asseoir, Georgios se met presque au garde-à-vous.

— Madame désire-t-elle nager ? Madame désire traverser le sable brûlant ?

Il me tend mes tongs.

Comment ?

Oh ! n'importe quoi ! Ces hôtels cinq étoiles dépassent les bornes. Oui, je suis en vacances ; oui, c'est agréable qu'on s'occupe de moi. Mais je suis encore capable d'étaler ma serviette, d'ouvrir une bouteille d'eau minérale et d'enfiler mes tongs.

— Non, merci. Ce dont j'ai vraiment envie, c'est...

Je réfléchis à quelque chose qui va l'occuper un bon bout de temps.

— Je voudrais une orange pressée avec un trait de miel liquide. Ainsi que des M&M's. Seulement des marron. Merci, Georgios.

— Bien, madame.

Je suis soulagée de le voir me faire une courbette avant de s'éloigner.

— Des M&M's marron ? s'étonne Ben. Tu es une vraie diva !

— J'ai essayé de m'en débarrasser.

J'ajoute à voix basse :

— Tu crois qu'on va l'avoir sur le dos toute la journée ? C'est ça, qu'on appelle un « majordome privé » ?

— Qui sait ? fait Ben vaguement.

En fait, il a les yeux fixés sur mon haut de bikini. Ou plutôt sur ce qu'il contient.

— Permets-moi de t'enduire de crème solaire. Je ne laisserai pas ce boulot au majordome.

— Oui, avec plaisir.

Il recueille dans sa paume une bonne dose de lotion

du tube que je lui tends. Quand il commence à l'étaler, je l'entends respirer bruyamment.

— Dis-moi si j'y vais trop fort. Ou pas assez.

— Euh… Ben ! C'est surtout sur mon dos. Je n'ai pas besoin de ton aide pour l'appliquer entre mes seins.

Ben ne m'a sans doute pas entendue car il continue comme si de rien n'était. Ma voisine de matelas nous regarde de travers. Mais Ben commence à l'étaler à l'intérieur du haut de mon maillot. Des deux mains ! Il respire de plus en fort. Plusieurs personnes nous épient.

— Ben !

— Je veux juste faire ça à fond, marmonne-t-il.

— Ben ! Arrête ! Occupe-toi de mon dos.

Je m'écarte de lui.

— D'accord.

Il cligne plusieurs fois des yeux. Son regard est perdu au loin.

— Je devrais peut-être le faire moi-même.

Je prends le tube de ses mains et commence à tartiner mes jambes.

— Tu en veux ?

J'agite la main pour attirer son attention mais il est en transe. Soudain, il retrouve ses esprits.

— J'ai une idée.

Je me méfie.

— Quel genre d'idée ?

— Une folie.

Il se lève et s'approche d'un couple qui bronze pas très loin de nous. Un rouquin et une rouquine que j'ai remarqués pendant le petit déjeuner. Ils vont brûler s'ils s'exposent comme ça au soleil.

— Bonjour ! dit-il en adressant un charmant sourire

à la femme. Vous passez de bonnes vacances ? Au fait, je m'appelle Ben. Nous venons d'arriver.

— Oui, bonjour ! répond la femme quelque peu méfiante.

— Quel joli chapeau !

Un joli chapeau ? C'est le chapeau de paille le plus banal de la terre. Qu'est-ce qu'il manigance ?

— Voilà, j'ai un service à vous demander, continue Ben. J'ai un petit problème. Je dois passer un important coup de téléphone, mais notre chambre n'est pas disponible. Me serait-il possible d'utiliser la vôtre ? Très brièvement. Je ne l'occuperai que vraiment peu de temps. Avec ma femme, ajoute-t-il négligemment. Nous n'en aurons pas pour longtemps.

La femme semble ahurie.

— Un coup de fil ?

— Oui, un important coup de téléphone professionnel. Promis, nous serons super rapides. Le temps d'entrer et de sortir.

Il me décoche un tout petit clin d'œil. De quoi sourire si je n'étais pas taraudée par l'envie de faire l'amour. Une chambre ! Mon Dieu ! Nous avons *tellement* besoin d'une chambre…

— Chéri ?

La femme se penche vers son mari et lui donne une petite tape.

— Ce couple désire emprunter notre chambre.

Le mari se redresse et observe Ben en se protégeant les yeux du soleil. Il est plus âgé que sa femme et fait les mots croisés du *Times*.

— Vraiment ? Et c'est pour quel usage ?

— Pour passer un coup de fil. Un rapide coup de téléphone professionnel.

— Pourquoi ne pas utiliser le centre de conférence ?

— Ce n'est pas assez privé, explique Ben sans se démonter. Il s'agit d'un appel très confidentiel. Je recherche un endroit très discret.

— Mais...

— Voilà ce que je vous propose...

Ben hésite avant de poursuivre.

— Je pourrais vous offrir un petit dédommagement. Que diriez-vous de cinquante livres ?

— Comment ? s'insurge le mari ébahi. Vous voulez nous verser cinquante livres pour occuper notre chambre ? Vous n'êtes pas sérieux ?

Sa femme intervient, cherchant à nous venir en aide.

— Je suis certaine que l'hôtel vous fournira une chambre gratis.

— Ils ont refusé, vous comprenez, fait Ben qui perd un peu patience. Nous avons essayé. C'est pourquoi nous nous tournons vers vous.

— Cinquante livres ?

Le mari pose ses mots croisés et fronce les yeux comme s'il s'agissait d'une nouvelle définition.

— En espèces ?

— Espèces, chèque : ce que vous voulez. Ou à déduire de votre note. À vous de me dire.

— Attendez une minute.

Comme s'il venait de comprendre, le mari pointe un doigt accusateur en direction de Ben :

— Je vous dis, moi, que c'est une arnaque ! Vous allez passer des coups de fil pour des centaines de livres qui me seront débitées et vous me donnez cinquante livres en échange ?

— Mais non ! Je veux seulement votre chambre !

La femme est interloquée.

— Mais il existe bien d'autres endroits. Alors pourquoi vouloir notre chambre ? Vous pourriez vous installer dans un coin du hall ? Pourquoi pas…

Ben explose !

— Parce que je veux faire l'amour avec ma femme, vu ?

Des tas de têtes se lèvent sous les parasols.

— Je veux faire l'amour, répète-t-il plus calmement. Avec ma femme. Pendant notre lune de miel. C'est trop demander ?

— Vous voulez faire l'amour ?

La femme s'éloigne de Ben comme s'il était contagieux.

— Dans *notre* lit ?

— Ce n'est pas votre lit ! Mais un lit d'hôtel. On peut faire changer les draps. Ou faire ça sur le tapis.

Ben se tourne vers moi pour me demander confirmation.

— Par terre, ça te conviendrait ?

Je suis rouge comme un coq. Je n'arrive pas à croire qu'il m'entraîne dans cette histoire en annonçant à toute la plage que nous allons nous envoyer en l'air sur un tapis !

La femme s'en remet à son mari.

— Andrew ! Dis quelque chose !

Le dénommé Andrew fronce les sourcils avant d'annoncer :

— Cinq cents livres et pas un penny de moins !

— Comment ?

C'est au tour de la femme d'exploser :

— Tu plaisantes ? Andrew, c'est notre chambre et notre voyage de noces. Nous n'allons pas laisser entrer un couple d'inconnus pour faire… je ne sais quoi.

Elle s'empare de la clé magnétique posée sur le matelas de son mari et la glisse dans son maillot de bain. Par défi.

— Vous êtes des malades ! crache-t-elle au visage de Ben. Vous et votre femme !

Désormais la plage entière nous observe. Bravo !

— Parfait, capitule Ben. Merci de votre gentillesse.

Tandis qu'il revient vers moi, un grand type poilu portant un maillot moulant bondit sur ses pieds et tape sur l'épaule de Ben. Même de là où je me trouve, je peux sentir son après-rasage.

— Hé ! dit-il avec un fort accent russe, j'ai une chambre.

— Vraiment ? demande Ben, soudain intéressé.

— Vous, moi, votre femme et Natalya, ma nouvelle femme... on pourrait s'amuser ?

Ben s'arrête puis se tourne vers moi pour m'interroger du regard. Quel culot ! Il me demande vraiment de participer à... un plan à quatre ? Je secoue la tête violemment en faisant *non, non, non* !

— Pas aujourd'hui, regrette Ben. Une autre fois.

— Pas de souci !

Le Russe lui donne une claque dans le dos et Ben regagne son matelas. Une fois allongé, il contemple la mer, l'air furieux.

— Une idée brillante fichue en l'air ! Quelle garce frigide !

Me penchant vers lui, je lui donne des petits coups sur la poitrine.

— Dis-moi, à quoi pensais-tu ? Tu allais accepter la proposition de ce Russe ?

— Au moins, ça aurait été quelque chose.

Quelque chose ? Non, mais il exagère. Je le fixe jusqu'à ce qu'il me regarde.

— Qu'est-ce qui ne va pas ? fait-il sur la défensive. Au moins on aurait fait quelque chose.

Je préfère me moquer de lui.

— Mille excuses ! Mais je ne vais pas partager ma nuit de noces avec un gorille et une fille aux seins en caoutchouc ! Désolée de te gâcher l'occasion.

— Pas en caoutchouc ! rectifie Ben.

— Tu les as bien matés ?

— En silicone.

Je ne peux m'empêcher de rigoler. Pendant ce temps-là, Ben accroche deux serviettes à notre parasol. Qu'est-ce qu'il fabrique ?

— J'ai envie d'un peu d'intimité, explique-t-il avec un clin d'œil.

Il s'allonge sur mon matelas. Ses mains telles des tentacules se baladent partout sur moi.

— Tu es chaude ! Tu n'aurais pas un slip de bikini sans entrejambe ?

Il a perdu la tête ?

En fait, un slip sans entrejambe serait pratique !

— Je ne crois pas que ça existe…

Je stoppe net en voyant deux enfants qui nous surveillent avec curiosité.

— Arrête !

Je retire la main de Ben de mon slip.

— Nous ne le ferons pas sur un matelas de plage ! Nous serions arrêtés !

— Un granité, madame ? Au citron ?

Nous sautons au plafond quand Hermès passe sa tête sous les serviettes et avance un plateau contenant deux cônes. Franchement, je vais avoir une crise cardiaque avant d'avoir quitté cet hôtel !

Nous dégustons nos granités en silence. En fond sonore : le léger brouhaha des conversations et le bruit des vagues s'échouant sur le sable. Au bout d'un moment, je me dis qu'il faut réagir.

— Écoute, Ben, nous sommes dans une situation merdique et nous n'y pouvons rien. Soit nous restons ici à bouillir de frustration et à nous engueuler, soit nous faisons quelque chose en attendant que la chambre soit prête.

— Comme quoi ?

Je cherche à voir le bon côté des choses :

— Je ne sais pas, moi, profiter des activités de l'hôtel ! Tennis, voile, canoë, ping-pong. Tout ce qu'ils offrent.

— Absolument captivant, ironise Ben.

— Allons au moins marcher. On verra ce qu'on trouvera.

Je veux m'éloigner de cette plage. Les gens nous reluquent et murmurent derrière leurs bouquins. Quant au Russe, il ne cesse de me faire des clins d'œil appuyés.

Ben se penche pour m'embrasser. Ses lèvres gelées se posent sur les miennes et me laissent un goût délicieux de citron et de sel.

— *Pas question !* je m'écrie quand sa main trouve le chemin du haut de mon bikini. Je t'en prie, arrête !

J'écarte brutalement sa main.

— C'est trop dur. Interdiction de se toucher. Tant que notre chambre n'est pas prête.

— Interdiction de se toucher ?

Il me regarde, incrédule.

— Absolument. Allez ! On se promène et on se

lance dans la première activité qui se présente. D'accord ? Marché conclu ?

J'attends qu'il se lève et enfile ses tongs. Georgios vient de sortir du restaurant et s'avance vers nous. Je n'en crois pas mes yeux ! Il porte un plateau sur lequel sont disposés un verre de jus d'orange et une coupe de M&M's marron.

— Madame !

— Waouh !

Je descends d'un trait le jus d'orange et j'avale quelques M&M's.

— C'était délicieux.

Ben intervient brutalement.

— Notre chambre est-elle enfin prête ? Elle devrait l'être.

— Hélas, je ne crois pas, monsieur.

Georgios prend un air encore plus sinistre.

— Un problème avec l'avertisseur d'incendie est survenu.

— L'avertisseur d'incendie ? répète Ben. Vous parlez de quoi ?

— En déplaçant les lits, ils ont endommagé un détecteur. Malheureusement, nous ne pouvons pas vous laisser réintégrer votre chambre tant qu'il n'a pas été réparé. C'est pour votre sécurité. Toutes nos excuses, monsieur.

J'ai peur : Ben se tient la tête à deux mains, tout proche de la crise d'apoplexie.

— Ça va prendre combien de temps ?

Georgios écarte les bras en signe d'impuissance.

— Monsieur, si seulement…

Ben le coupe immédiatement :

— Bien sûr, vous ne savez pas. Pourquoi le sauriez-vous ?

Je suis terrifiée à l'idée qu'il craque et frappe Georgios. Je me dépêche de calmer le jeu.

— Tant pis ! On va trouver une façon de se distraire.

— Madame, en quoi puis-je vous assister dans ce domaine ?

Ben le fusille du regard.

— Vous pouvez…

— S'il vous plaît, apportez-moi encore un jus fraîchement pressé, je m'empresse de demander avant que Ben se mette à l'insulter.

Voyons, qu'est-ce qui prend le plus de temps à préparer ?

— Un jus de betterave, peut-être ?

Une expression soupçonneuse traverse le visage pourtant impassible de Georgios. J'ai l'impression qu'il a pigé mon stratagème.

— Avec plaisir, madame.

— Parfait ! À plus tard !

Nous empruntons une allée bordée de murs blancs et de bougainvillées. Le soleil cogne sur nos têtes. Tout est calme. Georgios est sur nos talons, mais je ne vais pas papoter avec lui. Sinon, il ne partira *jamais*.

— Le bar de la plage est par là, remarque Ben en voyant un panneau. On pourrait y jeter un œil.

— Le bar de la plage ? Tu plaisantes ? Après hier soir ?

— Je pensais à un truc pour chasser la gueule de bois. Un jus de tomate sans vodka ?

— D'accord. Mais alors, en vitesse.

Le bar est vaste, circulaire, ombragé. On y diffuse

discrètement des airs de bouzouki. Ben se perche sur un tabouret.

Le barman le salue avec un grand sourire.

— Bienvenue ! Et toutes mes félicitations pour votre mariage !

Il nous donne une carte plastifiée et s'éloigne.

Ben prend tout de suite un air méfiant.

— Comment sait-il que nous venons de nous marier ?

— Il a dû voir nos alliances toutes neuves, j'imagine. Bon, qu'est-ce qu'on prend ?

Je commence à étudier la carte, mais Ben paraît perdu dans ses pensées.

— Quelle sale garce ! murmure-t-il. Sans elle, nous occuperions leur lit.

— Bof ! Je suis à peu près sûre qu'ils vont réparer le détecteur assez vite.

— Mais bordel ! On est en voyage de noces !

— Tu as raison mais calme-toi ! Buvons quelque chose. Un truc alcoolisé.

J'avoue qu'avec tout ça, je commence à avoir besoin d'une vraie boisson.

Une blonde, à l'autre extrémité du bar, nous interpelle. Elle porte un cafetan orange orné de pompons sur les manches et des sandales à talons aiguilles couvertes de strass.

— Vous êtes en voyage de noces ? En fait, quelle question saugrenue ! Tout le monde ici est en voyage de noces. Vous vous êtes mariés quand ?

— Hier. Nous sommes arrivés hier soir.

— Nous, c'était samedi ! Dans l'église de la Sainte-Trinité de Manchester. J'avais une robe Phillipa Lepley. On était cent vingt à la réception. Un buffet. Le soir, il y a eu cinquante invités supplémentaires, et on a dansé au son d'un orchestre.

À présent, elle attend qu'on lui raconte notre mariage. Je me lance :

— Le nôtre était bien plus modeste. En petit comité. Mais merveilleux.

Bien plus merveilleux que le tien ! j'ajoute sous cape. Je me tourne vers Ben pour qu'il m'appuie, mais il est occupé à bavarder avec le barman.

Pour la première fois, je remarque que lui et Richard ont un trait en commun : tous deux sont de vrais ours et n'aiment pas les nouvelles têtes. Que de fois j'ai entamé une conversation avec quelqu'un d'intéressant ou de drôle, alors que Richard refusait d'y participer. Comme le jour où nous avons fait la connaissance à Greenwich d'une femme fascinante et qu'il a totalement ignorée. D'accord, elle était un peu fofolle, voulant me faire investir dix mille livres dans une péniche aménagée. Mais Richard l'ignorait, hein ?

— Et voici ma bague !

La blonde brandit sa main. Ses ongles sont orange, assortis à son cafetan. Tous ses cafetans sont-ils orange ou se refait-elle une manucure chaque soir ?

— Au fait, je m'appelle Melissa.

— Ravissante ! je m'exclame.

J'avance ma main gauche où brille ma bague de fiançailles en platine. Elle en jette, avec ses diamants sertis qui étincellent sous le soleil !

— Très jolie ! apprécie Melissa en levant les sourcils. C'est une sensation formidable de porter une bague, vous ne trouvez pas ?

Et, sur le ton de la confidence, elle ajoute :

— Quand je m'aperçois dans une glace et que je vois ma bague, je pense : « *Waouh ! Je suis mariée !* »

— Moi aussi !

Tout à coup je me rends compte qu'une chose m'a manqué : les conversations de filles autour du mariage. Voilà l'inconvénient de m'être précipitée sans famille et sans demoiselles d'honneur.

— Être appelée « madame », ça fait bizarre aussi ! Mme Parr !

— Moi, c'est Mme Falkner. J'adore ce nom... Falkner.

— Parr me va aussi.

— Vous savez que cet hôtel est réputé pour les lunes de miel. C'est un must ! Des tas de célébrités y sont venues. Notre suite est à tomber. Et nous allons renouveler nos vœux demain soir, sur l'île d'Amour. C'est ainsi qu'ils appellent cette île : l'« île d'Amour ».

Elle pointe un doigt vers une jetée en bois qui s'étend assez loin dans la mer. À son extrémité, un mince baldaquin repose sur une large plate-forme.

— Après, nous prendrons des cocktails. Venez donc ! Vous pourriez, vous aussi, renouveler vos vœux !

— Déjà ?

Sans vouloir me montrer grossière, c'est la chose la plus absurde que j'aie entendue. Je me suis mariée hier. Pourquoi devrais-je renouveler mes vœux ?

— Nous avons décidé de faire ça tous les ans, m'explique Melissa d'un ton supérieur. L'année prochaine, nous irons à l'île Maurice et j'ai déjà choisi la robe que je vais porter. Dans le magazine *Mariées* du mois dernier, le modèle Vera Wang de la page 54. Vous l'avez repérée ?

Avant que j'aie pu répondre, le portable de Melissa sonne et elle fronce les sourcils.

— Excusez-moi un instant... Matt ? Matt, qu'est-ce que tu fiches ? Je suis au bar. Comme convenu. Le bar. Pas le spa. Le *bar* !

Elle pousse un gros soupir et range son portable. Elle me regarde.

— Vous devriez participer cet après-midi au quiz des Couples.

— Quel quiz des Couples ?

— Vous savez, c'est comme le jeu à la télé ! Un mari et sa femme qui répondent aux questions qui leur sont posées au sujet de l'autre, et vice versa. Les vainqueurs sont ceux qui se connaissent le mieux.

Elle me montre une affiche punaisée au-dessus du bar :

AUJOURD'HUI À 16 HEURES
QUIZ DES COUPLES SUR LA PLAGE.
DE MAGNIFIQUES PRIX !! ENTRÉE GRATUITE !!

— Tout le monde participe, ajoute Melissa en dégustant sa boisson avec une paille. C'est fou, le nombre d'activités qu'ils proposent aux jeunes mariés. Bien sûr, ce n'est que du marketing de bas étage.

Elle se passe la main dans les cheveux.

— Franchement ! Comme si un mariage était une compétition !

Elle me fait franchement rire, cette Melissa ! Elle essaie de la jouer décontractée. Mais elle crève d'envie de gagner... ça se voit dans ses yeux.

— Alors, ça vous tente ? fait-elle en me regardant à travers ses lunettes de soleil Gucci. Allez ! C'est juste pour rire !

Elle a sans doute raison. Après tout, cela pourrait être marrant.

— D'accord. Vous pouvez nous inscrire.

Elle appelle le barman.

— Yianni ! Je vous ai recruté un couple de plus pour le quiz.

— Comment ? demande Ben en fronçant les sourcils.

— On était d'accord pour participer à la première activité qu'on nous proposait, tu te rappelles ? Eh bien voilà. On s'est inscrits dans un concours.

Yianni me tend deux dépliants et donne à Ben une bouteille et deux verres. Melissa a quitté le bar pour répondre au téléphone. Elle semble encore plus en colère :

— Le bar de la plage, pas celui du hall. Le bar de la plage ! À tout de suite !

Elle s'en va dans un tourbillon orange.

Après son départ, Ben et moi étudions le dépliant. *Prouvez la force de votre amour ! Montrez que vous êtes dignes d'être un couple !*

Malgré tout, mon esprit de compétition m'envahit. Certes, je n'ai rien à prouver. Je sais qu'il n'y a pas deux personnes dans cet hôtel aussi intimement liées, aussi branchées sur la même longueur d'onde que Ben et moi. La preuve ? Regardez-les ! Et regardez-nous !

— Ça va être un désastre, ricane Ben.

Un désastre ?

— Sûrement pas ! je proteste. Pourquoi ?

— Parce que nous sommes censés savoir des choses l'un sur l'autre et nous les ignorons. C'est clair !

Je refuse de l'admettre.

— Arrête, on connaît une *foule* de choses sur l'autre ! On se connaît depuis que nous avons dix-huit ans ! À mon avis, on va l'emporter.

— Peut-être. Mais ils posent quel genre de questions ?

— Je ne sais pas. Je n'ai jamais vu le jeu à la télé.

Une idée me vient soudain.

— Mais Fliss a la version jeu de société du quiz. Je vais l'appeler.

14

Fliss

Nous sommes à Heathrow dans la salle d'embarquement pour Ikonos quand mon portable sonne. Avant que j'aie pu répondre, Noah le prend dans la poche extérieure de mon sac et regarde l'écran.

— C'est tante Lottie qui appelle ! s'écrie-t-il tout excité. Et si je lui disais que nous venons lui faire la surprise pendant ses vacances spéciales ?

Je lui arrache le téléphone des mains.

— Non ! Assieds-toi une minute. Classe tes vignettes ! Ou amuse-toi avec tes dinosaures !

J'appuie sur Répondre et m'éloigne de quelques pas, en essayant de retrouver mon sang-froid.

— Bonjour, Lottie !

— *Enfin* te voilà ! J'ai essayé de te joindre partout ! Tu es où ?

— Oh, tu sais... je n'arrête pas de bouger.

Je m'oblige à marquer une pause avant d'ajouter, sans avoir l'air d'y toucher :

— Ta chambre te plaît maintenant ? Et ton lit ? Et... le reste ?

Par Nico, je sais déjà qu'elle n'a plus de chambre. J'ai également appris que Ben avait voulu sous-louer la chambre d'un client qu'il a rencontré sur la plage. Un vrai petit malin !

Lottie semble totalement découragée.

— Ah, la chambre ! C'est une saga de folie ! Pour le moment, on a abandonné. On va profiter de la journée.

Ouf ! je suis soulagée.

— Oui, ça me paraît raisonnable. Alors, comment est-ce là-bas ? Il y a du soleil ?

— On a très chaud.

Elle me paraît préoccupée.

— Fliss, tu te souviens d'un jeu appelé le « *quiz des Couples* » ?

Je fronce les sourcils.

— Tu veux dire le jeu de la télévision ?

— C'est ça. Tu as la version jeu de société, n'est-ce pas ? C'est quel genre de questions ?

— Pourquoi ? Ça t'intéresse ?

— L'hôtel a organisé un concours. Les questions sont difficiles ?

— Difficiles ? Pas du tout ! C'est juste pour s'amuser. Des trucs un peu bêtes. Des détails élémentaires que les couples connaissent au sujet de leur conjoint.

Lottie me semble tendue.

— Pose-moi une question. Il faut que je m'exerce un peu.

— Bon, d'accord.

Je réfléchis un instant.

— Quelle marque de dentifrice utilise Ben ?

— Euh… Je ne sais pas.

— Comment s'appelle sa mère ?

— Je ne sais pas.

— Quel est son plat favori ?

Lottie met plus de temps pour répondre.

— Je ne sais pas. Je n'ai jamais cuisiné pour lui.

— S'il allait au théâtre, il verrait du Shakespeare, une pièce moderne ou une comédie musicale ?

— Je n'en sais *rien* ! gémit-elle. Je ne suis jamais allée au théâtre avec lui. Ben a raison ! On va perdre !

Qu'est-ce qu'elle croit, ma dingue de sœur ? Bien sûr qu'ils vont perdre.

— À propos, je demande tranquillement, est-ce que Ben est capable de répondre si on lui pose les mêmes questions à ton sujet ?

— Bien sûr que non ! Nous ne savons rien l'un de l'autre !

— Ah…

— Mais je n'ai aucune envie de perdre ! s'exclame Lottie, furieuse. À l'hôtel, il y a une fille, genre jeune épousée modèle, qui n'arrête pas d'en faire des tonnes sur son bonheur conjugal. Si je ne sais rien sur mon mari et s'il ne sait rien sur moi…

… c'est que vous n'auriez pas dû vous marier, ai-je envie de compléter.

— Vous pourriez peut-être… vous parler, je suggère.

— Oui, absolument ! s'écrie Lottie comme si j'avais découvert l'œuf de Colomb. On va tout apprendre l'un de l'autre. Donne-moi une liste des trucs à connaître. Dentifrice, nom de la mère, plats favoris… Tu peux m'envoyer un SMS avec toute la liste ?

Je refuse fermement.

— Non, impossible. Je suis trop occupée. Mais dis-moi, pourquoi t'es-tu embarquée dans un truc pareil au lieu de te dorer au soleil sur la plage ?

— Je me suis laissé persuader. Et maintenant,

impossible de reculer, sous peine de passer pour un couple mal assorti. Fliss, cet hôtel est zinzin. C'est un repaire international de jeunes mariés.

— Tu le savais avant de partir, non ?

Elle hésite.

— Sans doute… Mais je ne me rendais pas compte que ce serait à ce point axé sur les couples en lune de miel. Il y a des amoureux dans tous les coins. Tu ne peux pas faire un pas sans t'entendre dire « Félicitations » ou qu'on te jette des confettis dans les cheveux. Et l'épouse modèle parle déjà de renouveler ses vœux. Tu vois le tableau ? Et elle essaie de m'entraîner à en faire autant !

Pendant un moment, l'endroit où je me trouve ainsi que le problème à résoudre me sortent de la tête. Je papote simplement avec Lottie !

— J'ai l'impression que ton voyage de noces tourne en eau de boudin !

— Là, tu n'as pas tort.

— Alors, ne participe pas au quiz.

— Je n'ai plus le choix. Trop tard pour reculer. Tu crois que je dois savoir où Ben a été en classe et tout ça ? Et connaître ses hobbies préférés ?

Soudain, le sentiment d'impuissance me reprend. Tout ce cirque est *ridicule*. Lottie donne l'impression de potasser afin de donner le change à l'agent de l'immigration qui lui ferait passer l'examen réglementaire d'entrée dans le pays. Et si je lui révélais tout ?

Mais mon instinct me dicte de ne rien entreprendre par téléphone. Il en résulterait une violente dispute, elle raccrocherait et se ferait immédiatement engrosser par Ben. Sur la plage, devant tout le monde. Uniquement pour me défier.

Je dois me rendre sur place en prétendant que je voulais lui faire la surprise. J'évaluerai la situation, je lui permettrai de se détendre. Puis, je la prendrai à l'écart et nous aurons une vraie conversation. Franche. Longue. Implacable. C'est bien simple : je ne la lâcherai pas tant qu'elle n'aura pas vu à quoi elle s'engage, en toute conscience.

Finalement, ce jeu m'est utile. Elle va se couvrir de ridicule en public. Après ça, elle sera mûre pour entendre la voix de la raison.

Un haut-parleur annonce le départ de notre vol, ce qui n'échappe pas à Lottie.

— Qu'est-ce que c'est ? Où es-tu ?

Je mens sans vergogne :

— À la gare. Je dois y aller. Bonne chance !

J'éteins mon portable et cherche Noah. Je l'avais laissé à deux mètres de moi, assis sur une banquette. Je le retrouve appuyé contre un comptoir, en grande conversation avec une hôtesse de l'air qui s'est pliée en deux pour mieux l'écouter.

— Noah !

Leurs deux têtes se relèvent en même temps. L'hôtesse me fait un petit signe de la main et me ramène mon fils. Bien faite et bronzée, elle a de grands yeux bleus et un chignon. Quand elle s'approche, je perçois son léger parfum.

Je lui souris.

— Désolée ! Mon fils n'aurait pas dû vous déranger. Noah, reste tranquille ! Ne va pas te promener.

L'hôtesse me dévisage d'une façon tellement insistante que je me demande si je n'ai pas une saleté entre les dents. Et très vite, elle me dit :

— Je viens d'apprendre la terrible épreuve qu'a

traversée votre petit garçon. Sachez que je vous trouve tous plein de courage.

Que lui répondre ? Qu'est-ce que Noah a bien pu inventer ?

— Je pense que l'infirmier devrait recevoir une médaille, ajoute-t-elle d'une voix tremblante.

Je jette un regard furibond à Noah qui fait comme si de rien n'était. L'innocence incarnée ! Que répondre à l'hôtesse ? Si je lui explique que mon fils a trop d'imagination, nous allons nous couvrir de ridicule. Autant ne pas le contredire. De toute façon, on va embarquer dans une minute et on ne la reverra jamais.

— Ce n'était pas si dramatique. Mais merci beaucoup…

— Pas si dramatique ? répète-t-elle bouche bée. Vous plaisantez, c'était tragique !

— Euh… oui. Noah, viens, on va acheter une bouteille d'eau.

Je l'entraîne vers un distributeur de boissons pour couper court à cette conversation. Dès que l'hôtesse n'est plus à portée de voix, je demande à Noah :

— Tu as raconté *quoi* à la dame ?

— Que quand je serai grand je veux participer aux jeux Olympiques. Faire du saut en longueur.

Il me fait une démonstration.

— Je pourrai être aux Jeux ?

J'abandonne. Il faut que nous ayons une sérieuse discussion – mais pas maintenant.

Je lui ébouriffe les cheveux.

— Bien sûr que tu pourras. Mais tu ne parles plus aux inconnus. Je te l'ai déjà dit.

— La dame n'était pas une inconnue, me fait-il

300

remarquer. Elle portait un badge et je connais son prénom. C'était Cheryl.

Parfois, la logique d'un enfant de sept ans est impayable. Nous reprenons nos places, et je l'assieds fermement à côté de moi.

— Regarde ton livre de vignettes et ne bouge plus !

Je sors mon BlackBerry et envoie quelques brefs mails. Je viens d'accepter de faire un supplément entièrement consacré aux vacances dans l'Arctique quand j'arrête de pianoter. Quelque chose a attiré mon attention. Le sommet d'un crâne, au-dessus d'un journal. Un mèche brune. Des doigts effilés, des mains nerveuses tournant une page.

Pas possible !

Incapable de bouger, je l'épie. Il tourne une autre page et j'aperçois un bout de sa pommette. C'est lui ! Assis à cinq mètres de moi, un petit sac de voyage à ses pieds. Qu'est-ce qu'il fout là ?

Ne me dites pas que nous avons eu la même idée ?

Quand, l'air parfaitement calme, il tourne une nouvelle page, je sens la colère monter en moi. Tout est sa faute. J'ai dû chambouler ma vie, faire manquer l'école à mon fils, veiller toute la nuit parce que ce monsieur n'a pas su fermer sa grande gueule ! C'est lui qui a mis les pieds dans le plat. Lui, la cause de tout. Et le voilà maintenant aussi cool et détendu que s'il partait en vacances.

Son téléphone sonne et il pose son journal pour répondre. Je l'entends clairement :

— Bien sûr. Je m'en occuperai. Nous discuterons de toutes les possibilités. Oui, je sais que le temps presse.

Il fronce les sourcils.

301

— Je sais que ce n'est pas l'idéal. Mais je fais de mon mieux dans une situation délicate, OK ?

Il se tait pour écouter son interlocuteur puis il répond :

— Non, je ne crois pas. Seulement besoin de savoir. Inutile d'alimenter les rumeurs. Bon. D'accord. Je vous rappelle de là-bas.

Il range son téléphone et se replonge dans sa lecture. Ma rancœur augmente à chaque seconde. C'est ça, prends tes aises. Souris en lisant une blague. Amuse-toi bien. Qu'est-ce qui t'en empêche ?

Je l'observe avec une telle intensité que mes yeux pourraient mettre le feu à son journal. Une dame âgée, assise à côté de lui, surprend mon regard et me lance un coup d'œil nerveux. Je m'empresse de lui sourire pour lui montrer que ce n'est pas à elle que j'en veux. Mais cela l'effraie encore plus.

— Excusez-moi, dit-elle, mais… il y a un problème ?

— Un problème ? interroge Lorcan sans comprendre.

Il se tourne vers elle.

— Non, tout va bien…

Il finit par me remarquer et sursaute.

— Ah ! Bonjour !

J'attends qu'il s'excuse platement, qu'il rampe à mes pieds, mais il trouve sans doute qu'il en a assez fait en me saluant. Ses yeux sombres croisent mon regard et, d'un seul coup, des sensations floues me reviennent : le contact de sa peau et de ses lèvres au milieu de la nuit. Son souffle brûlant sur ma nuque. Mes mains enfouies dans ses cheveux. Je rougis et le regarde encore plus méchamment.

— Bonjour ! je répète. C'est tout ce que tu as à me dire ? « Bonjour » ?

— Nous allons au même endroit, j'imagine ?

Il replie son journal, se penche en avant. Son regard devient intense.

— Tu es en contact avec eux ? Je dois absolument parler à Ben. C'est urgent. J'ai des papiers à lui faire signer. Il faut qu'il soit à l'hôtel dès mon arrivée, mais il ne répond pas à mes appels. Il m'évite. Il fuit le monde.

Je n'arrive pas à le croire ! La seule chose qui intéresse Lorcan, c'est un contrat. En revanche, il se fiche que son meilleur ami soit marié à ma sœur ! Un mariage idiot, décidé sur un coup de tête, à cause de lui !

— Je suis en rapport avec Lottie, pas avec Ben.

— Ouais !

Il se renfrogne et déplie son journal. Comment peut-il avoir le cœur à lire ? Comment s'intéresser à la page des sports après avoir créé un tel gâchis ? Je me sens mortellement insultée, gravement blessée.

— Ça va ? demande-t-il en relevant la tête. Tu as l'air un peu… contrariée.

J'ai la rage. Ma tête est prise dans un étau ; mes poings, serrés.

— Ça peut te sembler bizarre, mais ça ne va pas du tout !

— Oh !

Il retourne à sa lecture. Moi, je craque !

— Arrête de lire !

Bondissant sur mes pieds, je lui arrache son journal des mains, sans bien me rendre compte de ce que je fais.

— Arrête !

Je le chiffonne et le jette au sol. Les joues en feu,

j'ai du mal à respirer. Médusé, Lorcan fixe son journal qui n'est plus qu'une boule de papier.

— Maman ! crie Noah tout joyeux. Tu salis par terre !

Je deviens le point de mire des autres passagers. Bravo ! Et maintenant Lorcan me regarde à son tour, en fronçant ses sombres sourcils, comme si j'étais un impénétrable mystère.

— Tu as un problème ? finit-il par demander. Tu es en colère ?

Il ose se moquer de moi, l'immonde individu ?

— Et comment ! Je suis un peu en colère car, après avoir tout arrangé entre Ben et ma sœur, il a fallu que tu t'en mêles et que tu fasses tout capoter.

Je vois sur son visage qu'il commence à comprendre.

— Et tu penses que c'est *ma* faute ?

— Bien sûr que c'est ta faute ! Si tu n'avais rien dit, ils ne seraient pas mariés.

Il secoue la tête énergiquement.

— Non ! C'est faux. Ben avait déjà pris sa décision.

— Lottie m'a dit que c'était à cause de toi.

— Lottie se trompe.

Il ne va quand même pas se débiner, hein ? Quel salaud !

— J'avais tout arrangé. Tout réorganisé. Et puis, catastrophe !

Lorcan se rebiffe.

— Tu as cru avoir tout arrangé. Quand tu connaîtras Ben aussi bien que moi, tu verras qu'il change d'idée comme de chemise. Ses promesses comptent pour du beurre. Alors qu'il s'est engagé à signer des accords cruciaux, à des dates précises, il n'en tient aucun compte.

Soudain, je perçois une certaine irritation dans sa voix.

— Inutile de le mettre au pied du mur, il s'échappe toujours.

Je désigne son attaché-case.

— Si tu es ici, c'est juste pour lui faire signer des documents ?

— Si Mahomet ne va pas à la montagne, la montagne doit annuler tous ses plans et prendre l'avion.

Un signal sonore l'avertit de l'arrivée d'un SMS. Il le consulte et tape une réponse. Tout en le faisant, il s'adresse à moi :

— Ça m'aiderait vraiment si je pouvais parler à Ben. Tu sais ce qu'ils font ?

— Ils jouent au quiz des Couples !

Quelque peu ahuri, il continue à taper. Je me rassieds lentement. Installé par terre, Noah se fabrique un chapeau avec le journal abandonné.

— Noah, dis-je sans conviction, arrête.

Je me tourne vers Lorcan.

— C'est mon fils.

— Bonjour ! Tu en as, un beau chapeau. Dis-moi, Fliss, que fais-tu ici, exactement ? Tu vas rejoindre les heureux mariés ? Ils savent que tu viens ?

Sa question me cueille à froid. Je bois un peu d'eau tout en réfléchissant le plus vite possible et finis par inventer un beau mensonge.

— Lottie m'a demandé de la rejoindre. Mais j'ignore si Ben est au courant. Ne lui dis pas que tu m'as vue, d'accord ?

— D'acc. Mais c'est bizarre d'avoir besoin de sa sœur pendant sa lune de miel. Elle n'est pas heureuse ?

Une idée me vient.

— En fait, ils songent à renouveler leurs vœux. Lottie veut que je sois son témoin.

— Tu te fiches de moi ? C'est quoi, ces conneries ?

Il est tellement méprisant que je vois rouge.

— C'est charmant au contraire. Lottie a toujours rêvé d'une cérémonie au bord de la mer. Elle est très romantique.

— J'en suis persuadé.

Lorcan hoche la tête comme pour mieux réfléchir à ce que je viens de dire puis me regarde tout à fait pince-sans-rire.

— Et les poneys ? Elle va en avoir ?

— Quels poneys ? je demande sans comprendre. Qu'est-ce que…

Les poneys assortis ! Génial ! Alors il m'a entendue hier matin. Je pique un fard en me demandant comment je vais me sortir de là.

Finalement, je décide d'être franche. Entre adultes, nous pouvons reconnaître nos torts et passer à autre chose.

Je me racle la gorge.

— Ah ! Hier matin.

— Oui ?

Narquois, il se penche vers moi. De toute évidence, il ne va pas me faciliter les choses.

Je commence :

— J'ignore exactement ce que tu…

Je recommence :

— Voilà, je parlais au téléphone à ma sœur quand tu es entré. Ce que tu as entendu était totalement hors contexte. Tu as sans doute déjà oublié ce que je disais. Mais au cas où tu t'en souviendrais, je ne veux pas que tu… te méprennes.

Il ne prête pas attention à moi. Il a sorti un bloc-notes et il écrit. Quel goujat ! Au moins, je ne suis plus en cause. Je propose de l'eau à Noah, qui boit machinalement, trop concentré sur son chapeau en papier. Au bout d'un moment, Lorcan me tapote l'épaule. Il me tend son bloc-notes couvert de quelques lignes en m'annonçant poliment :

— Je crois avoir une bonne mémoire des mots. Mais corrige-moi si je me suis trompé.

En lisant ce qu'il a écrit, j'en reste bouche bée.

Sérieusement, très modeste. Cette soirée a été infernale. J'ai dû faire semblant de m'amuser alors que tout le temps... Non, horrible. Et après, ça ne s'est pas arrangé.

Je récupère un instant avant d'arriver à articuler :

— Ce n'est pas ce que je voulais dire.

— Quel passage ?

Il est sadique ! Il croit quoi, que je m'amuse ?

— Tu sais aussi bien que moi, dis-je glaciale, que ces phrases sont prises hors de leur contexte. Elles ne se rapportent pas à...

J'arrête ma plaidoirie à cause d'un vacarme provenant du comptoir d'embarquement. Deux hôtesses de l'air bataillent avec un homme vêtu d'une chemise en lin et d'un pantalon de toile qui tente de faire entrer sa valise dans le gabarit servant à mesurer les bagages à main. Quand il élève la voix pour leur répondre, son ton rageur me semble familier.

Soudain il se retourne. Et je manque d'étouffer. Je le savais : c'est Richard !

— Monsieur, j'ai le regret de vous annoncer que

votre valise est trop grande pour être en cabine, l'informe une employée de la compagnie aérienne. Et comme il est trop tard pour l'enregistrer, je vous suggère de prendre le vol suivant.

— Le vol suivant ?

La voix de Richard a les accents d'un animal blessé.

— Il n'y a pas d'autre vol pour cet endroit pourri ! Une seule liaison par jour ! Vous parlez d'une compagnie !

— Monsieur…

— Je dois prendre ce vol.

— Mais monsieur…

Incroyable ! Richard s'accoude au comptoir et, ses yeux dans ceux de l'hôtesse, il explique :

— La femme que j'aime s'est unie à un autre homme. J'ai été trop lent à me décider, et jamais je ne me le pardonnerai. Si je ne peux rien faire d'autre, je peux au moins lui dire ce que je ressens vraiment. Car je me suis interdit de parler avec mon cœur. Je viens de m'en rendre compte.

Je ne le quitte pas des yeux, totalement médusée. C'est vraiment Richard ? Faisant une déclaration d'amour en public ? Si seulement Lottie le voyait ! Elle serait bouleversée. L'inspectrice, en revanche, demeure de marbre. Ses cheveux teints en noir sont tirés en un chignon strict, les traits de son visage sont mous, ses yeux petits et méchants.

— En tout cas, votre valise est trop grande pour aller en cabine. Je vous prie de vous éloigner du comptoir.

Quelle garce ! Des tas de gens ont des valises de cette taille dans les avions. Je sais que je devrais m'approcher de Richard pour lui signaler ma présence, mais quelque chose en moi veut voir la suite des événements.

— Parfait. Je vais laisser ma valise ici, décide-t-il en lui jetant des regards meurtriers.

Il se recule, s'agenouille, ouvre son bagage. Il récupère deux tee-shirts, une trousse de toilette, une paire de chaussettes, des caleçons et pousse la valise de côté.

— Tenez ! Voici mon bagage à main ! fanfaronnet-il en lui brandissant ses affaires sous le nez. Vous êtes contente ?

L'employée est impassible.

— Vous ne pouvez pas abandonner votre valise ici, monsieur.

— Très bien.

Il la referme et la flanque sur une poubelle.

— Voilà.

— Vous ne pouvez pas non plus la laisser là. Pour des raisons de sécurité. Nous ignorons ce qu'elle contient.

— Mais si.

— Mais non.

— Je l'ai déballée devant vous.

— C'est le règlement.

Tous les voyageurs suivent maintenant cette altercation. Richard respire à pleins poumons, le cou tendu. Une fois de plus, il me rappelle un taureau prêt à charger.

— Oncle Richard ? crie Noah qui vient de le reconnaître. Tu viens en vacances avec nous ?

Richard sursaute en remarquant Noah puis moi.

— Fliss ?

Il en laisse tomber deux caleçons qu'il s'empresse de ramasser. Et là, il ressemble moins à un taureau.

— Qu'est-ce que tu fiches ici ?

— Bonjour, Richard ! Nous allons rejoindre Lottie. Que… euh ? Et toi que…

Je sais parfaitement ce qu'il a en tête, comme tout le monde ici, mais je suis intéressée par les détails. A-t-il un plan ?

Il répond de son ton bourru :

— Je ne pouvais pas rester sans agir. Impossible pour moi de la perdre, de m'en aller sans lui avoir dit que je…

Il se tait, le visage bouleversé.

— J'aurais dû lui demander sa main quand j'en ai eu l'occasion. J'aurais dû apprécier ce que j'avais ! J'aurais dû me déclarer !

Ses lamentations brisent le silence ambiant. Les voyageurs sont émus et, moi, je suis franchement sidérée. Je n'ai jamais vu Richard aussi passionné. Et Lottie, elle l'a vu dans cet état ?

Si seulement j'avais enregistré son beau discours sur mon iPhone !

Mais l'employée n'en a pas fini :

— Monsieur, veuillez retirer votre valise de la poubelle ! Autrement, comme je viens de vous le dire, la sécurité va venir inspecter ce bagage.

— Il ne m'appartient plus, rétorque-t-il en agitant ses caleçons. Voici mon bagage à main.

— Dans ce cas, je vais être obligée d'appeler le personnel de sécurité pour faire détruire votre valise, ce qui entraînera un retard de six heures sur ce vol.

Je ne suis pas la seule personne à pousser un cri d'horreur. Autour de nous, les personnes qui protestaient poliment se fâchent. Leur réprobation est palpable. Richard n'est plus le passager le plus populaire du vol. J'ai l'impression que les huées et les sifflets ne vont pas tarder.

— Oncle Richard, tu pars en vacances avec nous ? demande Noah au comble du bonheur. On pourra faire de la lutte ? Je pourrai m'asseoir à côté de toi dans l'avion ?

Il se jette sur les jambes de Richard.

— Ça n'en prend pas le chemin, mon petit bonhomme. Sauf si tu arrives à persuader cette dame.

— C'est ton oncle ?

Derrière le comptoir, Cheryl, l'amie de Noah, a observé le duel sans vraiment s'y intéresser.

— L'oncle dont tu m'as parlé ?

— Oui, c'est oncle Richard, confirme Noah tout joyeux.

Noah a pris la mauvaise habitude de l'appeler ainsi et c'est ma faute. Il a commencé lors d'un Noël et nous avons trouvé ça mignon. À cette époque, personne n'envisageait cette rupture. Richard faisait en quelque sorte partie de la famille. Nous n'avions…

Soudain, je m'aperçois que la dénommée Cheryl frôle la crise nerveuse. D'une voix hoquetante, elle s'adresse à l'employée :

— Margot ! Tu dois permettre à cet homme d'embarquer ! Il a sauvé la vie de son neveu ! C'est quelqu'un d'exceptionnel !

— Comment ? proteste Margot.

— Quoi ? fait Richard en regardant Cheryl.

— Ne soyez pas modeste, monsieur ! Votre neveu m'a raconté toute l'histoire ! Margot, tu n'as pas idée. Toute cette famille a vécu un enfer.

Cheryl émerge de son comptoir.

— Monsieur, donnez-moi votre carte d'embarquement.

Richard n'en croit pas ses yeux. Il nous dévisage, Noah et moi, avec méfiance. Je prends un air de martyr pour lui faire comprendre : « Laisse-toi aller. »

Cheryl se tourne vivement vers moi :

— Vous aussi, vous avez dû souffrir profondément du drame de votre petit garçon.

— Il faut prendre les choses comme elles viennent, je réponds vaguement.

Ma réponse la satisfait, car elle s'éloigne. Richard, éberlué, s'accroche toujours à ses caleçons. Pas la peine de lui expliquer la situation. Je lui propose seulement de s'asseoir.

— Que dirais-tu d'un café ou de quelque chose à boire ?

Il ne bouge pas.

— Pourquoi vas-tu rejoindre Lottie ? Il y a un problème ?

Que lui répondre ? D'un côté, je ne veux pas lui donner de faux espoirs. De l'autre, je pourrais peut-être lui laisser entendre que tout n'est pas parfait au paradis ?

Mais Lorcan s'en mêle :

— Ils vont renouveler leur engagement matrimonial, n'est-ce pas ?

Richard se hérisse.

— Qui est-ce ? Qui êtes-vous ?

— Bon, dis-je gênée. Richard, je te présente Lorcan. Le meilleur ami de Ben. Son témoin. Lui aussi s'envole pour Ikonos.

Richard se raidit et reprend ses airs de taureau furieux.

312

— Je vois ! Je vois !

À mon avis, il ne voit rien du tout, mais il est tellement tendu que je préfère ne pas l'interrompre. Les poings serrés, il est prêt à foncer sur Lorcan. Sa haine est instantanée.

— Et vous êtes ? s'enquiert poliment Lorcan.

— Je suis l'imbécile qui n'a pas su la garder ! répond Richard avec passion. Je ne partageais pas sa vision du futur. Je pensais qu'elle avait des étoiles plein les yeux. Mais maintenant je vois ces étoiles. Je perçois sa vision, et je veux la partager.

Le contingent féminin des passagers l'écoute avec ravissement. Où a-t-il appris à parler comme ça ? Lottie adorerait cette histoire d'étoiles. Je tripatouille mon iPhone pour l'enregistrer en secret, mais je m'y suis prise trop tard.

— Qu'est-ce que tu fabriques ?

— Rien, rien !

— Dieu du ciel ! s'exclame Richard. Au fond, c'est peut-être une mauvaise idée.

Maintenant qu'il a repris ses esprits, Richard voit clairement la scène : il est au milieu d'une salle d'embarquement, s'agrippant à une paire de caleçons et entouré d'un public captivé.

— Je devrais peut-être abandonner la partie.

— Non ! je m'écrie. Surtout pas !

Si seulement ma sœur pouvait le voir en ce moment, connaître ses véritables sentiments ! Je suis certaine qu'elle n'y serait pas insensible.

— De toute façon, ça ne sert à rien, il est trop tard, se désespère-t-il. Ils sont mariés.

— Pas du tout ! dis-je sans pouvoir me contrôler.

— *Comment ?*

313

Richard et Lorcan me dévisagent. Et bon nombre de passagers tendent l'oreille pour écouter mes explications.

— Je veux dire qu'ils n'ont pas encore consommé, j'annonce calmement. Sur le plan légal, cela signifie qu'ils peuvent obtenir une annulation. Dans ce cas, le mariage n'aura jamais existé.

— Tu es sûre ? demande Richard avec une pointe d'espoir dans la voix.

— Pourquoi n'ont-ils pas consommé ? insiste Lorcan, incrédule. Et comment es-tu au courant ?

— C'est ma sœur. Nous n'avons pas de secrets l'une pour l'autre. Quant à la raison...

Je me racle la gorge avec embarras.

— Je dirais que c'est la faute à pas de chance. L'hôtel s'est trompé avec les lits, Ben s'est pris une cuite, et ainsi de suite.

— Inutile d'entrer dans les détails ! s'insurge Lorcan en rangeant ses documents dans son attaché-case.

Richard ne pipe mot. Le front plissé, il semble digérer mes propos. Finalement, il se laisse tomber sur le siège à côté du mien et triture rageusement ses caleçons jusqu'à en faire une boule. Je l'observe, encore étonnée de sa présence.

— Richard, tu connais la phrase « trop peu, trop tard » ? Dans ton cas, ce serait « beaucoup trop tard ». Tu survoles la moitié du globe. Tu te précipites à l'aéroport. Tu tiens des discours romanesques. Pourquoi n'as-tu pas agi ainsi *avant* ?

Il ne répond pas, se contentant de me regarder tristement.

— Tu crois que j'arrive trop tard ?

Je me refuse à lui donner mon sentiment.

— C'était juste une façon de parler. Allez, viens ! On embarque.

Une demi-heure après le décollage, Richard vient nous rejoindre. Je prends mon fils sur mes genoux pour qu'il se glisse à côté de moi.

Il attaque sec :

— À ton avis, il mesure combien ce Ben ?

— Aucune idée. Je ne l'ai jamais rencontré.

— Mais tu as vu des photos. Tu dirais… un mètre soixante-dix, soixante-quinze ?

— Je ne sais vraiment pas.

— Disons, un mètre soixante-quinze. En tout cas, plus petit que moi, ajoute-t-il content de lui.

— Fastoche !

En effet, Richard mesure au moins un mètre quatre-vingt-cinq.

— Lottie avec un nabot ? Ça m'étonne un peu.

Comme je n'ai rien à lui répondre, je lève les yeux au ciel puis reprends la lecture du magazine de la compagnie aérienne.

— Je me suis renseigné sur lui, m'avertit Richard en jouant avec un sac en papier. Il est milliardaire. Possède des usines de papier.

— Hum ! Je sais.

— A-t-il un jet privé ? Je n'arrive pas à le savoir mais ça ne serait pas impossible.

— Richard, cesse de te torturer ! Ce n'est pas une question d'avion privé. Ni de taille. Inutile de te comparer à lui.

Il me dévisage en silence quelques secondes. Puis, comme si je n'avais rien dit, il recommence :

— Tu as vu sa maison ? Ils l'ont utilisée pour

Highton Hall. Il est milliardaire et il possède un châ-teau. Salopard !

— Richard…

— Mais c'est un gamin, tu ne trouves pas ?

Il déchire le sac en papier en petites bandes.

— Je n'aurais pas pensé que Lottie tomberait dans les bras d'un jeunot.

— Richard, arrête ! je répète exaspérée.

S'il continue sur ce ton pendant tout le vol, je vais devenir cinglée.

— Est-ce notre passager de marque ?

Une voix sucrée nous interrompt. Elle appartient à une hôtesse de l'air aux cheveux nattés qui se penche vers Noah avec un grand sourire, les mains pleines de cadeaux : un ours en peluche, un portefeuille de la compagnie, des sucettes et une immense boîte de cho-colats Ferrero Rocher.

— Cheryl nous a tout raconté à ton sujet, dit-elle gaiement à mon fils. Voilà des petits cadeaux rien que pour toi.

— Cool ! Merci !

Noah s'en empare sans me laisser le temps d'inter-venir.

— Maman, regarde ! Une *grande* boîte de choco-lats !

— Merci, dis-je à l'hôtesse, mais ce n'était pas nécessaire.

— C'est le minimum que nous puissions faire ! Et vous, monsieur, vous êtes le fameux oncle ?

Elle bat des cils à l'intention de Richard qui, lui, a l'air de ne rien comprendre.

— Mon oncle peut parler trois langues, fanfaronne Noah. Oncle Richard, dis-nous un truc en japonais !

— Un chirurgien *et* un linguiste ? s'émerveille l'hôtesse en écarquillant les yeux.

Sans laisser le temps à Richard de la contredire, j'enfonce mes ongles dans sa main. Je ne veux pas que Noah soit humilié en public.

— C'est exact ! je renchéris. Cet homme est très doué. Merci beaucoup.

Je souris fixement à l'hôtesse jusqu'à ce qu'elle s'éloigne après avoir tapoté la tête de mon fils une dernière fois.

— Fliss, que diable se passe-t-il ? s'insurge Richard dès qu'elle a disparu.

— Je peux avoir une carte bancaire pour la mettre dedans ? demande Noah en examinant son porte-feuille sous toutes les coutures. Une carte American Express ? Je peux avoir des points ?

Miséricorde ! À sept ans, il connaît déjà l'existence de l'American Express et des points fidélité ! C'est vraiment pénible. Aussi gênant que le jour où nous avons pris une chambre dans un hôtel de Rome : le temps que je trouve de quoi donner un pourboire au garçon d'étage, il avait demandé à voir une suite !

Je sors mon iPod pour le donner à Noah qui saute de joie et enfonce les écouteurs dans ses oreilles. Puis je me penche vers Richard et baisse la voix :

— Noah a raconté une histoire totalement inventée au personnel chargé de l'embarquement.

Heureuse d'avoir enfin un interlocuteur avec qui partager mes soucis, je poursuis :

— Il est devenu mythomane. Il a dit à sa maîtresse qu'il avait subi une greffe du cœur et à une autre que sa petite sœur était une enfant de substitution.

— Hein ?

Richard paraît médusé.

— C'est hélas vrai.

— Tu imagines, une sœur de substitution ! Où a-t-il été cherché des idées pareilles ?

— Dans un DVD qu'il a vu dans la salle d'attente d'une classe de rattrapage.

— Je comprends. Alors, qu'a-t-il inventé pour le personnel de l'aéroport ?

— Aucune idée ! Sauf que tu joues un rôle important en tant que chirurgien.

Je croise son regard et nous éclatons de rire.

— Ce n'est pas drôle ! proteste Richard en se mordant les lèvres.

— C'est terrible, tu veux dire !

— Pauvre petit bonhomme !

Richard ébouriffe les cheveux de Noah qui, radieux, écoute son iPod.

— Fliss, tu crois que c'est à cause de votre divorce ?

Je cesse de rire aussitôt.

— Peut-être. Ou alors, je suis une mère indigne qui sacrifie tout à sa carrière.

— Désolé de t'avoir posé la question. Mais puisqu'on en parle, ça avance ? Tu as signé les papiers du divorce ?

J'ouvre la bouche pour lui répondre franchement – puis la referme. J'ai trop ennuyé Richard pendant des dîners entiers avec mes histoires. Je le vois déjà se préparer à écouter mes diatribes. Bizarre que je n'aie jamais remarqué auparavant que les gens devaient s'armer de patience devant mes monologues !

Il a droit à mon nouveau sourire doucereux.

— Tout va bien ! Parlons d'autre chose !

Richard ne peut cacher sa surprise en entendant cette bonne nouvelle.

— D'accord ! Alors, dis-moi... tu as fait des conquêtes récemment ?

Je sursaute. Pourquoi se croit-il obligé de parler deux fois trop fort ? Avant de pouvoir me contrôler, je jette un coup d'œil à Lorcan. Assis de l'autre côté du couloir, près d'un hublot, il est concentré sur son ordinateur portable et ne semble pas avoir entendu.

— Non. Rien de rien.

Je m'interdis de regarder Lorcan. Ni même de penser à lui. C'est un ordre ! Malgré ça, mes yeux n'en font qu'à leur guise. Ils se posent sur Lorcan, et Richard s'en aperçoit.

— Comment ? s'étonne-t-il en me dévisageant. C'est lui ?

— Chut !

— Lui ?

— Non ! Enfin... oui ! Une fois seulement.

— *Lui ?*

Richard semble mortellement vexé.

— Mais il n'est pas de notre côté !

— Il n'y a pas de côtés !

Du coup, Richard épie Lorcan avec scepticisme. Au bout d'un moment, ce dernier lève la tête et tressaille en s'apercevant que nous le surveillons. Rouge de honte, je me détourne brutalement.

— Richard, arrête ! Ne le regarde pas !

— Tu en faisais autant, remarque-t-il.

— Juste pour t'imiter.

— Fliss, tu as l'air embêtée.

Je me drape dans ma dignité.

— Je ne suis pas *embêtée*. Je cherche seulement à me comporter en adulte...

J'agrippe son bras.

— Tu le regardes de nouveau ! Cesse !

— C'est qui, précisément ?

— Le plus vieil ami de Ben. Un avocat. Il travaille dans sa société.

— Alors... c'est du sérieux ?

— Non. Ce n'est pas du sérieux ! On s'est juste branchés et ensuite...

— Vous vous êtes débranchés.

— Exactement.

Richard continue à l'épier.

— Il a tout du petit rigolo !

Après une courte pause, il ajoute :

— C'était pour rire !

— Ouais. J'avais compris.

Lorcan relève la tête une fois encore et fronce les sourcils. Quelques instants plus tard, il déboucle sa ceinture et s'approche de nous.

— Bien joué, Richard ! je marmonne.

— Tout va bien ? je demande à Lorcan.

— Épatant ! J'aimerais te parler.

Quand il croise mon regard, mon cœur palpite.

— Bien sûr. Mais ce n'est pas l'endroit...

— Vous deux, écoutez-moi ! dit-il en me coupant. J'ai de bonnes raisons de me rendre à Ikonos. J'ai d'importantes affaires à discuter avec Ben. Il a besoin d'avoir toute sa tête. Donc, si vous avez l'intention de lui crier dessus, de lui casser la figure, de lui voler sa femme ou je ne sais quoi encore... je ne vous demande qu'une chose : attendez que notre entretien soit terminé. Après ça, il est à vous.

Mon fiel remonte dans ma bouche.

— C'est tout ce que tu as à dire ?

— Oui.

— Seules tes affaires te préoccupent, hein ? Être responsable de ce mariage t'indiffère ?

— Je ne suis en rien responsable ! Quant aux affaires, elles passent avant tout, bien sûr.

— Bien sûr, je répète sur un ton sarcastique. Tes affaires sont plus importantes que leur mariage. Un point de vue intéressant !

— Pour le moment, c'est un point de vue que je partage à cent pour cent. Et ça doit être également la priorité de Ben.

— Ne t'en fais pas, on ne va pas lui faire de mal !

— Moi, si ! intervient Richard en frappant sa paume de son poing. Il se pourrait que je lui casse la figure.

La dame âgée qui occupe le troisième siège de notre rangée semble épouvantée :

— Excusez-moi, propose-t-elle à Lorcan, vous ne voudriez pas changer de place avec moi ? Vous seriez plus à l'aise pour parler à vos amis.

— Non merci, je réponds, alors que Lorcan la remercie d'un franc et massif : « Avec plaisir ! »

Bravo ! Une minute plus tard, Lorcan boucle sa ceinture pendant que j'étudie avec attention le dossier du siège qui se trouve devant moi. Le sentir si près me donne la chair de poule. Je peux sentir son après-rasage. Les souvenirs de la nuit dernière qui remontent ne font *rien* pour me calmer.

— Alors ?

Deux syllabes qui, à mon avis, envoient le message suivant : *Lorcan, tu as tort sur toute la ligne ! Tu te trompes sur la personne responsable de ce mariage, sur ce que je voulais dire ce matin, sur tes priorités en général.*

— Alors ? répond-il en hochant la tête.

J'ai l'impression qu'il ressent la même chose que moi.

— Alors quoi ? je réponds.

Sur ce, j'ouvre un magazine avec la ferme intention d'ignorer sa présence jusqu'à l'atterrissage de l'avion.

L'ennui, c'est que je ne peux m'empêcher de jeter des coups d'œil sur son écran d'ordinateur et lire des choses qui m'intéressent. Richard partage l'iPod avec Noah qui pioche avec enthousiasme dans sa provision de sucettes. À part Lorcan le Crâneur qui fait partie du camp ennemi, je n'ai personne à qui parler.

— Alors, quoi de neuf ? je lance tout en haussant les épaules pour montrer mon indifférence.

— Nous réorganisons la société sur des bases plus rationnelles. Nous développons une partie de nos affaires, et refinançons l'autre. Nous n'avons pas le choix. De nos jours, l'industrie du papier...

Je le coupe sans m'en rendre compte :

— Un vrai cauchemar ! Le prix du papier nous affecte tous.

— Ah oui ! Ton magazine ! Tu es donc au courant.

Il semble que nous ayons trouvé un terrain d'entente. Erreur ou pas, je poursuis. Quel soulagement de pouvoir parler à quelqu'un qui n'est pas mon patron, mon subordonné, mon enfant, mon ex-mari, ou ma toquée de sœur. Lui n'a rien à attendre de moi. C'est toute la différence. Il est simplement assis là, détendu, comme s'il n'en avait rien à faire.

— J'ai lu sur le Net que ta société avait développé *Papermaker* ? C'était ton idée ?

— Mon bébé. D'autres, plus doués, l'ont mis au point.

— J'aime *Papermaker*. Du très beau papier. Hors de prix.

— Mais tu l'achètes quand même.

J'ai droit à un petit sourire. Je me rebiffe immédiatement :

— Pour le moment. En attendant d'avoir trouvé une autre marque.

— Touché !

Il grimace et je le regarde du coin de l'œil. J'ai peut-être exagéré.

— Vous avez des problèmes ? je demande.

Question inepte ! Nous traversons tous une période de vaches maigres. Je reformule donc ma question :

— Je voulais dire, vous avez de *gros* problèmes ?

— Nous arrivons à un moment crucial. La situation est délicate. Le père de Ben est mort subitement et depuis, nous faisons du surplace. Nous avons à prendre quelques décisions courageuses.

Il hésite :

— De bonnes décisions courageuses.

— Je vois ! Si je comprends bien, Ben doit prendre ces « bonnes décisions courageuses ».

— Tu piges vite !

— Il y a des chances pour qu'il les prenne ? Tu peux me le dire. Ça restera entre nous.

Dois-je faire preuve de tact ou jouer franc-jeu ?

— Vous êtes au bord de la faillite ?

— Non !

Il a réagi si vite que j'ai dû toucher un nerf à vif.

— Non ! Nous faisons des bénéfices et nous pourrions les augmenter. Nous possédons les marques, les ressources, un personnel dévoué…

On dirait qu'il veut convaincre un auditoire imaginaire.

— Mais c'est dur. L'année dernière, nous avons refusé d'être rachetés.

— Ça aurait été une solution ?

— Le père de Ben se serait retourné dans sa tombe. L'offre provenait de Yuri Zhernakov.

— Waouh !

Yuri Zhernakov fait partie de ces types dont le nom est synonyme de milliardaire et d'oligarque.

— Il a vu notre château dans le feuilleton à la télévision, et sa femme en est tombée amoureuse. Ils pensaient y habiter quelques semaines par an.

— Pas une mauvaise affaire, non ? Vendre quand on est payé comptant ?

Lorcan se tait. Il regarde son fond d'écran. L'image est celle d'une carte *Papermaker* que j'ai achetée.

— Il est possible que Ben vende un jour. Mais jamais à Zhernakov !

Je décide de le titiller.

— Tu as quelque chose à reprocher à Zhernakov ? Tu serais pas snob, par hasard ?

— Non, je ne suis pas snob, s'insurge Lorcan. Mais je me préoccupe de l'avenir de la société. Un type comme lui n'a pas envie que des usines à deux sous gâchent sa vie. Il fermerait la moitié de l'affaire, relocaliserait le reste, ce qui entraînerait la ruine de la ville. Si Ben passait plus de temps là-bas, il se rendrait compte...

Il se tait, le temps de reprendre son souffle.

— Encore une chose, l'offre est mauvaise.

— Qu'est-ce que Ben en pense ?

— Ben...

Lorcan avale une gorgée d'eau minérale.

— Hélas, Ben est un peu naïf. Il n'a pas hérité du sens aigu des affaires de son père, mais il croit l'avoir. Ce qui est dangereux.

Je regarde son attaché-case.

— Tu vas donc à Ikonos pour persuader Ben de signer les contrats de restructuration de la société avant qu'il change d'avis ?

Lorcan réfléchit en silence en faisant tambouriner ses doigts les uns contre les autres.

— Je veux qu'il prenne conscience de la chance qu'il a d'avoir hérité de cette affaire.

J'avale un peu de champagne. Je comprends une partie de ce que Lorcan me raconte ; une partie seulement.

— Pourquoi es-tu tellement concerné ? Ce n'est pas ton affaire ?

Lorcan bat des cils. J'ai encore touché un nerf à vif, même s'il s'efforce de le cacher.

— Le père de Ben était un homme exceptionnel. J'aimerais que les choses continuent comme il l'aurait souhaité. Ça n'a rien d'impossible. Je te le jure ! Ben est créatif, intelligent. Il pourrait être un très bon patron s'il arrêtait de glander et d'insulter les gens.

Tiens donc ! Ben insulte les gens ? J'aimerais en savoir plus, mais j'ai peur de paraître trop indiscrète. Je change donc de sujet.

— Tu étais avocat à Londres, n'est-ce pas ?

Il me jette un regard malicieux.

— Le cabinet d'avocats Freshfields se demande encore où j'ai disparu. Entre deux jobs, je m'étais mis au vert chez le père de Ben. C'était il y a quatre ans et je continue à recevoir des propositions de chasseurs de têtes, mais je suis heureux ainsi.

— Tu t'occupes d'annulations ?

La question m'a échappé.

— D'annulations ?

Apparemment je l'ai cueilli à froid. Il semble tellement interloqué que j'ai envie de rire.

— Je vois, admet-il enfin. Madame Graveney, vous êtes machiavélique !

— Non, j'ai l'esprit pratique.

— Alors, ils n'ont pas encore...

Lorcan s'interrompt.

— Qu'est-ce qui se passe ?

Je suis son regard. La dame âgée qui était assise à côté de moi se tient la poitrine. Elle a du mal à respirer. Près d'elle, un adolescent cherche du secours et crie :

— Un médecin ! Il y a un médecin dans l'avion ?

— Je suis généraliste !

Un homme aux cheveux gris s'approche vivement.

— C'est votre grand-mère ?

— Non ! Je ne l'ai jamais vue de ma vie ! répond le garçon paniqué.

Je le comprends : la vieille dame n'a pas l'air bien. Nous regardons le médecin lui parler à voix basse, lui prendre le pouls quand soudain l'hôtesse aux cheveux nattés intervient.

Elle s'adresse à Richard.

— Auriez-vous la bonté de nous aider ?

De l'aide ? Au nom de quoi ?

En même temps que moi, Richard se rend compte du quiproquo ! Oh, merde ! Elle pense qu'il est médecin. Il me jette un coup d'œil furieux et je le regarde angoissée.

— Nous avons un spécialiste à bord ! clame tout excitée l'hôtesse au généraliste. Messieurs, mesdames, ne vous faites aucun souci. Nous avons avec nous un chirurgien du cœur de l'hôpital Great Ormond Street. Il va prendre les choses en main !

Richard a les yeux qui lui sortent de la tête.

— Non ! Pas vraiment ! Je ne suis pas...

— Vas-y, oncle Richard ! s'écrie Noah radieux. Soigne la dame !

Pendant ce temps, le généraliste se vexe.

— Il ne s'agit que d'une crise banale d'angine de poitrine, dit-il en se relevant. J'ai ma trousse avec moi si vous voulez que je m'occupe de cette dame. Mais si vous désirez faire votre propre diagnostic...

— Non ! s'exclame Richard d'une voix désespérée. Pas du tout !

— Je lui ai donné de la nitroglycérine sous forme sublinguale. Vous êtes d'accord ?

Mon Dieu ! La situation empire. Richard ne sait plus où se tourner.

— Je... Je...

Finalement, je vole à sa rescousse.

— Il n'exerce jamais en avion. Il a une phobie des avions !

— Oui, avoue Richard en me jetant un regard reconnaissant. Une phobie !

Je frissonne en me rappelant ce drame.

— Depuis un trajet qui a très mal tourné. En allant au Bangladesh. Le vol 406.

Richard prend le... train en marche.

— Ne me demandez pas d'en parler.

— Il n'a pas encore fini sa thérapie, je précise.

Le médecin nous dévisage comme si nous étions fous tous les deux.

— Encore heureux que j'aie été là, confie-t-il à sa patiente.

Richard et moi poussons des soupirs de soulagement. Je me sens toute faible. L'hôtesse, la mine déçue, s'éloigne vers le fond de l'avion.

— Fliss, tu dois faire soigner Noah, le plus vite possible. Il ne peut pas passer sa vie à inventer des histoires. Un jour, quelqu'un aura de graves ennuis à cause de lui.

— Je sais. Je suis navrée.

On emmène la vieille dame au centre de l'avion. Le généraliste et le personnel de cabine entament une discussion animée. Puis ils disparaissent derrière un rideau et pendant un moment, tout semble calme. Richard regarde droit devant lui, le visage préoccupé. Il doit songer à la dame âgée, me dis-je avec bienveillance. C'est vrai qu'il a bon cœur.

Il se tourne soudain vers moi.

— Dis-moi, tu es sûre qu'ils n'ont encore rien fait ?

Franchement ! Ce que je suis bête ! Richard est un homme. Il est évident qu'il ne pense qu'à une chose.

— En tout cas, pas d'après ce que je sais.

Il se déride, devient tout sourire.

— Ah ! Il est possible qu'il n'arrive pas à la lever.

— Je ne crois pas que ce soit son problème.

— Et pourquoi pas ? C'est la seule explication. Il ne peut pas la lever !

— Qu'est-ce qu'il ne peut pas lever ? demande Noah, très intéressé.

Parfait ! Je jette un regard noir à Richard mais il vit un tel moment de triomphe qu'il ne remarque rien. Je suis persuadée qu'il existe un mot allemand très compliqué qui signifie « la joie ressentie lorsque votre rival est impuissant » ! Richard traduirait ça par un « plaisir en fanfare ».

— Je le plains, finit-il par admettre en voyant ma mine désapprobatrice. Bien sûr, je me mets à sa place. Une affreuse infirmité.

— Tu n'as aucune preuve !

— C'est leur lune de miel. S'il ne le font pas à ce moment-là, c'est qu'il ne peut pas la lever.

— Qu'est-ce qu'il ne peut pas lever ? redemande Noah.

— Rien, mon chéri. On parle d'un truc pour les adultes terriblement ennuyeux.

— C'est un truc qui se lève pour les adultes ? insiste Noah, passionné par le sujet. Est-ce qu'il redescend ?

— Il ne peut pas la lever ! répète Richard au comble de l'excitation. Tout s'explique. Ma pauvre Lottie !

— Qui ne peut pas la lever ? interroge Lorcan en se tournant vers nous.

— Ben, répond Richard.

— Vraiment ? s'étonne Lorcan. Oh merde, alors ! En tout cas, ça explique des tas de choses.

Pitié ! C'est ainsi que les rumeurs naissent. Que les malentendus débutent, que les archiducs sont abattus, que les guerres mondiales éclatent.

J'interviens brutalement :

— Écoutez-moi, tous les deux ! Lottie n'a fait absolument aucune allusion à quoi que ce soit qui monte… ou qui descende.

Noah s'en mêle, comme s'il s'agissait d'une chose tout à fait banale.

— La mienne est levée !

Je pousse un cri d'horreur que je ne peux contrôler.

D'accord, Fliss ! N'en fais pas trop. Reste cool. Sois une mère moderne.

— Vraiment, mon chéri ? Waouh !

J'ai les joues en feu. Les deux hommes m'observent, l'œil pétillant.

— C'est… très intéressant, mon chéri. On pourra en discuter un peu plus tard. Nos corps font des choses merveilleuses, souvent mystérieuses, mais on n'a pas besoin d'en parler en public.

Richard a droit à un regard appuyé de ma part. Noah est perplexe.

— Mais la dame en a parlé. Elle m'a dit de la lever.

— Comment ? je demande complètement perdue.

— Pour le décollage. Elle m'a dit : « Lève ta tablette pour le décollage. »

— Oh, je vois. Ta tablette ! je dis avec une énorme envie de pouffer.

Pince-sans-rire, Richard ajoute :

— Pauvre oncle Ben, sa tablette ne se lève pas.

— Arrête !

J'aimerais l'engueuler, mais je me tords de rire.

— Je suis sûre qu'elle…

Je me tais en entendant l'hôtesse faire une annonce au micro :

— Messieurs, mesdames, puis-je avoir votre attention s'il vous plaît ? J'ai une communication importante à vous faire.

Oh ! J'espère que la vieille dame va bien. J'ai un peu honte de me gondoler pendant qu'un drame se joue.

— J'ai le regret de vous informer qu'en raison d'une urgence médicale, notre avion ne poursuivra pas son vol vers Ikonos comme prévu, mais atterrira sur le plus proche aéroport disposant de tous les équipements médicaux adéquats. Pour le moment, il s'agit de Sofia.

La surprise me cloue dans mon siège. Je n'ai plus envie de rire. Nous sommes déroutés ?

— Nous nous excusons par avance pour le dérangement que cela peut vous causer et je vous tiendrai informés.

J'entends à peine les protestations qui fusent. Je n'arrive pas à y croire. Lorcan, tout aussi incrédule, se tourne vers moi :

— Sofia, en Bulgarie ? Ça signifie combien d'heures de retard ?

— Je n'en ai pas la moindre idée.

— Qu'est-ce qui ne va pas ? demande Noah en scrutant nos visages. Maman, qui est Sofia ?

— C'est une ville. On dirait qu'on va s'arrêter là en premier. Comme ce sera amusant !

Je regarde Richard. Il a perdu de sa superbe. Tassé sur son siège, il contemple le dossier devant lui d'un air accablé.

— C'est le pompon ! On arrivera trop tard. J'espérais qu'on aurait la chance d'être là avant que... tu vois. Désormais, c'est impossible.

— Ça n'a rien d'impossible ! je m'écrie en tentant de nous rassurer tous les deux. Richard, écoute-moi. Le prétendu mariage de Lottie vole déjà en éclats.

Je ne voulais pas lui en dire autant, mais il a besoin de reprendre confiance.

— Comment peux-tu en être sûre ?

— Je le sais. Ce que tu ignores, c'est que ce n'est pas la première fois. Quand Lottie rompt, elle réagit ainsi.

— Elle se marie ? s'exclame-t-il scandalisé. Chaque fois ?

— Non !

Son expression désespérée m'amuse.

— Je veux dire qu'après chaque rupture, elle se lance dans un truc irréfléchi. Puis elle reprend ses esprits. En débarquant de l'avion, je vais sans doute trouver un SMS de sa part : « *Fliss, j'ai fait une énorme erreur ! Au secours !* »

Richard semble digérer mes paroles.

— Tu crois vraiment ?

— Oui. J'ai déjà vécu ça. C'est ce que j'appelle : des Choix Malheureux. Parfois elle rejoint une secte, ou elle se fait tatouer... Pense à ce mariage comme à un énorme piercing. En ce moment précis, ils jouent au quiz des Couples. Tu parles d'une farce. Ils ne savent rien l'un de l'autre. Quand Lottie s'en apercevra, elle recommencera à penser clairement et se rendra compte...

— Le quiz des Couples ? reprend Richard. Comme à la télévision ?

— Oui. « Quel est le plat favori que vous cuisinez pour elle ? » Ce genre de questions.

— Les spaghettis à la carbonara, répond-il sans hésiter.

Je lui serre la main.

— Exactement ! Si Lottie et toi participiez, vous gagneriez. Ben et Lottie vont se ramasser. Alors elle va revenir à la réalité. Un peu de patience !

15

Lottie

Un jeu ! Un simple jeu ! Qui ne veut *rien* dire !

Malgré ça, j'ai les nerfs en pelote et ça empire de seconde en seconde. Pourquoi je ne me rappelle pas ce truc ? Plus grave encore, pourquoi Ben ne peut-il rien mémoriser ? À croire que ma vie ne l'intéresse pas !

Nous sommes assis dans le jardin de l'hôtel, dix minutes avant le début du jeu. Dire que je suis peu préparée est en dessous de la vérité. Ben, lui, est couché dans un hamac : il sirote une bière en écoutant du rap sur son iPod, ce qui n'améliore pas mon humeur.

— Recommençons ! Et cette fois-ci, concentre-toi. Quelle est ma marque de shampooing ?

— L'Oréal.

— Non !

— Head and Shoulders extrafort pour traitement antipelliculaire, répond-il avec un petit sourire suffisant.

Je lui flanque une petite tape.

— Non ! Je te l'ai déjà dit : Kerastase. Et toi, tu utilises du Paul Mitchell.

— Tu crois ?

Je me sens bouillir.

— Qu'est-ce que ça veut dire « Tu crois ? » ? C'est toi qui m'as dit que tu te servais de Paul Mitchell ! Ben, il faut qu'on accorde nos violons ! Si c'est Paul Mitchell, ne change pas !

— Relax !

Il augmente le son, et je commence à désespérer. Au fait, il aime vraiment cette musique ?

Je dois me montrer plus patiente.

— Passons à une autre question : quelle est ma boisson alcoolisée favorite ?

— De la limonade ! dit-il tout content de lui.

— Très drôle !

Pas étonnant qu'il n'ait pas réussi dans la comédie ! Cette vilaine pensée a surgi de nulle part. Oups ! Je serre les lèvres en espérant que Ben n'a pas remarqué mon air méprisant. Bien sûr, je ne le pensais pas vraiment...

Richard aurait fait un effort, lui. Cette pensée fugace traverse mon esprit comme un oiseau en vol. J'en ai le souffle coupé ! Comment ai-je pu les comparer ? Richard et Ben ? Je regarde mon bout de papier et rougis jusqu'aux oreilles. Je ne vais pas penser à Richard. Non. Certainement pas !

Richard, tout comme Ben, aurait trouvé ce quiz ridicule, mais lui au moins aurait fait un effort, car si ça comptait pour moi, ça comptait pour lui aussi...

Arrête, Lottie !

Comme lors de la soirée du bureau, quand on a joué aux charades et que tout le monde l'a trouvé à tomber...

OBÉIS, CERVEAU IDIOT ! Richard est SORTI de ma vie.

En ce moment, il doit dormir de l'autre côté du globe dans un luxueux immeuble de San Francisco après m'avoir totalement oubliée et, moi, je suis avec mon mari, je répète, mon mari...

— *Brillances ?* Tu es sérieuse ?

Je bataillais si fort avec mes pensées que je n'ai pas remarqué que Ben s'est emparé de l'antisèche que je lui avais préparée. Et voici qu'il me regarde avec des yeux ronds.

— Quoi ?

— *Brillances* ne peut pas être ton livre favori.

Il relève la tête.

— Dis-moi que tu plaisantes.

— Pas du tout ! fais-je, agacée. Tu l'as lu ? C'est un roman épatant.

— J'ai perdu trente secondes de mon temps précieux à lire le premier chapitre sur mon ordinateur.

Il fait une grimace.

— Je veux récupérer ces trente secondes.

— À l'évidence, tu n'as rien compris. C'est très instructif si tu le lis sérieusement.

— C'est un ramassis de conneries New Age !

— Ce n'est pas l'avis de quatre-vingts millions de lecteurs, fais-je, insultée.

— Quatre-vingts millions d'imbéciles !

— Alors, c'est quoi, ton livre favori ?

Je lui arrache l'antisèche, mais je n'arrive pas à lire la réponse à la question suivante. Mes yeux s'y refusent.

— Tu ne votes quand même pas pour ce parti ? !

— Pas toi ?

— Non !

Nous nous regardons en chiens de faïence comme si

nous venions de découvrir que nous étions des étrangers. J'avale ma salive deux fois et consulte le papier.

— Bon ! D'accord !

Je tente de lui cacher mon trouble.

— Donc... revoyons quelques sujets de base. Après nos préférences électorales... passons à nos pâtes favorites.

— Ça dépend de la sauce, répond-il vivement. Quelle question stupide !

— Moi, je préfère les tagliatelles. Tu n'as qu'à dire la même chose. Bon, ton émission de télé favorite ?

— *Dirk and Sally.*

— *Dirk and Sally*, sans aucun doute.

Ben sourit, et l'atmosphère se réchauffe.

— Ton épisode favori ?

— Laisse-moi réfléchir.

Ses traits se détendent.

— Celui avec les homards. Un classique.

— Non ! Le mariage. C'est le mariage évidemment : « Avec ce Smith & Wesson modèle 59, je vous déclare mariée »...

J'ai vu cet épisode au moins quatre-vingt-quinze fois. C'était le second mariage de Dirk et Sally (après leur divorce, après leur démission de la police et leur retour dans la saison 4). Le plus beau mariage jamais produit par la télévision.

— Non ! Le double épisode du kidnapping.

Ben se redresse dans son hamac et enlace ses genoux.

— C'était héroïque. Ah, écoute ! J'ai une idée !

Son visage s'illumine.

— On va faire comme si on était Dirk et Sally.

— Quoi ? On fera quoi ? je demande ébahie.

336

— Le quiz ! J'ai oublié tout ce qui est écrit sur cette connerie d'antisèche. Mais je sais ce que Sally aime, et tu connais les goûts de Dirk. On ne sera pas nous mais eux !

Il se moque de moi ? Il n'est pas sérieux, quand même ? Le fou rire me prend sans que je puisse l'arrêter. Mais sans plaisanter, Ben m'explique :

— On sera forcément moins nuls, tu ne crois pas ? Je sais tout sur Sally. Vas-y ! Pose-moi des questions.

Je m'amuse à le tester :

— Bon, quel shampooing utilise-t-elle ?

Il se concentre très fort :

— Je connais la réponse… Du Silvikrin. C'est dans le premier épisode. Et Dirk, quelle est sa boisson préférée ?

— Facile : le bourbon pur.

La réponse m'est venue automatiquement.

— L'anniversaire de Sally ?

— Le 12 juin et Dirk lui offre toujours des roses. Au fait, le tien, c'est quand ? Ce n'est pas bientôt, au moins ?

Il a raison. Nous connaissons mieux les vies d'un couple de détectives inventés pour la télévision que les nôtres. C'est tellement ridicule qu'il vaut mieux en rire !

— D'accord, Dirk, ça marche comme ça.

À ce moment, je vois Nico approcher, flanqué de Georgios et de Hermès. Les Trois Larbins, comme Ben les appelle maintenant. Nous nous sommes réfugiés dans le coin le plus caché, le plus retiré du jardin et pourtant ils ont réussi à nous dénicher. Et ils ont rôdé autour de nous tout l'après-midi en nous proposant des boissons, des pâtisseries et même d'immondes chapeaux marqués *Ikonos* pour nous protéger de la chaleur.

Nico s'adresse à nous du ton le plus plaisant.

— Monsieur et madame Parr, je crois que vous êtes inscrits au quiz des Couples. Le concours commence sur la plage dans quelques minutes.

Il s'est changé et porte une veste ornée d'un galon doré qui me fait penser qu'il doit être le meneur de jeu.

— Nous y allons.

— Parfait ! Georgios vous assistera.

« Nous n'avons pas besoin de sa putain d'assistance », ai-je envie de lui lancer, mais je me mords la lèvre et souris.

— Nous vous suivons !

— En route, Sally ! me murmure Ben à l'oreille, ce qui me fait glousser.

Après tout, on va peut-être s'amuser !

Ils ont vraiment bien fait les choses. L'estrade en bois aménagée sur la plage est décorée de bandes de papier d'argent rouge. Des grappes de ballons en forme de cœur se balancent de chaque côté. Une grande banderole annonce QUIZ DES COUPLES et trois musiciens jouent *Parlez-moi d'amour* ! Melissa arpente la plage dans son cafetan orange suivie à deux pas par un homme aux cheveux blancs portant un maillot de bain Vilebrequin et un polo vert d'eau. J'imagine qu'il s'agit de son mari, car tous deux arborent de gros badges « *Couple n° 1* » avec leurs noms.

— Stella McCartney ! crache-t-elle à son mari. N'oublie pas que c'est Stella McCartney ! Ah ! Salut ! Vous voilà !

— Prête au combat ? demande Ben, l'œil pétillant.

338

— C'est juste pour s'amuser, n'est-ce pas, Matt ? répond-elle, toutes griffes dehors.

Je m'aperçois avec horreur que Matt tient dans sa main *Le Manuel officiel du quiz des Couples*. Ils l'ont pris exprès avec eux ?

En voyant ma tête, Melissa pique un fard en sortant un gros mensonge.

— On l'avait par hasard avec nous. Matt, range-le ! De toute façon, c'est trop tard.

Puis elle ajoute, avec une forte dose d'agressivité :

— Tu aurais pu faire un effort !

Elle se tourne vers de nouveaux arrivants.

— Bonjour ! On va bien s'amuser !

C'est un couple plus âgé qui avance main dans la main, l'air un peu dépassé par tout ce cirque. Ils ont des cheveux gris, des pantalons beiges assortis et des chemises hawaïennes à manches courtes. L'homme porte des socquettes et des sandales.

— Monsieur et madame Parr, vos badges !

Nico nous tombe dessus et nous les donne. Nous sommes le « *Couple n° 3* ».

— Monsieur et madame Kenilworth, voici les vôtres.

— C'est votre lune de miel ? j'ose demander à la femme qui s'appelle Carol d'après son badge.

— Oh, non ! répond-elle en tripotant son col. Nous avons gagné ce voyage à une tombola organisée par notre club de bridge. Ce n'est pas notre genre, mais il faut faire preuve de bonne volonté, et nous aimons bien les jeux...

Nico nous fait monter tous les six sur l'estrade d'où nous avons une vue plongeante sur le public : une petite foule de clients en sarongs et tee-shirts, un cocktail à la main.

— Mesdames, messieurs, commence Nico qui a branché son micro et dont la voix résonne sur toute la plage, bienvenue au quizz des Couples organisé en exclusivité par notre hôtel.

En fait, c'est plutôt drôle. Comme à la télévision. Les femmes sont conduites dans une gloriette où elles doivent mettre des écouteurs qui diffusent une musique tonitruante. Pendant ce temps-là, les hommes répondent aux questions sur la scène.

Puis nous échangeons nos places et c'est notre tour. En écrivant mes réponses, j'ai la frousse. Ben a-t-il suivi notre plan ? A-t-il répondu comme s'il était Dirk ? Pourvu qu'il ne soit pas dégonflé !

De toute façon, maintenant c'est trop tard. J'inscris ma dernière réponse et je remets ma feuille.

Un roulement de tambour se fait entendre pour annoncer Nico.

— Réunissons nos couples ! Interdiction de conférer !

Le public applaudit en voyant les hommes revenir sur scène. Ils se placent d'un côté de Nico, les femmes de l'autre. Melissa fait son cirque pour attirer l'attention de Matt qui a décidé de l'ignorer.

— Première question ! Votre femme ne sort jamais sans son… ? Messieurs, répondez clairement dans le micro. Couple n° 1 ?

— Son sac à main ? répond Matt sans hésiter.

— Et votre femme a écrit…

Nico consulte la feuille :

— Sac à main. Dix points ! Couple n° 2, même question.

— Ses pastilles à la menthe ! dit Tim en hésitant.

— Votre femme a marqué… des berlingots. C'est pas loin ! Dix points. Couple n° 3 ?

— Facile ! déclare Ben très sûr de lui. Elle ne sort jamais sans son Smith & Wesson modèle 59.

— C'est quoi, un revolver ? demande Melissa médusée. Une arme ?

— Votre femme a écrit...

Nico consulte ma feuille.

— Smith & Wesson modèle 59. Félicitations ! Dix points !

Nico se tourne vers moi, l'air faussement inquiet.

— Vous ne le portez pas sur vous, j'espère ?

Je lui fais un clin d'œil.

— Je ne sors jamais sans !

— Une arme ? insiste Melissa. C'est vrai ? Matt, tu as entendu ?

— Question suivante ! déclare Nico. Votre frigo est vide. Où allez-vous le plus souvent pour dîner ? Messieurs, commencez à répondre. Couple n° 1.

— Euh, un *fish & chips*, avance Matt sans y croire vraiment.

— Un *fish & chips* ? répète Melissa, furieuse. Un *fish & chips* ?

— Enfin, c'est rapide et commode...

Matt tremble en voyant l'expression de sa femme.

— Pourquoi ? Qu'est-ce que tu as inscrit ?

— J'ai mis *Le Petit Bistro* ! C'est toujours là que nous allons pour un dîner léger. Tu le sais bien.

— Moi, je vais parfois au *fish & chips*, se rebiffe Matt.

Mais je suis la seule à l'entendre.

— Zéro point, se lamente Nico. Couple n° 2 ?

— Le pub, admet Tim après avoir réfléchi une demi-heure. Je dirais que nous allons au pub.

— Et votre femme a dit...

Nico se penche sur la feuille.

— Madame, je suis désolé, mais votre écriture me pose un problème.

— Je ne savais pas quoi mettre, je l'avoue. Nous ne manquons jamais de nourriture. Nous avons toujours une soupe dans le congélateur, n'est-ce pas, trésor ?

— Tout à fait, renchérit Tim. Nous en préparons d'avance. Tous les dimanches pendant le feuilleton *Midsomer Murders*. Jambon et pois.

— Ou pois chiches et chorizo, enchaîne Carol.

— Ou simple potage à la tomate.

— Nous congelons aussi les petits pains que nous réchauffons au micro-ondes en quelques minutes.

— Pain complet et pain blanc. Nous faisons moitié-moitié en général... ajoute-t-elle avant de se taire.

Nous sommes tous sidérés par ce catalogue de mets domestiques, Nico compris, mais il revient vite à ses fonctions.

— Merci pour cette longue et fascinante explication, dit-il en souriant à Carol et à Tim. Mais hélas, c'est zéro point ! Couple n° 3 ?

— Maintenant nous allons *Chez Dill* ! C'est ce qu'il a mis ?

— Désolé, vérifie Nico, mais ce n'est pas la réponse...

— Une seconde !

Je le coupe en voyant le visage triomphant de Melissa.

— Je n'ai pas fini. Nous allons maintenant *Chez Dill*, mais avant on fréquentait le restaurant de viandes *Jerry et Jim*. C'était avant que la mafia ne le fasse sauter.

Je jette un coup d'œil à Ben qui me gratifie d'un petit hochement de tête.

— Ah ! s'exclame Nico. Je vois que votre mari a écrit : « *Nous allions chez* Jerry et Jim *jusqu'à ce que Carlo Dellalucci le fasse sauter et maintenant nous allons* Chez Dill ».

— Où est-ce ? demande Melissa. Où habitez-vous ?

— Appartement 43 D, Ouest 80ᵉ Rue, nous répondons à l'unisson.

Ça fait partie du générique du début.

— Oh ! New York ! constate-t-elle, comme si elle disait : « Ce trou infâme ! »

— Il a vraiment explosé ? fait Matt, visiblement impressionné. Il y a eu des morts ?

— Le chef de la police, je réponds tristement. Et sa petite fille de dix ans qu'il venait de retrouver. Elle est morte dans ses bras.

C'était la scène finale de la première saison. Un feuilleton exceptionnel. J'aimerais le recommander à toutes les personnes présentes. Sauf que ça serait dévoiler nos batteries !

— Troisième question ! annonce Nico. La compétition devient plus serrée.

Quand nous arrivons à la huitième question, nous avons utilisé les saisons 1 et 2 et la spéciale de Noël. Melissa et Matt ont dix points de moins que nous et Melissa est dans un état d'exaspération avancé.

— Ce n'est pas la vérité, lâche-t-elle quand Ben finit de décrire notre « journée la plus inoubliable » qui comportait un siège armé, une poursuite de police dans le zoo de Central Park et la célébration de son anniversaire dans une cellule de prison (une longue histoire) avec gâteau et bougies.

— Je mets en doute ces réponses !

Elle s'approprie le micro comme si c'était un

marteau de juge et qu'elle siégeait à la tête d'un tribunal.

— Ça n'existe pas, une existence pareille !

— C'est celle de Dirk et Sally ! je réplique en réprimant un gloussement quand je croise le regard de Ben.

— Et qui sont Dirk et Sally ? elle rétorque en nous dévisageant comme si on voulait la piéger.

— Les petits noms que nous nous sommes donnés, répond Ben du tac au tac. D'ailleurs, puis-je vous demander ce que votre question sous-entend ? Vous croyez vraiment que nous avons appris par cœur une série de fausses réponses dans le seul but de remporter ce concours ? Avons-nous l'air de tricheurs ?

Elle hennit comme un cheval maltraité.

— Allons donc ! Vous voulez vraiment me faire croire que vous avez fait connaissance dans une morgue ?

— Et vous ? Vous prétendez vraiment que votre première rencontre a eu lieu au restaurant *Ivy* ? À moins de vouloir regarder dîner des gens connus par peur de s'ennuyer ensemble, personne ne va chez *Ivy* pour un premier rendez-vous. Désolé, ajoute-t-il en se tournant poliment vers Matt, je suis sûr que vous avez passé un bon moment.

Je n'arrête pas de rire. Melissa est de plus en plus furax et je la comprends. Les spectateurs, en plus grand nombre désormais, semblent se délecter.

— Neuvième question ! clame Nico en voulant reprendre les choses en mains. « Quel est lieu le plus inhabituel où vous avez eu des... relations amoureuses ? » Couple n° 2, aimeriez-vous commencer à répondre ?

— Oh ! fait Carol, de plus en plus rouge. Cette

344

question me paraît très personnelle. Extrêmement personnelle.

— Je vous l'accorde, fait Nico.

— Je crois que le mot exact est...

Elle marque une pause, se tortille nerveusement avant de lâcher :

— Fellation !

Une explosion de rire salue sa réponse et je serre les dents pour ne pas participer à l'hilarité générale. Carol s'adonnant à ce genre de pratique ? Impossible à imaginer.

— Votre mari a écrit : « *Un cottage dans l'Anglesey* » lit Nico avec un grand sourire. Zéro point, malheureusement, chère madame. Mais un bravo d'avoir essayé.

La pauvre Carol est foudroyée de honte.

— Par « lieu », j'ai compris... j'ai pensé...

— Je vous comprends. Couple n° 1 ?

— Hyde Park répond Melissa instantanément, telle la bonne élève du premier rang.

— Parfait ! Dix points ! Couple n° 3 ?

J'ai été obligée de réfléchir avant de répondre. Il y avait plusieurs options. J'espère que Ben se souvient de l'épisode.

— La promenade sur Coney Island.

À voir la tête de Ben, je sais que je me suis trompée.

— Malheureusement votre mari a écrit : « *Sur le bureau du procureur* ».

— Le bureau du procureur ? reprend Melissa, absolument livide. Vous vous fichez de moi ?

— Zéro point ! intervient Nico rapidement. Et maintenant, nous atteignons le sommet de notre quiz. Tout repose sur la dernière question. La plus personnelle, la plus intime.

345

Il se tait, comme pour faire monter la pression.

— Quand vous êtes-vous rendu compte que vous étiez amoureux de votre femme ?

Le silence est total. Seul un discret roulement de tambour souligne l'attente du public.

— Couple n° 3 ?

Ben semble revivre la scène :

— Nous étions liés l'un à l'autre sur des rails de chemin de fer. Un train approchait. Elle m'a chuchoté à l'oreille : « Si tout se termine ici, je mourrai heureuse. » Et puis elle nous a libérés en sciant les cordes avec sa lime à ongles.

— Correct !

— Des rails de chemin de fer ? s'insurge Melissa en nous regardant tous les deux. Puis-je poser une réclamation ?

Je fais un grand sourire à l'adresse de Ben en levant mon poing en signe de victoire. Mais il ne réagit pas. Il regarde au loin comme s'il se souvenait.

— Couple n° 2 ?

— Attendez ! crie Ben soudain. Je n'ai pas terminé ma réponse. Quand nous étions sur les rails, c'est à ce moment que je me suis rendu compte que j'étais amoureux de ma femme. Mais le moment où j'ai réalisé que je l'aimais…

Il me dévisage d'un air indéchiffrable.

— C'était une autre fois.

— Quelle importance ? s'insurge Melissa. Vous essayez de nous bluffer encore ?

— On peut tomber amoureux, on peut cesser d'être amoureux… Mais quand on aime, c'est pour l'éternité.

Tiens, je ne reconnais pas cette réplique du feuilleton ! Je suis un peu perdue. De quoi parle-t-il ?

— Le jour où je me suis rendu compte que j'aimais ma femme, c'était ici même, sur l'île d'Ikonos, il y a quinze ans.

Il se penche vers le micro et sa voix monte d'un cran :

— J'avais la grippe. Elle a veillé sur moi toute la nuit. C'était mon ange gardien. Je me souviens encore de sa douce voix me disant que je guérirais vite. Je me rends compte maintenant que, sans le savoir, je l'aime depuis ce jour.

Le silence est impressionnant. Tout le monde est bouleversé. Puis, parmi le public, une fille pousse des hourras. L'émotion s'estompe, les applaudissements éclatent, de plus en plus nourris.

Je suis tellement émue que je n'entends pas les réponses des autres concurrents. Ben a parlé de nous. Pas de Dirk et Sally : de nous ! De Ben et de Lottie. Rayonnante de bonheur, je ne cesse de sourire. Il m'aime depuis quinze ans. Il l'a déclaré haut et fort. C'est le moment le plus romantique de ma vie. De toute ma vie !

Un petit doute persiste pourtant…

Oh ! Ce n'est pas le plus important mais je ne me souviens de rien. Ma mémoire est vide. Je ne me rappelle pas la grippe de Ben, ni d'avoir veillé sur lui. Pour me rassurer, je songe qu'il y a des tas de choses qui m'échappent. J'avais oublié tout ce qui concerne le Grand Bill. Ou le tournoi de poker. Ça doit être enterré quelque part en moi.

— Tu sais que c'était pendant ce pique-nique ! Tu l'as toujours dit !

Je me rends compte brutalement que Melissa et Matt se disputent encore autour de sa réponse à lui.

347

— Ce n'était pas pendant un pique-nique, répète Matt sans en démordre. C'était dans les Cotswolds. Mais vu la façon dont tu te comportes, je commence à le regretter !

Melissa enrage. Je ne serais pas étonnée de voir de la fumée sortir par ses oreilles.

— Matt ! Je crois savoir où nous sommes tombés amoureux. Et ce n'était pas dans ces foutues Cotswolds !

Nico fait preuve de maîtrise.

— Ceci met fin à notre concours ! Et je suis ravi de déclarer que nos vainqueurs sont le Couple n° 3 ! Ben et Lottie Parr ! Vous gagnez un massage en couple en plein air et vous recevrez le trophée de l'Heureux Couple de la semaine lors de la cérémonie de gala qui se tiendra demain soir. Mes félicitations !

Il demande à la foule d'applaudir et Ben me fait un clin d'œil. Quand nous saluons, il me serre la main très fort.

— J'aime l'idée de ce massage en couple, me murmure-t-il à l'oreille. J'ai lu le descriptif. Ça se passe sur la plage sous une tonnelle fermée par des rideaux et ils utilisent des huiles essentielles. On vous donne du champagne et, une fois le massage terminé, on vous laisse seuls pour un « moment d'intimité ».

Un moment d'intimité ? Nos regards se croisent. Enfin ! Ben et moi, seuls sur la plage à l'abri des regards, bercés par les vagues, buvant du champagne, nos corps luisants d'huile…

— Demandons ce massage le plus vite possible, dis-je, folle de désir.

— Ce soir.

Sa main frôle légèrement ma poitrine et je tremble en pensant à ce qui nous attend. Finie, l'interdiction de nous toucher ! Nous nous inclinons une dernière fois devant la foule et quittons la plate-forme.

— Il est temps d'aller boire un verre, propose Ben. Ou même plusieurs !

Disposer d'un majordome n'a pas que des inconvénients. À l'instant où nous émettons le souhait de boire un verre pour célébrer notre victoire, Georgios entre en action. Il nous obtient une table de coin dans l'élégant restaurant de la plage, veille à ce qu'on nous apporte une bouteille de champagne dans un bac à glace et des canapés au homard provenant du restaurant principal. Pour une fois, j'apprécie le ballet des serveurs qui sont aux petits soins pour nous. Ce n'est que justice ! Nous sommes les champions !

— Alors ! fait Ben quand nous sommes enfin seuls. Finalement la journée a été bonne.

— Très bonne !

— Deux heures à attendre avant notre massage.

Nous nous sourions, au comble de la félicité.

Deux heures délicieuses à savourer le plaisir à venir. Je peux tenir le coup. Après deux gorgées de champagne, je me cale dans mon fauteuil, le visage baigné de soleil. En cet instant, la vie approche de la perfection. Je n'ai qu'un très léger souci que je cherche à ignorer. Je peux l'ignorer. Oui. Je le peux.

Non ! Impossible.

Tandis que je déguste le champagne et les amandes salées, quelque chose me turlupine. Un point négatif que j'aimerais bien éluder. Mais inutile de me duper : plus j'attends, plus il me préoccupera.

Je ne connais pas Ben. Pas vraiment. C'est mon mari, mais je ne le connais pas. Ce n'est pas grave s'il ne vote pas comme moi − ce qui est grave, c'est que je l'ignorais. J'ai cru que nous avions tellement discuté ces derniers jours… or il y a encore de grosses lacunes. Combien de nouvelles surprises m'attendent ?

Dans nos séances de recrutement, nous posons la même question standard aux candidats pour les jauger rapidement : « Où désirez-vous être dans un an, cinq ans, dix ans ? » Comment Ben répondrait, je n'en ai aucune idée. Et, si vous voulez mon avis, ce n'est pas bon signe.

Ben me caresse le nez.

— Tu es bien distante. Reviens sur terre, Lottie !

Je l'interroge aussi sec.

— Où désires-tu être dans cinq ans ?

— Excellente question ! répond-il immédiatement. Et toi ?

— Sois sincère, fais-je en souriant. J'aimerais connaître la ligne de conduite officielle de Ben Parr.

— J'en avais sans doute une.

Nos regards se croisent et ses yeux se remplissent de douceur.

— Mais cette ligne n'est plus la même depuis que je t'ai.

Sa réponse me désarme. Du coup, mes doutes s'envolent. Son visage n'est qu'un charmant sourire, ses yeux regardent au loin comme s'il contemplait notre avenir.

— Je ressens la même chose, j'avoue, troublée. J'ai l'impression qu'un nouvel avenir s'ouvre à moi.

— Un avenir à deux. Où l'on voudra. Lottie, à quoi ressemble ton rêve ? Fais-le-moi partager.

— La France ? je propose en hésitant. Une ferme en France ?

J'ai toujours eu ce fantasme de vivre en France.

— La Dordogne, peut-être, ou la Provence ? On pourrait aménager une maison, nous atteler à un vrai projet...

— J'adore cette idée !

Les yeux de Ben pétillent.

— Trouver une ruine, en faire un lieu fantastique, accueillir des amis pour de longs séjours, prendre des repas interminables...

— Exactement !

Je parle en même temps que lui.

— On aura une grande table, des aliments merveilleusement frais, les enfants nous aideront à faire la salade...

— Ils apprendront le français et...

— Combien d'enfants veux-tu ?

Ma question arrête notre énumération. Je retiens mon souffle.

— Autant que nous pourrons, répond Ben spontanément. S'ils te ressemblent, j'en veux dix !

— Peut-être pas *dix*...

J'éclate de rire, je suis tellement soulagée. Nous nous entendons parfaitement ! Mes soucis étaient sans fondement ! Nous sommes sur la même longueur d'onde pour les grands choix de la vie ! J'ai presque envie de sortir mon portable et de commencer à sélectionner des vieilles propriétés en France.

— Tu veux vraiment déménager en France ?

— S'il y a une chose que je veux faire dans les deux prochaines années, c'est me poser. Trouver un mode de vie qui me plaise. Or, la France est une de mes passions.

— Tu parles français ?

Il prend le menu des desserts, sort un crayon et griffonne quelque chose au dos. Puis il me le tend.

L'amour, c'est toi,
La beauté, c'est toi,
L'honneur, c'est toi,
Lottie, c'est toi.

Je suis enchantée. Personne n'a jamais composé un poème pour moi. Et sûrement pas en français.

— Merci et merci ! C'est adorable !

Je le relis, l'approche de mon visage comme pour humer les mots puis le repose sur la table.

— Mais ton travail ?

Ce projet me tient tellement à cœur que je le presse de questions pour me rassurer.

— Tu pourras le quitter ?

— Je ferai des allées et retours.

En fait, j'ignore tout des activités de Ben. Je sais seulement qu'il a une usine de papier. Mais quel est son rôle exact ? Il ne me l'a jamais expliqué et il est sans doute un peu tard pour lui demander des précisions.

— As-tu quelqu'un à qui confier les rênes de la boîte ? Que penses-tu de Lorcan ? Il travaille pour toi, n'est-ce pas ? Il pourrait prendre le relais ?

— Pas de doute, ça l'enchanterait.

La réponse de Ben est empreinte d'une soudaine amertume. Je dois m'en souvenir pour plus tard.

La barbe ! J'ai touché un nerf sensible. Je ne connais pas les détails, mais la réaction de Ben évoque des conseils d'administration tendus, des portes claquées, des mails acerbes qu'on regrette le lendemain.

— C'est ton témoin, si je ne me trompe pas ? Vous êtes les meilleurs amis du monde, non ?

Ben se tait, préoccupé par quelque pensée.

— J'ignore pourquoi Lorcan fait partie de ma vie, dit-il enfin. C'est la pure vérité. J'ai détourné les yeux et il était installé là. Oui, juste là !

— Explique-moi !

— Son mariage a capoté il y a quatre ans. Il est allé dans le Staffordshire pour rester avec mon père. Normal : ils étaient proches. Ça datait de l'époque où nous étions en classe ensemble. Mais en deux temps trois mouvements, Lorcan a donné des conseils à mon père, il est entré dans la société et bientôt, a dirigé l'affaire. Tu les aurais vus, mon père et lui, parcourir l'usine ensemble, dresser des plans, me laisser en dehors du coup.

— Quelle horreur ! je m'exclame pour lui faire plaisir.

— Il y a deux ans, ça a explosé.

Il avale un peu champagne.

— Je me suis levé et je suis parti. J'ai déserté ! Il fallait que je fasse le point. Cela les a tellement perturbés qu'ils ont prévenu la police... Je ne leur ai jamais dit où j'étais. Après ça, ils m'ont traité comme un doux dingue. Mon père et Lorcan étaient plus complices que jamais. Puis mon père est mort...

Son ton se durcit tellement que j'en ai la chair de poule.

— Lorcan est resté dans l'affaire ? je m'inquiète.

— Où aurait-il pu aller ? Il a un job peinard. Un salaire rondelet, un bungalow sur la propriété... il n'a pas à se plaindre.

— Il a des gosses ?

— Non ! J'imagine qu'ils n'ont pas eu le temps. Ou qu'ils n'en voulaient pas.

— Dans ce cas, tu devrais t'en débarrasser tranquillement, non ?

Je m'apprête à lui suggérer le nom d'un cabinet d'avocats spécialisé dans les licenciements en douceur, mais Ben ne m'écoute plus.

— Lorcan croit qu'il sait tout sur tout, grâce à son intelligence supérieure. Il me dicte ce que je dois faire de ma vie. Ce que je dois faire de ma société. Quelle agence de pub je dois utiliser. Combien je dois payer mes femmes de ménage. Quelle qualité de papier est la meilleure pour… je ne sais pas, un agenda de bureau ! Et comme je ne connais pas les réponses, il gagne !

— Il ne s'agit pas de gagner, je lui fais remarquer. Mais Ben est ailleurs.

— Un jour, il m'a confisqué mon portable en public parce qu'il a trouvé que « ce n'était pas convenable ». Ben est porté par la haine.

— On dirait du harcèlement ! je m'exclame, choquée. Tu as une directrice des ressources humaines efficace ?

— Oui, admet-il en boudant. Mais elle part. De toute façon, elle ne dirait jamais rien à Lorcan. Ils l'adorent tous.

À l'écouter d'une oreille professionnelle, je suis atterrée ! Quelle pagaille ! J'aimerais disposer d'une feuille de papier pour établir un plan d'action en cinq points afin de driver Lorcan plus efficacement. Mais vous parlez d'une attitude sexy en pleine lune de miel !

Je préfère lui demander d'une voix de miel et de sucre :

— Où as-tu été vraiment quand tu as déserté ?

— Tu veux réellement le savoir ? répond Ben en me gratifiant d'un sourire désabusé. Je n'en suis pas très fier.

— Dis-moi quand même.

— J'ai pris des leçons de comédie avec Malcolm Robinson !

— Malcolm Robinson ? Tu es sérieux ?

Je l'adore. Il est hilarant. Il avait un *one man show* et je l'ai vu une fois sur scène à Édimbourg.

— J'ai gagné des cours, d'une façon anonyme, aux enchères d'une œuvre de bienfaisance. À l'origine, ça ne devait durer qu'un week-end, mais je l'ai persuadé de les prolonger pendant toute la semaine. Ça m'a coûté une fortune ! À la fin, je lui ai demandé de me dire sincèrement si j'avais du talent.

Silence. En voyant sa tête, je crains le pire. Je m'éclaircis la voix :

— Qu'est-ce... Qu'est-ce qu'il...

Ben me coupe d'un ton neutre :

— Il a été direct. Il m'a dit non et m'a conseillé de laisser tomber. Il m'a rendu un grand service, je l'avoue. Depuis, je n'ai pas raconté une seule blague.

— Tu as dû souffrir comme un damné.

— Ma fierté en a pris un coup, oui.

— Depuis combien de temps faisais-tu de la scène...

Je m'interromps, ne sachant trouver les mots qui conviennent. Heureusement Ben a compris ce que je voulais savoir :

— Sept ans.

— Tu as abandonné froidement ?

— Ouais !

— Tu n'en as parlé à personne ? À ton père ? À Lorcan ?

— J'ai pensé qu'ils auraient remarqué que je ne donnais plus de spectacles et qu'ils me poseraient des questions. Mais non !

Ben en souffre toujours, c'est évident.

— Je n'avais personne d'autre à qui me confier...
Tu comprends. Tout expliquer.

Sans réfléchir, je lui prends la main, la serre fort.

— Maintenant, tu m'as ! Tu peux t'expliquer.

Il me prend la main à son tour et nous nous regardons dans les yeux. En cet instant, j'ai l'impression d'être totalement en symbiose avec lui. Mais deux serveurs surgissent avec des assiettes de canapés. Nous retirons nos mains, et le charme est rompu.

— Étrange lune de miel, tu ne trouves pas ? dis-je, désabusée.

— Je ne sais pas. Ça commence à me plaire.

J'éclate de rire.

— Moi aussi, dans le fond. C'est tellement loufoque ! Au moins, nous ne sommes pas près de l'oublier.

Je suis sincère. Sans les désastres de la chambre, nous n'aurions peut-être pas pris ce verre et je n'aurais rien appris sur Ben. C'est drôle comme les choses tournent ! J'enlace ma jambe à la sienne et commence à caresser sa cuisse de mon orteil, une câlinerie très personnelle, quand il hoche la tête violemment.

— Non ! Pas question ! C'est trop excitant ! Pas dans mon état !

— Dans ce cas, comment vas-tu supporter le massage en couple ? je lui demande pour le taquiner.

— En leur donnant l'ordre de le limiter à dix minutes et de nous laisser ensuite en paix. Je serai d'accord pour leur refiler un généreux pourboire.

Je consulte ma montre.

— Encore une heure à poireauter. Je me demande quelles huiles ils utilisent.

— Ne me parle pas d'huile, tu veux bien. On ne parle pas de corde dans la maison d'un pendu !

Je recommence à rire.

— OK, changeons de sujet. Quand allons-nous retourner à la pension ? Demain ?

L'idée de revoir notre pension m'excite et me terrifie. C'est là que nous nous sommes connus. C'est là que le feu a pris. Là que ma vie a changé. Là que tout a commencé. Dans une petite pension, il y a quinze ans.

— Demain, approuve Ben. Tu feras la roue sur la plage pour me faire plaisir.

— D'accord. Et toi, tu plongeras du rocher.

— Ensuite nous chercherons cette grotte où nous allions…

Nous sourions, les yeux voilés, perdus dans nos souvenirs.

— Tu portais ce short teint de toutes les couleurs qui me rendait fou.

— Je dois t'avouer que je l'ai apporté !

— Tu as fait ça ! s'exclame-t-il, l'œil brillant.

— Je l'ai gardé tout ce temps.

— Tu es un ange !

Je lui décoche un clin d'œil coquin. J'ai une folle envie de lui. Mon Dieu ! Comment tenir encore une heure ? Comment nous occuper ?

Je vais donner de nos nouvelles à Fliss. Je prends mon portable et tape un court SMS :

Tu ne devineras jamais ! ON A GAGNÉ !!!
Ben et moi nous formons une équipe formidable ! Le bonheur total.

Je souris en écrivant. Elle n'en croira pas ses yeux !
En fait, j'espère que ces nouvelles la réjouiront. Je
l'ai trouvée un peu tendue. Je me demande ce qui se
passe. Automatiquement, j'ajoute :

J'espère que tu passes une bonne journée,
toi aussi. Tout va bien?? Bises

16

Fliss

Je ne reproche rien à Sofia. C'est une belle ville. J'y suis venue plusieurs fois. Elle peut se vanter de posséder de superbes églises, d'intéressants musées et une foire aux livres en plein air. Cependant, ce n'est pas là que j'ai envie d'être à six heures du soir, fatiguée, poisseuse, crevant de chaud. À attendre à l'aéroport que mes bagages apparaissent sur le tapis alors que je devrais être sur l'île grecque d'Ikonos !

Un seul point positif : je ne peux pas m'en prendre à Daniel. Pas cette fois-ci. Aujourd'hui, c'est la faute à pas de chance, appelée aussi « caprice de Dieu » ! (Merci, mon Dieu ! Dites-moi : Est-ce là Votre vengeance pour ce que j'ai sorti au catéchisme quand j'avais onze ans ? Je plaisantais.) À dire vrai, j'aimerais bien m'en prendre à Daniel. Plus précisément, je voudrais le bourrer de coups de pied. Comme ce n'est pas possible, à la place je pourrais attaquer mon chariot…

Les passagers se massent sur cinq rangs. Ils arrivent de plusieurs vols, et personne n'est de bonne humeur, surtout pas mes compagnons de malheur du vol 637 à destination d'Ikonos. Peu de sourires. Pas une plaisanterie.

Sofia ! Vacherie de Bulgarie !

Des années de voyages professionnels en avion m'ont donné une attitude zen face aux retards et aux contretemps, mais j'avoue que celui-ci est de proportion épique. On aurait pu débarquer la vieille dame, la conduire en urgence dans un hôpital et repartir aussitôt. Mais non ! Trop simple ! Il a fallu retrouver ses bagages, puis obtenir un créneau pour le décollage. À la suite de quoi ces messieurs les techniciens se sont aperçus que le moteur avait des ratés. Conclusion : une escale imprévue d'une nuit à Sofia. On va nous héberger au *City Heights Hôtel*. (Un quatre étoiles pas mal avec un bar en terrasse, si mes souvenirs sont exacts.)

— Elle est à nous ! hurle Noah pour la cinquantième fois.

Il a tenté de s'approprier toutes les valises noires émergeant sur le tapis, malgré la présence parfaitement visible d'une sangle rouge sur la nôtre, qui doit d'ailleurs être en route pour Belgrade à l'heure qu'il est.

— Noah, tu te trompes ! Continue de regarder !

Une femme m'écrase le pied. J'essaie de me rappeler toutes les injures que je connais en Bulgare quand mon portable affiche un message :

Tu ne devineras jamais ! ON A GAGNÉ !!!!
Ben et moi formons une équipe formidable. Le bonheur total. J'espère que
tu passes une bonne journée, toi aussi.
Tout va bien ?? Bises

Le choc me paralyse. Ils ont gagné ? Par quel miracle ?

Richard m'a vu lire sur mon écran.

— Il vient de qui ? De Lottie peut-être ?

— Euh, oui.

Je ne réagis pas assez vite pour lui mentir.

— Qu'est-ce qu'elle dit ? Elle se rend compte qu'elle a fait une erreur ?

Il a tellement envie d'entendre un « oui » que j'en ai mal au cœur pour lui.

— J'imagine qu'ils ont échoué au quiz, non ?

— En fait…, je commence en hésitant.

Comment lui annoncer leur victoire ?

— En réalité, ils ont gagné.

Pauvre Richard, la surprise le défigure.

— Ils ont gagné ?

— Apparemment.

— Mais je croyais qu'ils ne savaient rien l'un de l'autre.

— C'est vrai.

— Tu m'as assuré qu'ils échoueraient ! m'accuse Richard.

— Je sais ! j'avoue, très ébranlée. Il doit y avoir une explication. J'ai dû mal comprendre. Je vais lui téléphoner.

Je compose son numéro et m'éloigne de Richard.

— Fliss ?

Cela me suffit pour savoir qu'elle est aux anges.

— Félicitations ! je m'exclame en essayant de me montrer aussi ravie qu'elle. Vous… avez gagné ?

— Incroyable, non ? Tu aurais dû être là. On a fait ça en couple comme Dirk et Sally, tu sais, les personnages du feuilleton qu'on regardait à la télévision ?

361

— Ah oui ! Waouh !

— Nous sommes en train de célébrer notre victoire avec des délicieux canapés au homard et du champagne. Nous retournons à la pension demain. Ben m'a composé un poème d'amour en français…

Elle pousse un soupir de bonheur.

— C'est la lune de miel parfaite.

Je n'en crois pas mes oreilles. Champagne ? Poème d'amour en français ? Lune de miel parfaite ?

Qu'est-ce qu'il fabrique, le Nico des VIP ? Il dort ?

— Oui, on a passé un sale moment ! avoue Lottie en riant. Tu ne le croirais pas. On n'a même pas… Tu vois. Pas encore. Mais, d'une certaine façon, ça n'a pas d'importance.

Sa voix se fait plus tendre.

— C'est comme si cette suite de désastres dingues nous avait rapprochés, Ben et moi.

Comment ça ? Les désastres les auraient rapprochés ? Je les aurais rapprochés ?

— Formidable ! Merveilleux ! Ainsi tu as pris la bonne décision en épousant Ben ?

— Mille millions de fois, oui ! confirme-t-elle d'une voix proche de l'extase.

— Alors mille bravos !

Et maintenant, comment enchaîner ?

— Tiens, dis-je, je viens de penser à Richard. Je me demande ce qu'il devient. Tu es en relation avec lui ?

— Richard ?

Son ton au vitriol brûle mon oreille.

— Pourquoi serais-je en contact avec Richard ? Il est sorti de ma vie et j'aurais préféré ne jamais avoir eu affaire à lui !

Ah !

Je me frotte le nez, évitant de regarder Richard. J'espère qu'il ne m'entend pas.

— Quand je pense que j'étais prête à traverser l'Atlantique pour lui ! Il n'aurait jamais levé le petit doigt pour moi. Jamais.

Son amertume est décourageante. D'autant qu'elle ajoute :

— Il n'y a pas en lui la moindre fibre romantique !

— Je suis sûre que si ! je réplique avant de pouvoir me contrôler.

— Non, aucune. Tu sais ce que je crois ? Il ne m'a jamais aimée. Avec un peu de chance, il m'a déjà oubliée.

Je regarde Richard – fatigué, en sueur, crevant de chaud – et j'ai envie de hurler. Si seulement elle savait !

— En tout cas, poursuit-elle, furieuse, je trouve qu'amener Richard dans la conversation est vraiment de mauvais goût !

Je corrige le tir.

— Excuse-moi, Lottie. Je pensais tout haut. Je suis ravie que tu t'amuses bien.

— Tu veux dire que je passe des moments fantastiques ! Nous n'arrêtons pas de nous parler, d'être sur la même longueur d'onde, de faire des plans… Au fait, ce type avec qui tu es branchée, Lorcan…

— Oui, et alors ?

— J'ai l'impression que c'est une plaie vivante. Tu devrais le fuir. Tu ne l'as pas revu, j'espère ?

Machinalement, je jette un coup d'œil à Lorcan qui se tient au bord du tapis, avec Noah sur ses épaules.

— Euh… pas trop. Pourquoi ?

— C'est une horreur, un monstre d'ambition. Tu

sais qu'il travaille dans l'affaire de Ben ? Eh bien, il a réussi à se faire engager par le père de Ben et maintenant qu'il a un boulot peinard, il décide de tout et veut même contrôler Ben.

— Oh ! fais-je, perplexe. Je n'en avais aucune idée. Ils sont copains, non ?

— C'est ce que je pensais. Mais Ben le déteste. Tu te rends compte ! Un jour il lui a confisqué son portable en public ! Comme s'il était un maître d'école. Atroce, non ? J'ai dit à Ben qu'il devrait le poursuivre pour harcèlement ! Et il y a plein d'autres histoires de cet acabit. Alors promets-moi de ne pas tomber dans ses bras !

J'ai envie de partir d'un rire moqueur, mais je me retiens. Lui tomber dans les bras ? Ça ne risque pas !

— Je ferai de mon mieux. Et toi j'aimerais que… euh… Continue à bien t'amuser, j'ajoute à contrecœur. Au fait, quelle est la suite du programme ?

— Massage en couple sur la plage !

Je me raidis en imaginant les conséquences.

— Très bien. C'est quand exactement ?

Je prépare déjà dans ma tête le savon que je vais passer à Nico. Il perd les pédales, c'est certain ! Comment a-t-il pu se montrer aussi négligent ? Pourquoi boivent-ils du champagne en avalant des canapés au homard ? Pourquoi permettre à Ben de rédiger un poème d'amour en français ? Il aurait dû lui sauter dessus et lui arracher son stylo !

— Dans une demi-heure, répond Lottie. Ils vous enduisent d'huile avant de vous laisser seuls dans la plus stricte intimité.

Elle baisse la voix :

— Franchement, Fliss, Ben et moi, on en *crève d'envie* !

Quelle tuile ! Ça ne faisait pas partie du plan. Je suis coincée à Sofia pendant que Ben et Lottie sont sur le point de concevoir un bébé sur la plage. Pas de doute qu'ils vont le baptiser « Sable » avant de se battre comme des chiffonniers quand ils rompront. Dès que j'ai raccroché, j'appelle Nico en quatrième vitesse.

— Alors ? s'inquiète Richard. Comment ça se présente ?

— C'est simple : je contrôle la situation, je réponds brièvement alors que je suis aiguillée sur la boîte vocale.

— Salut, Nico ! Fliss à l'appareil. On doit se parler le plus vite possible. Rappelez-moi ! À plus tard.

— Alors, qu'est-ce que Lottie t'a raconté ? demande Richard dès que j'ai fini. Ils ont gagné ?

— On dirait.

— Quel salaud ! s'exclame-t-il en respirant lourdement. Salaud ! Qu'est-ce qu'il sait sur Lottie que j'ignore ? Qu'est-ce qu'il possède que je n'ai pas ? En dehors du château…

Il m'exaspère avec sa rengaine.

— Richard, arrête ! Ce n'est pas une compétition !

Il m'observe comme si j'étais la plus grande idiote de la terre.

— Évidemment qu'il s'agit d'une compétition !

— Pas du tout !

— Fliss, dans la vie d'un homme, tout s'apparente à compétition.

Et il se met à débloquer sur ce thème.

— Tu ne te rends pas compte ? Dès l'âge de trois ans, quand un garçon fait pipi contre un mur avec ses copains, il n'a qu'un souci en tête : suis-je le plus grand ? Le plus fort ? Ai-je mieux réussi ? Ma femme est-elle la plus sexy ? Alors, tu vois, le jour où un salaud de baratineur avec un avion privé se tire avec la femme que tu aimes, oui, c'est une compétition.

— Tu ne sais même pas s'il a un jet !

— Je le devine.

Nous nous taisons. Malgré moi, je jauge Richard par rapport à Ben. Selon mes critères, il l'emporterait, mais bon, je ne connais pas Ben.

— OK, d'accord. Tu as sans doute raison. Mais comment décider du vainqueur ? Où se situe la ligne d'arrivée ? Elle en a épousé un autre. Cela signifie que tu as perdu, non ?

Je ne veux pas être méchante, mais c'est la stricte réalité.

— Quand j'aurai fait part à Lottie de mes sentiments… et si elle me dit encore non, *alors* oui, j'aurai perdu !

Il me fait pitié, ce pauvre Richard ! En se mettant en première ligne, on ne peut pas dire qu'il se facilite les choses.

— D'accord. En tout cas, tu sais pour qui je voterai !

Je le prends par l'épaule. Il surveille mon téléphone.

— Qu'est-ce qu'ils fabriquent ? Dis-le-moi. Je sais qu'elle t'a tout raconté.

— Ils ont bu du champagne et mangé du homard, dis-je en me forçant. Et Ben lui a écrit un poème d'amour en français.

— En français ?

Richard a l'air d'avoir reçu un coup de poing dans l'estomac.

— Quel connard prétentieux !

— Et, demain, ils ont l'intention d'emménager dans la pension.

À ce moment, Lorcan nous rejoint. Aidé de Noah, il pousse trois valises à roulettes vers nous.

— Bien joué, les mecs ! je m'écrie. Vous avez retrouvé tous nos bagages !

— Félicitations ! dit solennellement Noah à Lorcan avec un *high five* vigoureux.

— La pension ? s'inquiète Richard. Là où ils se sont connus ?

Son front n'est plus qu'une succession de rides.

— Elle n'arrête pas de parler de cet endroit. Ses calamars, meilleurs que n'importe où ailleurs. La plage secrète, incomparable. Un jour, je l'ai emmenée à Kos et tout ce qu'elle m'a sorti, c'est que la pension était plus agréable.

— Ah oui ! La pension ! renchérit Lorcan. Je la déteste ! Si j'entends encore une fois Ben me répéter que le coucher du soleil avait de quoi remettre votre vie en question, je...

— Lottie aussi me rebattait les oreilles avec son coucher de soleil, rajoute Richard.

— Et de répéter qu'ils se levaient à l'aube pour faire leur yoga imbécile...

— ... et les gens...

— ... et l'ambiance...

— Et la mer était si transparente, si turquoise, la perfection même, dis-je en me moquant d'eux. Oubliez tout ça !

— Fichu endroit ! jure Lorcan.

— Si seulement cette pension avait brûlé ! rêve Richard.

Nous nous regardons, bien plus joyeux. Rien de tel que d'avoir un ennemi en commun.

— On devrait y aller, propose Lorcan en me tendant la poignée de ma valise.

À cet instant précis, mon téléphone sonne.

Je vérifie l'écran : c'est Nico. Enfin !

— Nico ! Où étiez-vous passé ?

— Fliss ! Je sais ce que vous pensez et je suis mort de honte...

Je coupe sa cascade d'excuses :

— On n'a pas le temps. Ils sont sur le point de faire l'amour sur la plage. Il faut que vous vous dépêchiez. Écoutez-moi bien.

17

Lottie

Nous disposons d'une plage privée : le décor idéal pour une nuit de noces. Vous imaginez ? Plus cool, tu meurs !

Nous sommes dans une petite crique isolée que l'on rejoint depuis la plage par quelques marches taillées dans le rocher. Un panneau indique « *ne pas déranger* » ! Pour y accéder, nous avons suivi nos deux masseuses, avec Georgios et Hermès fermant la marche et transportant le champagne et les huîtres sur un lit de glace. Nous sommes maintenant allongés sur un immense matelas double. Nos deux masseuses, Angelina et Carissa, étalent de l'huile sur nos corps. De grands rideaux blancs flottent autour de nous et nous assurent une intimité totale. Le ciel est de ce bleu intense que l'on ne voit que pendant quelques courts instants en début de soirée. Des bougies parfumées, plantées dans le sable, répandent dans l'atmosphère leur doux parfum. Des oiseaux nous survolent en s'appelant. J'entends le clapotis des vagues sur le sable et respire l'odeur iodée de l'air. J'ai l'impression de participer à la mise en scène raffinée d'une vidéo artistique.

Ben tend le bras pour prendre ma main et je la serre tout en faisant un clin d'œil à Carissa qui s'active sur un nœud récalcitrant de mon trapèze. Miam-miam ! Ben, moi et un lit à baldaquin sur une plage à notre entière disposition pour les deux heures à venir. Angela a insisté sur ce point à plusieurs reprises : « Plein de temps pour vous. Vous serez détendus tous les deux... Tous vos sens seront exacerbés... Tranquillité garantie ! »

Tout juste si elle ne nous fait pas de l'œil. C'est l'option « Sexe au grand air » ou je ne m'y connais pas. Sauf que l'hôtel n'ose pas l'inscrire dans sa brochure.

Carissa en a terminé avec mon cou. Elle rejoint Angelina à la tête du lit pour un massage synchronisé de nos têtes. Je suis de plus en plus détendue – en fait, je m'endormirais presque si je n'étais pas aussi excitée. La vision de Ben luisant d'huile et nu à mes côtés est suffisante pour me mettre dans tous mes états. Nous allons profiter de chaque minute de ces deux heures, c'est juré. Nous méritons de faire l'amour ! Il suffirait qu'il me touche pour que j'explose...

Ding !

Finie, ma rêverie. Angelina et Carissa ont sorti de nulle part des clochettes qu'elles agitent au-dessus de nos têtes dans une sorte de rituel.

— Terminé ! murmure Carissa en bordant mon drap. Détendez-vous. Relaxez-vous !

Ouais ! C'est fini ! Le temps dévolu au sexe peut commencer. Les yeux mi-clos, je vois Angelina et Carissa s'éloigner de notre enceinte privée. Le silence est à peine troublé par les rideaux de coton qui bougent dans la brise légère. Incapable de parler, je regarde le ciel. Torpeur et désir me subjuguent. Je jouis d'un état particulièrement enchanteur. L'après-massage, l'avant-sexe !

— Alors !

Ben me serre la main à nouveau.

— Enfin !

— Enfin !

Je suis sur le point de me pencher sur lui pour l'embrasser, mais il est trop rapide. Avant que j'aie pu faire un geste, il me chevauche en brandissant un petit flacon d'huile qu'il a dû apporter en secret. Il pense à tout !

— Personne ne doit te masser en dehors de moi !

Il verse de l'huile sur mes épaules. Elle est musquée, sensuelle, fabuleuse. Je la respire avec délectation quand il l'étale en usant de gestes amples et fermes.

Je le taquine d'une voix tremblante de désir.

— Monsieur Parr, savez-vous que vous avez un grand talent ? Vous pourriez ouvrir un spa !

— Je ne veux qu'une seule cliente !

Il continue à masser mes seins, mon ventre, plus bas... Je réagis immédiatement, j'ai envie de lui depuis si longtemps...

— Tu aimes ça ?

— Je ne suis que frissons ! C'est insupportable.

— Moi aussi.

Il se penche pour m'embrasser, ses mains glissant entre mes cuisses...

— Ce n'est plus un frisson mais un volcan !

— Moi aussi.

— Aïe !

— Je sais que tu aimes l'amour vache !

Il glousse mais je ne peux l'imiter. Les frissons se sont transformés en tremblements. Un truc s'est déréglé.

— Tu pourrais arrêter un instant ?

Je l'écarte de moi. J'ai l'impression que ma peau est couverte d'insectes.

— Ça me démange !

— Ça te démange ? fait-il, amusé. Mais, bébé, on n'a pas encore commencé !

— Ce n'est pas drôle ! Je souffre !

Anxieuse, je regarde mon bras : il est devenu rouge. Pourquoi ? Ben s'occupe à nouveau de moi et je m'efforce de gémir de plaisir quand il m'embrasse dans le cou. Mais à vrai dire, je gémis de douleur !

— Arrête ! je crie, désespérée. Fin des massages. Je suis en feu !

— Moi aussi ! constate Ben en haletant.

— Regarde ! Je ne peux pas continuer ! Regarde-moi !

Ben s'écarte enfin et m'observe, les yeux chargés de désir.

— Tu es belle comme tout ! Vraiment superbe.

— Non ! Je suis toute rouge.

Inquiète, je regarde à nouveau mes bras.

— J'enfle à vue d'œil ! Regarde !

— C'est vrai qu'ils gonflent ! constate-t-il en prenant mes seins dans ses mains.

Est-ce qu'il m'écoute ?

— Aïe !

J'écarte son bras.

— C'est sérieux. J'ai une allergie. Qu'est-ce qu'il y avait dans cette huile ? Ce n'était pas de l'huile d'arachide au moins ? Tu sais que j'y suis allergique.

La réponse de Ben est évasive.

— C'est de l'huile. J'ignore ce qu'il y a dedans.

— Tu dois le savoir. Il y avait sûrement l'étiquette quand tu l'as achetée.

Ben hésite, comme pris en défaut avant d'avouer :

— Je ne l'ai pas achetée. Nico me l'a donnée avec les compliments de la direction. C'est leur mélange exclusif, paraît-il.

— Oh !

Malgré moi, je suis déçue.

— Tu n'as pas vérifié ? Pourtant, tu sais que je suis allergique.

— J'ai oublié, vu ? fait-il, grincheux. Je ne peux pas me souvenir de tous les petits détails.

— L'allergie de ta femme n'est pas un « tout petit détail » !

Une envie inhabituelle de le frapper monte en moi. Tout allait si bien. Pourquoi a-t-il fallu qu'il me badigeonne de cette maudite huile d'arachide ?

— Peut-être que si on trouvait la bonne position, tu souffrirais moins ?

Désespéré, Ben regarde autour de lui et écarte les rideaux :

— Essaye de te tenir debout sur les rochers.

— D'accord.

J'ai autant envie que lui d'aller jusqu'au bout. Si nous réduisons au maximum nos contacts... Je grimpe sur les rochers sans broncher.

— Aïe !

— Pas comme ça...

— Aïe ! Arrête !

— Et de l'autre côté...

— Tourne-toi un peu... Oh !

— C'était ta narine ?

— Ça ne marche pas !

J'ai glissé déjà trois fois du haut des rochers.

— Je pourrais me mettre à genoux si nous avions un truc rembourré...

— Ou sur le bord du lit...

— Je viendrai dessus... Non ! Aïe ! Désolée, mais c'est trop douloureux.

— Tu ne peux pas mettre ta jambe derrière ta tête ?

— Non, je ne peux pas ! je réponds, furieuse. Et toi ?

À force d'essayer des positions acrobatiques, l'ambiance a totalement dégénéré. Je ne cesse de haleter, et ce n'est pas de plaisir. Ma peau est désormais complètement enflammée. J'ai un besoin urgent d'une crème calmante et hydratante. Mais j'ai aussi besoin de faire l'amour. C'est insupportable. C'est à pleurer, une telle frustration !

J'essaye de m'encourager à voix haute :

— Allez, Lottie ! On t'a dévitalisé des dents. Tu peux y arriver !

Ben se sent mortellement insulté.

— Faire l'amour avec moi et te faire dévitaliser tes dents, c'est du pareil au même pour toi ?

— Ce n'est pas ce que je voulais dire !

— Tu as évité pendant toutes les vacances de faire l'amour avec moi, fulmine-t-il. Tu parles d'une lune de miel !

Cette accusation me semble si injuste que je m'éloigne de lui.

— C'est faux et archi-faux ! je hurle. J'en ai autant envie que toi, mais... ça me fait trop mal !

Je cherche une solution.

— Et si on essayait l'amour tantrique ?

— L'amour tantrique ? s'étonne Ben.

— D'après les journaux, Sting en raffole !

Je pourrais pleurer de dépit.

— Ta bouche te fait mal ? demande Ben avec une pointe d'espoir.

— Oui, mes lèvres sont imbibées d'huile. Elles me piquent.

Je comprends ce qu'il a en tête.

— Non, navrée !

Ben dénoue sa jambe de la mienne et s'effondre sur le matelas, les épaules voûtées. Malgré tout, je suis soulagée qu'il ait arrêté de se frotter à moi. C'était une pure torture.

Pendant un moment, nous demeurons immobiles, malheureux comme les pierres. Mon épiderme est gonflé et rouge vif. Je dois ressembler à une énorme cerise confite. Une larme coule sur ma joue, puis une autre.

Ben ne m'a même pas demandé si mon allergie était grave. Elle ne l'est pas, mais il n'empêche. Pas très attentionné, mon mari. La première fois que Richard a vu ma réaction aux cacahuètes, il a voulu me conduire aux urgences sans perdre une seconde. Il vérifiait attentivement les menus et les compositions des plats préparés. Il était vraiment prévenant…

— Lottie !

Je sursaute, comme prise en faute. Quelle idée de penser à mon ex alors que je suis en voyage de noces ? Je détourne vite la tête, au cas où Ben lirait dans mes pensées.

— Oui ? Je ne songeais à rien… en particulier.

— Je suis désolé, dit-il, l'air ennuyé. Je ne voulais pas te faire de la peine, mais j'ai tellement envie de toi.

— Moi aussi.

— La faute à pas de chance.

— Le mauvais sort s'acharne sur nous, on dirait. Comment autant de catastrophes peuvent-elles s'abattre sur un seul couple ?

— Ce n'est plus une lune de miel, mais une lune de fiel !

Attendrie, je souris à ce mauvais jeu de mots. Au moins, il se donne du mal.

— C'est peut-être le destin, je suggère sans y croire.

Mais Ben prend la balle au bond.

— Tu as peut-être raison. Réfléchis ! Nous retournerons demain à la pension. Le lieu où tout s'est noué. Le lieu où il est peut-être écrit que nous devons consommer notre mariage.

— Ce serait très romantique.

J'y pense sérieusement.

— Nous pourrions retrouver cette petite crique…

— Tu te la rappelles encore ?

Je laisse parler mon cœur.

— Cette nuit est gravée dans ma mémoire. C'est un de mes plus beaux souvenirs.

Ben a retrouvé sa bonne humeur.

— On pourrait faire mieux. Combien de temps te faut-il pour te remettre ?

— Je l'ignore.

Je regarde mon corps qui a la couleur d'un homard cuit.

— C'est une mauvaise réaction. Sans doute pas avant demain.

— Bon. Alors on appuie sur Pause. D'accord ?

— D'accord, dis-je, reconnaissante. À partir de maintenant, nous sommes en pause.

— Et demain, ce sera le grand jeu !

— Et pas qu'une fois ! Encore et encore !

Cette perspective nous réjouit tous les deux. Nous nous asseyons face à la mer. Le bruit répétitif des vagues ponctué par le cri des oiseaux et les faibles pulsations de la musique venant de la plage principale m'apaise peu à peu. Ce soir, ils ont engagé un orchestre. Nous irons peut-être y faire un tour, boire un verre, écouter quelques airs.

J'ai l'impression d'être en paix avec Ben. Il me ménage et, passant son bras autour de mes épaules, réussit à m'enlacer sans me toucher : une étreinte virtuelle ! Pourtant ma peau réagit et me picote un peu, mais je m'en moque. Je ne lui en veux plus ; en réalité, je ne sais même plus pourquoi j'étais fâchée.

— Demain, reprend-il, pas d'huile d'arachide. Pas de larbins. Pas de harpe. Seulement nous.

— Nous seuls ! j'acquiesce.

Ben a sans doute raison : il était prévu que ça ne se passe qu'à la pension.

— Je t'aime ! je dis spontanément. Encore plus à cause de tout ça.

— Je ressens la même chose.

Il m'offre son sourire oblique et je fonds. Soudain, je suis même euphorique, malgré ma peau de hérisson, ma libido frustrée, ma cheville malmenée par toute cette escalade de rochers. Parce que, finalement, nous voici de retour à Ikonos, après tant d'années. Et parce que, demain, la boucle sera bouclée. Demain, nous retrouvons le lieu le plus important de nos existences : la pension. Le lieu où nous avons découvert l'amour, où nous avons connu des moments volcaniques qui ont changé nos destins à jamais.

Ben tend sa main comme pour prendre la mienne et je pose mes doigts recourbés à quelques centimètres de sa paume (mes mains sont gonflées également). Je n'ai pas besoin de lui dire à quel point cette visite à la pension m'importe. Il le comprend. Il pige comme personne. C'est la raison pour laquelle nous sommes faits pour être ensemble.

18

Fliss

Non ! NON ! C'est quoi, ces bêtises ?

Ben me comprend à un niveau supérieur. Il pense que c'est grâce au destin et moi aussi. Nous avons dressé des plans pour l'avenir. Il veut tout faire comme moi. Nous finirons sans doute par vivre en France dans un gîte...

De plus en plus accablée, je survole les trois SMS suivants.

... merveilleuse ambiance avec des rideaux blancs au bord de la mer et, bon, ça n'a pas marché, mais ce n'est pas important...
... Sans nous toucher, je pouvais le SENTIR, comme dans une relation psychique, tu vois ce que je veux dire...
... jamais été aussi heureuse...

Ils n'ont pas couché ensemble, mais elle n'a jamais été aussi heureuse. J'avoue que ma tentative de les séparer est un échec. Au contraire, je les ai rapprochés. Bien joué, Fliss ! Tu es la meilleure !

— Tout va bien ? s'inquiète Lorcan en voyant ma mine.

— Tout roule, j'aboie, en feuilletant la carte des cocktails d'une main rageuse.

Quand nous avons atterri à Sofia, j'avais le moral en berne. Je l'ai maintenant dans les chaussettes. Tout a mal tourné, mon corps crie fatigue, mon minibar ne contient pas de Schweppes, et me voici entourée de prostituées bulgares.

D'accord, ces filles ne sont peut-être pas toutes des prostituées bulgares, me dis-je en jetant un coup d'œil circulaire sur le bar de la terrasse. Certaines sont sans doute des top models bulgares. Ou des femmes d'affaires. La lumière est tamisée mais suffisante pour faire étinceler les diamants, les dents et les boucles des sacs Vuitton. Pas vraiment le plus discret des hôtels, le *City Heights* ! Pourtant, et c'est un bon point pour lui, le réceptionniste connaissait mon nom et m'a surclassée dans une meilleure chambre sans que j'aie eu à réclamer. Il y a longtemps que je n'ai pas mis les pieds dans une suite aussi bling-bling, avec ses deux immenses chambres, son salon avec écran plasma, sa vaste salle de bains tout en miroirs Art déco. Je vais sans doute être contrainte de la montrer à Lorcan un peu plus tard.

Rien que d'y penser me donne des frissons. J'ignore où j'en suis avec lui. Quelques verres m'aideront sans doute à y voir plus clair.

Le bar est également d'assez mauvais goût, avec

des fenêtres allant du sol au plafond et une étroite piscine au carrelage noir que dédaigne le public féminin – prostituées, mannequins ou femmes d'affaires. À l'inverse de Noah qui trépigne pour que je le laisse se baigner.

— Ton maillot est au fond de la valise, je lui répète pour la cinquième fois.

— Il n'a qu'à nager en caleçon, suggère Lorcan. Pourquoi pas ?

— Oui ! insiste Noah, que cette idée enchante. Caleçon ! Caleçon !

Surexcité par le vol, il n'arrête pas de sauter d'un pied sur l'autre. Un bain le calmerait peut-être. Je capitule.

— D'accord, tu peux y aller en caleçon. Mais doucement ! Ne saute pas dans l'eau ! N'éclabousse personne.

Je n'ai pas à le lui répéter. En deux temps trois mouvements, Noah jette ses affaires au sol et me demande avec l'assurance d'un adulte :

— Surveille mon portefeuille de la compagnie aérienne. J'ai besoin de cartes bancaires à mettre dedans !

— Tu n'es pas encore assez grand, dis-je en pliant son pantalon et en le posant soigneusement sur la banquette en velours.

— Tiens, je t'en offre une, propose Lorcan en lui tendant une carte de Starbucks.

En aparté, il ajoute à mon intention :

— Elle est périmée.

— Cool ! s'exclame Noah, enchanté, en la glissant dans son portefeuille. Je veux qu'il soit plein comme celui de papa !

Je m'apprête à faire un commentaire désagréable

sur l'épaisseur du portefeuille de papa – mais je me retiens à temps. Ce serait agressif. Et je ne veux pas être agressive, mais douce et spirituelle. D'une voix sirupeuse, je dis :

— Papa travaille dur pour gagner son argent. Nous devons être fiers de lui !

— Geronimo ! hurle Noah en prenant son élan.

Une seconde plus tard, il saute en faisant la bombe et soulève une énorme gerbe d'eau. Une blonde court vêtue est copieusement éclaboussée : horrifiée, elle se recule et chasse les gouttes d'eau de ses jambes.

— Désolée ! je lance gaiement. Prendre un verre au bord d'une piscine comporte des risques !

Noah commence à nager sa version du crawl en produisant beaucoup d'éclaboussures sous le regard consterné des célébrités locales et du personnel. La scène amuse Lorcan.

— Je te parie que Noah est la première personne à se baigner dans cette piscine depuis sa création !

Tandis que nous surveillons Noah, Richard entre dans le bar avec un groupe de nos compagnons d'infortune. Il a l'air tellement épuisé que je suis à deux doigts de compatir.

Il se laisse tomber sur la banquette.

— Tu as des nouvelles de Lottie ?

— Oui et tu seras heureux d'apprendre qu'il ne s'est encore rien passé !

— Toujours pas ? s'étonne Lorcan en reposant violemment son verre. Qu'est-ce qui ne tourne pas rond ?

Très décontractée, je leur explique :

— C'est à cause d'une allergie. On a massé Lottie avec un genre d'huile d'arachide, et elle s'est mise à gonfler.

— De l'huile d'arachide ? s'inquiète Richard. Elle est remise ? On a appelé un médecin ?

— Je crois que ça va. Tout à fait.

— Ces réactions sont souvent dangereuses. Mais, Dieu du ciel, pourquoi utiliser de l'huile d'arachide ? Elle ne les a pas avertis ?

— Je... ne sais pas.

Pour changer de sujet, je désigne le papier que Richard a dans la main.

— C'est quoi, ça ?

— Oh, rien !

À ce moment Noah réapparaît, drapé dans une splendide serviette noire.

— Rien d'important ! reprend Richard.

— Ce n'est sûrement pas rien.

— Bon... d'accord !

Il nous regarde, Lorcan et moi, d'un œil courroucé comme pour nous interdire de nous moquer de lui.

— J'ai commencé un poème d'amour en français. Pour Lottie.

— Tu as eu bien raison ! Passe-le-moi !

— Il n'est pas tout à fait au point.

À contrecœur, il me tend une feuille de papier que je déplie :

Je t'aime, Lottie
Plus qu'un zloty.

J'hésite à faire un commentaire, ne sachant trop quoi dire.

— Bon, c'est un début...

Lorcan le traduit pour Noah et y va de sa critique.

— Vous n'avez rien trouvé de mieux ?

— Essayez de trouver des rimes en « -ti » et vous verrez !

Noah s'en mêle, en pleine inspiration scatologique :

— Et avec « petit » ? Comme : « Quand tu fais gros ou petit. »

— Noah, merci pour ton aide précieuse, s'agace Richard.

— C'est très bien, mon petit chéri ! De toute façon, c'est l'intention qui compte.

Richard m'arrache son poème des mains. Il ouvre ensuite le menu des *Délicieuses Spécialités bulgares* proposées par le bar et qui comporte tout un choix de sandwichs et de plats légers.

— Bonne idée ! Mange quelque chose, ça te fera du bien.

Il jette un vague coup d'œil à la carte et appelle une serveuse qui s'avance en souriant.

— Vous désirez ?

— J'ai des questions à vous poser au sujet des « Délicieuses Spécialités bulgares ». La salade tricolore, c'est une spécialité bulgare ?

Richard a droit à un immense sourire.

— Monsieur, je vais me renseigner.

— Et le poulet Korma ? C'est une spécialité bulgare ?

— Monsieur, je vais me renseigner…

Elle griffonne sur son carnet.

— Richard, stop ! je dis, mais en vain.

— Le club sandwich ? C'est également bulgare ?

— Monsieur…

— Ah, et les frites en tortillons ? De quelle partie de la Bulgarie viennent-elles ?

La serveuse cesse d'écrire et regarde ce client sans bien le comprendre.

— Arrête ! j'intime à Richard.

Je me tourne vers la fille.

— Merci beaucoup. Nous avons encore besoin de quelques minutes pour nous décider.

Elle s'éloigne.

— Je me contentais de lui poser des questions. Pour en avoir le cœur net. J'ai le droit d'en avoir le cœur net, non ?

— Tu n'as pas le droit de t'en prendre à une serveuse innocente, pour te venger de ton incapacité à écrire un poème en français ! En tout cas, l'assortiment de mezze, c'est une spécialité bulgare.

— C'est grec !

— Et bulgare.

— Tu es une vraie Madame Je-sais-tout !

Il boude en consultant la carte une nouvelle fois puis la referme.

— De toute façon, je vais monter.

— Sans rien manger ?

— Je me ferai servir dans ma chambre. À demain matin !

— Dors bien !

Il hoche la tête tristement.

— Pauvre gars, constate Lorcan quand Richard a quitté le bar. Il est vraiment très amoureux.

— Je le crois aussi.

— Personne n'écrit un poème comme ça à moins d'être si mordu qu'il en perd tout sens commun.

Je pouffe de rire.

— « Plus qu'un zloty » ? Un *zloty* ?

— Je préférais « Quand tu fais gros ou petit »,

avoue Lorcan en rigolant franchement. Noah, je te prédis une carrière de poète à succès.

Noah s'échappe et saute dans le bassin. Pendant un petit moment, nous le regardons éclabousser tout le monde.

— Un gosse sympa, constate Lorcan. Intelligent. Bien équilibré.

Je souris, ravie.

— Merci du compliment.

C'est vrai que Noah est sympa et intelligent. Mais « bien équilibré », je n'en suis pas certaine. Les enfants « bien équilibrés » se vantent-ils d'une greffe du cœur imaginaire ?

— Il semble très heureux, poursuit Lorcan en prenant une poignée de cacahuètes. La garde de Noah se passe bien avec ton ex ?

Le mot « garde » enclenche mon radar interne : mon cœur s'accélère, je me prépare à la bagarre. Submergée par un flot d'adrénaline, je tripote nerveusement ma clé USB. J'ai des discours tout prêts en tête. Des discours interminables, brillants, cinglants. Pas seulement : je dois, en plus, frapper quelqu'un.

— Quelques-uns uns de mes amis ont livré des batailles sanglantes pour la garde des enfants, ajoute Lorcan.

Je m'efforce de faire bonne figure.

— Oui, j'imagine.

« *Sanglant* » ? *Tu veux entendre du sanglant* ? ai-je envie de clamer.

Mais en même temps, la voix de Barnaby tinte dans mes oreilles telle une sonnette d'alarme. « Tu as dit que tu ne serais pas aigrie. »

— Mais tu n'as pas souffert ? insiste Lorcan.

— Pas du tout !

Sorti de nulle part, un sourire angélique orne mes lèvres.

— En fait, tout s'est passé facilement et simplement. Et rapidement, j'ajoute pour faire bonne mesure. Très rapidement.

— Tu en as de la chance.

— Oui, je n'en doute pas.

— Et tu t'entends bien avec ton ex ?

— Nous sommes copains comme cochons.

— Tu es impayable ! Tu es sûre d'avoir voulu le quitter ?

— Je suis surtout enchantée qu'il soit heureux avec une autre femme.

Mon sourire s'accentue. Ma capacité à mentir m'étonne moi-même. J'arrive à dire l'opposé de la vérité. C'est presque un jeu !

— Et tu t'entends avec sa nouvelle compagne ?

— Je l'adore !

— Et Noah, il réagit comment ?

— On dirait une même et grande famille.

— Tu aimerais un autre verre ?

— Non, je détesterais ça !

Soudain, je réalise que Lorcan ignore mon petit jeu du contraire systématique. Je me reprends :

— Bien sûr, avec plaisir !

Lorcan appelle un serveur, j'avale quelques noix et tente d'inventer de nouveaux mensonges autour de mon divorce : *Nous jouons tous ensemble au ping-pong ! Daniel veut donner mon prénom à son futur bébé !* Mais ma tête bourdonne. Je tripote ma clé USB encore plus fébrilement. Je n'ai plus envie de jouer.

387

Ma bonne fée interne perd de son éclat. Ma mauvaise fée a fait irruption et veut avoir son mot à dire.

— Ton mari doit être un type épatant, poursuit Lorcan après avoir passé notre commande. Pour que vous partagiez une relation aussi privilégiée.

Mes dents grincent quand je m'exclame :

— C'est une vedette !

— Je te crois.

— Il est si prévenant et si gentil !

Je serre les poings.

— C'est un séducteur, plein de charme, pas du tout égoïste, attentif...

Des étoiles dansent devant mes yeux. Faire l'éloge de Daniel est mauvais pour ma santé. Impossible de continuer sur cette voie.

— C'est un... un... un...

Comme un éternuement, il faut s'en débarrasser.

— C'est un salaud !

Je marque une pause. Des hommes assis à une table proche tendent l'oreille.

— Un salaud sympathique ? se hasarde à suggérer Lorcan.

Mais quand il voit ma tête, il se rétracte :

— Oh ! Oh !

— Je t'ai raconté des mensonges. Aucune femme en instance de divorce n'a connu pire cauchemar que moi avec Daniel. Oui, je suis aigrie ! (Prononcer ce mot me soulage.) Mes os sont pleins d'amertume, mon cœur est plein d'amertume, mon sang est plein d'amertume...

Soudain, je pense à quelque chose.

— Tu as couché avec moi : tu sais que j'ai de l'amertume.

Il s'en est forcément aperçu pendant la nuit que nous avons passée ensemble. J'étais plutôt tendue. Et j'ai beaucoup juré.

— Je me suis posé la question, admet Lorcan en penchant la tête sur le côté.

— C'était quand j'ai crié « Va te faire foutre, Daniel ! » en prenant mon pied ? Désolé, c'est une blague de mauvais goût.

— Inutile de t'excuser, remarque Lorcan en demeurant impassible. La seule façon de survivre à un divorce est de raconter des blagues de mauvais goût. Du genre : Que faire quand votre ex-femme vous manque ? Mieux la choisir la prochaine fois !

À mon tour de répliquer :

— Pourquoi un divorce coûte-t-il si cher ? Parce que ça en vaut la peine !

— Pourquoi les hommes divorcés se remarient-ils ? Parce qu'ils ont une mauvaise mémoire !

Il attend de me voir rire, mais j'ai l'esprit ailleurs. Mon flux d'adrénaline s'est retiré, laissant place à tout un ramassis de sombres arrière-pensées. Je me frotte le nez vigoureusement.

— C'est un fait que je *n'ai pas* survécu à mon divorce. Car le mot survivre n'impliquerait-il pas que je sois toujours la même ?

— Alors, qui es-tu maintenant ?

— Je l'ignore. J'ai l'impression d'être calcinée à l'intérieur. Des brûlures au troisième degré. Mais elles sont invisibles de l'extérieur.

Lorcan plisse les yeux sans rien dire. Il fait partie d'une minorité qui a la patience de se taire et d'écouter.

Les yeux rivés à mon verre, je continue :

— J'ai cru devenir folle. Était-il possible que

Daniel ait une telle vision du monde ? Qu'il profère ces énormités et que les gens aient foi en lui ? Le plus atroce de tout : personne ne vous soutient. Un divorce ressemble à une explosion contrôlée. Les gens en dehors du cercle n'en souffrent pas.

Lorcan acquiesce de toutes ses forces.

— Ah, les gens de l'extérieur qui ne cessent de vous répéter de penser à autre chose ! Ils sont haïssables, non ?

— Et comment ! Ceux qui vous disent : « Voyez le bon côté des choses, estimez-vous heureux de ne pas avoir été défiguré dans un accident ! »

Lorcan éclate de rire.

— On connaît les mêmes gens !

— Je n'ai qu'un souhait : que Daniel sorte à jamais de ma vie ! je soupire, la tête dans mes mains. Si seulement ils pouvaient... je ne sais pas, moi.... pratiquer la chirurgie endoscopique pour retirer les ex-maris.

Lorcan sourit à ma remarque. Après une gorgée de vin, je demande :

— Parle-moi de toi !

— C'était assez sordide. Des discussions désagréables autour de l'argent, mais comme nous n'avions pas d'enfant, la situation était plus simple.

— Tu as de la chance de ne pas en avoir.

— Pas vraiment.

— Mais si, tu as de la veine. Quand on commence à parler de la garde, c'est encore une autre...

— Non, j'en suis malheureux.

Il est amer, tout à coup. Une première. Je m'aperçois qu'au fond, je ne sais à peu près rien de sa vie privée.

— Nous n'avons pas pu en avoir, précise-t-il. À cause

de moi. Cela a contribué à quatre-vingts pour cent à notre rupture. Non, à cent pour cent.

Il prend une grande rasade de whisky. Sous le choc, je ne sais quoi lui dire. Ses quelques mots véhiculent tant de tristesse que j'ai honte de me plaindre de mon sort. Moi, au moins, j'ai Noah.

— Je suis navrée, je murmure.

— Oui, moi aussi.

Il me sourit d'un air désabusé mais tendre. Il a compris ma peine pour lui.

— Mais tu as raison, cela aurait compliqué les choses.

— Je n'ai pas voulu dire ça. Je ne m'étais pas rendu compte...

— Ne t'en fais pas, dit-il en levant la main. Ça va.

— Encore mille excuses.

— Je sais. Je t'en remercie.

Nous nous taisons un moment. Je songe à des tas de choses sans oser lui en faire part. Comme je ne le connais pas suffisamment, je risquerais de le blesser sans le vouloir.

Finalement, je me réfugie sur un terrain indolore, celui de Lottie et de Ben.

— Je veux surtout épargner à ma sœur les expériences pénibles que, tous les deux, nous avons vécues. Rien de plus. D'où ma présence ici.

— Puis-je te faire une petite remarque ?

À voir l'éclat de ses yeux, je comprends qu'il a envie de passer à des choses plus légères.

— Tu ne connais même pas Ben.

— Je n'en ai pas besoin. Ce que tu ignores, c'est qu'il existe de graves antécédents. Chaque fois que Lottie rompt avec quelqu'un, elle fait des choses insensées qu'elle doit ensuite réparer. Je les appelle des « Choix Malheureux ».

— Des « Choix Malheureux » ! J'aime cette expression. Alors, tu crois que Ben est un « Choix Malheureux » ?

— Tu n'es pas d'accord ? Soyons sérieux ! Se caser au bout de cinq minutes, vouloir habiter un gîte…

— Un gîte ? répète-t-il, surpris. Qui a parlé de ça ?

— Lottie ! Elle n'a que ça en tête. Ils vont élever des chèvres et des poulets. Il faudra qu'on leur rendre visite et qu'on se bourre de baguettes.

— Ça ne ressemble pas du tout à Ben ! Des poulets ? Tu en es certaine ?

— C'est un projet complètement loufoque. Il va s'effondrer, et elle finira divorcée et aussi aigrie que moi…

Je me rends compte trop tard que je crie. Nos voisins ont recommencé à me dévisager.

— Comme moi, je répète plus doucement. Ce sera un désastre.

— Tu te tortures !

Il essaie d'être gentil. Mais je ne suis pas d'humeur à être câlinée.

— Tu sais très bien ce que je veux dire. Dis-moi franchement : tu ne ferais pas tout pour éviter qu'un être cher traverse l'enfer d'un divorce ?

— Donc, si je comprends bien, tu vas débarquer sans crier gare, dire à Lottie d'obtenir une annulation et d'épouser Richard ? Tu crois qu'elle va t'écouter ?

— Mais non. Ce n'est pas ce que j'ai en tête. Je pense simplement que Richard est un type bien et un mari idéal pour elle. Mais je ne me présenterai pas sous la bannière de l'Équipe Richard. Richard aura sa propre équipe et se débrouillera avec. Moi, je fais partie de l'Équipe Ne bousillez pas votre vie !

— La Providence t'a aidée avec cette lune de miel cauchemardesque.

Un lourd silence me donne le temps de réfléchir. Dois-je le mettre au courant de mes manigances secrètes ou non ? Finalement, je décide de m'abstenir.

Je prends un ton nonchalant :

— Appelons ça de la « chance » !

Noah, qui arrive en trottinant, laisse des flaques d'eau sur l'épaisse moquette grise. Quand il se blottit sur mes genoux, ma vision du monde s'éclaircit. Mon fils est porteur d'espoir, comme s'il était ceint d'une auréole. Dès que je le touche, je bénéficie de cet espoir.

— Ici ! s'écrie-t-il avec force mouvements de bras. Cette table !

— C'est pour nous !

Une serveuse apparaît, chargée d'un plateau d'argent sur lequel trône une coupe de glace.

— Voilà ! Pour le brave petit soldat ! Madame, vous devez être si fière de lui.

Voilà que ça recommence ! Je lui adresse un vague sourire pour cacher ma gêne. Qu'a-t-il inventé cette fois, mon petit mytho ? Une greffe du cœur ? Un prélèvement de la moelle épinière ? Un nouveau chiot ?

La serveuse prend Noah par l'épaule.

— T'exercer trois heures par jour ! J'admire ta volonté ! Votre fils me parlait de sa gymnastique. Vous pensez aux jeux Olympiques de 2024 ?

Mon sourire se fige. *Sa gymnastique ?* Bon, il est grand temps que je réagisse. Je vais avoir une discussion avec lui ici même et sur-le-champ.

— Merci, mademoiselle, c'est merveilleux. Encore mille mercis.

Dès qu'elle a disparu, je me tourne vers mon fils.

— Mon chéri, écoute-moi bien. C'est très important. Tu connais la différence entre la vérité et un mensonge, n'est-ce pas ?

— Bien sûr.

— Tu sais aussi qu'on ne doit pas raconter de mensonges ?

— Sauf pour être poli. Par exemple : « J'aime ta robe ! »

Cette remarque vient d'une grande discussion que nous avons eue il y a deux mois. Noah avait malheureusement dit la vérité sur les talents de cuisinière de sa grand-mère.

— Oui, mais en général…

Il me coupe et s'emballe.

— Ah oui ! « Quelle délicieuse tarte aux pommes ! J'en aimerais encore, mais je n'en peux plus ! »

— D'accord ! Mais rappelle-toi que la plupart du temps, tu dois dire la vérité. Par exemple, ne pas raconter que tu as eu une greffe du cœur alors que c'est faux.

Je surveille Noah de l'œil pour voir sa réaction, mais il reste de marbre.

— Mon chéri, tu n'as pas eu de greffe du cœur, n'est-ce pas ?

— Non, avoue-t-il.

— Mais tu as dit au personnel de l'aéroport que tu en avais eu une. Pourquoi ?

— Parce que c'est intéressant.

— Je vois. Mais j'aimerais que tu sois intéressant

et sincère, d'accord ? À partir de maintenant, je veux que tu dises la vérité !

Il hausse les épaules comme s'il n'était pas concerné.

— D'accord ! Je peux commencer ma glace ?

Il enfonce sa cuillère, projetant des miettes de chocolat tout autour.

— Bien joué ! commente Lorcan.

— Je renonce ! Je ne comprends plus. Pourquoi raconte-t-il des histoires ?

— Il a beaucoup d'imagination. Ne t'inquiète pas. Tu es une excellente mère, ajoute-t-il sur un ton si neutre que je crains d'avoir mal entendu.

Comment dois-je réagir ?

— Oh ! Merci.

— J'imagine que tu es également une mère pour Lottie, non ?

Ce Lorcan est sacrément perspicace !

— En effet, notre mère n'a pas été à la hauteur. J'ai toujours dû veiller sur elle.

— Ça se comprend.

Je le regarde soudain droit dans les yeux. Je veux savoir ce qu'il pense sincèrement.

— Tu me comprends ? Tu apprécies ce que je fais ?

— Quelle partie ?

J'écarte les bras.

— Tout. Et, en particulier, épargner à ma sœur la plus grosse bêtise de sa vie. J'ai raison ou je suis tombée sur la tête ?

Lorcan se tait un moment.

— Tu es très loyale et très protectrice, et tu mérites mon respect. Mais oui, tu es tombée sur la tête !

— La ferme ! je m'exclame en le poussant.

— Tu m'as demandé d'être franc.

Quand il m'effleure la main, je sens comme une décharge électrique et je vois en flash-back notre nuit ensemble. C'est tellement fort que j'en ai le souffle coupé. À voir la manière dont Lorcan pince les lèvres, je déduis qu'il doit se souvenir de la même chose !

Songer au passé et au proche avenir me donne la chair de poule. La situation est simple : nous deux, dans un hôtel. L'évidence même ! Faire l'amour est un don du ciel dont on doit jouir au maximum. En tout cas, c'est ma théorie.

Comme s'il lisait dans mes pensées, Lorcan demande :

— Alors, tu as une grande suite ?

— Deux chambres, je réponds sans réfléchir. Une pour moi, une pour Noah.

— Ah !

— On a beaucoup de place.

— Ah !

Son regard plein de promesses me fait frissonner involontairement. Pas question bien sûr de se précipiter en haut et d'arracher nos vêtements. Car il existe un léger obstacle : mon fils de sept ans, assis à côté de moi.

— Et si on... dînait ? je suggère.

— Oui ! s'écrie Noah qui, venant de terminer sa glace, s'introduit à point nommé dans la conversation. Je veux un hamburger et des frites !

Une heure plus tard, à nous trois, nous avons ingurgité un club sandwich, un hamburger, un bol de frites normales, un bol de patates douces frites, une tempura de crevettes, trois brownies au chocolat et une corbeille entière de pain. Noah est à moitié endormi sur la banquette. Il s'est amusé comme un fou à courir dans le bar, à faire copain-copain avec les prostituées bulgares, à piquer des Coca et des paquets de chips. Et même de l'argent bulgare, qu'à son grand déplaisir, je l'ai forcé à rendre.

Un orchestre de six musiciens a commencé à jouer. Tout le monde écoute, les lumières sont tamisées et je me sens assez heureuse. Trois verres de vin m'ont mise de meilleure humeur. Les mains de Lorcan ne cessent de frôler les miennes. Une nuit de délices nous attend. En prenant la dernière chips, j'aperçois le précieux portefeuille de Noah bourré de ce qui ressemble à des cartes de crédit. D'où viennent-elles ?

Je le réveille doucement.

— Noah, qu'est-ce que tu as dans ton portefeuille ?

— Des cartes de crédit, répond-il d'une voix ensommeillée. Je les ai trouvées.

Mon sang se fige.

— Tu les as « trouvées » ?

Mon Dieu ! Ne me dites pas qu'il les a volées ! Consternée, je m'empare du portefeuille et en extirpe les cartes. Mais ce ne sont pas des cartes bancaires. Ce sont...

— Les clés des chambres ! s'exclame Lorcan quand j'en sors six ou sept à la fois.

Son portefeuille déborde de ces cartes magnétiques qui remplacent les bonnes vieilles clés métalliques. Il doit y en avoir au moins une vingtaine.

Je secoue mon fils comme un prunier.

— Noah ! Où les as-tu prises ?

— Mais je te l'ai déjà dit : je les ai trouvées, grogne-t-il. Les gens les laissent sur les tables. Je les voulais pour mon portefeuille...

Ses yeux se ferment à nouveau.

Les mains pleines de clés, disposées comme un jeu de cartes, je regarde Lorcan.

— Que faire ? Je dois les rendre.

Il les examine et se met à rire.

— Elles se ressemblent toutes. Je te souhaite bonne chance !

— Arrête de rire ! Ce n'est pas drôle ! Ce sera l'émeute quand les gens s'apercevront qu'ils ne peuvent pas rentrer dans leurs chambres...

J'y jette un nouveau coup d'œil et éclate de rire à mon tour.

— Remets-les à leur place ! me dicte Lorcan.

— Oui, mais *où* ?

Les tables sont occupées par des clients élégants qui écoutent la musique. Personne ne soupçonne mon problème.

— J'ignore à qui appartient telle ou telle clé. La solution serait de demander à la réception...

— Je te propose un plan. On va les disperser dans cette pièce comme des œufs de Pâques dans un jardin. Comme tout le monde regarde l'orchestre, on ne nous remarquera pas.

— Mais comment reconnaître les heureux propriétaires ? Elles sont identiques !

— En jouant aux devinettes. Nous utiliserons nos forces psychiques. J'en prends la moitié.

Nous nous levons sans attirer l'attention. Pour passer inaperçus, nous profitons des lumières tamisées et de Coldplay joué par l'orchestre. Lorcan s'avance, sûr de lui et, d'une légère pirouette à gauche, dépose une carte sur la table près du bar.

Je l'entends s'excuser poliment :

— Désolé, j'ai perdu l'équilibre.

Suivant son exemple, je m'approche d'un autre groupe et, tout en faisant semblant de regarder une applique, je laisse tomber trois cartes sur une table en miroir. Le bruit de leur chute est couvert par la musique. Personne ne bouge un cil.

Lorcan se faufile rapidement entre les tabourets et les dos des clients, laissant des cartes sur le bar.

— Vous avez perdu cette clé ? demande-t-il à une fille qui lui jette un coup d'œil inquisiteur.

— Oh, merci !

Elle prend la carte qu'il lui tend. J'en ai mal au ventre. Cette énorme farce m'enchante et m'horrifie à la fois. Il n'y a aucune chance que ce soit la clé de sa chambre. Sans parler du nombre considérable de clients mécontents qu'il va y avoir plus tard...

Lorcan est tout près de l'orchestre. Se penchant sur une blonde, il pose une carte sur sa table sans même se cacher. Croisant mon regard, il me fait un clin d'œil. J'ai envie de rire. Me débarrassant de mes dernières cartes aussi vite que possible, je me dépêche de retrouver Noah qui dort profondément. J'appelle un serveur, signe notre note, prends mon fils dans mes bras et attends Lorcan.

— Si je suis démasquée, mon nom sera traîné dans la boue !

— En Bulgarie, me fait remarquer Lorcan, il y a sept millions et demi d'habitants. Autant qu'à Bogotá !

— Je n'ai aucune envie que ça revienne aux oreilles des gens de Bogotá !

— Pourquoi pas ? Ils sont peut-être déjà au courant ? Tu as été là-bas ?

— En effet. Je peux t'assurer que mon nom y est respecté.

— Parce qu'ils sont polis !

Cette conversation est tellement ridicule que j'en souris.

— Allons, en route ! Quittons ces lieux avant d'être agressés par des clients enragés.

En sortant du bar, Lorcan me tend les bras :

— Tu veux que je porte Noah ? Il a l'air très lourd.

— Ne t'en fais pas. J'ai l'habitude.

— Ça ne veut pas dire qu'il soit léger.

— Bon... Merci.

Lui confier mon fils me fait une drôle d'impression. D'un autre côté, ça soulage mon épaule en mauvais état. Lorcan dépose mon fils directement dans son lit. Plongé dans les bras de Morphée, il ne bouge pas. Je lui enlève ses chaussures mais rien d'autre. Il se brossera les dents et enfilera son pyjama demain soir, s'il en a envie.

J'éteins la lampe, puis me dirige vers la porte. Lorcan m'attend. Pendant un instant, nous ressemblons à de banals parents.

— Alors ?

Une vague de désir m'envahit. Je la sens en moi, prête à s'assouvir. *Question sexe, je me débrouille mieux que Lottie !* Une vilaine pensée qui me culpabilise – un petit peu seulement. Tout est pour le mieux. Elle s'offrira une nouvelle lune de miel une autre fois.

— Un verre ? je propose.

Non que j'aie vraiment soif mais j'aimerais prolonger ce moment. Ma suite est le lieu idéal pour une partie de jambes en l'air, avec ses miroirs fumés, tapis doux et sensuels, feu de bois (factice) dans la cheminée.

Après lui avoir versé un whisky, je m'assieds avec mon verre de vin dans un fauteuil d'une grande originalité. Recouvert de velours pourpre foncé, ses accoudoirs pouvant se relever, son siège est profond, son dossier a une courbe érotique. En laissant ma robe remonter d'une façon provocante sur un des accoudoirs, en me lovant en arrière, j'espère ne pas laisser Lorcan indifférent. De délicieuses pulsions me saisissent, mais je ne veux rien accélérer. On peut commencer par parler (ou seulement se regarder, les yeux pleins de désir – pas mal non plus).

Lorcan brise le silence.

— Je me demande ce que fabriquent Ben et Lottie. Sans doute pas...

Il hausse les épaules d'une façon parfaitement expressive.

— Non.

— Les pauvres. Quoi qu'on en pense, ils n'ont pas de chance.

— Sans doute, je dis sans me mouiller, en prenant une gorgée de vin.

— Tu imagines, être empêchés de faire l'amour pendant leur lune de miel !

— Je les plains !

— D'autant qu'ils ont attendu, n'est-ce pas ? Mais quand même ! Ils auraient pu faire ça dans les lavabos et passer à autre chose.

— Ils ont essayé, mais ils se sont fait piquer !

— Incroyable ! C'est vrai ?

— À l'aéroport de Heathrow. Dans les toilettes du salon de la classe affaires.

Lorcan rejette sa tête en arrière et hurle de rire.

— Je vais pouvoir charrier Ben ! Alors ta sœur te raconte absolument tout ? Même ses histoires de sexe ?

— Nous sommes très proches.

— Cette pauvre Lottie ! Privée d'amour même dans les toilettes de Heathrow ! Elle a la poisse !

Je ne lui réponds pas tout de suite. Le vin que je consomme est plus fort que celui du bar et me monte à la tête. Je perds pied. Ma tête est comme un tourbillon. Lorcan insiste sur leur manque de chance, mais il a tort. La chance n'a rien à voir dans l'affaire. C'est à cause de moi que Ben et Lottie n'ont pas consommé leur mariage. À cause de mon pouvoir. Soudain, je brûle de lui faire partager mes ruses.

— Ce n'est pas tant une histoire de chance…

Je laisse ce mot en suspens et, comme je le souhaitais, il le remarque.

— Qu'est-ce que tu veux dire ?

— Si Ben et Lottie n'ont encore rien fait, ce n'est pas par manque de pot. C'est voulu. Je l'ai voulu ainsi. J'ai tout manigancé.

Fière de moi, je me love dans mon fauteuil, avec l'impression d'être la reine de la désorganisation des lunes de miel à distance. Toute-puissante sur mon trône impérial.

— Comment ?

Lorcan est tellement sidéré que j'ai envie de crâner.

— J'ai un agent qui m'aide sur le terrain. Je lui transmets mes ordres et il les exécute.

— Un agent ? Tu plaisantes ?

— Un membre du personnel de l'hôtel. Il veille à ce que Ben et Lottie ne fassent rien avant mon

arrivée. Nous travaillons en équipe. Et ça a marché !
Ils n'ont pas réussi !

— Mais comment... Que...

Interdit, il se gratte la tête.

— Comment empêche-t-on un couple de faire
l'amour ?

Ah ! Ce n'est pas un rapide !

— Fastoche ! Pagaille dans l'attribution des lits,
cocktails hyper dosés, interruption systématique des
tête-à-tête... Et puis il y a eu le massage à l'huile
d'arachide...

— C'était de ton fait ?

Il semble abasourdi.

— Tout vient de moi ! J'ai tout orchestré !

Je brandis mon téléphone.

— Tout est là. Les SMS. Les instructions. J'ai tout
dirigé.

S'ensuit un long silence. J'attends qu'il me dise que
je suis géniale, mais il reste anéanti.

— Tu as saboté la lune de miel de ta propre sœur ?

Son expression me met un peu mal à l'aise. Ainsi
que le choix du verbe « saboter ».

— Il n'y avait pas d'autre manière ! Qu'est-ce que
je pouvais faire d'autre ?

Notre conversation tourne mal. Je n'aime pas sa
façon de parler, je n'aime pas ma façon de lui répondre.
Je semble sur la défensive, ce qui n'est jamais bon.

— Tu es d'accord que je devais les arrêter ? S'ils
avaient consommé, alors adieu l'annulation ! Je devais
agir. C'était le seul moyen...

— Tu es devenue dingue ! Tu divagues !

La voix de Lorcan a tant de force que je me tasse
sur moi-même.

403

— Bien sûr qu'il existait d'autres moyens !

— Mais c'était le meilleur ! je m'exclame fièrement.

— Sûrement pas. Pas le moins du monde. Et si elle l'apprend ?

— Impossible.

— Pas certain.

— Eh bien...

Je m'arrête pour respirer.

— Et alors ? Je ne voulais que son bien...

— En la faisant masser avec de l'huile d'arachide. Et si elle avait mal réagi, et si elle en était morte ?

— Oh ! Ça suffit ! Il ne lui est rien arrivé !

— Mais la faire souffrir toute une nuit ne te dérange pas ?

— Elle n'a rien senti !

— Comment le sais-tu, bon sang ?

Il pose sa tête dans ses mains puis la relève.

— Je te le redemande, et si elle l'apprend ? Tu es prête à te fâcher avec elle ? C'est ce qui va arriver, sois-en sûre.

Ma suite est un havre de silence. Pourtant les mots résonnent contre les glaces fumées, des mots aigres, des mots accusateurs. L'ambiance érotique s'est désagrégée. Je ne sais pas comment contredire Lorcan. Les phrases se forment dans ma tête, mais j'ai du mal à les énoncer. Je suis engourdie, déconcertée. Je croyais l'impressionner. Je croyais qu'il comprendrait. Je croyais...

— Tu parlais de « Choix Malheureux » ? Tu as tapé dans le mille, non ?

— Que veux-tu dire ?

Je lui lance un regard mauvais. Il n'a pas le droit

de parler de Choix Malheureux. Cette expression m'appartient.

— Tu es sous le coup d'un divorce pénible. Alors tu décides d'épargner à ta sœur un sort semblable en démolissant sa lune de miel. À mon avis, c'est un vrai bordel de Choix Malheureux.

J'en ai le souffle coupé ! Quoi ? *Quoooi ?*

— Boucle-la ! je crie, au comble de l'exaspération. Tu n'y connais rien. Je n'aurais rien dû te dire.

— C'est sa vie ! dit-il en me dévisageant. Sa vie *à elle* ! Tu fais une grave erreur en t'en mêlant. Une erreur que tu pourrais regretter toute ta vie.

J'ai envie de me moquer de lui :

— Amen ! Le sermon est terminé ?

Lorcan hoche la tête. Il finit son whisky d'un trait et je sais que c'est la fin. Il va partir. Il s'avance vers la porte puis s'arrête. Je le sens tendu. Je crois qu'il n'est pas plus à l'aise que moi.

Des pensées troubles me tourmentent. J'ai l'estomac lourd. Sans doute un peu de culpabilité, mais je ne le lui avouerai jamais. Pourtant je dois lui parler, mettre les choses au point. J'attends qu'il se tourne vers moi.

— Autant que tu le saches, si ça t'intéresse. Je tiens beaucoup à Lottie. Énormément. Elle n'est pas seulement ma petite sœur mais mon amie. Tout ça, je l'ai fait pour elle.

Pendant un instant, Lorcan m'observe sans rien dire. Je suis incapable de deviner ce qu'il pense. Enfin, il me dit :

— Tu penses agir pour les meilleures raisons. Je n'ignore pas que tu as beaucoup souffert dans ta vie et que tu t'efforces de protéger Lottie. Mais tu as tort. Totalement tort. Et tu le sais, Fliss !

Ses yeux se sont adoucis. Soudain, je me rends compte qu'il est désolé pour moi. Désolé ? C'est insupportable !

— Eh bien, bonne nuit !

— Bonne nuit, répond-il sur le même ton sec.

Il quitte la suite sans ajouter un mot.

19

Lottie

Voilà ce qu'il nous fallait ! Ce scénario idéal, digne de tous mes rêves ! Ben et moi, de nouveau sur un bateau, voguant sur les vagues de la mer Égée vers le bonheur total.

Dieu merci, nous avons quitté l'*Amba*. C'est un palace cinq étoiles de grand luxe, mais ce n'est pas le vrai Ikonos. Ce n'est pas *nous*. Dès l'instant où l'on nous a déposés pour la journée dans le petit port joliment animé, quelque chose en moi s'est réveillé. Voici l'Ikonos de mes souvenirs : vieilles maisons blanches aux volets bleus, dames âgées en noir assises au coin de rues ombragées, débarcadère des ferries. Le port est plein de bateaux de pêche, de taxis-vedettes, de cette odeur de poisson qui réjouit mes sens. Je me souviens de cette odeur. Je me rappelle tout.

Le ciel matinal est d'un bleu pur, le soleil éblouit mes yeux comme dans l'ancien temps. Je m'allonge dans le taxi-vedette comme quand j'avais dix-huit ans. J'ai posé mes pieds sur les genoux de Ben et il joue avec mes orteils. Nous n'avons qu'une chose à l'esprit.

Ce matin, ma peau a oublié son allergie. Ben a voulu en profiter mais je l'en ai dissuadé. Quelle idée de consommer notre mariage dans un palace barbant quand nous avons la chance de faire l'amour dans la crique où nous nous sommes connus bibliquement pour la première fois, voilà des années ? J'en tremble d'avance. Nous y voici, après tout ce temps ! Nous retournons à notre pension ! Nous sommes mariés ! Arthur sera-t-il là ? Est-ce qu'il va nous reconnaître ? Je n'ai pas tellement changé. J'ai enfilé le même short teint en différentes couleurs qu'à l'époque, en priant que les coutures n'éclatent pas.

Des embruns soulevés par la vedette m'éclaboussent le visage, et je lèche avec délices le sel sur mes lèvres. Je surveille la côte en repérant les petits villages que nous avons explorés avec leurs étroites allées pavées, leurs trésors inattendus comme cette statue équestre à moitié détruite trouvée au milieu d'une place déserte. Je me tourne vers Ben pour partager ce souvenir, mais il est absorbé par son iPad. Il écoute du rap, ce qui m'agace un peu. Cette musique en ce moment ? Drôle d'idée, je trouve.

Je cherche à attirer son attention.

— Tu crois qu'Arthur est encore là ? Et le vieux cuisinier ?

— Ça m'étonnerait. Je me demande ce qu'est devenue Sarah.

Encore cette Sarah ! Même pas sûr que je connaisse cette fille.

La musique me semble plus forte, et Ben rappe en cadence. Sauf qu'il est mauvais. Je suis une épouse impartiale, aimante – mais il est nul !

— Ce que c'est paisible et ravissant ici, tu ne trouves pas ?

L'allusion tombe à l'eau. Je suis obligée d'être plus claire :

— Tu pourrais arrêter un peu ta musique ?

— C'est D. J. Cram, mon cœur !

Et il monte encore le son.

Va te faire foutre ! hurle la chanson au-dessus de la mer. Je grimace.

Quel connard égoïste !

Horreur ! Comment cette pensée a-t-elle pu me traverser l'esprit ? Non, je ne voulais pas dire « égoïste ». Ni « connard ». Tout va bien. Tout est merveilleux.

Après tout, je ne déteste pas le rap. Et ça n'empêche pas de communiquer. En criant. Je change de tactique.

— Je n'arrive pas à croire que je retourne sur les lieux où ma vie s'est trouvée transformée. Cet incendie a été le tournant de ma vie.

— Est-ce que tu vas arrêter de parler ce fichu incendie ?

Je le dévisage, profondément choquée.

Pourtant je ne devrais pas être surprise. Le feu de la pension est un sujet qui ne l'intéresse pas. Quand c'est arrivé, il passait deux jours de l'autre côté de l'île à pêcher l'éponge. Du coup, il a tout raté, ce qui l'agace. Ce n'est pas une raison pour être aussi agressif. Il sait combien cette histoire a compté pour moi.

— Hein ! s'exclame-t-il.

Il lit un message sur son iPad. Comme nous sommes proches de la côte, il a dû capter un réseau.

— Qui est-ce ?

Ben est à la fois fier et excité. Comme s'il avait gagné le gros lot.

— Tu as entendu parler de Yuri Zhernakov ? Il veut un rendez-vous en tête-à-tête avec moi.

— Yuri Zhernakov ? Comment ça ?

— Il veut racheter ma société.

— Waouh ! Et tu veux la vendre ?

— Pourquoi pas ?

Mes cellules grises se déchaînent. Ce serait formidable ! Ben encaisserait une petite fortune, et nous pourrions acheter une vieille ferme en France...

— Yuri veut me parler, *à moi* !

Ben a l'air soufflé.

— Il m'a demandé personnellement. On va se voir sur son super yacht.

— C'est formidable ! je m'exclame en lui serrant le bras.

— Je sais. Incroyable ! Et Lorcan peut...

Ben stoppe net.

— Peu importe, ajoute-t-il, maussade.

L'atmosphère est chargée de drôles de vibrations, tout à coup. Pour quelles raisons ? Au fond, je m'en moque. Nous allons emménager en France ! Nous allons enfin faire l'amour ! J'en oublie ma mauvaise humeur. C'est à nouveau le super bonheur. En buvant mon Coca, je me rappelle que j'ai quelque chose à dire à Ben. Ça fait plusieurs jours que je veux lui en parler.

— L'année dernière, j'ai fait la connaissance à Nottingham de chercheurs qui étudiaient une nouvelle façon de fabriquer du papier. Plus écologique. Autour d'un procédé de filtrage. Tu es au courant ?

Il hausse les épaules.

— Moi non, mais Lorcan peut-être.

— Tu devrais peut-être les contacter. Financer leurs recherches, par exemple. Mais si tu vends ta société...

Et je hausse les épaules à mon tour.

— De toute façon, c'est une bonne idée. Tu as d'autres bonnes idées comme ça ?

— Des millions !

— Je vais en parler à Lorcan immédiatement, dit-il en commençant à taper un SMS. Lorcan la ramène toujours avec les nouvelles technologies et le développement. Il croit que ça ne m'intéresse pas. Eh bien, il se goure !

— Parle-lui de ton rendez-vous avec Zhernakov, pendant que tu y es ! Il aura peut-être de bons conseils.

Je vois ses doigts se figer et son visage se fermer. Il me jette un coup d'œil menaçant :

— Pas question ! Et tu n'en parles à personne, compris ? Pas un mot !

20

Fliss

Le lendemain matin est toujours infernal.

Après un excès de vin, une querelle exténuante, une nuit de frustration sexuelle, Sofia le matin, c'est l'enfer à l'état pur.

À voir la tête de Lorcan, il n'est pas en meilleur état. En entrant dans la salle à manger, Noah s'est précipité sur lui, ce qui explique que je suis assise à sa table. Car ce n'est pas un choix délibéré de ma part. Il beurre un toast avec l'énergie du désespoir tandis que j'émiette un croissant. D'après les propos décousus que nous tenons, nous constatons que nous avons tous les deux très mal dormi, que le café est pire qu'atroce, que la livre sterling s'échange contre 2,4 leva bulgares. Et que, d'après le site de la compagnie aérienne, le vol pour Ikonos n'est pas retardé.

Nous n'avons pas abordé les sujets suivants : Ben, Lottie, leur mariage, leur aventure sexuelle, la politique bulgare, l'état économique du monde, mes tentatives pour saboter la lune de miel de ma sœur au risque de m'en faire une ennemie mortelle. Entre autres thèmes.

Le restaurant se situe à côté du bar où nous étions hier soir. Un maître-nageur s'applique à nettoyer l'eau de la piscine avec un filet. Pourquoi se donne-t-il tant de peine ? Noah est la seule personne à s'être baignée depuis le début de l'année. À vrai dire, il a peut-être fait pipi dans l'eau.

— Je peux nager ? demande-t-il comme s'il lisait dans mes pensées.

— Non, on embarque bientôt dans l'avion.

Lorcan a de nouveau son BlackBerry vissé à l'oreille. Pendant le petit déjeuner, il n'a pas arrêté d'appeler sans jamais avoir de réponse. Je devine l'identité de la personne qu'il cherche à joindre, et ça m'est confirmé quand il s'exclame :

— Ben ! Enfin je t'ai !

Il repousse sa chaise. En le voyant se diriger vers la piscine et s'installer à l'entrée du hammam, je ressens une pointe d'agacement. Dans ces conditions, comment écouter leur conversation ?

J'épluche une pomme pour Noah afin de me détendre un peu. Quand Lorcan se rassied, je m'interdis de le prendre par les revers de sa veste et d'exiger des nouvelles. Au lieu de quoi, je demande d'un ton nonchalant :

— Alors ? Ça y est ?

Lorcan n'en croit pas ses yeux.

— Tu ne penses donc qu'à ça ?

— Absolument et j'en suis fière.

— Non, toujours pas. Ils arrivent tout juste à la pension. J'imagine que ça se passera là-bas.

La pension ? Quelle horreur ! Je n'aurai aucun moyen de les séparer ! Pas de Nico pour jouer les trouble-fête. La pension est au-delà des frontières. Merde et merde. Je vais arriver trop tard...

Lorcan continue son rapport :

— Ta sœur est unique ! Elle a donné à Ben une superbe idée pour la société. Notre département de recherche et développement étant trop faible, ce que je sais depuis longtemps, elle a suggéré que nous coopérions avec un centre de recherche de Nottingham qu'elle connaît. C'est une petite société (c'est pour ça que je n'en ai pas entendu parler), mais son champ d'action semble nous concerner directement. Un financement commun serait envisageable. C'est brillant de sa part.

— Ah oui ! C'est son domaine. Elle travaille pour un laboratoire pharmaceutique. Elle est sans cesse en contact avec des chercheurs.

— Que fait-elle précisément ?

— Elle s'occupe de recrutement.

— De recrutement.

Ses yeux s'illuminent.

— Nous avons besoin d'un directeur des ressources humaines. C'est parfait !

— Comment ?

— Elle pourrait diriger les R.H., fournir de nouvelles idées brillantes, s'occuper du domaine...

Son cerveau tourne à mille à l'heure :

— C'est exactement ce qu'il faut à Ben. Une femme qui soit aussi son associée dans les affaires. Un bras droit. Quelqu'un qui l'épaulerait et...

— Arrête tout de suite !

Je tape du poing sur la table.

— Pas question de débaucher ma sœur pour jouer aux *7 familles* dans le Staffordshire.

— Pourquoi pas ? Ça ne te convient pas ?

— C'est de la folie furieuse ! C'est ridicule !

Lorcan m'observe en silence. Son regard me fait frissonner.

— C'est le bouquet ! Comment sais-tu que tu n'es pas en train de détruire le grand amour de ta sœur ? Que tu es en train d'anéantir la chance qu'elle a de mener une vie formidablement heureuse ?

— Oh ! Ça va !

Courroucée, je hoche la tête. Je me refuse à répondre à cette question idiote.

— À mon avis, Ben et Lottie ont toutes les chances d'être heureux. Je vais donc les encourager dans cette voie.

— Tu ne vas pas changer de côté !

— Je n'ai jamais été de ton côté. Ton côté est zinzin.

— Le côté zinzin !

Noah l'a entendu et décide que c'est amusant.

— Le côté zinzin ! répète-t-il en hurlant de rire. Maman est du côté zinzin !

Tout en remuant vigoureusement mon café, je lance un regard meurtrier à Lorcan. Ce traître !

— Bonjour, tout le monde !

Richard s'avance vers notre table. Il a l'air aussi gai que nous, c'est-à-dire qu'il a une mine d'enterrement.

— Bonjour ! Tu as bien dormi ? je demande.

— Atrocement mal.

Il se verse une tasse de café et aperçoit mon téléphone.

— Alors, ils ont réussi ?

Il tombe à point nommé comme bouc émissaire.

— Tu es complètement obsédé !

— Tu peux parler ! murmure Lorcan.

Noah s'en mêle.

— Pourquoi tu demandes toujours s'ils ont réussi ?

— Et toi, Fliss, tu n'es pas obsédée aussi ?

— Non, je ne suis pas obsédée. Et non, ils n'ont pas réussi.

Ce qui le console.

— Réussi quoi ? insiste Noah.

— À mettre la saucisse dans le feuilleté, explique Lorcan en finissant son café.

Je saute sur lui.

— Je t'interdis de dire des choses pareilles.

Noah se tord de rire.

— Mettre la saucisse dans le feuilleté ! entonne-t-il comme un chant de victoire. La saucisse dans le feuilleté !

— Bravo !

J'ai beau lui faire l'œil noir, il demeure imperturbable. D'ailleurs, c'est quoi cette expression ? Dans le *feuilleté* ? Je ne l'ai jamais entendue.

Richard dirige sa hargne sur Lorcan.

— Vous vous croyez drôle ! J'imagine que vous appelez ça une « blague ».

— Dites donc, chevalier Lancelot, lâchez-moi les baskets ! Il est temps de laisser tomber, vous ne croyez pas ? Vous devriez renoncer. Aucune femme ne mérite tout ce cirque.

— Lottie mérite dix fois ce « cirque » comme vous dites, s'indigne Richard. Et je ne vais pas abandonner alors qu'elle se trouve à six heures d'ici. J'ai tout planifié.

Il prend un toast.

— Six heures !

Je pose ma main sur la sienne.

— Désolée, mais tu dois le savoir. Ce sera plus long que ça. Ils ne sont plus à l'hôtel mais à leur pension.

Horrifié, Richard me regarde avec des yeux ronds.

— Oh, bordel !

— Oui.

— Là-bas, c'est sûr qu'ils vont coucher ensemble !

— Pas certain, je prétends, autant pour me convaincre que pour le rassurer.

— Mais si ! reprend Richard, l'air de plus en plus sombre. Cette pension est au centre de ses fantasmes. Avec sa route en briques jaunes. Il est évident qu'elle…

Il s'arrête juste à temps.

— Mettra la saucisse dans la brioche.

— Le feuilleté, corrige Lorcan.

— La ferme ! je m'exclame, exaspérée.

Nous sommes tous assis en silence autour de la table, quand une serveuse apporte à Noah un livre de coloriage qu'il accepte avec joie.

— Tu peux dessiner ton papa ou ta maman, suggère-t-elle en lui tendant une boîte de crayons.

— Mon papa n'est pas là, explique Noah poliment.

Il lui montre Lorcan et Richard.

— Aucun des deux n'est mon papa.

Génial ! Qu'est-ce qu'elle va croire, cette fille ?

— C'est un voyage d'affaires, j'explique en souriant.

— Mon papa habite Londres. Mais il va vivre à Hollywood.

— Hollywood !

— Oui, sa maison sera près de celle d'une star de cinéma.

Voilà qu'il recommence ! Même après notre

discussion. Dès que la serveuse s'est éloignée, je me tourne vers Noah en cachant au mieux mon énervement.

— Noah, mon chéri. Tu te rappelles ce que nous avons dit à propos de la vérité ?

— Oui, répond-il très calme.

— Alors pourquoi raconter que papa va s'installer à Hollywood ?

Je me sens bouillir.

— Tu ne peux pas inventer des choses pareilles ! Les gens te croient.

— Mais c'est vrai !

— Non, ce n'est pas vrai ! Papa ne va pas s'installer à Hollywood !

— Mais si. Tiens, voici son adresse. Beverly Hills. Papa dit que c'est la même chose que Hollywood. Il y aura une piscine, et je pourrai nager dedans !

Noah sort de sa poche un morceau de papier.

Incroyable ! C'est bien l'écriture de Daniel :

NOUVELLE ADRESSE
Daniel Phipps et Trudy Vanderveer
5406 Aubrey Road
Beverly Hills
CA 90210

Je ne suis pas étonnée : je suis effarée. Beverly Hills ? *Quoooi ?* Je veux dire… *Quoooi ?*

— Noah, ne bouge pas ! dis-je d'une voix qui n'est pas la mienne.

Tout en composant le numéro de Daniel, je repousse ma chaise.

— Fliss, répondit-il de sa voix qui me donne des boutons.

Une voix qui sous-entend : « Je viens de terminer ma séance de yoga et toi ? »

— C'est quoi, cette histoire de Beverly Hills ? Tu déménages là-bas ?

J'en bredouille de rage.

— Calme-toi, bébé !

Bébé ?

— Tu ne peux pas me demander de me calmer ! C'est vrai ?

— Alors Noah t'en a parlé ?

Mon cœur s'enraie comme une vieille horloge. C'est donc vrai. Il part pour Los Angeles sans même m'en avertir.

— C'est pour le boulot de Trudy. Tu sais qu'elle fait du droit des médias. Elle a eu une proposition exceptionnelle et comme j'ai la double nationalité…

Ses mots se transforment vite en une sorte de brouhaha inintelligible. Pour une raison inconnue, je me souviens de notre mariage. Une fête très cool. Des tas de clins d'œil et de détails amusants tels que des cocktails faits maison. Je voulais surtout que nos invités prennent du bon temps ! Du coup, j'ai oublié de vérifier une information importante : si l'homme que j'épousais était celui qu'il me fallait.

— … un agent immobilier fabuleux, et elle a déniché cet endroit à un prix intéressant…

Je le coupe en plein discours.

— Et Noah dans tout ça ?

— Noah ?

Il ne cache pas sa surprise.

— Noah, mais il peut venir nous rendre visite.

— Il a sept ans, et il va à l'école.

420

— Pendant les vacances, alors, ajoute-t-il, pas du tout concerné. On trouvera bien une solution.

— Vous partez quand ?

— Lundi.

Lundi ?

Je ferme les yeux. J'ai du mal à respirer. Je souffre tellement pour Noah ! Une douleur physique qui me donne envie de me rouler en boule. Daniel va s'installer à L.A. sans penser à la façon dont il entretiendra un lien solide avec son seul fils, notre fils. Notre charmant, imaginatif, précieux fils. Sept mille kilomètres vont les séparer, et il s'en fiche éperdument !

— Bien.

Je tente de me remettre du choc et me rends compte qu'il est inutile de prolonger la conversation.

— Daniel, je dois partir. À bientôt.

Je raccroche et me retourne pour rejoindre les autres. Mais il m'arrive une chose étrange. Une impression inhabituelle, effrayante. Soudain, un drôle de bruit sort de ma bouche : une sorte de glapissement, comme en font les chiens.

Lorcan bondit de sa chaise.

— Fliss ? Ça va ?

— Maman ? s'inquiète Noah.

Les deux hommes échangent un regard, et Richard hoche la tête.

— Hé, gamin ! Tu viens acheter du chewing-gum pour l'avion ?

— Du chewing-gum !

J'émets un nouveau glapissement involontaire, et Lorcan me prend par les coudes.

— Fliss... tu *pleures* ?

— Non ! Je ne pleure jamais dans la journée. C'est une de mes règles. Jamais je ne pleuuuuu…

Le mot se désintègre et se transforme en un troisième glapissement. Une chose mouillée se pose sur ma joue. Une larme ?

— Daniel t'a dit quoi ?

— Il déménage pour Los Angeles. Il nous quitte…

Les gens d'autres tables nous regardent.

J'enfonce ma tête dans mes mains.

— Je ne peux pas… Je dois m'arrêter…

Je laisse échapper un quatrième glapissement, plus proche d'un sanglot. En moi, quelque chose d'effrayant, d'irrésistible, de violent et de bruyant menace. La dernière fois que j'ai ressenti la même chose, c'est en mettant Noah au monde.

— Il te faut un endroit tranquille, suggère Lorcan immédiatement. Tu vas t'effondrer. Où pourrions-nous aller ?

— J'ai rendu ma chambre, je grommelle. Ils devraient avoir un « pleuroir ». Comme il y a des fumoirs.

— J'ai une idée.

Il me guide entre les tables et me conduit vers la piscine.

— Le hammam !

Sans attendre ma réaction, il ouvre les portes en verre et me pousse à l'intérieur.

L'atmosphère est si lourde que je dois m'asseoir. L'air, rempli de vapeur, contient aussi un léger parfum d'herbes.

— Pleure ! ordonne Lorcan. Personne ne te surveille. Personne ne peut t'entendre. Allez, Fliss, pleure !

— Je ne peux pas.

J'ai du mal à avaler ma salive. Mon corps fait de la résistance. J'émets encore de vagues glapissements, mais impossible de me laisser aller.

— Bon, raconte ! Daniel va vivre à L.A. ?

— Oui. Il ne verra plus Noah et ça lui est égal.

Je frissonne.

— Il ne m'a même pas avertie de son départ !

— Je croyais que tu voulais l'éliminer de ta vie ? C'est ce que tu m'as dit.

— Oui, j'admets, un peu perdue. Je le veux toujours. Enfin, je le crois. Mais c'est tellement définitif. Il nous rejette tous les deux…

Quelque chose grandit en moi. Quelque chose de douloureux et de puissant. Du chagrin peut-être ?

— Ça signifie que c'est terminé. Notre famille n'existe pluuuuus…

Je sens le chagrin me dévorer.

— Notre famille n'existe pluuuus…

Lorcan m'offre son épaule.

— Fliss, viens ici !

Je me recule immédiatement.

— Je ne veux pas pleurer sur toi, dis-je d'une voix hachée. Ne me regarde pas !

— Ça te gêne, de pleurer sur moi, rigole-t-il. Mais il n'y a pas de quoi, Fliss. Souviens-toi : nous avons fait l'amour ensemble !

— C'était seulement du sexe. Pleurer est bien plus intime. Regarde ailleurs ! Disparais !

— Je ne vais pas regarder ailleurs. Et je ne vais pas disparaître. Allez ! Laisse-toi aller !

— Impossible, je gémis lamentablement.

— Allez, femme stupide !

Pour finir, je laisse choir ma tête sur sa manche

couverte de vapeur en poussant des sanglots à fendre l'âme.

Nous restons ainsi un moment : je tremble, je sanglote, je tousse et Lorcan me caresse le dos. Pour une étrange raison, je continue de penser à la naissance de Noah. C'était une césarienne en urgence, j'étais terrifiée, mais pendant tout le temps, Daniel, en blouse verte, était resté auprès de moi à me tenir la main. À ce moment-là, je n'avais aucun doute. Pas le moindre soupçon. Et ça me donne envie de sangloter à nouveau.

Et puis je relève la tête, ramène en arrière mes cheveux qui tombent sur mon visage poisseux. Je sens que mon nez a doublé de volume, que mes yeux sont tout bouffis. Je n'ai sans doute pas autant pleuré depuis l'âge de dix ans.

— Je suis désolée…

Lorcan lève la main pour me couper la parole.

— Non, pas d'excuses !

— Mais ton costume !

Je commence à me rendre compte de la situation. Nous sommes dans un hammam, habillés de pied en cap.

— Il n'y a pas de divorce sans pots cassés, énonce-t-il calmement. Mon costume fait partie des victimes. De plus, la vapeur est excellente pour les vêtements.

— Au moins, nous aurons la peau propre.

— Tu vois ! Plein d'avantages.

Un mécanisme dissimulé dans un coin propulse de nouveaux jets de vapeur, et l'air s'épaissit. Je soulève mes pieds du carrelage de mosaïque et serre mes genoux entre mes bras avec l'impression que la vapeur forme une barrière de protection. Cette salle est intime. Elle est également comme secrète.

Je m'adresse au chaud brouillard.

— En me mariant, je savais que la vie ne serait pas parfaite. Je ne m'attendais pas à un long fleuve tranquille. Puis, en divorçant, je savais que je ne m'engageais pas dans une vallée de roses. J'espérais au moins... Je ne sais pas. Un jardin.

— Un jardin ?

— Oui, avec une petite terrasse. Un espace restreint où planter quelques fleurs symboles d'un peu d'optimisme et d'amour. Mais qu'est-ce que j'ai obtenu ? Un pays dévasté par une attaque nucléaire.

— À ce point-là ? raille Lorcan.

— Et toi, qu'est-ce que tu as gagné ? Pas une vallée de roses ?

— Un territoire extraterrestre. Un paysage lunaire.

Nos regards se croisent dans l'atmosphère épaisse et nous n'avons pas besoin d'en dire plus. Nous nous sommes compris.

La vapeur continue à arriver par bouffées et à nous entourer. Elle nous guérit, écartant nos vilaines pensées, les emportant au loin et nous laissant l'esprit clair.

Plus je demeure ici, plus mon horizon s'éclaircit. Cependant, j'ai un poids sur l'estomac. Lorcan a raison. Pas maintenant mais hier soir. Il avait raison. Je me suis lourdement trompée.

Je dois abandonner la mission que je me suis fixée. Ça me traverse l'esprit comme un gros titre du journal télé. *Abandonne ! Abandonne !* Je ne peux poursuivre et risquer de perdre Lottie.

Oui, je veux épargner à ma petite sœur les souffrances que j'ai connues. Mais il s'agit de sa vie. Je ne peux choisir à sa place. Si elle doit rompre avec Ben, qu'il en soit ainsi. Si elle doit divorcer, qu'il en soit ainsi. S'ils restent mariés pendant soixante-dix ans et qu'ils ont vingt petits-enfants, qu'il en soit ainsi.

J'ai l'impression qu'une sorte de folie m'a guidée sur un chemin lui-même fou. Était-ce pour le bien de ma sœur ou pour régler un compte entre Daniel et moi ? Lorcan a-t-il raison ? N'est-ce pas moi qui ai fait un Choix Malheureux ? Pitié, dans quoi je me suis lancée !

Je me rends soudain compte que j'ai murmuré ces derniers mots à voix haute.

— Désolée, j'ai juste… réalisé…

Me sentant ignoble, je relève la tête.

Lorcan s'adresse à moi très doucement.

— Tu as fait de ton mieux pour aider ta sœur. Mais tu t'y es prise d'une façon ridicule, bordélique, inefficace.

Je porte ma main à ma bouche.

— Qu'est-ce… Oh, quelle catastrophe ! Et si elle l'apprend ?

Rien que d'y penser, je manque m'évanouir. J'étais tellement déterminée à gagner la partie que je n'ai pas envisagé les conséquences. Quelle idiote !

— Elle n'a pas à l'apprendre, m'assure Lorcan. Si tu fais demi-tour, si tu rentres chez toi, si tu n'en parles jamais, elle n'en saura rien. Ça ne viendra pas de moi.

— Nico ne dira rien non plus. C'est mon « agent » à l'hôtel.

J'ai le souffle court, comme si je venais de me tirer d'un très mauvais pas.

— Je suis sûre de moi. Elle ne saura jamais.

— Ainsi la campagne de destruction de leur lune de miel est terminée.

— Dès cet instant. Je vais appeler Nico. Il sera soulagé.

Je regarde Lorcan droit dans les yeux.

— Je ne vais plus jamais intervenir dans la vie de ma sœur. Promis, juré ! Cochon qui s'en dédit !

— Marché conclu, ajoute Lorcan d'une voix grave. Alors, que vas-tu faire maintenant ?

— Je ne sais pas. Aller à l'aéroport. Je déciderai sur place.

Je tâte mes cheveux en sueur, me rappelle que je suis tout habillée dans un hammam.

— Je dois être hideuse !

— Pas de doute là-dessus. Tu ne peux pas embarquer comme ça. Tu devrais prendre une bonne douche froide.

— Une bonne douche froide ?

Je le regarde, ébahie.

— Pour fermer les pores de la peau. Revigorer la circulation. Éliminer les traces de larmes.

Il me charrie. Sans doute. Peut-être.

Je le mets au défi.

— Je me douche si tu te douches.

— Pourquoi pas ?

Je vais être prise d'un fou rire. C'est impossible de songer à un truc pareil !

— Bon, allons-y !

J'ouvre la porte et la tiens ouverte pour lui. Très courtoisement. En voyant apparaître deux personnes trempées de pied en cap, dont l'une en costume strict, les clients de l'hôtel ne manquent pas de se donner force coups d'œil et coups de coude.

— Après vous !

Lorcan s'incline et me désigne la douche en plein air.

— Je tirerai la chaînette.

— Action !

Je commence à rire en me plaçant sous le pommeau. Un instant plus tard, une pluie d'eau glacée m'atteint. Je ne ris plus, je pousse des cris d'orfraie.

Une autre sorte de cri m'atteint :

— Maman ! Tu prends une douche *habillée* !

Assis à la table avec Richard, Noah ne perd pas une miette du spectacle. Ah, sa tête ! Il est ébahi !

Lorcan me remplace et tourne son visage vers le jet ruisselant. Quand il a terminé, il me demande, en secouant sa manche trempée :

— Alors, Fliss, tu te sens rafraîchie ? La vie n'est pas plus belle, maintenant ?

Je réfléchis un instant avant de répondre, parce que je veux être sincère avec lui :

— Oui, bien plus belle. Merci.

21

Lottie

Comment réagir ? Nous y voici. De retour à la pension. Elle n'a pas changé. Enfin, pas trop.

Dès que nous sommes descendus du taxi-vedette, Ben a pris un appel de Lorcan, ce qui m'a vraiment agacée. C'est une journée à marquer d'une pierre blanche, si romantique, si symbolique – et il répond au téléphone ! Comme si, dans *Casablanca*, Humphrey Bogart disait à Ingrid Bergman : « Nous aurons toujours… Désolé, mon amour, je dois prendre cet appel ! »

Allons, Lottie. Sois positive ! Savoure cet instant. Tu as pensé à cette pension pendant quinze ans ! Et tu y es !

Je me tiens sur la jetée, m'attendant à être submergée de vagues de nostalgie et d'impressions diverses. Je devrais avoir la larme à l'œil et songer à quelque chose de poignant à dire à Ben. Ce qui est bizarre, c'est que je n'ai vraiment pas envie de pleurer. En fait, pour être honnête, je ressens une sorte de vide.

De là où je suis, j'aperçois la pension sur la hauteur. Ses murs de pierres ocre et poussiéreuses ainsi que deux fenêtres. Dans mon souvenir, elle était plus grande. L'un des volets brinquebale. Mon regard se porte sur la falaise. Les marches sont taillées dans le rocher. À mi-colline, elles forment deux escaliers. L'un mène à la jetée et l'autre à la plage principale. Ils ont ajouté des barrières métalliques, ce qui gâche la vue. Ainsi qu'une balustrade au sommet de la falaise. Et un panneau de sécurité. Un panneau de sécurité ? Il n'existait pas.

Quoi qu'il arrive, reste positive !

Ben me rejoint et je lui prends la main. La plage s'étend au-delà d'un piton rocheux qui m'empêche de voir si elle a changé. Mais comment une plage pourrait-elle changer ? Une plage est une plage.

— Par où commence-t-on ? je demande doucement. La pension, la plage ou notre crique secrète ?

Ben me serre la main à son tour.

— La crique secrète.

À ces mots, je suis submergée par le désir. La crique secrète. Le lieu où, adolescents, nous nous sommes déshabillés mutuellement pour la première fois en tremblant d'un désir insatiable, d'un désir brûlant. Le lieu où nous faisions l'amour trois, quatre, cinq fois par jour. L'idée de ce retour – dans tous les sens du terme – m'excite tellement que j'en tremble.

— Il faut louer un bateau.

Nous allons voguer vers notre crique comme par le passé, j'aurai les pieds posés sur le bastingage. Nous traînerons le bateau sur la plage et nous retrouverons ce coin de sable abrité...

— Trouvons un bateau !

La voix de Ben vibre, et je comprends qu'il est aussi excité que moi.

— Tu crois qu'ils en louent toujours là-bas ?

— Il n'y a qu'une façon de le savoir.

Le cœur soudain léger, je l'entraîne vers l'escalier. Nous irons directement à la plage, nous prendrons un bateau, tout va arriver...

— En avant !

Je saute de marche en marche, le cœur battant, excitée comme une folle. Nous sommes presque arrivés à l'embranchement. Nous allons découvrir d'un moment à l'autre la magnifique étendue de sable doré dont nous connaissions chaque grain et qui nous attend depuis tout ce temps...

Catastrophe !

Mon regard plonge sur la plage : je suis horrifiée. Qu'est-il arrivé à notre plage ? Qui sont ces gens ?

Quand nous séjournions à la pension, la plage nous paraissait aussi immense que déserte. Nous étions vingt au maximum à la pension, et nous nous dispersions pour ne pas nous gêner.

Aujourd'hui, on dirait un campement. Ou un lendemain de festival. Près de soixante-dix personnes occupent le sable en groupes informes, certains encore enfouis dans leur duvet. J'aperçois les cendres d'un feu de bois. Deux tentes. Surtout des étudiants, d'après ce que je peux voir. Ou le genre éternels étudiants.

Figés au milieu des marches, nous sommes abordés par un jeune type portant une barbiche.

— Bonjour, vous êtes perdus ? demande-t-il avec un accent d'Afrique du Sud.

« Je me *sens* perdue », ai-je envie de lui répondre, mais je me force à lui sourire.

— Non, nous regardons le paysage.

— Une sorte de pèlerinage, explique Ben très à

l'aise. Nous sommes venus ici voilà des années. Que de changements !

— Oh !

Les traits du jeune type se métamorphosent.

— Vous faisiez partie de *ceux-là*. De l'âge d'or.

— « L'âge d'or » ?

— On l'appelle comme ça, précise-t-il en riant. Des tas de gens de votre âge reviennent ici et nous décrivent comment c'était avant la construction de l'auberge de jeunesse. Ils pleurnichent en disant que tout a été saccagé. Vous descendez ?

En le suivant, je trouve qu'il ne fait pas dans la dentelle, le barbichu. « Pleurnicher » est un peu dur. Et « votre âge » ? Qu'est-ce qu'il veut dire ? Certes, nous sommes un peu plus âgés que lui, mais nous sommes encore jeunes ! Je suis de la même génération que lui !

— Quelle auberge ? demande Ben quand nous arrivons sur la plage. Vous ne logez pas à la pension ?

— Certains y dorment, répond-il en haussant les épaules. Pas beaucoup. C'est un peu déglingué là-haut. Je crois que le vieux vient de vendre. Mais nous logeons à l'auberge de jeunesse, à quelques centaines de mètres en retrait. Elle a été construite en… Il y a dix ans. Ils ont fait beaucoup de pub. Un vrai succès. Un endroit épatant.

En s'éloignant, il ajoute :

— Les couchers de soleil sont féeriques. À bientôt !

Ben lui sourit, mais je suis verte de rage. Comment ont-ils pu construire une auberge ? Quel culot ! Cet endroit nous appartient. En plus, ils ont osé faire de la publicité !

Et puis regardez la manière dont ils se conduisent ! Des détritus partout. Des canettes, des paquets de chips et même quelques vieux préservatifs. J'en ai mal au cœur. Ils ont baisé sur notre sable. C'est répugnant.

Je sais ! Nous aussi avons fait l'amour sur la plage, mais c'était différent. C'était romantique.

Je scrute les lieux.

— Où est le loueur de bateaux ?

Avant, il y avait un type qui se rôtissait au soleil et louait ses deux barques à la journée. Il n'est nulle part. Mais je vois un solide gaillard qui pousse un voilier dans l'eau. Je me dépêche de le rejoindre.

— Bonjour ! Excusez-moi ! Attendez un instant !

Il se retourne, exhibe un sourire *super white* sur un visage bronzé. Je pose une main ferme sur la poupe.

— Je voudrais savoir, s'il vous plaît, si on loue toujours des bateaux sur la plage. Le vôtre, vous l'avez loué ?

— Oui, mais il faut arriver de bonne heure. Ils sont déjà tous partis. Essayez demain et inscrivez-vous à l'auberge.

— Ah bon !

Je prends une voix plaintive.

— L'ennui, c'est que nous ne sommes là que pour la journée, mon mari et moi. C'est notre lune de miel. Et nous voulions absolument naviguer.

J'espère en silence qu'en galant homme, il nous proposera son voilier. Mais non. Il continue à le pousser dans l'eau, se contentant de constater d'un ton joyeux :

— Pas de chance !

— Pour nous, c'est très important, j'insiste en lui courant après. Nous voulions absolument naviguer. Pour nous rendre dans une petite crique secrète que nous fréquentions…

— La petite crique par là-bas ?

Il désigne du doigt un promontoire.

— Absolument. Vous la connaissez ?

— Mais vous n'avez pas besoin d'un bateau pour vous y rendre. On y accède par la passerelle.

— La passerelle ?

— Un peu plus loin, il y a une grande passerelle en bois. Depuis quelques années maintenant, tout le coin est accessible.

Une fois de plus, je suis horrifiée. *Ils ont construit une passerelle qui mène à notre crique secrète ?* C'est une profanation ! Une mascarade ! Je vais écrire une lettre de protestation à… à… quelqu'un. C'était notre secret. Ça devait demeurer notre secret. Comment y faire l'amour désormais ?

— Alors il y a du monde ?

— Évidemment ! C'est très fréquenté. Entre nous, ajoute-t-il en souriant, c'est là que les gens vont pour se shooter.

« Se shooter » ? La nouvelle me scandalise. Notre crique si parfaite, si romantique, si idyllique transformée en plaque tournante de la drogue ! Je me frotte le visage.

— Vous croyez qu'à cette heure, il y aura des gens ?

— Sûrement. Il y a eu une soirée hier. Ils doivent être encore en train de dormir. Allez, à plus !

Il monte sur son bateau et hisse les voiles.

Terminé ! Notre plan est fichu. Je vais retrouver Ben en pataugeant. La vie est trop triste.

— Ça devait être parfait. Et ils ont tout abîmé. C'est ignoble. Regarde par toi-même ! Immonde ! L'enfer sur sable !

— Lottie ! Je t'en prie ! Tu exagères ! Nous aussi, nous organisions des fêtes sur la plage, tu t'en souviens ? On laissait également des détritus. Arthur n'arrêtait pas de se plaindre.

— On n'utilisait pas de capotes.

— Sans doute que si.

Il hausse les épaules.

— Sûrement pas ! je m'indigne. Je prenais la pilule !

— Tu crois ? J'ai oublié.

Il hausse les épaules une nouvelle fois.

Il a oublié ! Comment peut-on oublier qu'on a mis ou pas un préservatif avec l'amour de sa vie ?

J'ai envie de lui dire : « Si tu m'aimais pour de bon, tu te rappellerais que nous n'utilisions pas de capotes », mais je m'en abstiens. Se quereller sur l'utilisation des préservatifs n'est pas souhaitable lors d'une lune de miel. Je choisis de faire le dos rond et de contempler la mer.

En fait, la déception me donne envie de pleurer. C'est tellement loin de ce que j'avais projeté. Moi qui croyais qu'il n'y aurait personne sur la plage, que nous l'aurions pour nous seuls. Je nous imaginais courant sur le sable désert, sautant dans l'écume des vagues, atterrissant dans les bras l'un de l'autre pour savourer une parfaite étreinte au son des violons. Bon, d'accord, une vision un brin trop idyllique. Mais la réalité est à l'opposé.

— Alors, qu'est-ce qu'on fait ? je m'inquiète enfin.

— On peut encore s'amuser.

Ben m'attire à lui et m'embrasse.

— C'est sympa d'être de retour, tu ne trouves pas ? Même sable, même mer.

— Oui.

Je savoure son long baiser.

— La même Lottie. Et le même short sexy.

Ses mains étreignent mes fesses, et j'ai l'envie soudaine de réaliser une partie de mon fantasme.

— Tu te souviens de ça ?

Je lui confie mon sac. Je respire à fond, me concentre, fais un petit saut d'appel et me lance dans ce que j'espère être une parfaite série de roues sur le sable.

Aïe ! Aïe !

Oh, merde ! Ma tête !

Je ne sais pas ce qui m'est arrivé. Sauf que mes bras n'ont pas supporté mon poids, qu'il y a eu quelques cris d'alarme autour de moi et que j'ai atterri lourdement sur le crâne. Je me retrouve étalée sur le sable en piteuse position, à bout de souffle.

J'ai mal à mon bras et je souffre d'humiliation. Je ne peux plus faire la roue ? Depuis quand ?

Ben s'approche, un peu gêné.

— Chérie, j'espère que tu ne t'es pas fait mal.

Son regard se porte sur mon short.

— Un léger accident ?

Mon short est déchiré. Déchiré au plus mauvais endroit ! La honte ! Je veux mourir !

Quand Ben me tire pour m'aider à me lever, je me masse le bras en grimaçant. J'ai dû le tordre.

— Ça va ? demande une fille d'une quinzaine d'années.

Elle porte un jean et un haut de bikini.

— Faut prendre plus d'élan au démarrage. Comme ça.

Elle se lance et exécute une roue parfaite suivie d'une pirouette arrière. La garce !

— Merci du conseil ! Je m'en souviendrai.

Nous restons silencieux.

— Alors, quel est le programme ? je demande au bout d'un moment.

— Il me faut une tasse de café. Et je veux voir la pension, pas toi ?

Je ressens une lueur d'espoir. Exit la plage… reste la pension.

— Bien sûr ! À condition que tu ouvres la marche !

Si mon short est déchiré, je ne veux pas l'avoir derrière moi !

Je ne sais pas si c'est la faute de la roue ou si le tensiomètre que j'utilise à la gym m'a menti, mais je ne suis pas en superforme. Et cent treize marches, ça compte ! Je m'agrippe à la rampe et m'en sers pour me hisser, heureuse que Ben ne me voie pas. Je suis rouge tomate, l'élastique ne tient plus mes cheveux en place, je souffle d'une façon pas sexy du tout. Comme le soleil descend sur l'horizon, je garde les yeux fixés sur mes pieds pour ne pas être éblouie. Ce n'est qu'arrivée près du sommet que je regarde en haut. Surprise ! Une silhouette se dessine contre le ciel écarlate. Une fille !

— Salut ! nous hèle-t-elle avec un accent anglais. Vous êtes des clients ?

En montant encore quelques marches, je me rends compte qu'elle est canon ! Une poitrine incroyable ! Une foule de clichés me sautent à l'esprit. Ses seins ressemblent à deux globes qui étirent un top à bretelles marron. Non, deux chiots bruns. Je suis tellement fascinée que même *moi*, j'aurais envie de les toucher. Elle se penche pour nous accueillir quand nous mettons enfin pied sur la terrasse : j'ai une vue directe sur la vallée profonde creusée entre ses seins.

Ce qui veut dire que Ben en profite aussi.

— Bravo ! nous félicite-t-elle.

À bout de souffle, je suis incapable de parler. Pareil pour Ben, mais j'ai l'impression qu'il veut me dire quelque chose – ou bien cherche-t-il à s'adresser à la fille canon ?

C'est à la fille canon !

— Putain ! s'exclame-t-il enfin, l'air totalement ahuri. Sarah !

22

Lottie

J'ai l'esprit en ébullition. Sur quoi me concentrer ? Par où commencer ?

D'abord, il y a la pension. Pourquoi est-elle si différente de l'image que j'en ai gardée ? Tout est plus petit, plus moche, moins *emblématique*. Nous sommes assis sur la véranda, plus étriquée que dans mon souvenir. Elle a été repeinte dans un affreux beige qui, en plus, s'écaille. L'oliveraie n'est qu'un bout de terrain broussailleux planté de quelques arbres maigres. La vue est belle, mais à l'image de toutes les vues de toutes les îles grecques.

Et Arthur ! Comment a-t-il pu m'impressionner ? Comment ai-je pu m'asseoir à ses pieds pour savourer ses perles de sagesse ? Ce n'est pas un gourou. C'est un ivrogne de soixante-dix ans ou plus. Il a déjà essayé par deux fois de me mettre la main aux fesses.

Pour le moment, il est en pleine tirade qu'il ponctue en brandissant sa cigarette roulée à la main.

— Ne revenez pas en arrière, c'est inutile ! Je le dis à tous les jeunes comme vous. La jeunesse demeure là où on l'a laissée et c'est là qu'elle doit rester. Pourquoi revenir ? Ce qui valait la peine d'être emporté au cours de votre vie, vous l'avez déjà pris avec vous.

Sarah lève les yeux au ciel.

— Papa ! Ça suffit ! Ils sont revenus. Et j'en suis ravie.

Elle fait un clin d'œil à Ben.

— Juste à temps. Nous venons de vendre. Nous partons le mois prochain. Un peu plus de café ?

Quand elle se penche pour me servir, je ne peux m'empêcher de la regarder. De près, elle est tout aussi bien roulée. Éclatante de santé, avec une peau douce comme de la soie, elle arbore fièrement sa poitrine qui gonfle son top comme dans un magazine pour hommes.

Voici une autre raison qui met mon esprit en ébullition. Plusieurs raisons, en réalité. Numéro 1 : elle est sensationnelle. Numéro 2 : il est évident qu'il y a eu quelque chose entre Ben et elle, il y a quinze ans, avant mon arrivée. Ils ne cessent d'y faire allusion en riant avant de changer de sujet. Numéro 3 : leur vieille flamme n'est pas éteinte. Si je m'en rends compte, ils doivent également s'en rendre compte, non ? Oui, c'est palpable. Qu'est-ce que ça signifie ?

Qu'est-ce que ça *signifie* ?

Je tremble en prenant ma tasse. Et moi qui pensais que ce retour à la pension serait l'apogée de notre lune de miel, l'endroit où tous les fils se noueraient pour former un beau lien solide ! Au lieu de ça, on dirait que des nouveaux fils brillants sont apparus et que l'écheveau se défait. Exemple : Ben. J'ai l'impression qu'il se défile. Il refuse de croiser mon regard et, quand je passe mon bras autour de ses épaules, il l'écarte. Sarah s'en est aperçue et, pleine de tact, a détourné les yeux.

— Nous vieillissons !

Arthur continue sa diatribe :

— La vie interfère avec nos rêves. Les rêves se mettent en travers de la vie. Cela a toujours été. Quelqu'un veut un whisky ? propose-t-il le visage radieux. Le bar est ouvert, à l'heure grecque.

— Avec plaisir, accepte Ben.

Il exagère ! Il n'est que onze heures du matin. Je refuse qu'il se noie dans l'alcool. Mais quand je lui lance un regard noir qui signifie « Est-ce une bonne idée, mon chéri ? », il me renvoie le même regard qui, horreur, ne peut que vouloir dire « Mêle-toi de tes affaires et arrête de vouloir diriger ma vie ! ».

Une fois encore, Sarah, pleine de délicatesse, détourne le regard.

Inutile de préciser que je suis à la torture. Quel est le pire ? Être confrontée au spectacle d'une fille superbe qui fait mine de ne pas voir votre couple se quereller ? Ou voir son short vieux de quinze ans éclater aux coutures alors qu'on essaie de faire la roue pour séduire son mari ? Les deux se valent, je pense.

— Bravo, jeune homme ! Venez choisir un malt.

Arthur l'entraîne dans un des recoins de la pension, me laissant en tête à tête avec Sarah sur la véranda. Il y a un peu d'électricité dans l'air. Je ne sais pas quoi dire. Pourtant, je meurs d'envie de savoir... quoi exactement ? Je me réfugie dans la politesse.

— Votre café est délicieux.

— Merci !

Elle soupire avant de se lancer :

— Lottie, je veux juste vous dire… J'ignore si vous savez que Ben et moi…

— Je l'ignorais jusqu'à maintenant.

— Ce n'était qu'une passade. J'étais venue rendre visite à papa et nous avons sympathisé. Ça n'a duré que quinze jours, ou même moins. Ne croyez pas…

Elle marque une pause.

— Je ne veux pas que vous…

— Je ne pensais à rien du tout ! je m'exclame en la coupant. À rien !

— Parfait.

Elle me sourit, découvrant ses dents blanches et parfaites.

— C'est charmant que vous soyez revenus. Des tas de bons souvenirs, j'espère ?

— Oui, plein.

— C'était un été incroyable.

Elle boit un peu de café.

— L'année où le Grand Bill était là. Vous l'avez connu ?

Je me détends un peu.

— Oui, j'ai rencontré le Grand Bill. Et Pinky.

— Et les deux Hollandais ? On les a arrêtés un soir, et papa a dû verser une caution pour les libérer.

— J'en ai entendu parler.

Soudain ravie de cette conversation, je lui demande :

— Et le bateau qui a coulé ? Ça vous dit quelque chose ?

— Hélas, oui ! Papa m'a raconté. En plus, il y a eu l'incendie, c'était l'année des désastres. Et ce pauvre Ben qui avait attrapé la grippe. Il était vraiment mal en point.

Qu'est-ce qu'elle raconte ?

— La grippe ? Ben ? je répète d'une voix étranglée.

— C'était horrible.

Elle pose ses pieds bronzés sur une chaise.

— J'étais inquiète pour lui. Il délirait. J'ai dû le veiller toute une nuit. Je lui chantais des airs de Joni Mitchell.

Elle se met à rire.

La panique me saisit. C'est donc Sarah qui s'est occupée de lui quand il a eu la grippe, Sarah qui le berçait avec des chansons !

Alors qu'il croit que c'est moi.

Le moment où il a su « qu'il m'aimait ». Il l'a déclaré en public !

Je m'efforce de paraître détendue.

— Bien ! Vous avez fait du beau boulot. Mais inutile de ressasser le passé. Alors, euh... Vous avez beaucoup de clients à l'heure actuelle ?

Avant le retour de Ben, il faut que nous ayons changé de sujet. Sarah fait mine de ne pas avoir entendu ma question.

— Dans son délire, il racontait n'importe quoi. Qu'il voulait voler ! Et moi j'insistais : « Ben, tu es malade, reste couché ! » Alors il disait que j'étais son ange gardien. Il le répétait sans arrêt. J'étais son ange gardien !

— Qui était ton ange gardien ? fait Ben qui revient sur la véranda, un verre à la main. Ton père est au téléphone. Alors, qui était ton ange gardien ?

Mon estomac gargouille. Je dois arrêter net cette conversation.

— Regardez cet olivier ! je glapis.

Mais Ben et Sarah ne me prêtent aucune attention.

— Ben, tu te souviens ? demande-t-elle avec un grand rire. Quand tu as eu la grippe et que je t'ai soigné toute la nuit ? Tu me déclarais en boucle que j'étais ton ange gardien. Sarah l'Infirmière.

Elle le pousse du pied pour s'amuser.

— Tu te rappelles, Sarah l'Infirmière ? Et les chansons de Joni Mitchell ?

Ben s'est figé. Il me dévisage, puis Sarah, puis moi à nouveau. Il semble à la dérive.

— Mais… mais… c'est toi, Lottie, qui m'a veillé !

Je suis écarlate. Que dire ? Pourquoi me suis-je attribué le mérite de l'avoir soigné ? Pourquoi ?

— Lottie ? Mais elle n'était même pas là ! C'était moi et personne d'autre. Je revendique la première place au tableau d'honneur, merci ! C'est moi qui suis restée debout toute une nuit. Moi qui t'ai épongé le front jusqu'à l'aube. Ben, ne fais pas semblant d'avoir tout oublié, le taquine-t-elle.

Mais Ben monte sur ses grands chevaux.

— Je n'ai pas oublié ! Il est évident que je n'ai rien oublié ! Je me rappelle encore cette nuit. Mais j'ai tout mélangé. J'ai cru que…

Il me lance un regard accusateur.

Misère ! Je dois dire quelque chose. Ils attendent.

— J'ai confondu… avec une autre fois.

— Quelle autre fois ? insiste Ben. Je n'ai eu la grippe qu'une seule fois. Et maintenant je découvre que ce n'est pas toi qui m'as soigné mais Sarah. Découverte plutôt perturbante.

— Bon, allez ! intervient Sarah en nous dévisageant tour à tour, comme si elle sentait les mauvais courants qui circulent entre nous. C'est du passé. On ne va pas en faire un fromage.

— Mais si ! se rebiffe Ben en se donnant une claque

444

sur la tête. Tu ne te rends pas compte ? Tu m'as veillé. Tu as été mon ange gardien. Ça change...

Il se tait.

Ça change quoi ? je me demande, indignée. J'étais encore son ange gardien il y a seulement trois minutes. On ne peut pas changer d'ange gardien à tout bout de champ.

— Ben, tu débitais des tas d'inepties dans ton délire, entre autres sur les anges. Allez, on change de sujet ! lance Sarah qui fait des efforts pour détendre l'atmosphère. Dites-moi, tous les deux, vous faites quoi dans la vie ?

Ben me foudroie du regard avant de prendre une lampée de whisky.

— Je fabrique du papier.

Pendant qu'il donne des détails sur sa société, je bois un peu de mon café tiédasse. Je suis mal à l'aise. Questions : Comment cette petite menterie stupide est-elle ressortie ? Comment Ben peut-il prendre cette histoire au tragique ? Franchement ! On se fiche de qui a veillé qui ! Plongée dans mes pensées, je n'écoute plus leur conversation et ne me réveille qu'en entendant « déménager à l'étranger » dans la bouche de Ben. Tiens, il parle de la France !

— Moi aussi ! Je vais naviguer dans les Caraïbes pendant un certain temps, prévoit Sarah. Je donnerai des cours pour gagner de quoi vivre. Et je verrai comment ça se passe.

— C'est ce que j'ai envie de faire, moi aussi, affirme Ben. J'adore être en mer. S'il y a bien une chose que je veux faire pendant ces deux prochaines années, c'est passer plus de temps sur mon bateau.

— Tu as déjà traversé l'Atlantique ?

Les yeux de Ben se mettent à briller.

— J'en rêve. Je vais réunir un équipage. Tu veux en faire partie ?

— Absolument ! Ensuite, un hiver à bourlinguer dans les Caraïbes ?

— Un projet génial !

— Marché conclu !

Ils se tapent dans la main en riant.

— Vous faites de la voile ? me demande Sarah poliment.

— Pas vraiment.

J'envoie des regards furieux à Ben. C'est nouveau, cette envie de traverser l'Atlantique ! Et l'achat d'une ferme en France, alors ? Et puis qu'est-ce qu'ils ont à se taper dans les mains d'un air complice ? Il faut que je crève l'abcès sans tarder, mais pas devant Sarah.

Soudain, je regrette notre retour ici. Arthur avait raison. *Ne revenez pas en arrière.*

— Alors, vous vendez la pension ? je demande à Sarah.

— Oui. C'est dommage, mais la fête est finie. L'auberge nous a pris nos clients. Ils achètent les terrains. Ils vont construire des annexes.

— Les salauds ! s'exclame Ben.

Sarah hausse les épaules, comme si c'était un moindre mal.

— Franchement, après l'incendie, les affaires ont plutôt périclité. Je me demande comment papa a tenu le coup aussi longtemps.

Enfin, un sujet que je suis contente d'aborder.

— L'incendie, quelle tragédie !

J'espère qu'on va rappeler la manière brillante dont

j'ai dirigé les opérations, sauvé des tas de vies. Mais Sarah se contente d'ajouter :

— Oui, quel drame !

— La faute de la cuisinière à gaz, n'est-ce pas ? suggère Ben.

— Pas du tout.

Sarah agite sa tête et ses boucles d'oreilles produisent un petit carillon.

— C'est ce qu'on a pensé au début, avant de découvrir que c'était à cause de bougies allumées dans une chambre. Des bougies parfumées.

Elle consulte sa montre.

— Excusez-moi, je dois jeter un coup d'œil à mon ragoût.

Une fois Sarah partie, Ben avale une nouvelle gorgée de whisky. En me regardant, son expression change. Il fronce les sourcils.

— Qu'est-ce qui se passe, Lottie ? Ça ne va pas ?

Ça ne va pas du tout. Je suis en petits morceaux. La vérité est tellement atroce que je n'ose l'envisager.

— C'était moi ! je murmure, le feu aux joues.

— Ça veut dire quoi, « c'était moi » ?

— J'ai toujours eu des bougies parfumées dans ma chambre. Tu te rappelles ? Toutes mes bougies ? J'ai dû les laisser allumées. L'incendie, c'est ma faute.

Désemparée, choquée, je sens les larmes monter en moi. Mes heures de triomphe sont tombées en poussière. Je n'étais pas l'héroïne du jour, mais l'irresponsable coupable d'inconscience et de stupidité.

Ben va me prendre dans ses bras, me dire quelque chose, me poser des questions, réagir ? Non, ça n'a pas l'air de l'intéresser.

447

— Bah, ça fait un bon bout de temps, lâche-t-il enfin. Ça n'a plus d'importance.

Je n'en crois pas mes oreilles.

— Qu'est-ce que tu veux dire ? Bien sûr que c'est important. J'ai gâché l'été de plein de gens et fichu en l'air la pension. C'est horrible !

Je suis malade de culpabilité. Plus grave encore, j'ai l'impression de m'être trompée, bêtement trompée tout ce temps. Toutes ces années, j'ai choyé de faux souvenirs. Oui, cette nuit-là, j'ai agi, mais quel fiasco ! J'aurais pu être à l'origine de la mort de quelqu'un. De plusieurs personnes. Je ne suis pas la femme que je croyais être. Je ne suis pas la femme que je croyais être !

Soudain, je commence à sangloter. Tout s'écroule.

— Dois-je leur dire ? Dois-je tout avouer ?

— Bon Dieu, Lottie, arrête ton cirque ! Bien sûr que non. Oublie tout ça. C'était il y a quinze ans. Personne n'a été blessé. Tout le monde s'en fiche à présent.

— Moi pas.

— Eh bien, tu as tort. Tu ne fais que ressasser ce maudit incendie…

— C'est faux !

— Non !

En moi, quelque chose craque.

— Et toi, tu n'arrêtes pas de parler de bateau ! D'où te vient cette idée ?

Nous nous dévisageons, incertains de ce qui nous arrive. On dirait qu'on se jauge pour un affrontement dont on ignore les règles. Finalement, Ben me lance une nouvelle pique.

— Au fond, comment puis-je croire ce que tu me racontes ?

— *Quoi ?*

— Tu ne m'as pas soigné pendant ma grippe, mais tu m'as laissé croire que c'était toi.

Son regard est sans merci.

— Cette conduite me dépasse, Lottie.

— J'ai… confondu. Je m'excuse, vu ?

Ben conserve cependant son expression de juge. Quel salaud moralisateur !

Je contre-attaque immédiatement :

— Puisque nous en sommes au jeu de la vérité, comment vas-tu t'organiser pour naviguer l'hiver aux Caraïbes alors que nous allons vivre en France ?

— S'installer en France est une possibilité, réplique-t-il. Ce n'est pas une certitude. Nous lancions des idées, c'est tout !

— Pas du tout ! Nous dressions des plans ! Je fondais toute ma vie là-dessus.

— Tout va bien ? demande Sarah en nous rejoignant sur la véranda.

À l'instant même, Ben reprend son charmant sourire en coin.

— Parfaitement ! répond-il comme si rien ne s'était passé. On se détendait.

— Encore un peu de café ? Un whisky ?

Incapable de lui répondre, la vérité me saute au visage : je fonde ma vie entière sur ce type assis en face de moi. Tout à coup, ce type avec son charmant sourire, son style décontracté m'apparaît comme un étranger, un extraterrestre, une *erreur* ! À le regarder, j'éprouve le même sentiment qu'en entrant dans la chambre d'amis d'une maison inconnue : en terrain incertain. Non seulement je ne le connais pas et je ne le comprends pas, mais de plus, j'en ai peur, je ne l'aime pas beaucoup !

449

Je n'aime pas beaucoup mon mari.

Une sorte de fracas retentit dans mes oreilles. Quelle erreur monumentale, monstrueuse, terrifiante.

J'ai un besoin instinctif, désespéré de Fliss, mais je m'aperçois que jamais, *au grand jamais*, je ne pourrais le lui avouer. Il me faut rester mariée à Ben et prétendre que tout va bien jusqu'à la fin de mes jours. Malheur de malheur ! C'est le destin. Je l'accepte avec un certain calme. J'ai épousé le mauvais numéro et je dois le supporter jusqu'au bout. C'est sans issue.

— Un endroit épatant pour une lune de miel, déclare Sarah en s'asseyant. Vous prenez du bon temps ?

Ben se veut sarcastique :

— Oh, plein. C'est super.

Je me hérisse sous son regard hostile.

— Qu'est-ce que tu veux dire par là ?

— On ne peut pas dire que nous ayons abusé des « plaisirs de la chair », n'est-ce pas ?

— Ce n'est pas ma faute !

— Qui m'a envoyé promener ce matin ?

— J'attendais d'être dans notre crique ! C'est ce qu'on avait décidé.

Sarah est mal à l'aise, mais impossible de m'arrêter. Je déborde de fureur.

— Tu as toujours une excuse, se plaint Ben.

— Je ne cherche pas d'excuse ! je m'exclame, absolument livide. Tu crois que je n'ai pas envie de... Tu sais.

— Je ne sais plus que penser ! Mais rien ne s'est passé, et ça n'a pas l'air de te déranger ! C'est simple, non ?

— Mais si, ça me dérange ! Bien sûr !

Sarah regarde Ben avec incrédulité.

— Vous n'avez pas... ?

— L'occasion ne s'est pas présentée, répond Ben amer.

— Oh !

Sarah a l'air stupéfaite.

— C'est rare pour... une lune de miel.

Je tente de lui expliquer :

— Notre chambre a été chambardée et puis Ben s'est soûlé, ensuite on a été enquiquinés par des serveurs et j'ai eu une allergie, alors en fait...

— Ç'a été un cauchemar.

— Un cauchemar.

Notre enthousiasme s'est envolé. Nous sombrons dans la tristesse.

— Eh bien, propose Sarah, l'œil pétillant de malice, nous disposons de chambres libres. Avec des lits. Et même des préservatifs.

— Sérieux ? demande Ben. Il y a un lit là-haut ? Un lit double à notre disposition ? Voilà une musique douce à nos oreilles !

— La pension est à moitié vide. Vous avez un grand choix.

— Formidable ! Merveilleux !

Le moral de Ben grimpe en flèche.

— Nous allons consommer notre mariage dans la pension ! Là où nous avons fait connaissance ! Allons, madame Parr, laisse-moi te séduire.

— Je n'écouterai pas, rigole Sarah.

— Si tu veux, tu peux participer ! propose Ben qui corrige en vitesse : Lottie, c'est une blague, rien qu'une blague !

Il me tend la main, son sourire plus attachant que jamais. Mais le charme n'opère plus. L'étincelle s'est éteinte.

Le silence semble durer une éternité. Dans ma tête, c'est un tsunami. Qu'est-ce que je veux ? Oui, qu'est-ce que je veux ?

— Je ne sais pas, j'avoue au bout d'un long moment.

Ben souffle comme un phoque.

— Comment, tu ne sais pas ?

Je le sens au bout du rouleau.

— Tu te fiches de moi ?

— Il faut… que j'aille faire un tour.

Je me lève d'un coup et sors sans lui laisser le temps de réagir.

Contournant la pension, je me dirige vers une colline pleine de broussailles. Sur le terrain où les garçons jouaient au foot s'élève désormais l'auberge de jeunesse, un bâtiment en béton et en verre. Je le longe sans m'arrêter et continue ma grimpette jusqu'à ce qu'il disparaisse de ma vue. Une petite vallée m'accueille : quelques oliviers, une cabane en ruine dont je me souviens vaguement. Des détritus jonchent le sol, de vieilles canettes de soda, des paquets de chips, les restes d'un pain pita. Je hais ceux qui ont abandonné leurs déchets. Impulsivement, pleine d'une soudaine énergie, je les ramasse et, en l'absence d'une poubelle, les dépose au pied d'un grand rocher. Si ma vie est un foutoir, je peux au moins nettoyer un bout de terrain.

Quand j'ai fini, je m'assieds sur le rocher et regarde devant moi, refusant de regarder en moi. Il y règne un tel désordre effrayant ! Le soleil me chauffe la tête ; au loin paissent des chèvres dont j'entends les bêlements. Tout n'a pas changé, ce qui me fait sourire.

Au bout d'un moment, un halètement se fait entendre tout près. Une blonde en robe bain-de-soleil rose grimpe la colline. Elle m'aperçoit sur mon rocher et s'approche en souriant.

— Salut ! Je peux…

— Bien sûr, venez.

— On étouffe ! gémit-elle en s'essuyant le front.

— Et comment !

— Vous êtes ici pour voir les ruines ? Les ruines antiques ?

Bêtement, je m'excuse.

— Non, je me balade. Je suis en voyage de noces, vous voyez ?

Quand je suis venue la première fois, tout le monde parlait des ruines. Nous avions tous eu l'intention de nous rendre sur le site antique, mais finalement, autant que je m'en souvienne, personne ne s'était donné la peine d'y aller.

— Nous aussi, nous sommes en voyage de noces, m'annonce-t-elle plus gaiement. Nous sommes descendus à l'*Apollina*. Mon mari m'a traînée jusqu'ici pour visiter ces ruines. Je lui ai dit que j'avais besoin de m'asseoir et que je le retrouverais dans une minute.

Elle sort une bouteille d'eau de son sac et en prend une gorgée.

— Il est comme ça. L'année dernière, on a fait la Thaïlande, et ça m'a tuée. À la fin, je me suis mise en grève. Je lui ai dit : « Finis, ces maudits temples. Je veux me vautrer sur la plage ! » On a bien le droit de bronzer, non ?

— Je suis bien d'accord avec vous. Nous avons été en Italie. On n'en finissait plus de visiter des églises.

— Les églises ! répète-t-elle en roulant des yeux. Ne m'en dites pas plus. On a fait Venise. Là, je lui ai dit : « Tu ne fréquentes jamais les églises en Angleterre !

Alors pourquoi cette soudaine passion quand nous sommes en vacances ? »

— C'est exactement ce que j'ai dit à Richard !

— Tiens ! Mon mari s'appelle aussi Richard ! C'est drôle, non ? Richard comment ?

Elle me sourit, mais je suis effondrée. Qu'est-ce que je viens de dire ? Pourquoi penser immédiatement à Richard et pas à Ben ? Je suis détraquée ou quoi ?

Je me frotte le visage, le temps de me calmer.

— En fait... En réalité, mon mari ne s'appelle pas Richard.

— Ah bon ? s'exclame-t-elle, surprise. Désolée... J'ai cru que...

Elle me regarde, absolument consternée.

— Vous allez bien ?

Mon Dieu ! Qu'est-ce qui m'arrive ? Je pleure comme une madeleine. Des larmes et des larmes. Je les essuie maladroitement et tente de sourire :

— Navrée ! J'ai rompu avec mon petit ami il y a peu de temps. Je ne suis pas encore remise.

— Votre petit ami ? Mais je croyais que vous étiez en voyage de noces ?

— C'est vrai, j'avoue entre deux sanglots. C'est ma lune de miel !

Mes sanglots redoublent. Comme si j'avais trois ans !

— Alors lequel des deux s'appelle Richard ?

— Pas mon mari !

Ma voix n'est plus qu'un affreux gémissement.

— Richard n'est pas mon mari. Il ne m'a jamais demandé ma main. Jamaiiiiiiiiis !

— Bon, je vais vous laisser tranquille, décide la femme, très gênée, en redescendant du rocher.

Quand elle a disparu de ma vue, je ne retiens plus mes larmes. Je gémis à qui mieux mieux.

J'ai le mal du pays. J'ai le mal de Richard. Il me manque tellement. Quand nous avons rompu, il a arraché un peu de mon cœur. Ensuite, sur ma lancée, j'ai réussi à combler le vide... avant de me rendre compte à quel point je suis meurtrie. Tout mon corps me fait mal, et la guérison n'est pas proche.

Il me manque, il me manque, il me manque.

Son humour me manque, ainsi que son bon sens. Ne plus l'avoir dans mon lit me manque. Son regard de connivence qui croise le mien dans une fête me manque. Son odeur me manque. L'odeur d'un vrai homme. Sa voix me manque, ses baisers et même ses pieds. Tout me manque.

Et dire que je suis mariée à quelqu'un d'autre !

Je sanglote à nouveau. Pourquoi me suis-je mariée ? Où avais-je la tête ? Bien sûr, Ben est amusant et charmant. Et drôlement sexy. Mais ça ne veut plus rien dire. Ça sonne creux.

Que faire à présent ? J'enfouis ma tête dans mes mains, ma respiration se calme. Je fais tourner ma bague autour de mon doigt. Elle tourne et tourne. Je suis terrifiée. J'ai commis pas mal d'erreurs, mais jamais de cette taille. Jamais avec de telles conséquences.

Je ne peux rien y faire. Je suis coincée. Piégée. Tout est ma faute. C'est ma raison qui parle.

Le soleil est impitoyable. Je devrais descendre de ce rocher et me réfugier à l'ombre. Mais je n'arrive pas à bouger. Mes muscles sont paralysés. Il faut que j'y voie plus clair. Que je prenne des décisions.

Une heure s'écoule. Je saute enfin de mon perchoir, secoue la poussière de mes vêtements et file tout droit vers la pension. Ben ne s'est même pas donné la peine de s'assurer que j'allais bien ! Mais désormais, ça n'a plus d'importance.

Je les vois avant qu'ils ne me repèrent. Ils sont sur la véranda. Ben est assis près de Sarah, il enlace ses épaules, joue avec sa bretelle. Ce qui vient de se passer est tellement évident que j'ai envie de hurler. Au lieu de quoi, je m'approche de la pension, aussi silencieusement qu'un chat.

J'aimerais leur dire : « Embrassez-vous ! Ne vous gênez pas ! Confirmez ce que je pense en secret. »

Je me poste là, retenant mon souffle, ne les quittant pas des yeux. Et c'est comme revoir la scène de mes retrouvailles avec Ben, au restaurant, il y a quelques jours. Ils revivent leur passion d'adolescents. Ils n'y peuvent rien. Leur attirance sexuelle est si puissante qu'elle en est presque visible. Ben fait rire Sarah, il joue avec ses cheveux. Ils ont ce regard intense qui...

Et c'est parti !

Leurs lèvres sont scellées. Ben explore le décolleté de Sarah. Sans leur permettre d'aller plus loin, je fais irruption. Avec le sentiment d'être une actrice de feuilleton sortant sa réplique en retard.

— Ne vous gênez pas !

En hurlant ces mots, je me rends compte que je souffre vraiment. Mais comment a-t-il eu l'audace de m'amener ici, sur la scène de son autre amour de jeunesse avec cette Sarah qu'il a aimée avant moi sans m'en parler ? Il devait savoir qu'elle serait là. Et que leurs atomes crochus se raccrocheraient. Il l'a fait exprès ? Il joue un jeu pervers ?

Au moins, je les ai dérangés. En s'écartant brutalement de Sarah, Ben se cogne la cheville contre le banc et jure.

— Ben, on doit avoir une petite conversation.

Il me lance un regard furieux, comme si c'était ma faute ! Il exagère, non ? Sarah s'éclipse discrètement dans la maison et je le rejoins.

— Ça ne marche pas entre nous !

Recroquevillée sur moi-même, je me tourne vers la mer pour ne pas le regarder.

— Et maintenant je constate que tu en préfères une autre.

— Oh, faut pas exagérer ! se rebelle-t-il. Pour un baiser…

— En voyage de noces !

— Tu as raison ! renchérit-il, furieux. Mais tu m'as repoussé ! Alors quoi ? Je devais rester au garde-à-vous ?

— Je ne t'ai pas repoussé, je réplique.

Tout en me rendant compte qu'effectivement, je l'ai repoussé.

— D'accord, je suis désolée. Mais…

Je n'avais pas envie de faire l'amour avec toi. Mais avec Richard. C'est lui, l'homme que j'aime. Richard, mon bien-aimé ! Mais je ne le reverrai jamais. Et je vais me remettre à pleurer…

— C'est difficile à dire, je murmure enfin en retenant mes larmes, mais notre mariage a été trop précipité. Nous nous sommes trop pressés. Je crois que… c'était une erreur. Je m'en veux. Je venais de rompre. C'était trop tôt. Je suis navrée.

— Non, riposte Ben immédiatement. C'est ma faute à moi.

Je me tais en digérant ce qu'il vient de dire. Nous pensons donc, tous les deux, que c'était une erreur. Le poids de l'échec me tombe dessus. Mais je suis également soulagée. Fliss avait raison. Je me l'avoue avec réticence, car c'est trop douloureux pour le moment.

— Je ne veux pas vivre en France ! aboie Ben. Je hais ce pays. Je n'aurais pas dû te laisser croire que j'étais sérieux.

Pour être juste, je fais preuve de sincérité.

— Et moi, j'ai trop insisté. Navrée aussi de t'avoir obligé à participer au quiz des Couples.

— Quelle idée de m'être soûlé le premier soir !

— J'aurais dû faire l'amour avec toi dans la pension. C'était bête de ma part. Désolée.

— Ne t'en fais pas ! Les lits grincent !

J'ai du mal à continuer.

— Alors… on en a terminé ? On est quittes, tu ne m'en veux pas ?

— Et si on participait au concours du divorce à grande vitesse ? propose Ben avec son air pince-sans-rire. On pourrait gagner le premier prix !

— On devrait prévenir Georgios qu'il faut annuler l'album de notre lune de miel, je lui réponds en riant jaune.

— Et la soirée karaoké pour les nouveaux mariés ? On y va quand même ?

— On a gagné le quiz, souviens-toi ! On pourrait annoncer notre divorce lors du gala de la distribution des prix.

En nous regardant dans les yeux, nous sommes pris d'un irrésistible fou rire, proche de l'hystérie.

Autant rigoler ! Car que faire d'autre ?

Une fois calmée, j'enlace mes genoux et le dévisage calmement.

— Ben, as-tu jamais pris notre mariage au sérieux ?

Il sourcille, comme si j'avais touché un point sensible.

— Je ne sais pas. Depuis quelques années, la réalité m'échappe. La mort de mon père, la société, la fin de ma vie de comédien… J'ai besoin de faire le point.

— Franchement, je n'y ai pas cru non plus. C'était de l'ordre du fantasme. J'allais mal et tu es apparu, tu étais si séduisant…

Il l'est toujours : souple, bronzé, vif. Sauf qu'il a perdu quelque chose. Il y a en lui quelque chose d'artificiel. Ce n'est plus de l'orange pressée mais un soda à l'orange. Ça a le goût de l'orange, c'est gazeux, ça coupe la soif, mais ça laisse un arrière-goût amer. Et c'est mauvais pour la santé.

— Et maintenant ?

Je n'ai plus envie de rire, ni de mordre. Je suis ailleurs. Une sensation irréelle. Mon mariage s'est terminé avant d'avoir commencé. On n'a même pas couché ensemble ! Hilarant, non ? Quel jeu cruel, perfide, le destin nous a-t-il imposé ! Comme si quelqu'un, là-haut, nous avait infligé volontairement une lune de miel désastreuse pour qu'on ne reste pas ensemble.

Ben reste dans le vague.

— Je ne sais pas. On finit nos vacances et on voit après ? J'ai ce rendez-vous avec Yuri Zhernakov. Tu sais qu'il est venu sur son yacht juste pour me rencontrer ?

— Formidable !

Il se rengorge.

— Je veux vendre. C'est raisonnable. Lorcan pense

le contraire, ce qui me pousse encore plus à sauter le pas.

Il prend un air mécontent que je lui connais bien. J'ai déjà entendu bon nombre de ses diatribes concernant Lorcan : « Il veut tout contrôler, il profite cyniquement de tout et – complètement hors de propos – c'est même un mauvais joueur de ping-pong. » Je n'ai guère envie d'en écouter de nouvelles. Je change de sujet :

— Tu vas cesser complètement de travailler ?

Ça me paraît être une mauvaise idée – mais peu importe mon opinion. Je ne suis qu'une future ex-épouse !

Ben est piqué au vif.

— Bien sûr que non ! Yuri veut me garder en tant que conseiller spécial. Nous allons entreprendre un ensemble d'activités inédites. Tester certaines idées. Yuri est un type fantastique. Tu aimerais venir sur son yacht ?

— Avec grand plaisir.

Autant profiter des avantages de ma condition d'actuelle épouse.

— Et après ça ? Tu vas revoir ta chérie ?

D'un coup sec du menton, je désigne la pension. Soudain, Ben semble avoir des remords.

— J'ignore ce qui s'est passé. Je suis désolé. C'est comme si Sarah et moi avions de nouveau dix-huit ans. Tous nos souvenirs sont revenus...

— Ça suffit ! Je connais. Nous avons éprouvé la même chose, rappelle-toi !

C'est fou, les dégâts causés par ce genre de retrouvailles ! Oui, on ne devrait jamais revoir ses premiers amoureux. Une sorte de quarantaine officielle devrait être instaurée. Le règlement serait le suivant : après avoir rompu avec votre amour d'adolescent, c'est terminé. L'un de vous doit émigrer.

— Je me fiche de ce que tu fabriques avec elle, j'ajoute. Prends ton pied ! Amuse-toi bien !

— Vraiment ? Tu es sérieuse ? Mais… nous sommes mariés !

J'ai plein de défauts, mais je ne suis pas hypocrite.

— Oui, sur le papier. On a signé des registres, échangé des alliances, mais tu ne t'es pas engagé vis-à-vis de moi ni moi vis-à-vis de toi. Pas à fond. Pas sincèrement.

Je pousse un profond soupir.

— Nous ne sommes jamais vraiment sortis ensemble ! Je ne vois pas comment je pourrais t'en vouloir.

Il n'en croit pas ses oreilles :

— Waouh ! Lottie, tu es extraordinaire. Tu es la plus généreuse… la plus large d'esprit… Tu es incroyable !

— N'en rajoute pas !

Je me tais un moment. Devant Ben, je refuse de me laisser aller, mais en fait, je suis en piteux état. J'aimerais poser ma tête sur l'épaule de quelqu'un pour gémir. Tout est sens dessus dessous. Mon mariage est fini. J'ai mis le feu à la pension. Un échec après l'autre !

Je suis tendue, peinée, inquiète, désorientée. Mon cerveau est tombé au fond d'un abîme nébuleux que n'éclairent que de rares rayons de clarté qui me pousseraient dans une certaine direction. Mais voilà…

Le problème, c'est que Ben est follement sexy. Et formidable au lit. Et que je meurs d'envie de coucher avec lui. Ça m'aiderait sans doute à oublier que j'ai failli tuer une vingtaine d'étudiants innocents.

Ben se tait lui aussi, les yeux tournés vers la maigre oliveraie. Puis, l'œil allumé, il me fait face :

— J'ai une idée.

— Moi aussi !

— Une grande baise finale ? En souvenir du bon vieux temps ?

— Je pensais à la même chose. Mais pas ici.

Je plisse le nez.

— Les matelas étaient dégoûtants.

— On retourne à l'hôtel ?

— Pourquoi pas ?

Et me voici tout excitée, ce qui me réconforte dans cet océan de tristesse. Nous le méritons. Nous en avons besoin. Cela terminera définitivement notre histoire, et puis ça mettra un peu de baume sur mon cœur douloureux. Surtout qu'il y a trois semaines que je tire la langue, et je vais devenir folle si ça n'arrive pas.

Si seulement nous avions couché comme des malades quand nous nous sommes revus, rien de tout cela ne serait arrivé. Il y a une morale quelque part.

Ben rentre dans la pension.

— Je vais prévenir Sarah que nous partons et lui faire nos adieux.

Dès qu'il a disparu, je sors mon portable. Pendant que Ben me parlait, j'ai eu une étrange vision de Richard. Un flash à la limite du prophétique. Quelque part dans le monde, il était en train de penser à moi ! C'était si précis que je m'attends à voir son nom sur mon écran. Je tremble en tapant mon code ; mon cœur, plein d'espoir, bat la chamade.

Bien sûr, il n'y a rien. Pas d'appel, pas de message. Je recommence au cas où je me serais trompée. Ce que je suis bête ! Pourquoi se serait-il manifesté ? Il est à San Francisco, plongé dans sa nouvelle vie. Moi, il me manque, mais pourquoi est-ce que je lui manquerais ?

Mon moral descend en flèche. J'en ai les larmes aux yeux. Pourquoi penser à Richard ? Il est parti. *Parti.* Il ne va pas m'envoyer de SMS. Ni m'appeler. Et encore moins traverser l'Atlantique pour me déclarer son amour éternel et sa volonté de m'épouser (mon fantasme secret, stupide, irréaliste).

La tête basse, je regarde mes messages et remarque que Fliss m'a bombardée. Je rougis de honte. Elle m'a mise en garde. Elle avait raison. Pourquoi a-t-elle toujours raison ?

Impossible de lui avouer la vérité ! Ce serait trop humiliant. Je ne peux pas − du moins pour l'instant.

J'ai un réflexe enfantin, désespéré. Je commence à rédiger un SMS pour lui prouver qu'elle s'est trompée.

```
Salut, Fliss ! Ici, tout baigne. Devine !
Ben vend sa société à Yuri Zhernakov
et nous allons monter sur son yacht !!
```

En le relisant, j'ai l'impression que les mots se moquent de moi. Heureuse ! Heureuse ! Heureuse ! Mensonges ! Mensonges ! Mensonges ! Mes doigts tapent un nouveau message.

```
J'en ai de la chance, d'avoir épousé Ben.
```

Une larme coule sur mon BlackBerry mais, sans en tenir compte, je continue à taper.

```
Nous sommes si heureux ensemble ; tout
est parfait.
```

J'essuie rapidement le flot de larmes qui se déverse et me remets à pianoter, sans pouvoir m'arrêter :

Imagine le mariage le plus réussi au monde. Le mien est encore mieux. Nous nous entendons à la perfection, projets d'avenir formid. Comparé à Richard, Ben est une merveille. Pas pensé à Richard une seconde…

23

Fliss

Jamais de ma vie entière je n'ai eu l'esprit aussi clair. Enfin, je discerne la vérité. La raison. La réalité. J'avais tort. À cent pour cent. J'étais entièrement, totalement dans l'erreur. Comment mon instinct a-t-il pu me tromper ainsi ? Comment puis-je être aussi idiote ?

Je ne suis pas seulement lucide : je suis anéantie. Détruite. Me voici en plein aéroport de Sofia où je lis le dernier message de Lottie. Me rappeler ce que je lui ai fait subir ces derniers jours me donne de l'urticaire. Sa lune de miel n'a été qu'un long enfer – et pourtant, avec Ben, ils semblent plus unis qu'au premier jour.

Ce cirque grotesque ne concernait que Daniel et moi. C'était ma façon de régler mes comptes. Je regardais le monde à travers des verres troubles, et Lottie a trinqué alors qu'elle était innocente. Une seule chose me sauve : elle n'est pas au courant de ce que j'ai fait et ne le saura jamais. Dieu merci !

Je me replonge dans le texto de Lottie sans prêter attention à l'appel des passagers pour Ikonos. Je ne vais pas à Ikonos. Je reste éloignée de ma sœur pendant son voyage de noces. J'ai fait suffisamment de dégâts. Avec Noah, nous allons tranquillement retourner à Londres. Ces acrobaties ridicules sont terminées.

Imagine le mariage le plus réussi au monde. Le mien est encore mieux. Nous nous entendons à la perfection, projets d'avenir formid. Comparé à Richard, Ben est une merveille. Pas pensé à Richard une seconde, d'ailleurs j'ai oublié les qualités que je lui trouvais. Ben déborde de projets fantastiques pour le futur !! Il va travailler avec Yuri Zhernakov sur des projets communs !!! On va voyager et naviguer dans les Caraïbes, ensuite on achètera une ferme en France !! Ben veut que nos enfants soient bilingues !!!

À lire ces lignes, je la jalouse presque. Ben a l'air d'être Superman. Le point de vue de Lorcan me paraît sérieusement faussé.

La seule déception s'est produite à la pension. Apparemment, il y a quinze ans, c'est moi qui ai provoqué l'incendie. À cause de mes bougies parfumées. Quel choc de l'apprendre ! Sinon, c'est une lune de miel parfaite, un vrai rêve. J'en ai de la chance !!!

La surprise me cloue au sol. Lottie est donc responsable de l'incendie ? L'incendie qui a changé sa vie ?

Sans pouvoir m'en empêcher, j'ai pensé tout haut, si bien que Richard lève la tête.

— Qu'est-ce qui se passe ?

— Rien, je réponds automatiquement.

Je ne vais pas lui faire part des pensées intimes de Lottie, quand même ! Et puis merde ! Il faut que j'en parle à quelqu'un qui me comprendra. Je résume :

— Lottie a provoqué l'incendie.

Je suis heureuse de voir qu'il pige au quart de tour, ce que j'attendais de lui.

— Sans blague !

— Elle vient de l'apprendre.

— Mais c'est colossal ! Elle va bien ?

— D'après ce qu'elle dit, en tout cas.

Richard ne semble pas convaincu.

— Elle joue la comédie, m'assène-t-il. En fait, elle ne va pas bien du tout.

Je devine que son instinct protecteur prend le dessus.

— Est-ce que Ben réalise ? Va-t-il veiller sur elle ?

— Sans doute. Il s'en est bien tiré jusqu'à maintenant.

— Tu me montres son SMS ?

Après un instant de réflexion, je me dis que nous sommes allés trop loin ensemble pour reculer.

Il lit le message lentement, avec une expression de plus en plus accablée. Il le parcourt une fois, puis une deuxième fois et une troisième fois. Après quoi, il me regarde.

— Elle est amoureuse de lui ! conclut-il brutalement comme s'il voulait se punir lui-même. Elle est amoureuse, c'est sûr ! Et je refusais de l'admettre. J'ai été un pauvre *abruti*.

— Richard...

— J'ai cru à une chimère : j'arrive, je lui fais part

de mes sentiments, cela la bouleverse et elle me tombe dans les bras…

Il agite la tête comme si la seule évocation de ce rêve le blessait.

— Je vis sur quelle *planète* ? Tout ça doit se terminer. Dès maintenant.

Je souffre de le voir renoncer alors que je fais la même chose.

— Tu abandonnes la compétition ? Mais si tu lui disais ce que tu ressens pour elle ?

J'essaie de ranimer sa flamme, mais il se rebiffe.

— J'ai perdu il y a longtemps. Il y a quinze ans, pour être précis. Tu n'es pas d'accord ?

— C'est possible. Tu as sans doute raison.

— Elle a épousé l'amour de sa vie et elle est au comble du bonheur. Tant mieux pour elle. Moi, il faut que je recommence à vivre.

— Nous en avons besoin tous les deux ! Je suis aussi coupable que toi. Je t'ai encouragé.

En croisant son regard, je ressens une soudaine tristesse : c'est un au revoir. S'il ne voit plus Lottie, nous allons cesser de nous voir également. Fini notre amitié. Autre chose encore : je ne serai jamais sa belle-sœur.

Nouvel appel pour le vol d'Ikonos : je fais la sourde oreille.

— C'est l'heure de partir, constate Lorcan en quittant son BlackBerry des yeux.

Il est assis sur un siège de l'aéroport à côté de Noah qui semble ravi de lire une brochure en bulgare sur la sécurité.

— Bon alors, vous fabriquez quoi, Fliss et toi ?

Puis, remarquant la mine défaite de Richard :

— Qu'est-ce qui se passe ?

— Ce qui se passe ? J'ai été un imbécile. Je m'en rends compte enfin.

— Moi aussi, je soupire. Je ressens la même chose. Finalement, ça me saute aux yeux.

— C'est évident.

— Pour nous deux.

— Bien, admet Lorcan, je vois. Donc… je suis le seul à embarquer pour Ikonos ?

Richard réfléchit et saisit le sac fourre-tout du *City Heights Hotel* qu'il vient d'acheter.

— Je vais peut-être vous accompagner. Ce sera l'occasion ou jamais de visiter Ikonos. J'ai envie de voir le plus beau coucher de soleil du monde que Lottie m'a tant vanté. Je trouverai un endroit tranquille pour l'observer et ensuite je m'envolerai pour San Francisco. Jamais elle ne saura que je suis venu.

Lorcan se tourne vers moi.

— Et toi et Noah, vous faites quoi ?

Je suis sur le point de lui dire que pour rien au monde je ne mettrai les pieds à Ikonos quand son BlackBerry bipe.

— C'est de Ben. Attends !

Son visage change d'aspect à mesure qu'il lit le message.

— Je ne peux pas le croire, murmure-t-il enfin.

— C'est quoi ?

Lorcan relève lentement la tête. Il est totalement scié ! Soudain, je m'inquiète.

— Lorcan, de quoi s'agit-il ? Lottie va bien ?

— Je ne comprendrai jamais Ben, constate-t-il. Jamais.

J'insiste :

— Lottie va bien ? Il est arrivé quelque chose ?

469

— Ce n'est pas ce qui est arrivé…

J'ai l'impression que Lorcan va se sentir mal.

— Cette fois je ne peux pas prendre sa défense, dit-il en se parlant à lui-même. C'est inimaginable.

— Dis-moi !

— D'accord. Après deux jours de mariage, Ben prend déjà rendez-vous avec une autre femme.

— *Comment ?*

Richard et moi nous nous sommes exclamés en chœur.

— Comme son assistante est en vacances, il me demande de lui réserver une chambre dans un hôtel en Angleterre pour un week-end. Une dénommée Sarah l'accompagnera. Première fois que j'entends parler d'elle. Il me dit…

Il me passe son portable.

— Tiens, regarde toi-même !

Je ne me le fais pas dire deux fois. Je suis si stressée que je ne comprends qu'un mot sur trois mais je capte l'essentiel :

```
Nous nous sommes retrouvés après toutes
ces années… un corps magnifique… il faut
que tu fasses sa connaissance.
```

— Salaud !

Mon cri guttural résonne dans tout l'aéroport. Je suis dans un tel état d'incandescence que je pourrais prendre feu.

— Ma petite sœur aime cet homme ! Et lui, voilà comment il la traite ?

— Là, Ben se surpasse.

— Elle lui a donné son cœur. Elle est à lui corps et âme.

Je tremble de colère.

— Comment ose-t-il ? Où se trouvent-ils à l'heure actuelle ? Toujours à la pension ?

— Oui, mais il semblerait qu'ils la quittent après le déjeuner pour retourner à l'hôtel.

— Richard ! C'est à nous deux d'intervenir. On doit sortir Lottie des griffes de ce monstre.

— Minute, papillon ! s'exclame Lorcan. Tu ne m'as pas dit : « Je ne vais plus jamais intervenir dans la vie de ma sœur. Promis, juré » ? Et tu n'as pas ajouté : « Cochon qui s'en dédit » ?

— C'était *avant* ! je réplique. Quand j'avais tort.

— Mais tu as toujours tort !

— Faux !

— Mais si. Fliss, tu as perdu le sens des réalités. Tu l'as eu pendant cinq minutes et tu l'as perdu à nouveau.

Lorcan est si calme et si raisonnable que je craque.

— En réalité, je constate à quel point ton meilleur ami n'est qu'un salaud infidèle !

Je le fixe intensément comme s'il était responsable des infamies de Ben.

— Ne me raconte pas ce genre de salades. Je n'y suis pour rien.

— Tu veux lire les messages de Lottie ?

Je frappe mon BlackBerry contre ma paume pour donner plus de poids à ce que je dis.

— Ma pauvre sœur, si confiante, est dingue de Ben. Elle a l'intention de vivre avec lui en France. Elle ignore totalement qu'il a une liaison avec une vieille copine qui a un corps à tomber.

J'en ai les larmes aux yeux.

— Dieu du ciel ! C'est leur lune de miel. Quel genre de type est assez vicelard pour tromper sa femme pendant leur voyage de noces, alors qu'ils ne sont pas encore passés à l'acte ?

— Évidemment, si tu présentes les choses ainsi…, admet Lorcan.

— C'est insupportable, odieux. Je vais sauver ma sœur. Richard, je peux compter sur toi ?

Mon ex-futur beau-frère fait non de la tête.

— Moi ? Je ne lèverai pas le petit doigt. Lottie mène sa barque. Elle ne veut pas de moi. Elle l'a dit et redit.

— Mais son mariage avec Ben est fichu ! Tu t'en rends compte, non ?

— Rien n'est moins sûr ! D'ailleurs, qu'est-ce que tu attends de moi ? Que je ramasse les miettes ? Lottie a choisi Ben, et je dois faire avec.

Il balance son sac sur son épaule.

— Fais ce que tu veux, moi, je poursuis ma voie. Je cherche un coucher de soleil et quand je l'aurai vu, je tâcherai de sentir la paix en moi.

Ça, alors ! Il me fait le coup du dalaï-lama.

Je me tourne vers Lorcan qui déjà lève les mains et secoue la tête en signe de dénégation.

— Et toi ?

— Ce n'est pas mes oignons. Je suis ici uniquement pour parler affaires. Dès que Ben aura signé les papiers pour la restructuration de l'affaire, je le laisse tranquille.

— Alors vous me laissez tomber tous les deux. Bien. Très bien ! Je me débrouillerai sans vous.

Je me penche vers Noah.

— Viens, fiston. On part pour Ikonos.

— D'accord. Alors ils ont réussi ? demande-t-il en ramassant toutes les brochures bulgares qu'il peut trouver.

— Réussi quoi ?

— Lottie et Ben. Ils ont mis la saucisse dans la brioche ?

— Le petit pain ! corrige Richard.

— Le feuilleté ! rétorque Lorcan.

— Oh ! La ferme, tous les deux ! je crie, au bord de l'hystérie.

J'ai l'impression de ne plus rien contrôler. Est-ce vraiment le moment d'expliquer à un enfant de sept ans, en plein aéroport de Sofia, que les enfants ne naissent pas dans les choux ou les roses ?

C'est néanmoins une bonne question. Ont-il réussi ?

— Je ne sais pas, je réponds en prenant Noah par les épaules. Nous l'ignorons, mon petit chéri. Personne ne le sait.

— Moi, je sais ! annonce Lorcan, les yeux fixés sur son écran. Je viens de recevoir un message de Ben. Il semblerait que la nuit de noces soit pour ce soir. Ils retournent à l'hôtel afin de… (Il jette un coup d'œil à Noah.) Disons que… La saucisse se rapproche du feuilleté.

— Noooooooooon !

Mon cri d'agonie s'élève jusqu'au toit de l'aérodrome et quelques passagers se retournent.

— Mais Lottie ignore quel immonde tricheur c'est. Nous devons les en empêcher !

— Fliss, calme-toi ! m'adjure Lorcan.

— Les en empêcher ? s'étonne Richard.

Lorcan lui donne quelques explications :

— Elle a saboté la totalité de leur lune de miel. Vous ne vous êtes pas demandé pourquoi la malchance les poursuivait à ce point ?

— Honte à toi, Fliss ! reprend Richard sous le choc.

— Maman, on doit embarquer, supplie Noah en tirant sur ma manche.

Nous l'ignorons tous. Je suis aussi déterminée que si j'avais de l'acier à l'état pur dans les veines. Plus intrépide que tous les croisés en cotte de mailles.

— Ce salaud ne va pas briser le cœur de ma sœur.

Je compose le numéro de Nico tout en m'adressant à Richard :

— Donne-moi des tuyaux. Tu la connais bien. Qu'est-ce qui la dégoûte ?

— Il faut embarquer, répète Noah, sans succès.

— Je refuse de te divulguer ce qu'elle n'aime pas ! C'est un scandale. Ce sont des informations confidentielles.

— Il s'agit de ma sœur...

Je me tais : Nico est en ligne.

— Allô, Fliss ? répond-il d'un ton las.

— Nico ! Heureusement que je vous trouve. Nous devons frapper plus fort. Je répète, plus fort.

Mais Nico semble très nerveux.

— Fliss, nos accords ne tiennent plus ! Le personnel se demande ce que je manigance. Nous éveillons des soupçons !

— Il faut que vous interveniez ! Ils retournent à l'hôtel, et j'y arrive bientôt. En attendant, empêchez-les de sauter dans un lit. Assommez Ben, mettez-le K.O. s'il le faut. N'importe quoi !

— Fliss...

— Maman, on doit embarquer...

— Nico ! Vous avez carte blanche !

24

Lottie

Difficile à croire ! Notre suite nuptiale est vide ! Pas de personnel faisant mine de s'affairer. Pas de major-domes. Pas de harpiste. Le silence. Je suis émoustillée. Il y a de l'érotisme dans l'air. Comme si les pièces attendaient nos bruits, notre chaleur, nos halètements, nos cris d'amour.

Dès notre retour à l'hôtel, nous sommes montés directement ici sans échanger un mot. Je m'interdis de penser. À mon mariage. À Richard. À Sarah. À ma honte, ma tristesse, mon humiliation... Je me ferme à tout. Je ne me concentre que sur la pulsion persistante qui m'habite depuis que j'ai revu Ben au restaurant. J'ai envie de lui. Il a envie de moi. Nous méritons de faire l'amour.

Quand il s'approche de moi, ses yeux s'assombrissent : il pense à la même chose que moi. Par où commencer ? Nous savourons déjà ce qui nous attend en toute connaissance.

Au moment où ses lèvres se posent sur mon cou, je murmure :

— Tu n'as pas oublié d'accrocher la pancarte « *Ne pas déranger* » ?

— Bien sûr.

— Et de fermer la porte à clé ?

— Je ne suis pas débile.

— Alors, nous y sommes enfin !

Mes mains descendent le long de son dos, continuent plus bas, s'emparent de ses fesses rondes et fermes. Ah, si les miennes étaient aussi dures !

— Hmm !

Il éloigne mes mains de son postérieur et déboutonne sa chemise. Mon Dieu, ce que je peux avoir envie de cet homme ! Tant pis s'il est infidèle ! Tant pis si demain il couche avec Sarah ou une autre fille. Pour l'instant, un divin instant, il est tout à moi.

Lentement, il ouvre ma chemise. Heureusement que je porte un soutien-gorge aussi cher que froufroutant. Richard ne s'occupait jamais de mes dessous : il se bornait à les enlever aussi vite que possible. Mais du jour où je l'ai prévenu qu'une telle hâte m'agaçait, il est passé à l'autre extrême. Et c'était des « Quel ravissant soutien-gorge » par-ci, des « Oh, quel slip sexy » par-là. Cher Richard ! Non ! Lottie, arrête ! Il est interdit de penser à lui.

Ben me fait des choses délicieuses dans l'oreille avec sa langue. En gémissant de plaisir, je défais sa ceinture, m'attaque à son jean. Je croyais vouloir une séance au ralenti, selon un rythme très lent, très Cinémascope. Mais maintenant que je suis au cœur de l'action, je m'en fiche. Je le veux maintenant. Maintenant. *Maintenant.*

Ben halète. Moi aussi. Il est aussi impatient que moi. Je n'ai jamais autant désiré un homme.

— Madame ? Un verre ?

Ah, non ! Je meurs !

Nous sautons au plafond comme deux acrobates sur un trampoline.

Je suis à moitié déshabillée. Ben également. Georgios est à un mètre de nous. Il tient un plateau d'argent chargé d'une bouteille et de plusieurs verres.

— Quoi ?

Ben a perdu sa langue :

— Qu'est-ce que c'est ?

— Un verre de vin ? De l'eau glacée ? demande Georgios, visiblement nerveux. De la part de la direction.

— La direction peut aller se faire foutre ! hurle Ben. J'ai accroché l'écriteau « *Ne pas déranger* ». Vous ne savez pas lire ? Vous ne voyez pas ce que nous faisons ? Vous connaissez le sens du mot « intimité » ?

Georgios reste muet. Faisant un pas en avant, il nous tend le plateau, avec une certaine nervosité.

Ben est sur le point d'exploser.

— Parfait ! Restez donc pour le spectacle !

— Comment ?

— Il ne va jamais nous laisser seuls alors, autant qu'il nous regarde. Nous sommes en train de consommer notre mariage, ajoute-t-il au bénéfice de Georgios. Ça devrait être amusant.

Il dégrafe mon soutien-gorge. Je cache mes seins derrière mes mains.

— Ben !

— Ne fais pas attention au majordome. Imagine que c'est un pilier.

Il se fiche de moi ? Il ne s'attend quand même

pas à ce que je fasse l'amour devant le majordome ? D'ailleurs, ça ne serait pas illégal, par hasard ?

Lorsque Ben m'embrasse entre les seins, je guette la réaction de Georgios. Une main masque ses yeux mais de l'autre, il continue à tenir son plateau.

— Du champagne ? propose-t-il désemparé. Vous aimeriez une coupe de champagne ?

Là, ça dépasse les bornes. Je me mets à hurler :

— Allez-vous-en ! Laissez-nous tranquilles !

— Je ne peux pas, répond-il, désespéré. Madame, je vous en prie. Arrêtez-vous le temps de boire quelque chose.

J'écarte la tête de Ben de ma poitrine pour interroger Georgios.

— En quoi ça vous concerne ? Vous essayez de nous empêcher de… vous me comprenez… depuis le début.

— Madame !

Une autre voix me hèle et j'ai l'impression que le ciel me tombe sur la tête.

— Je vous en prie ! Un message urgent !

C'est insupportable. Hermès se tient aussi à un mètre de nous, et me tend un papier. Je prends le papier marqué « *Message urgent* ». Hors de moi, je lui demande :

— C'est quoi, ce message ? Je ne vous crois pas !

Ben, lui aussi au bord de l'apoplexie, m'appelle :

— Lottie, viens ici ! Ne t'occupe pas d'eux. On continue.

Il m'arrache mon soutien-gorge.

— Arrête ! je hurle.

— Madame, crie Georgios d'une voix impétueuse. Je vole à votre secours !

478

Il pose son plateau et immobilise Ben d'une clé de judo. Pendant ce temps-là, Hermès nous jette un verre d'eau glacée à la figure.

— Nous ne sommes pas des chiens ! beugle Ben. Lâchez-moi !

Livide, je tente de leur faire entendre raison.

— Quand j'ai crié « Arrête ! », je voulais dire : « Arrête d'enlever mon soutien-gorge devant les serveurs ! »

Tous deux sommes pantelants, mais pas pour la bonne cause. Nous sommes mouillés, mais pas pour la bonne raison. Notre majordome personnel relâche Ben qui se masse le cou.

Je n'en ai pas terminé avec Georgios.

— Pourquoi cherchez-vous à nous arrêter ? Qu'est-ce qui se passe ?

— Tu as raison, intervient Ben soudain intéressé. Tous ces ennuis ne peuvent pas être une suite de coïncidences. Qui est derrière tout ça ?

— Quelqu'un vous a ordonné de nous persécuter ? je demande.

Immédiatement, je songe à Melissa. Elle crève d'envie d'avoir notre suite. Elle serait bien du genre à nous jouer de sales tours.

— Vous avez fait exprès de gâcher notre nuit de noces, n'est-ce pas ?

— Madame. Monsieur.

Georgios jette un coup d'œil hésitant à Hermès. On dirait deux écoliers pris en faute.

— Répondez-nous ! commande Ben.

— Répondez-nous, j'ordonne.

— Monsieur Parr.

La voix par trop familière de Nico interrompt notre

interrogatoire. Il est entré si discrètement que je n'ai pas remarqué son arrivée. Mais il est bien là ! Et il ne bouge pas un cil à la vue de mes seins nus.

— Un message de monsieur Zhernakov, dit-il en s'adressant à Ben.

— Zhernakov ? s'exclame Ben en s'approchant. Qu'est-ce qu'il dit ?

Il déchire l'enveloppe, et nous attendons sans oser respirer, comme s'il détenait la réponse à toutes nos questions.

— Bon, il faut que je parte ! annonce Ben. Où sont mes chemises ? demande-t-il à Hermès. Vous les avez mises où ?

— Je vais les trouver. Quelle couleur désirez-vous ?

Hermès semble soulagé d'avoir à s'occuper.

Je dévisage Ben.

— Tu t'en vas ? Mais je rêve !

— Zhernakov veut me voir au plus vite sur son yacht.

— Mais nous commencions tout juste à… Tu ne peux pas me laisser tomber !

Ben n'en tient pas compte et entre dans le dressing. Ivre de rage, je le regarde s'éloigner. Ce n'est pas possible ! Alors que nous faisions l'amour. Ou du moins nous n'allions pas tarder. Il n'est pas mieux que ces larbins qui ne cessent de jouer les trouble-fête.

À propos, où est passé Nico ?

Je l'aperçois dans l'entrée de la suite. Tenant ma chemise contre ma poitrine, je me dépêche de le rejoindre. J'ai l'intention de lui dire ma façon de penser mais, surprise, il est au téléphone.

— Ils ont arrêté, murmure-t-il. Je vous assure. Ils sont séparés.

Je me raidis. Est-ce qu'il parle de Ben et de moi ?
À qui s'adresse-t-il ? *À qui diable s'adresse-t-il ?* Je
me creuse les méninges. En tout cas il discute avec la
personne qui a tout organisé. La personne qui cherche
à saborder notre lune de miel. Je sais qu'il s'agit de
Melissa !

En classe, j'ai étudié les arts martiaux et parfois ça
peut être utile. En silence, je me glisse derrière lui,
prête à passer à l'action.

— Je suis sur place et je vous assure qu'il n'y a
ni fornication ni accouplement d'aucune sorte – oh !

Nico sursaute quand, d'une main habile, je le déleste
de son téléphone. Sans un mot, je le porte à mon
oreille. J'écoute sans broncher :

— Nico, je suis en train d'arriver. Vous faites de
l'excellent travail. Ne les laissez pas ensemble, coûte
que coûte.

La voix est sèche, autoritaire, parfaitement familière ! Pendant un instant, j'hallucine. Je reste bouche
bée. J'ai le tournis. Invraisemblable ! C'est invraisemblable !

Nico cherche à récupérer son portable, mais je lui
échappe d'une pirouette.

— Fliss ?

La fureur m'emporte. J'écume.

— *Fliss ?*

25

Fliss

Merde !

Bordel de merde !

J'étouffe et je grelotte à la fois. Je n'ai rien vu venir. Je pensais qu'à ce stade ultime, Lottie ne serait jamais au courant. Nous avons débarqué sur l'île. Oui, nous y sommes… si près du but.

Nous surveillons nos bagages empilés devant l'aéroport d'Ikonos. Lorcan discute le prix de la course pour l'hôtel avec un chauffeur de taxi. Je lui fais signe de surveiller Noah.

— Salut, Lottie ! je réussis à articuler, mais ma voix ne fonctionne plus.

J'avale ma salive plusieurs fois en essayant de retrouver mon calme. Que lui dire ? Et surtout, comment lui dire ?

— C'était toi ! accuse Lottie d'une voix cinglante. Toi qui as essayé de nous empêcher de faire l'amour, c'est bien ça ? Toi qui étais derrière le ballet incessant des majordomes, la présence des lits jumeaux, le massage à l'huile d'arachide. D'ailleurs, qui d'autre connaît mon allergie à l'huile d'arachide, à part toi ?

J'essuie mon visage en sueur.

— Je... Écoute. Je... Je voulais juste...

— Pourquoi as-tu agi ainsi ? Qui voudrait se comporter ainsi ? C'est mon voyage de noces !

Sa voix n'est plus qu'un cri de fureur, un cri d'angoisse.

— Ma lune de miel ! Tu l'as saccagée !

— Lottie, écoute-moi. Je pensais... C'était pour ton bien. Tu ne te rends pas compte...

— Pour mon bien ? Tu oses dire que c'était pour mon bien ?

Bon. Je vais avoir du mal à lui fournir des explications dans les trente secondes dont je dispose avant qu'elle ne recommence à hurler.

— Je sais que tu ne me pardonneras sans doute jamais. Mais tu voulais concevoir un bébé pendant ta nuit de noces, et j'ai eu peur que ce soit une erreur. Crois-moi, les conséquences d'un divorce sont atroces et je ne supportais pas l'idée que tu puisses vivre cet enfer...

— Ça devait être la nuit la plus chaude de mon existence ! Mieux que le septième ciel !

Bon. Elle n'a pas entendu un mot de ce que j'ai dit.

J'évite un homme qui tire une énorme valise fermée par du raphia en m'excusant et je dis :

— Lottie, je suis navrée, excuse-moi !

— Fliss ! Il faut toujours que tu te mêles de tout. Uniquement parce que tu crois avoir raison. Toute ma vie, tu n'as cessé d'intervenir, de me dicter ma conduite, de me donner des ordres...

Soudain, je suis piquée au vif. Car tout de même, je n'ai tiré aucun profit personnel de tout ça.

— Lottie, écoute-moi ! je dis le plus calmement possible. Désolée d'être la porteuse de mauvaises nouvelles, mais il faut que tu saches que Ben n'a pas l'intention d'être un mari fidèle. Lorcan m'a assuré qu'il te trompait avec une fille du nom de Sarah !

Suit un court silence sidéré. Mais si je m'attendais à ce qu'elle capitule, j'en suis pour mes frais.

Au contraire, elle repart de plus belle.

— Et alors ? Si…

Elle hésite un très court instant.

— … et si on était convenus d'un mariage libre ? Hein ? Tu n'y as pas pensé ?

Ça, c'est une surprise ! J'en reste bouche bée. Elle a raison. Je n'y ai pas pensé. Un mariage libre ? Je n'aurais jamais cru qu'elle y consentirait.

— De toute façon, reprend Lottie lancée dans une nouvelle tirade, Lorcan ne sait rien de rien ! Avec son esprit malade, il veut tout régenter pour s'infiltrer dans la société et détrôner Ben. Oui, il veut lui voler son affaire.

— Lottie…

Tout le contraire de ce que Lorcan m'a raconté. Alors qui croire ?

— Tu es sûre ?

— Ben me l'a affirmé. Ben vend sa société justement parce que Lorcan y est opposé. La parole de Lorcan ne vaut rien.

Elle crache ce nom avec tout le mépris dont elle est capable.

Autre silence. À force d'être parcourue par des sentiments contradictoires, je suis presque paralysée.

Bien que sidérée par ces révélations, je suis dominée par le remords. Des vagues et des vagues de remords déferlent sur moi. Elle a raison, je me suis fourvoyée. Je me suis fait des tas d'idées fausses.

Au fond, peut-être que je connais mal ma sœur !

— Je suis désolée, j'avoue d'une voix triste. Vraiment désolée. Je croyais que tu n'en avais peut-être pas terminé avec Richard. Que tu t'apercevrais que Ben n'était pas l'homme qu'il te fallait. Que tu allais regretter de l'avoir épousé. Si les choses allaient trop loin et que tu mettais en route un bébé, ça pouvait tourner en un épouvantable bordel. Mais j'ai eu tort. C'est évident. Je t'en prie Lottie, je t'en supplie, pardonne-moi.

Elle ne me répond pas. Silence sur toute la ligne.

— Lottie ?

26

Lottie

Je la hais ! Pourquoi a-t-elle raison ? *Pourquoi a-t-elle toujours raison ?*

Les larmes me montent aux yeux. Je voudrais lui raconter ma triste histoire. Lui confier que Ben n'est pas l'homme qu'il me faut, que je n'en ai pas fini avec Richard, que je n'ai jamais été aussi malheureuse.

Mais je suis incapable de lui pardonner. Je ne veux pas qu'elle s'en tire aussi facilement. Elle veut tout régenter, tout contrôler. Ma sœur doit être châtiée.

— Fiche-moi la paix !

Je raccroche. Un instant plus tard, elle rappelle ! J'éteins l'appareil et le rends à Nico.

— Tenez ! Cessez de répondre à ma sœur. Cessez de vous mêler de ma vie privée. Une fois pour toutes, fichez-nous la paix !

— Madame Parr, commence Nico de sa voix la plus suave. Au nom de la direction, j'aimerais vous présenter mes excuses pour les désagréments que vous avez malheureusement subis pendant votre voyage de noces. En compensation, je vous offre un week-end de luxe pour deux personnes dans une de nos suites haut de gamme.

— Ça, c'est trop fort ! Vous n'avez rien d'autre à me dire ? Après tout ce que nous avons enduré ?

Nico continue à débiter ses misérables excuses.

— Le week-end de luxe pour deux personnes inclut tous les repas et une initiation à la plongée sous-marine. De plus, puis-je vous rappeler qu'ayant remporté le quiz des Couples, vous et votre mari êtes invités ce soir à notre cérémonie de gala où vous sera remis le trophée de l'Heureux Couple de la semaine.

J'ai droit à une petite courbette.

— Mes félicitations !

Dire que je m'emporte est en dessous de la vérité.

— L'Heureux Couple de la semaine ? Vous vous fichez de moi. Et puis arrêtez de regarder mes seins !

Je ramasse mon soutien-gorge et l'agrafe tandis que Nico s'éloigne discrètement. Ma tête n'est que tempête et ouragan. Un flot de pensées la traverse dans tous les sens, dont certaines risquent de causer des dégâts. Morceaux choisis : *Mon mariage avec Ben est un leurre. D'ailleurs il n'est même pas consommé. Fliss est une sale GARCE qui se mêle de tout. Richard me manque encore. Il me manque vraiment. J'ai mis le feu à la pension. C'était moi. J'en suis à l'origine.* Une terrible angoisse me saisit. Je ne peux retenir mes sanglots. Mais le plus horrible de tout reste mon attitude pendant l'incendie. Pendant quinze ans, quand les choses allaient mal, je me suis consolée en me rappelant mon attitude héroïque : ce jour-là, j'avais évité un désastre. Aujourd'hui, je sais que j'en ai été responsable.

— Salut !

Ben pénètre dans la chambre, habillé de pied en cap, aussi pimpant qu'après une douche.

— Salut ! je réponds, malheureuse.

Inutile de lui faire part de mes pensées. Il ne me comprendrait pas.

— Pour ta gouverne, nous devons assister ce soir à la remise des prix et recevoir notre trophée. Nous sommes l'Heureux Couple de la semaine.

Apparemment, Ben a fermé ses écoutilles.

— Je vais sur le yacht de Yuri Zhernakov. On m'envoie une vedette, ajoute-t-il, en se rengorgeant.

— Je viens avec toi, je décide soudain. Attends-moi !

Pas question de manquer la visite du super yacht d'un oligarque. Je vais accompagner Ben, trouver le bar et noyer mon chagrin, en me tapant une série de mojitos bien tassés !

— Tu veux vraiment venir ?

— Je suis encore ta femme, que je sache ! Et je veux voir ce yacht.

— Bien, fait-il à contrecœur. Tu peux sans doute monter à bord. Mais pour l'amour du ciel, habille-toi !

— Tu croyais que j'allais sortir en soutien-gorge ?

Nous nous disputons comme un vieux couple alors que nous n'avons toujours pas fait l'amour. Merveilleux, non ?

27

Fliss

Un mariage libre ?

Abasourdie, je m'écroule sur ma valise au milieu du trottoir poussiéreux, sans tenir compte des passagers obligés de slalomer pour m'éviter. La chaleur est accablante.

— Prêts ? demande Lorcan en clignant des yeux sous l'ardent soleil grec. J'ai négocié le prix de la course. On doit y aller.

Je suis trop anéantie pour répondre.

— Fliss ?

— Ils sont convenus d'un mariage libre ! Invraisemblable, non ?

Avec une grimace expressive, Lorcan y va de son commentaire :

— Voilà qui doit plaire à Ben !

Richard, lui, ouvre des yeux ronds.

— Un mariage libre ? Avec Lottie ?

— Absolument.

— Je n'arrive pas à le croire.

— C'est la stricte vérité. Elle me l'a annoncé elle-même.

Richard essaye de rester zen.

— Ça me confirme deux choses. Premièrement : je ne la connais pas. Deuxièmement : je me suis conduit comme un idiot, et il est temps d'arrêter.

Il tend sa main à Noah.

— Au revoir, mon garçon ! J'ai été ravi de voyager avec toi.

— Oncle Richard, ne pars pas !

Noah plaque ses bras autour des jambes de Richard. J'aimerais en faire autant car il va me manquer. À défaut, je le serre contre moi.

— Bonne chance ! Si jamais je viens à San Francisco, je te fais signe.

— Souviens-toi : pas un mot à Lottie. Elle ne doit jamais savoir que je suis venu sur l'île.

Je tente de plaisanter.

— Même pas une évocation du poème « Je t'aime Lottie / Plus qu'un zloty » ?

— La ferme ! crie-t-il en donnant un coup de pied dans ma valise.

— Ne t'inquiète pas ! Ça reste entre nous.

— Bonne chance ! lui souhaite Lorcan. Heureux de vous avoir connu.

Richard se dirige vers la station de taxis et je réprime un soupir. Si seulement Lottie le voyait ! Mais il n'y a rien que je puisse faire. Ma seule priorité, c'est de lui présenter mes plus plates excuses. Mes protège-genoux sont accrochés, prêts à servir !

— Bon, en avant ! décide Lorcan qui consulte son téléphone. Ben ne répond pas à mes messages. Tu sais où ils sont à l'heure actuelle ?

— Pas la moindre idée. Quand je les ai interrompus, ils se préparaient à faire l'amour.

Peu à peu, le nuage de folie qui m'entourait se disperse. Je réalise à quel point je me suis mal conduite. Quel mal y a-t-il à ce qu'ils fassent l'amour ? Et s'ils conçoivent un bébé de lune de miel ? C'est *leur* vie !

Nous montons dans le taxi.

— Lorcan, tu crois qu'elle me pardonnera ?

Je souhaite qu'il me rassure d'une phrase du genre : « Bien sûr, le lien entre deux sœurs est trop fort pour être brisé pour une simple bagatelle. »

Au lieu de ça, il fronce le nez et hausse les épaules.

— Elle a le pardon facile ?

— Non.

— Dans ce cas, j'en doute.

Je suis désespérée. Vous parlez d'une grande sœur dispensatrice de conseils ! Je suis nulle. Lottie ne m'adressera plus jamais la parole. Et c'est ma faute, ma très grande faute.

Je compose son numéro et tombe sur sa boîte vocale.

— Lottie, je répète pour la millième fois, je suis désolée, désolée, désolée. Il faut que je t'explique. Je dois te voir. Je viens à ton hôtel. Je t'appelle quand j'arrive, d'acc ?

Je raccroche et me tords les doigts nerveusement. Nous avons rejoint la route principale mais nous roulons lentement, selon les critères grecs.

— Vous pouvez aller plus vite ? Je dois voir ma sœur, *pronto*. Plus vite, *parakalo* !

J'avais oublié combien l'hôtel *Amba* était loin de l'aéroport. J'ai l'impression qu'il a fallu plusieurs heures (sans doute moins de deux) avant d'arriver à bon port, descendre du taxi, claquer les portières, monter en courant les marches de marbre.

— Confions nos valises au bagagiste, dis-je, essoufflée. On les récupérera plus tard.

— D'accord.

Lorcan fait signe au préposé qui s'approche avec un chariot pour charger nos valises.

— Allons-y !

Il a l'air encore plus impatient que moi. Dans le taxi, il s'est montré de plus en plus irascible et impatient, consultant sans cesse sa montre, appelant Ben toutes les trois minutes. Comme un perroquet, il répète :

— Nous approchons de l'heure limite pour la signature des contrats. J'ai absolument besoin de ces signatures pour scanner les documents et les envoyer.

En pénétrant dans le hall en marbre qui me semble familier, il se tourne vers moi :

— Où peuvent-ils être ?

— Aucune idée ! Comment le saurais-je ? Dans leur suite, peut-être ?

La mer accueillante brille au-delà des grandes baies vitrées au fond du hall. Une invitation qui n'échappe pas à Noah.

— La mer ! La mer ! crie-t-il en me tirant par la main. Viens ! Viens !

Je le retiens.

— Oui, mon chéri, dans une minute.

— J'peux avoir un smoothie ? supplie-t-il aussi en voyant un serveur portant un plateau rempli de smoothies roses.

— Un peu plus tard, on aura des smoothies, on ira

au buffet et ensuite on se baignera dans la mer. Mais d'abord, trouvons tante Lottie. Ouvre bien les yeux !

Lorcan laisse un bref message à Ben : « Je suis arrivé. Où es-tu ? »

Raccrochant, il me demande :

— Où est située leur suite ?

— En haut. Je crois me souvenir…

Je le guide à travers le grand hall, zigzagant entre des hommes bronzés en costume de lin clair quand une voix agresse mes oreilles.

— Fliss ? Felicity ?

Pivotant sur moi-même, je reconnais la silhouette rondouillarde qui s'approche sur ses chaussures vernies. Oh, merde !

— Nico ! je le salue en esquissant un sourire. Bonjour ! Merci pour tout.

— Merci pour tout ? répète-t-il au bord de l'apoplexie. Vous vous rendez compte des dégâts que j'ai causés pour satisfaire vos caprices ? Quelle mascarade ! Quelles manigances !

— Oui. Euh… désolée. Je vous en suis reconnaissante.

— Votre sœur est hors d'elle, verte de rage.

— Je sais, Nico, je suis navrée. Je vous exprimerai ma gratitude en publiant dans le magazine un article très important à votre sujet. Un article qui fera sensation. Qui chantera vos louanges. Sur une double page. Rien que du positif. Je le rédigerai moi-même, c'est promis. Mais il y a encore juste une toute petite chose pour laquelle j'aurais besoin de votre aide…

Il se met à crier à tue-tête :

— *Vous aider ?* Vous n'y pensez pas ! J'ai la cérémonie de la remise des prix à préparer. Un vrai gala.

Je suis déjà en retard. Fliss, je dois y aller. Je vous en prie, ayez l'obligeance de ne plus créer de chaos dans mon hôtel.

Tandis qu'il s'éloigne d'un pas énergique, Lorcan m'assène :

— Tu viens de te faire un nouveau meilleur ami !

— Il se calmera. Je vais l'amadouer grâce à un papier retentissant.

Je regarde tout autour de moi, tentant de me rappeler la géographie des lieux.

— La suite Apollon devrait être au dernier étage. Viens, les ascenseurs sont de ce côté.

Dans la cabine, Lorcan appelle Ben à nouveau.

— Il savait que je venais, marmonne-t-il. Il devrait être prêt à signer. Quel manque de coopération !

— On y sera dans une minute. Arrête de stresser.

Arrivée au dernier étage, je sors en trombe de l'ascenseur, tirant Noah par la main et sans m'arrêter pour lire les écriteaux. Je me dirige droit vers la porte au bout du couloir et tape sur la porte de toutes mes forces.

— Lottie ! C'est moi !

Je remarque une petite sonnette. Pour faire bonne mesure, j'appuie dessus frénétiquement.

— Sors ! Je t'en prie ! Je veux te présenter mes excuses. Je suis désolée ! JE SUIS DÉSOLÉE !

Je tambourine de plus belle et Noah, ravi, m'imite.

— Sors ! crie-t-il. Sors ! Sors !

Soudain la porte s'ouvre, et un inconnu drapé dans une serviette apparaît.

— Oui. Qu'est-ce que vous voulez ?

Déconcertée, je le dévisage. Il ne ressemble pas à la photo que j'ai vue de Ben. Mais alors pas du tout.

— Euh... Ben ?

— Non !

Je m'affole : c'est ça, un mariage libre ? Lottie ferait ça avec deux types ? Pitié !

— Vous êtes avec Ben et Lottie ? je me hasarde à demander.

— Non, je suis avec ma femme.

Pas content, le type me toise du regard.

— Et qui êtes-vous ?

— Vous êtes bien dans la suite Apollon ?

— Non, la suite Diane !

Il me désigne un écriteau discret sur la porte que je n'avais pas du tout remarqué.

— Oh, veuillez m'excuser. Je suis navrée.

En rebroussant chemin, j'ai droit à un commentaire acide de Lorcan.

— Je croyais que tu connaissais l'endroit.

— Mais si. J'étais sûre...

Je m'interromps. Par une étroite fenêtre qui donne sur la mer, j'aperçois une jetée décorée de fleurs. Et au centre de la jetée, un couple que je reconnais très, très facilement...

— Oh ! C'est eux ! Ils renouvellent leurs vœux ! Grouillons-nous !

J'attrape la main de Noah, et nous galopons tous les trois le long du couloir. L'ascenseur, malgré sa lenteur, nous dépose finalement au rez-de-chaussée, d'où nous nous précipitons à l'extérieur. Traversant les pelouses, empruntant des allées, nous approchons de la mer. La jetée est juste devant, ornée de fleurs et de ballons. Au centre, le couple heureux se tient par la main.

— À l'eau ! s'écrie Noah plein d'enthousiasme.

— Pas encore ! Il nous faut…

Je me tais pour mieux observer le couple qui regarde de l'autre côté. Je suis certaine que c'est Lottie. Je crois que c'est elle. Sauf que…

Minute ! Je me frotte les yeux pour mieux voir. J'ai besoin de faire examiner ma vue.

— C'est eux ? s'inquiète Lorcan.

— Je ne sais pas, j'avoue. Si seulement ils se retournaient…

— Ce n'est pas tante Lottie ! s'indigne Noah. C'est une autre dame.

— Non, lui ne ressemble pas à Ben, constate Lorcan en clignant des yeux. Il est trop grand.

À cet instant, la fille se tourne et je me rends compte qu'elle n'a rien de ma sœur.

— Miséricorde !

Je m'écroule sur une chaise longue.

— Ce n'est pas eux. Je n'ai plus la force de courir dans tous les sens. Et si on prenait un verre ? D'ailleurs, Lorcan, j'imagine que la date limite pour les contrats doit être dépassée. Tu t'en occuperas demain matin. Commande quelque chose à boire. D'accord ? Hé, Lorcan ! Qu'est-ce qui ne va pas ?

Il en fait, une tête ! Regardant au-dessus de mon épaule, on dirait qu'il s'est mué en statue de pierre. Aussi je me dévisse le cou pour comprendre ce qui le met dans un état pareil. Mais je ne vois qu'une belle plage de palace, des matelas épais, des vaguelettes qui viennent lécher le sable, des baigneurs dans l'eau et, plus loin, quelques voiliers avec, plus au large, un gros yacht au mouillage. C'est donc ce yacht qu'il observe !

— Le bateau de Zhernakov, constate-t-il. Qu'est-ce qu'il fiche ici ?

— Oh ! je m'exclame en reconstituant le puzzle. Bien sûr ! C'est *là* qu'ils sont. J'avais oublié.

— « Oublié » ?

Son ton tranchant m'énerve.

— Lottie me l'a dit, mais je n'ai pas fait attention. Ben vend sa société. Il a rendez-vous avec Yuri Zhernakov sur son yacht.

Lorcan devient livide.

— *Comment ?* C'est impossible. Nous étions d'accord pour qu'il ne vende pas. Pas encore. Et surtout pas à Zhernakov !

— Il a dû changer d'avis.

— Comment ose-t-il faire la girouette ? s'indigne Lorcan. Alors que j'ai un contrat de refinancement dans mon attaché-case ! Alors que je l'ai poursuivi à travers la moitié de l'Europe ! Nous avons des projets pour la société. Des projets pleins d'avenir. Nous avons passé des semaines à les mettre au point jusqu'à la dernière virgule. Et lui, il a rendez-vous avec Zhernakov ? Tu es sûre ?

— Regarde !

Je cherche le SMS de Lottie dans mon portable et le lui montre. Je me demande s'il va s'évanouir ou casser la gueule du premier venu. Pour le moment, il se contente de pester à voix haute :

— Il rencontre Zhernakov en tête à tête. Sans ses conseillers. Il va se faire rouler dans la farine. Quel imbécile !

Sa réaction m'irrite. Il ne cesse de me dire de me calmer au sujet de Lottie, mais il perd les pédales pour une affaire qui ne lui appartient même pas !

— Bof ! dis-je d'un ton complètement décontracté. Après tout, c'est son affaire. Son argent. Il en fait ce qu'il veut.

— Tu ne comprends pas. C'est un putain de désastre.

— Tu en fais un peu trop, non ?

— Pas du tout !

— Qui perd le sens des réalités, en ce moment ?

— C'est totalement différent...

— Pas du tout ! À mon avis, tu es bien trop impliqué dans cette société, Ben t'en veut, et cette situation empoisonnée ne peut que mal se terminer !

Voilà. J'ai dit ce que j'avais sur le cœur.

— Il ne m'en veut pas ! répète Lorcan qui refuse de m'entendre. Ben a *besoin* de moi au conseil d'administration. Bien sûr, nous avons nos petites brouilles...

— Tu n'as aucune idée de ce qui se passe ! je m'exclame, furieuse, en brandissant mon portable. Lorcan, j'en sais plus que toi sur tes liens avec Ben ! Lottie m'a tout raconté !

— Et quoi donc ?

Il s'est soudain calmé et semble vouloir m'écouter. À mon tour d'être nerveuse. Je dois lui avouer ce que je sais. Il doit connaître la vérité.

— Ben t'en veut. À ses yeux, tu veux tout régenter. Il pense que tu t'es fait une niche confortable. Et que maintenant, tu voudrais prendre de force le contrôle de la société et la lui voler. Une fois, tu lui as confisqué son téléphone en public ?

— Quoi ?

— Ce n'est pas vrai ?

Lorcan plisse le front, réfléchit puis se détend.

— Oh, ça ! C'était après la mort de son père. Ben est arrivé dans le Staffordshire au moment où un des vieux ouvriers lui rendait hommage. Ben a répondu à son téléphone en plein milieu du discours. C'était d'une rare grossièreté. Je lui ai pris son portable et j'ai dû calmer les esprits. Il devrait plutôt m'en être reconnaissant.

— Au contraire ! Il te garde un chien de sa chienne.

Lorcan se tait. Il tremble d'émotion, son regard est perdu au loin.

— Une niche confortable ? s'écrie-t-il enfin en me jetant un coup d'œil accusateur. Tu sais ce que j'ai fait pour lui ? Pour son père ? Pour la société ? J'ai interrompu ma carrière. J'ai refusé les offres de recrutement de grands cabinets londoniens.

— Je n'en doute pas…

— J'ai débuté *Papermaker*, j'ai restructuré les finances, j'ai tout donné…

Refusant d'en entendre plus, je le coupe sèchement.

— Pourquoi ? Pourquoi tout ça ?

— Comment ?

Il me dévisage comme s'il ne comprenait pas ma question.

— Explique-moi pourquoi tu as commencé par te rendre dans le Staffordshire ? Pourquoi tu es devenu si proche du père de Ben ? Pourquoi tu as refusé les offres des cabinets londoniens ? Pourquoi tu t'es donné corps et âme à une affaire qui ne t'appartient pas ?

Lorcan vacille sous mon feu roulant de questions.

— J'ai dû intervenir. J'ai dû prendre le contrôle. Il le fallait…

— C'est faux.

— Mais si ! L'affaire était dans un état lamentable…

— Personne ne t'y obligeait. Rien ne te forçait. Tu as choisi d'agir ainsi. Après ta rupture, tu étais dans un sale état. Tu étais triste, en colère.

C'est dur à sortir mais je continue quand même :

— Tu as fait la même chose que Lottie. Et que moi. Réparer ton cœur brisé. Pour t'en sortir, tu as choisi de sauver l'affaire de Ben pour lui. Mais ce n'était pas la bonne façon de procéder.

Je croise son regard et j'ajoute plus doucement :

— C'était ton Choix Malheureux.

Lorcan a du mal à respirer. Il a fermé les poings comme pour se préparer à un combat. La douleur déforme ses traits, et je regrette d'en être la cause. En même temps, je ne regrette rien.

— Je te verrai plus tard, dit-il soudain.

Et il s'éloigne sans me laisser le temps de lui répondre.

Peut-être qu'il ne m'adressera plus jamais la parole ! Tant pis ! Je suis heureuse de lui avoir dit le fond de ma pensée.

J'ai un regard attendri pour Noah qui a attendu patiemment la fin de notre conversation.

— Alors, je peux me baigner maintenant ?

Son maillot de bain est au fond d'une valise dans le hall. Quelle histoire d'aller le chercher ! Surtout qu'il va faire nuit dans une heure.

— Tu veux te baigner en caleçon ? Encore une fois ?

Il saute de joie.

— En caleçon ! En caleçon ! Waouh !

— Fliss !

Nico traverse la plage dans ma direction, sa chemise

blanche toujours aussi bien empesée, ses chaussures brillantes se détachant sur le sable blanc.

— Où se trouve votre sœur ? Je dois lui parler pour l'organisation de la cérémonie de ce soir. Elle et son mari ont gagné le titre d'Heureux Couple de la semaine.

— Je vous souhaite bonne chance ! Elle est là-bas ! Je lui désigne le yacht.

— Vous pouvez la contacter ? supplie Nico à bout de forces. Vous pouvez lui téléphoner ? Nous devons faire une répétition pour la cérémonie, tout a été chamboulé...

— À l'eau ? supplie Noah qui a enlevé tous ses vêtements et les a jetés sur le sable. Maman, tu viens à l'eau ?

En contemplant son petit visage, je suis bouleversée. Soudain, je sais ce qui est essentiel dans la vie. Pas les cérémonies de gala. Pas les nuits de noces. Pas le sauvetage de ma sœur. Et certainement pas Daniel. L'essentiel se trouve là, devant moi.

Comme mes dessous sont noirs et unis, ils passeront pour un bikini. Je commence à me déshabiller.

— Excusez-moi, Nico. Je suis incapable de m'occuper de quoi que ce soit. Je vais nager avec mon fils.

Après une demi-heure passée à jouer avec Noah dans l'eau turquoise de la mer Égée, je suis en paix avec le monde. Le soleil de fin d'après-midi me brûle les épaules, ma bouche est pleine de sel, j'ai mal aux côtes d'avoir tant ri.

— Je suis un requin ! crie Noah en avançant dans l'eau peu profonde. Maman ! Je suis un requin « éclabousseur » !

Je fais pareil. Nous terminons notre jeu en nous laissant tomber sur le sable doux du fond de l'eau.

Il s'en sortira, me dis-je en prenant son petit corps agile dans mes bras. Nous nous en sortirons. Daniel peut aller vivre à Los Angeles si ça lui chante. Une ville idéale pour lui. Là-bas, on aime les gens artificiels.

Quel bonheur d'avoir Noah avec moi !

— Tu t'amuses bien ?

— Où est tante Lottie ? Tu m'as promis qu'on la verrait.

— Elle est occupée pour le moment, tu la verras plus tard.

Chaque fois que je jette un coup d'œil à l'énorme yacht, je me demande ce qui se passe à bord. Simple curiosité. Alors qu'en Angleterre, les histoires sentimentales de Lottie me tenaient à cœur, ici je m'en fiche complètement.

Ce n'est pas ma vie. Ça ne me concerne pas.

Soudain j'ai l'impression qu'on m'appelle. C'est Lorcan, au bord de l'eau, totalement incongru dans son costume sombre avec son attaché-case à la main.

— J'ai une chose à te dire, crie-t-il à distance.

— Je ne comprends pas, je réplique sans bouger.

Fini de courir dans tous les sens. S'il veut m'annoncer que Lottie a eu des jumeaux de Ben qui est en fait un chef de guerre nazi, ça attendra.

Il m'appelle une fois encore :

— Fliss !

Je lui fais des gestes de la main pour indiquer « je m'occupe de Noah, on parlera plus tard » mais je doute qu'il comprenne mes signaux.

— Fliss ?

— Tu vois bien que je me baigne !

Le visage de Lorcan s'anime. Il laisse tomber son attaché-case sur le sable et s'avance dans l'eau avec ses chaussures et son pantalon. Éclaboussé par les vagues, il nous rejoint, de l'eau jusqu'aux cuisses. L'étonnement me cloue le bec. Noah, d'abord médusé, est pris d'un énorme fou rire.

Je tente de garder mon sérieux.

— Tu connais l'existence des maillots de bain ?

— J'ai quelque chose à te dire.

Il me jette un regard noir comme si j'étais coupable.

— Je t'écoute.

Le long silence qui suit n'est troublé que par le clapotis des vagues, les conversations sur la plage, les cris d'une mouette. Le regard de Lorcan est particulièrement intense. Et il ne cesse de se passer la main dans les cheveux comme pour mettre de l'ordre dans ses pensées. Il prend une longue respiration une fois, puis une seconde fois, sans oser s'exprimer.

Un canot pneumatique plein d'enfants aborde près de nous avant de s'éloigner. Lorcan se tait toujours. Il va falloir que je me lance à sa place.

— Je te livre dans le désordre ce que tu as en tête : tu te rends compte que j'ai raison. Tu trouves ça difficile à admettre. Tu aimerais en parler plus longuement. Tu te demandes pourquoi tu pourchasses Ben alors qu'il trahit tout ce qui t'est cher. Tu envisages la vie différemment et tu penses aux transformations que tu dois y apporter.

Je marque une pause.

— Et tu regrettes de ne pas avoir emporté de maillot de bain !

Encore un long silence. La joue de Lorcan tressaille. J'ai peut-être été trop loin.

— Pas mal du tout, avoue-t-il enfin. Mais tu as oublié plusieurs choses.

Il fait quelques pas dans l'eau.

— Personne ne m'a aussi bien percé à jour. Personne ne m'a jamais remis en question comme tu l'as fait. Tu as raison pour Ben, et pour la photo de mon site. Je l'ai regardée attentivement et qu'est-ce que j'ai vu ? Un inconnu prétentieux et impatient.

Je souris malgré moi.

— Tu as également raison pour *Dupree Sanders* : la boîte ne m'appartient pas. J'aurais bien aimé en être le propriétaire, mais ce n'est pas le cas. Si Ben veut vendre, grand bien lui fasse. Zhernakov fermera les usines dans les six mois, mais tant pis. Rien n'est éternel.

J'ai envie de l'asticoter.

— Tu ne seras pas dégoûté si ça arrive ? Tu y as mis tellement du tien.

— Sans doute. Pendant un moment. Mais le ressentiment finit toujours par se dissiper. C'est en tout cas ce que toi et moi devons croire, n'est-ce pas ?

Quand son regard croise le mien, j'éprouve une certaine compassion. Entreprendre une nouvelle vie amoureuse, c'est l'épreuve la plus difficile.

Reprenant tout à coup du poil de la bête, Lorcan ajoute :

— Tu as tort sur un point : je suis ravi de ne pas avoir apporté de maillot de bain.

Sur ce, il enlève sa veste et la lance en l'air. Elle atterrit dans l'eau. Et Noah plonge pour la récupérer.

Le spectacle n'est pas fini. En voyant Lorcan retirer

une chaussure, puis l'autre et les envoyer valser, mon fils ne se sent plus de joie.

— Elles ont coulé ! Tes chaussures ont coulé !

J'interviens en riant.

— Noah, plonge et rapporte-les sur le sable. Lorcan va nager en caleçon.

— En caleçon ! En caleçon ! hurle Noah.

— En caleçon, reprend Lorcan. C'est la seule façon !

28

Lottie

Qu'ils semblent petits ! Tournée vers le rivage, je contemple les nageurs qui flottent au loin. Bas sur l'horizon, le soleil projette de longues ombres sur la plage. Des enfants crient, des couples s'enlacent, des familles jouent. Comme j'aimerais leur ressembler ! Passer de vraies vacances, vivre une existence sans complications, sans mari excentrique et égoïste, sans décisions désastreuses.

À la seconde où j'ai mis le pied à bord, j'ai détesté le yacht. Les yachts sont atroces. Comme tout est tapissé de cuir blanc, je suis terrifiée à l'idée de faire une tache. Yuri ne m'a accordé qu'un vague coup d'œil comme pour dire : « Non, en aucun cas tu ne peux prétendre à devenir ma cinquième femme. » On m'a immédiatement reléguée avec deux Russes vulgaires aux lèvres et aux seins regonflés. Elles sont tellement bourrées de silicone qu'elles me font penser à des ballons en forme d'animaux. Leur conversation s'est limitée à une question : « Quel compact en série limitée d'un célèbre créateur utilisez-vous pour unifier votre visage ? »

Comme je me fournis chez *The Body Shop*, notre échange a tourné court.

Je bois mon mojito en attendant que mes soucis se dissolvent dans l'alcool. Mais au lieu de s'évanouir, ils tournent dans ma tête en cercles grandissants. Tout est catastrophique. Tout est horrible. J'ai envie de pleurer. Mais pas ici. Pas sur un super yacht. Je dois me montrer pétillante, intelligente et approfondir mon décolleté.

Me penchant au-dessus du bastingage, je me demande à combien de mètres se trouve la mer. Et si je sautais ?

Non. Je pourrais me blesser.

Dieu sait où se trouve Ben. Depuis que nous avons embarqué, il s'est montré insupportable. À se vanter, à faire le beau, à répéter quinze fois de suite à Yuri Zhernakov qu'il a bien l'intention de s'offrir un yacht.

Ma main glisse vers ma poche. Une pensée fait le siège de mon cerveau et attend patiemment son heure. Une pensée toute simple. Cela dure depuis le début de l'après-midi. Et si je téléphonais à Richard ? Et si je téléphonais à Richard ? J'ai refusé d'en tenir compte mais, tout à coup, je me demande pourquoi ce serait une si mauvaise idée. Au contraire, c'est une idée très excitante. Très gaie. Il suffit que je l'appelle. Tout de suite.

Bien sûr, Fliss me conseillerait de m'abstenir, mais ce n'est pas sa vie, n'est-ce pas ?

J'ignore ce que je veux lui dire. En fait, je ne veux rien lui dire. Simplement reprendre contact. Comme quand on tient la main de quelqu'un et qu'on la serre. C'est ça : je veux serrer sa main malgré la distance. S'il retire sa main, au moins je serais fixée.

Les deux femmes russes montant sur le pont, je me dépêche de tourner le coin pour qu'elles ne me voient pas. Je sors mon portable, le contemple un instant, appuie mon doigt sur la touche. En entendant la sonnerie, mon cœur s'accélère, une vague nausée monte en moi.

— « Allô ! Ici Richard Finch. »

C'est son répondeur. Prise de panique, j'appuie sur Arrêt. Je ne vais pas lui laisser de message. Ce n'est pas comme lui serrer la main. C'est une enveloppe glissée dans sa paume. D'ailleurs j'ignore ce que je mettrais dans l'enveloppe. Oui, je ne sais pas.

En ce moment, que fait-il ? Je conçois mal sa vie à San Francisco. Il se lève ? Il est sous la douche ? Je ne sais même pas à quoi ressemble son appartement. Richard a dérivé loin de moi. Des larmes me piquent les yeux et je contemple mon portable tristement. Essayer de le rappeler ? Ça voudrait donc dire que je le pourchasse ?

— Lottie ! Ah, te voilà !

Ben apparaît flanqué de Yuri. J'enfouis mon téléphone dans ma poche. Voir mon mari congestionné par l'alcool me donne mal au cœur. Il semble agité, tel un gosse qui s'est couché trop tard.

— Nous allons sceller notre accord en buvant du champagne, m'annonce-t-il tout excité. Yuri a du Krug vintage. Tu te joins à nous ?

29

Arthur

Ah, les jeunes ! Toujours pressés, toujours soucieux, toujours à la recherche de réponses immédiates ! Ils me fatiguent, ces pauvres êtres stressés.

« Ne revenez pas ! » je leur dis toujours. *Ne revenez pas.*

La jeunesse demeure là où on l'a laissée, et d'ailleurs c'est là qu'elle doit rester. Ce qui valait la peine d'être emporté pour affronter la vie, vous l'avez déjà pris avec vous.

Vingt ans que je le leur répète, mais qui m'a écouté ? Personne ! Encore un qui fait son apparition. Haletant et pantelant en atteignant le sommet de la colline. La bonne trentaine, je dirais, et assez beau, vu à contre-jour. Une vague allure d'homme politique. Ou peut-être d'une star de cinéma.

Je ne me souviens pas de son visage... Ce qui ne veut rien dire. Aujourd'hui, je me rappelle à peine mes propres traits quand je me regarde dans la glace. Ce type inspecte les lieux, et s'assied dans mon fauteuil sous mon olivier favori.

— Arthur, c'est vous ? demande-t-il soudain.

— Dans le mille.

Je l'observe habilement. Plutôt riche. Avec son polo arborant le logo d'une grande marque. Il doit pouvoir m'offrir un double scotch sans se ruiner.

— Un verre vous ferait plaisir ? je lui demande gaiement.

C'est toujours utile de commencer une conversation par un tour au bar.

— Je n'ai pas soif ! Je veux savoir ce qui est arrivé.

J'ai du mal à étouffer un bâillement. Je l'aurais parié : il veut savoir ce qui est arrivé. Encore un banquier perturbé par la crise de la quarantaine qui flashe sur ses années de jeunesse. Les années folles ! « Ne réveillez pas un chat qui dort, ai-je envie de répondre. Demi-tour toute. Retournez donc à votre vie compliquée d'adulte. La solution ne se trouve pas ici. »

Mais il ne me croirait pas. Ils ne me croient jamais.

Je prends ma voix la plus douce :

— Cher ami, vous avez grandi. Voilà ce qui vous est arrivé.

Il se dandine en s'essuyant le front.

— Non, vous ne comprenez pas. Je ne suis pas venu par hasard. Écoutez-moi !

Il s'avance de quelques pas, sa forte carrure est impressionnante dans les feux du soleil. Les traits de son beau visage sont concentrés :

— Je suis ici pour une raison. Je ne voulais pas intervenir, mais je ne peux pas m'en empêcher. J'y suis obligé. Je veux savoir ce qui est arrivé exactement... la nuit de l'incendie.

30

Lottie

Quand je dirige mon séminaire « Profitez de votre job pour vous enrichir » destiné au personnel de *Blay Pharmaceuticals*, un des thèmes de travail est intitulé : « On peut apprendre en toutes circonstances. » Je prends une situation professionnelle banale, nous faisons du brainstorming et dressons la liste des points importants de « Ce que cet exemple vous a appris ».

Après deux heures passées sur le yacht de Yuri Zhernakov, ma liste de points capitaux est la suivante :

1) Je ne me ferai jamais gonfler les lèvres ;

2) En fait, un yacht me plairait bien ;

3) Le champagne Krug est un nectar des dieux ;

4) Yuri est tellement riche que j'en ai les larmes aux yeux ;

5) Ben se comportait comme un toutou. Et que penser de ses blagues tristement flagorneuses ? ;

6) Bien que Ben le croie, les « projets en commun » n'intéressent pas Yuri. Il ne voulait parler que du château ;

7) À mon avis, Yuri se débarrassera de toute la société. Ben n'a pas l'air de s'en rendre compte ;

8) Ben n'a pas une intelligence très vive ;

9) Nous n'aurions jamais dû revenir par la plage.

Quelle grossière erreur ! Nous aurions dû demander à la vedette de nous déposer à un kilomètre de l'hôtel. Car dès que nous avons débarqué sur la plage, Nico nous a sauté dessus.

— Monsieur et madame Parr ! Juste à l'heure pour la cérémonie de gala !

— Quoi ? rugit Ben. De quoi parlez-vous ?

Je lui donne un petit coup de coude.

— Tu sais bien. Pour l'Heureux Couple de la semaine.

Toute fuite est impossible. Nous rejoignons donc une vingtaine de clients qui sirotent des cocktails. Un orchestre joue un air langoureux de *South Pacific*. Les gens cancanent sur la présence du yacht de Yuri Zhernakov dans la baie. Ben répète à cinq groupes de gens que nous avons été invités à bord pour boire du Krug et chaque fois, j'ai envie de disparaître sous terre. D'une minute à l'autre, il nous faudra grimper sur l'estrade pour recevoir le trophée de l'Heureux Couple de la semaine. De la folie pure !

— Tu crois qu'on peut y échapper ? je demande à Ben quand il se tait enfin. Regardons les choses en face, nous n'avons rien de l'Heureux Couple de la semaine !

Ben me regarde d'un air absent.

— Ah bon ! Et pourquoi ?

N'importe quoi !

— Parce que nous discutons déjà de notre divorce !

— Mais nous sommes toujours heureux.

Heureux ? Comment peut-il être heureux ? Tout à coup, j'ai envie de le gifler. Il n'a jamais cru à notre mariage. Jamais. C'était juste pour se changer les idées. Une toquade. Comme lorsque j'ai craqué pour les pulls à motif scandinave et que j'ai acheté une machine à tricoter.

Mais un mariage n'est pas une machine à tricoter ! Je voudrais l'insulter. Tout cela est une farce. Je veux partir.

— Ah, madame Parr !

Encore Nico ! Il fond sur moi comme s'il avait pressenti que je voulais m'en aller.

— Nous sommes presque prêts pour la remise de la coupe.

— Formidable !

Il y a tant d'ironie dans ma voix qu'il sursaute.

— Madame, puis-je vous présenter une nouvelle fois mes excuses pour les désagréments que vous avez subis pendant votre séjour ? Ainsi que je vous l'ai dit, je suis heureux de vous offrir, en compensation, un week-end de luxe pour deux dans une suite de prestige, repas inclus ainsi qu'une initiation à la plongée sous-marine.

— C'est complètement ridicule ! Vous avez saccagé notre lune de miel. Vous avez détruit notre couple.

Nico baisse la tête.

— Madame, je suis désolé. Je dois vous avouer que ça ne venait pas de moi, ce n'était pas de mon propre chef. Sachez que cette immense erreur, je la regretterai toujours, mais l'idée venait de...

Je le coupe :

— Je sais. De ma sœur.

Nico acquiesce. Il a l'air si misérable que j'ai pitié

517

de lui. Je connais Fliss. Quand elle mène campagne, personne ne lui résiste.

— Nico, ne vous en faites pas. Je ne vous en veux pas, car je sais ce dont ma sœur est capable. Je sais aussi qu'elle a tout manigancé de Londres et qu'elle n'a pas sa pareille pour manipuler les gens comme des marionnettes.

— Mme Graveney était extrêmement déterminée.

— Je vous pardonne, Nico, mais je ne pardonne pas à ma sœur.

Il me prend la main et la baise.

— Ah, madame, je ne suis pas digne de votre mansuétude. Acceptez, je vous prie, mes innombrables vœux de bonheur.

Tandis qu'il s'éloigne, je me demande ce que Fliss fabrique. Dans son message, elle disait qu'elle était en route. Elle débarquera peut-être demain. Et je refuserai peut-être de la voir.

J'avale quelques gorgées de mon cocktail, discute avec une femme en bleu des traitements du spa qui valent vraiment le coup, tout en cherchant à éviter Melissa. Cette fouineuse veut absolument savoir quel genre de boulot nous faisons, Ben et moi, et s'il n'est pas dangereux de trimballer une arme dans son sac à main. Soudain, l'orchestre s'arrête, et Nico se hisse sur l'estrade. Il tapote le micro plusieurs fois en contemplant son public.

— Je vous souhaite la bienvenue ! Nous sommes ravis de vous accueillir à notre cocktail. Tout comme Aphrodite était la déesse de l'Amour, l'*Amba* est la résidence de l'amour. Ce soir, nous fêtons un couple très spécial. Venus ici pour leur lune de miel, ils ont remporté le trophée de l'Heureux Couple de la semaine. Je vous présente Ben et Lottie Parr !

On nous applaudit et Ben m'encourage :

— Vas-y ! Grimpe !

— Trop aimable !

Je me propulse jusqu'à l'estrade sur laquelle je grimpe, éblouie par les projecteurs.

— Mes félicitations, chère madame ! s'exclame Nico en me remettant un grand trophée argenté en forme de cœur. Permettez-moi maintenant de vous offrir vos couronnes...

Des couronnes ?

Sans me laisser le temps de protester, Nico pose une couronne en plastique argenté sur nos têtes. Puis il me ceint d'une écharpe en satin et se recule, en annonçant :

— Le couple gagnant !

Le public applaudit à nouveau. Tournée vers les projecteurs, je fais une sorte de grimace, plus rictus que sourire. Quelle horreur : un trophée, une couronne, une écharpe. Je suis une reine de beauté sans beauté !

— Et maintenant, quelques mots de notre Heureux Couple !

Nico tend le micro à Ben qui me le repasse aussitôt :

— Bonjour, tout le monde !

Ma voix est tellement amplifiée que je sursaute.

— Merci beaucoup pour cette... récompense. Il est évident que nous sommes un couple très heureux. Nous sommes tellement, tellement heureux.

— Tellement heureux ! répète Ben dans le micro.

— Nous rayonnons.

— Et quelle lune de miel idéale !

— Quand Ben a demandé ma main, je ne savais pas que les choses se passeraient ainsi... dans un bonheur pareil. Nous sommes tellement heureux. Tellement !

Soudain, d'un seul coup, une grosse larme dégringole le long de ma joue. Je ne n'y peux rien. Quand je me revois dans ce restaurant, ravie d'épouser Ben, j'ai l'impression de découvrir une autre personne : une folle, une cinglée, pleine d'illusions. Qu'est-ce qui m'a pris ? Épouser Ben, c'était comme ingurgiter quatre verres de vodka. Pendant un moment, l'alcool a masqué ma douleur et j'étais aux anges. Mais ensuite la gueule de bois s'est manifestée. Et, croyez-moi, ce n'est pas joli-joli !

Je fais un grand sourire et me penche vers le micro.

— Nous sommes si heureux, je reprends pour bien enfoncer le clou. Tout s'est déroulé à merveille, tout en douceur, sans un instant de tension entre nous. N'est-ce pas, mon chéri ?

Deux larmes supplémentaires coulent sur mon visage. J'espère qu'elles passeront pour des larmes de joie. Je les essuie.

— Que d'heures paradisiaques nous avons passées ensemble ! Que de moments merveilleux, idylliques. Tout a été parfait. Impossible d'être plus heureux...

Je m'arrête au milieu de ma phrase en apercevant trois personnes qui accèdent à la plage en venant de la mer. Elles sont enroulées dans des serviettes, mais malgré ça...

Est-ce...

Non ! J'hallucine.

Ben regarde dans la même direction. Puis, au comble de la surprise, il s'empare du micro et hurle :

— Lorcan ? Bordel, c'est toi ? Tu es arrivé quand ?

— Tante Lottie ? crie le plus petit des trois en me reconnaissant. Tu as une couronne sur la tête !

Mais c'est la dernière personne du trio dont la présence attire toute mon attention et me laisse bouche bée :

— Fliss ?

31

Fliss

Horreur ! J'ai uniquement la force de la regarder sans dire un mot. Je n'avais pas envisagé que les choses se dérouleraient ainsi. Lottie devait apprendre ma présence sur Ikonos d'une tout autre manière.

— Fliss ?

Elle répète mon prénom en y mettant une dose de colère qui me fait froid dans le dos. Que lui dire ? Par où commencer ?

— Fliss !

Nico m'interpelle sans me laisser le temps de rassembler mes pensées. Il arrache le micro des mains de Ben et commence son discours :

— Et nous avons la chance d'avoir parmi nous la sœur de l'heureux couple. Puis-je vous présenter Felicity Graveney, la directrice du *Pincher Travel Review* ? Elle est venue à l'hôtel pour lui décerner la note maximum de cinq étoiles.

Il sourit aux anges.

— Comme vous le voyez, elle a pris goût aux délices de la mer Égée.

Le public rit poliment. Je dois l'avouer : Nico ne laisse échapper aucune occasion pour promouvoir l'hôtel.

— Et maintenant, j'aimerais que toute la famille monte sur scène ! dit-il en encourageant Lorcan, Noah et moi à le rejoindre. Une photo de famille pour notre album dédié aux lunes de miel. Rapprochez-vous les uns des autres !

— Qu'est-ce que tu fous là ? demande Lottie, les yeux noirs de colère.

— Je suis désolée, je réponds en hésitant. Je suis vraiment navrée. Je pensais… je voulais…

J'ai la bouche sèche. Les mots me manquent, comme si, sentant l'ampleur de ma culpabilité, ils avaient filé ailleurs.

— Bonjour, tante Lottie ! lance Noah avec enthousiasme. Nous sommes venus te voir pendant tes vacances !

— Il a fallu que tu recrutes aussi Noah ! Charmant !

— Souriez, tout le monde ! ordonne le photographe. Regardez par ici.

Je dois me reprendre. Lui présenter mes excuses. D'une façon ou d'une autre. Je commence à toute vitesse, encore éblouie par les flashes du photographe :

— Écoute-moi ! Je suis navrée, vraiment navrée. Lottie, je n'ai pas eu l'intention de bousiller ta lune de miel. Je voulais… Je ne sais pas. Veiller sur toi. Mais je me suis rendu compte que je devais arrêter. Tu es adulte, tu as ta vie et j'ai fait une énorme, énorme erreur. J'aimerais tant que tu me pardonnes. Et vous formez un magnifique couple.

Je me tourne vers Ben.

— Salut, Ben ! Ravie de faire ta connaissance. Je suis Fliss, ta belle-sœur.

Je lui tends ma main timidement.

— Je pense qu'on se verra à des tas de Noëls et autres occasions familiales...

— Par ici ! crie le photographe.

Nous lui obéissons sagement.

— Alors tu as tout manigancé ? demande Lottie. Y compris le cirque à Heathrow ?

Lottie observe mon air penaud.

— Comment as-tu osé ? Et l'huile d'arachide ? J'ai souffert le martyre !

— Je sais, je sais, j'avoue presque en larmes. Je ne sais pas ce qui m'a pris. Je suis désolée. Je voulais te protéger.

— Tu veux toujours me protéger ! Tu n'es pas ma mère !

— Tu as raison, je le sais.

Ma voix tremble.

— J'en ai conscience.

Je croise le regard de Lottie et, tout à coup, un courant muet passe entre nous, un flot de souvenirs comme deux sœurs peuvent en avoir. Notre mère. Notre vie. Pourquoi nous sommes ce que nous sommes. Puis ce quelque chose s'éteint, et ce moment privilégié disparaît. Le visage de Lottie se ferme, elle retrouve son air impitoyable.

— Allez, tout le monde, on fait de grands sourires... Regardez ma main !

— Lotts, tu me pardonneras un jour ?

J'attends sa réponse sans oser respirer.

— Je t'en supplie !

Un long silence s'installe entre nous. Comment les choses vont-elles tourner ? Elle regarde dans le vague. Je sais par expérience qu'il est inutile de la presser.

— Souriez ! De beaux sourires, tout le monde !

Mais je demeure figée, et Lottie également. Je serre les poings, je recroqueville mes doigts de pied.

Enfin, elle tourne son visage vers moi. J'y lis du mépris mais presque plus de haine. Ma serviette ayant glissé, je prends le temps de l'enrouler autour de mes hanches.

— Alors, tu t'es baignée en slip et en soutien-gorge ?

Je pousse un cri de joie intérieur. J'aimerais la prendre dans mes bras. Selon notre code, cela signifie qu'elle m'a pardonné. Je sais que je ne suis pas totalement blanchie – mais au moins, l'espoir demeure.

— Les bikinis sont complètement démodés, je réplique sur le même ton détaché. Tu le savais, non ?

— C'est une jolie petite culotte que tu as.

— Merci.

— Caleçon ! hurle Noah au comble de la joie. Caleçon ! Dis, tante Lottie, est-ce que tu as mis la saucisse dans le feuilleté ?

Elle sursaute, comme si on l'avait piquée. Incrédule, elle me dévisage.

— Comment ? Il veut dire que…

— Tu as mis la saucisse dans le feuilleté ? insiste Noah.

— Noah ! Ce… ne sont pas tes affaires ! D'ailleurs, qu'est-ce qui m'en empêche ? Mais quelle idée de me poser cette question !

Elle est si troublée que je la dévisage, sur le qui-vive. Sa façon de réagir, c'est comme si… presque comme si…

— Lotts ?

— La ferme ! fait-elle, hystérique.

Misère ! Elle s'est trahie !

— Tu n'as pas… ?

Mon esprit fait des heures supplémentaires. Ils n'ont pas encore fait l'amour ? Qu'est-ce qui a bien pu se passer ?

— Ça suffit ! crache-t-elle, presque en pleurs. Ne te mêle plus de mes histoires de couple ! Ne te mêle plus de mon voyage de noces. Fiche-moi la paix !

— Lottie ?

Je l'étudie de plus près. Ses yeux sont humides, ses lèvres tremblent.

— Ça va ?

— Bien sûr que ça va !

Soudain, elle explose.

— Pourquoi ça n'irait pas ? Notre bonheur est indescriptible ! J'ai une chance folle, je nage dans la plus totale des extases…

Elle se tait et se frotte les yeux comme si elle ne croyait pas ce qu'elle voit.

Je suis son regard, et découvre ce qui monopolise son attention. Une silhouette. Un homme. Traversant la plage et venant dans notre direction de la démarche assurée qui est la sienne. Le visage de Lottie est si pâle que je ne serais pas étonnée qu'elle s'évanouisse. Incrédule, j'observe moi aussi ce personnage que je connais bien. Ma cervelle est en ébullition. Il m'avait promis de rester à l'écart. Alors que fiche-t-il ici ?

32

Lottie

Je vais avoir une crise cardiaque. Ou une crise de panique. Ou n'importe quel genre de crise. Le sang me monte à la tête, redescend dans mes pieds, remonte encore, comme s'il ne savait pas où aller. Impossible de respirer, de bouger. Impossible... de faire quoi que ce soit.

Richard est ici !

Non pas à des millions de kilomètres dans sa nouvelle vie, ayant oublié mon existence. Non ! Ici, à Ikonos. Marchant sur la plage vers moi.

Je cligne des yeux, comme pour m'assurer que je n'ai pas la berlue. Ça n'a pas de sens. Il est à San Francisco. Il devrait être à San Francisco.

La démarche assurée, il se fraie un passage dans le public. Plus il approche, plus je tremble. La dernière fois que je l'ai vu, c'était dans ce restaurant, où je n'ai pas accepté qu'il refuse de me demander ma main. C'était il y a un milliard d'années – ou presque. Comment a-t-il su où j'étais ?

Fliss semble aussi ahurie que moi !

Richard est maintenant au pied de l'estrade : il lève la tête et me regarde de ses yeux sombres que j'aime tant. Je vais craquer. Jusqu'à maintenant, j'ai tenu le coup, mais c'était avant son apparition...

— Lottie, déclare-t-il de sa voix profonde et réconfortante, je sais que tu es m-ma – il a du mal à prononcer le mot « mariée ». Je sais que tu es mariée. Je te souhaite plein de bonheur.

Il s'arrête, respire à fond. Autour de lui, les conversations se sont tues. On nous regarde, on attend la suite !

— Félicitations !

Il dévisage Ben avant de détourner les yeux comme s'il était une créature haïssable qu'il ne voulait pas voir.

— Merci, je murmure.

— Je ne vais pas prendre beaucoup de ton temps. Néanmoins il faut que je te fasse une révélation. Lottie, tu n'as pas mis le feu à la pension.

— Comment ?

Je ne comprends rien à ce qu'il raconte.

— Tu n'es pas à l'origine de l'incendie, répète-t-il. C'était une autre fille.

— Mais quoi... Comment ? Comment as-tu...

— Fliss m'a appris que tu te croyais responsable de l'incendie. Je savais que la nouvelle te rongerait. Et, en plus, comme je n'y ai pas cru, je suis parti à la recherche de la vérité.

— Tu t'es rendu à la pension ? C'est vrai ?

— J'ai parlé à ton ami Arthur et l'ai forcé à sortir les rapports de police originaux. Après les avoir étalés sur la table, je les ai lus attentivement. Tout est très clair ! L'incendie n'a pas pris dans ta chambre, mais au-dessus de la cuisine !

Abasourdie, je suis incapable de lui répondre. D'ailleurs personne ne pipe. Seules les vagues soulevées par la brise marine se font entendre.

— Tu es allé... exprès à... la pension ? je demande enfin en bredouillant. Tu as fait tout ça ? Pour moi ?

— Bien sûr ! réplique Richard comme si ça allait de soi.

— Bien que je sois mariée à un autre homme ?

— Bien sûr, répète Richard.

— Mais pourquoi ?

Richard me lance un regard incrédule comme pour dire : « Comme si tu ne le savais pas ! »

— Parce que je t'aime ! laisse-t-il tomber simplement.

Et à l'adresse de Ben, il ajoute :

— Désolé !

33

Fliss

Je me souviendrai de ce moment toute ma vie. Je retiens mon souffle. Le silence est total. Transfigurée, Lottie ne peut détacher ses yeux de Richard. Son écharpe Heureux Couple de la semaine scintille sous les projecteurs, sa couronne a glissé.

— Au fait... au fait...

Elle a du mal à s'exprimer.

— Je t'aime toujours !

Elle arrache sa couronne.

— Je t'aime !

Sous le choc, Richard tressaute.

— Mais ?

Il fait un geste vers Ben.

— C'était une erreur, avoue-t-elle presque en pleurs. Une énorme erreur ! Je n'ai cessé de penser à toi, mais tu étais parti pour San Francisco ; maintenant que tu es ici...

Le visage couvert de larmes, elle se tourne soudain vers moi.

— Fliss, c'est toi qui as amené Richard ici ?

Sans trop me mouiller, je réponds :

— Euh… en quelque sorte.

— Alors je t'aime aussi !

Se jetant à mon cou, elle répète :

— Fliss, je t'aime !

— Oh, Lotts !

À mon tour de sangloter.

— Je t'aime aussi. Je veux que tu sois la plus heureuse des femmes.

— Je sais.

Elle me serre fort avant de tomber littéralement dans les bras de Richard qui l'enlace à l'étouffer.

— Je croyais que tu étais sorti de ma vie à jamais. Je croyais t'avoir perdu pour toujours. C'était insupportable ! *Insupportable !*

— Moi aussi, j'ai vécu l'enfer.

Il jette un coup d'œil méfiant en direction de Ben.

— Il y a un problème : tu es mariée.

— Je sais, admet-elle tristement. Mais je ne veux pas l'être.

Mon alarme personnelle retentit. C'est le moment où je dois intervenir. Je saute de l'estrade et donne une tape à Lottie :

— Lotts ! Dis-moi. C'est important !

Je la saisis par les épaules.

— As-tu – je jette un œil vers Noah –, as-tu mis la saucisse dans le petit pain ? Tu as fait l'amour ? Dis-moi la vérité ! C'est super important !

Lottie

À quoi bon continuer à mentir ? Je décide de tout déballer.

— Non ! On n'a rien fait ! On ne vous a raconté que des bobards ! Notre mariage n'est pas heureux ; en réalité, nous ne sommes pas un couple !

Je me tourne vers Melissa qui, comme les autres, ne perd pas un mot de ce que je dis.

— Tenez, prenez ma couronne. Et mon écharpe !

Je l'arrache de ma tête et saisis le trophée que tient Ben.

— Prenez tout ! Nous n'avons pas cessé de vous mentir !

Je les lui fourre dans les mains. Elle me dévisage, les yeux plissés par le doute.

— Mais alors, votre premier rendez-vous à la morgue ?

— Une fabulation !

— L'amour sur le bureau du procureur ?

— Une pure invention.

— Je le savais ! s'écrie Melissa en se tournant triomphalement vers son mari. Je te l'avais bien dit !

Elle pose la couronne argentée sur sa tête et brandit le trophée.

— Nous le méritons ! Nous sommes l'Heureux Couple de la semaine, merci beaucoup, tout le monde...

— Bon Dieu, Melissa arrête ! l'interrompt Matt. Ce n'est pas vrai !

Pendant ce temps, Richard ne me quitte pas des yeux.

— Alors, tu n'as pas...

— Pas une seule fois !

— Ouais ! hurle Richard au comble du bonheur. Ouais ! J'ai gagné !

Jamais je ne l'ai vu aussi combatif. C'est fou ce que je l'aime ! Je me love dans ses bras.

— Tu as traversé la moitié du globe pour moi !

— Bien sûr.

— Tu as pris l'avion pour venir en Grèce ?

— Bien sûr.

Comment ai-je pu croire que Richard n'était pas romantique ? Pourquoi avons-nous rompu ? L'oreille contre sa poitrine, j'entends les battements familiers, apaisants de son cœur. C'est là que je veux poser ma tête jusqu'à la fin de mes jours. J'ai beau être réfugiée au pays du bonheur, j'entends vaguement des bribes des conversations qui m'entourent.

— Tu peux obtenir une annulation, dit Fliss. Tu comprends, Lottie ? C'est formidable. Tu auras une annulation !

— C'est mettre la saucisse dans le feuilleté, intervient Lorcan. Pas la brioche ! Pas le petit pain ! *Le feuilleté !*

Fliss

Je l'avoue ! Lottie avait raison pour les couchers de soleil. Je n'ai jamais rien vu d'aussi grandiose. Le soleil descend lentement en rougeoyant. Il ne plonge pas dans la mer mais lance des rayons roses et orange avec une telle intensité dramatique que ça me rappelle un des superhéros de Noah ! Ce n'est pas un coucher de soleil. L'expression me semble bien trop réductrice. Mais un *embrasement* ! Une illumination.

En voyant le visage de mon fils, tout rose dans la lumière du crépuscule, je me dis une fois encore qu'il aura une belle vie. Désormais, je ne suis ni angoissée, ni stressée, ni hargneuse. Il s'en tirera. Il se débrouillera. Je me débrouillerai. Tout roule.

Nous avons vécu des moments étranges. À la fois mouvementés et inconfortables, gênants et heureux, difficiles et merveilleux. Nico nous conduit tous les cinq à une table du restaurant de la plage où nous dévorons des mezze qui mettent nos papilles en joie et un agneau de sept heures qui nous fait approcher de l'extase.

Ici, la nourriture est vraiment délicieuse. Je dois insister sur ce point dans mon article.

Les questions fusent. Les histoires ne manquent pas. Les baisers non plus.

Lottie et moi... ça va, je pense.

Certes, il existe encore des écorchures et quelques meurtrissures, mais nous commençons à comprendre ce que nous représentons l'une pour l'autre. Plus tard, nous étudierons ce lien de plus près (ou bien, plongée chacune dans notre train-train, ça ne nous intéressera plus – ce qui, à mon avis, est plus que probable).

Lorcan brille par sa discrétion. Il change de sujet quand la conversation aborde un point délicat, commande des vins somptueux, s'amuse à me faire du genou, ce que j'apprécie. Je l'aime bien. Ce n'est pas seulement qu'il me plaît, je l'aime – un peu... beaucoup... à la folie ???

Quant à Ben, il a disparu. Ce qui n'étonne personne. Une fois qu'il a été établi publiquement que sa nouvelle épouse lui préférait un autre homme, il a déguerpi. Il a eu bien raison. Il doit se consoler dans un bar des environs.

Richard et Lottie sont allés se promener sur la plage, Noah fait des ricochets au bord de l'eau et il ne reste donc que Lorcan et moi, assis sur un muret, nos pieds nus enfouis dans le sable. L'odeur de cuisine du restaurant se mélange à l'air salé de la mer et à l'after-shave de Lorcan qui me rappelle bien des souvenirs.

Ce n'est pas seulement que je l'aime bien, il m'excite. Énormément.

— Minute ! J'ai quelque chose pour toi, m'annonce-t-il soudain.

— Tu m'as apporté un cadeau ?

— Rien d'extraordinaire. Je l'ai mis de côté... Attends !

Intriguée, je le suis des yeux tandis qu'il se dirige vers le restaurant. Il revient quelques instants plus tard avec une plante dans un pot. Un petit olivier pour être précise.

— C'est pour ton jardin !

— Tu l'as acheté en pensant à moi ?

Je suis si touchée que je me mets à pleurer. Ça fait longtemps qu'on ne m'a rien offert. Une éternité.

— Tu as besoin d'une plante. Tu as besoin... d'un nouveau départ !

Quelle jolie formule ! J'ai besoin d'« un nouveau départ ». Je relève la tête : il émane une telle chaleur de son regard que j'en ai l'estomac noué.

— Je n'ai rien à t'offrir.

— Tu m'as déjà beaucoup donné : de la lucidité. Moi, je souhaite te donner la paix.

Il effleure les feuilles de l'olivier.

— Ce qui est fait est fait.

Ce qui est fait est fait. Ces mots résonnent dans ma tête, tournent en rond dans mon esprit. Soudain, je me lève. Il y a une chose que je dois faire immédiatement. J'enlève la clé USB de ma chaîne et la contemple. Ma douleur, la rage que je ressens envers Daniel sont contenues dans cette petite pièce métallique. Elle est empoisonnée. Elle m'a contaminée. Je dois m'en séparer.

Je m'approche de Noah et pose ma main sur son épaule.

— Mon petit chéri ! Tiens, voici quelque chose pour faire des ricochets.

Je lui tends ma clé.

— Mais, maman, c'est un truc d'ordinateur ! proteste-t-il.

— Je sais. Mais je n'en ai plus besoin. Jette-la à la mer. De toutes tes forces !

Je l'observe tandis qu'il vise, puis la lance. Après trois ricochets, elle s'abîme au fond de la mer Égée. Disparue, disparue, disparue à jamais.

Je reviens lentement vers Lorcan, heureuse de sentir le sable chaud sous mes pieds.

— Alors ?

Il allonge le bras et prend ma main dans la sienne.

— Alors…

Je suis sur le point de lui suggérer une promenade à pied au bord de l'eau quand la voix de Ben retentit derrière nous :

— Lorcan ! Ah, te voilà ! Bordel, c'est pas trop tôt !

Je n'ai pas à me retourner pour savoir qu'il est ivre. La situation n'est pas facile pour lui.

— Salut, Ben ! fait Lorcan en se levant. Comment ça va ?

— J'ai vu Zhernakov aujourd'hui, sur son yacht.

Ben nous dévisage tous les deux comme s'il s'attendait à une réaction.

— Je l'ai vu sur son yacht, répète-t-il. On a bu du Krug, parlé de tout et de rien, tu vois…

— Parfait, acquiesce Lorcan poliment. Alors tu vends, finalement.

— Peut-être. Oui. Et qu'est-ce qui m'en empêcherait ?

— Tu aurais pu me prévenir avant que je passe des semaines à élaborer des plans de refinancement et de restructuration ! Ils sont complètement obsolètes, non ?

— Non. Je veux dire… oui.

Ben a l'air assez déboussolé.

— Enfin voilà...

Tout à coup, il semble moins triomphant.

— J'ai passé un accord avec Yuri. Un accord de principe. Mais maintenant... Il vient de m'envoyer un mail que je ne comprends pas...

Il tend son BlackBerry à Lorcan qui refuse de le prendre. Impassible, il se contente de regarder Ben.

— Tu as vraiment envie de vendre l'affaire que ton père a mis des années et des années à développer. Tu la laisses partir.

— Ce n'est pas exact. Yuri m'assure que rien ne changera pour la société.

— « Rien ne changera » ? répète Lorcan en éclatant de rire. Et tu le crois ?

— Il a l'intention de lancer de nouveaux projets. Il trouve que c'est une sacrée petite affaire.

— Tu crois que Yuri Zhernakov désire créer une nouvelle gamme de papier pour le consommateur moyen ? Une gamme élégante proposée à un prix raisonnable ? Si tu le crois, tu es encore plus naïf que je ne le pensais. Ben, tout ce qu'il désire, c'est le château. Rien d'autre. J'espère que tu as obtenu une somme rondelette.

— En fait, je ne suis pas sûr exactement... Je ne suis pas sûr que nous...

Ben s'essuie le visage. Il semble comme acculé, tel un boxeur au coin d'un ring.

— Regarde ce SMS, dit-il en lui tendant son mobile.

Mais Lorcan lève les mains.

— Je ne regarde rien du tout. Ma journée de travail est terminée.

— Mais j'ignore ce dont nous sommes convenus !

Il a perdu toute sa superbe.

— Lorcan, je t'en prie, regarde-le. Règle ça !

Pendant le long silence qui suit, je me demande si Lorcan va capituler. Finalement, il hoche la tête.

— Ben, j'ai réglé suffisamment de problèmes pour toi.

Je le sens las et un peu triste.

— Je dois arrêter.

— Comment ?

— Je démissionne.

— Comment ?

Ben a l'air complètement stupéfait.

— Mais... tu ne peux pas faire ça !

— Considère que j'ai démissionné. J'ai travaillé avec toi depuis trop longtemps. Ton père est parti et... pour moi, c'est également le moment de partir.

— Mais... mais tu ne peux pas faire ça ! Tu fais partie de la société !

Ben commence à paniquer.

— Tu es plus partie prenante que moi ! Tu l'adores !

— Oui. Et c'est le problème.

Lorcan paraît tellement désabusé que je lui serre la main.

— Je continuerai à travailler jusqu'à la fin de mon préavis. Ensuite, je m'en irai. Ce sera pour le mieux.

— Et moi, qu'est-ce que je vais faire ?

Lorcan s'avance d'un pas vers Ben.

— Tu vas prendre la situation en main. Ben, tu as le choix. Tu peux vendre l'affaire à Yuri si tu le désires, empocher l'argent et t'éclater. Mais tu sais ce que tu peux faire aussi ? Prendre les commandes. C'est ta société. Ton héritage. Lance-toi !

Ben a l'air terrassé.

— Tu peux réussir. J'avoue c'est un grand défi. Tu auras besoin d'y mettre tout ton cœur.

— J'ai passé un accord de principe avec Yuri, répète Ben en regardant à gauche et à droite. Oh ! Bordel ! Je ne sais plus. Que dois-je faire ?

— Yuri Zhernakov n'est pas un homme de principes, commente Lorcan, railleur. Tu n'as pas à te faire de souci de ce côté-là.

Il soupire, ébouriffe ses cheveux, avec la même expression indéchiffrable sur son visage.

— Ben, écoute-moi. J'ai apporté les contrats de restructuration et nous pourrons les regarder ensemble demain. Je t'expliquerai toutes les options qui s'ouvrent à toi. Mais je ne te dis pas ce tu as à faire. Vendre ou ne pas vendre. À toi de choisir. *À toi !*

Comme un poisson hors de l'eau, Ben ouvre et ferme sa bouche, incapable de proférer un mot. Enfin, il pivote sur ses talons et s'éloigne, rangeant son Black-Berry en chemin.

— Tu as été parfait !

Je félicite Lorcan, serre à nouveau sa main et nous nous rasseyons sur le petit mur.

— C'était courageux de ta part, courageux.

Sans répondre, il penche sa tête sur le côté.

— Tu crois qu'il va essayer ? je demande.

— Possible. Mais c'est maintenant ou jamais !

— Qu'est-ce que tu feras quand tu t'en iras ?

— Je l'ignore. J'ai la possibilité d'accepter cette proposition à Londres.

— Londres ? dis-je tout heureuse.

— Ou Paris, ajoute-t-il pour me taquiner. Je parle français couramment.

— Paris, c'est nul ! Tout le monde sait ça.

— Le Québec alors.

— Très drôle.

Et je le lui donne un coup dans les côtes.

Soudain, Lorcan n'a plus envie de rire. Il devient pensif :

— Je suis avocat. C'est ma formation de base. C'était ma profession. Puis j'ai changé de cap pendant un certain temps. J'ai peut-être fait le mauvais choix. Mais l'heure est venue de redresser la barre.

Il croise mon regard, et j'acquiesce :

— Fais monter la pression.

— En avant toute !

— Tu vois la vie comme une longue croisière ? je demande en me moquant un peu. Mais c'est une longue route.

— C'est une croisière.

— Absolument pas. C'est vraiment une longue route.

Nous restons assis un moment à contempler le coucher du soleil dont les couleurs passent de l'orange et du rose au mauve et à l'indigo avec des rais de pourpre incandescent. Quelle beauté !

Un peu plus tard, Lottie et Richard reviennent vers nous d'un pas nonchalant et s'assoient sur le muret à nos côtés. Une fois encore, je trouve qu'ils forment un beau couple. Bien assorti.

Sur le ton de la conversation, Lorcan s'adresse à Lottie :

— Je suis au chômage, et c'est la faute de votre sœur !

— Ma faute ? dis-je en me rebiffant. Comment ça ?

— Si tu ne m'avais pas obligé à regarder ma vie autrement, je n'aurais jamais démissionné.

Ses yeux pétillent de malice.

— Tu es drôlement responsable.

— Je t'ai rendu un grand service.

— C'est quand même ta faute.

Je regarde autour de moi.

— Eh bien… non. Je ne suis pas d'accord. À dire vrai, c'est la faute de Lottie. Si elle ne s'était pas enfuie pour se marier, je n'aurais jamais fait ta connaissance et nous n'aurions jamais abordé le sujet.

— D'accord, admet Lorcan. Tu n'as pas tort. Lottie, vous avez donc tous les torts.

— Je n'y suis pour rien. C'est la faute de Ben ! L'idée de ce stupide mariage vient de lui. S'il n'avait pas demandé ma main, je ne serais jamais venue ici et vous n'auriez jamais connu Fliss.

— Alors Ben est le méchant de la pièce ? demande Lorcan en levant un sourcil.

— Absolument !

Lottie et moi avons crié à l'unisson.

— C'est sûr ! renchérit Richard.

Le ciel a viré au violet foncé, marbré de bleu marine. Le soleil n'est plus qu'un croissant orange posé sur l'horizon. Je l'imagine glisser vers une autre partie du monde, une autre portion de ciel ; brillant sur d'autres couples avec leurs tracas et leurs joies.

— Hé, attendez ! je m'exclame en me redressant. Le méchant de la pièce n'est pas Ben mais Richard ! S'il avait demandé la main de Lottie en date et en heure, rien de tout ça ne serait arrivé.

— Ah ! fait Richard en se frottant le nez.

Un étrange silence s'installe : Richard va-t-il en profiter pour mettre un genou sur le sable et s'exécuter ? Un ange passe. Nous gardons le silence. L'ambiance a changé, une certaine gêne s'instaure. J'aurais dû la boucler...

— Bon, je peux y remédier, déclare Lottie avec des flammes dans les yeux. Une seconde, je vais chercher mon sac.

Étonnés, nous la voyons foncer au restaurant, aller droit à notre table et fouiller fébrilement dans son sac.

Qu'est-ce qu'elle peut bien chercher ?

Et soudain, ça me revient ! Mais bien sûr ! J'ai les nerfs en pelote, l'anxiété à fleur de peau. Quelle idée fantastique, géniale...

Richard ! Je t'en prie, ne fiche pas tout en l'air !

Lottie revient vers nous, la tête haute. Mais son menton tremble légèrement. J'imagine exactement ce qu'elle va faire et je suis ravie d'assister à la scène.

L'attente me coupe le souffle. Lottie avance lentement mais sûrement vers Richard. Elle s'agenouille devant lui et lui tend une bague.

Je suis soulagée de voir que c'est une jolie bague. Plutôt virile.

— Richard.

Et elle éclate, comme à bout de nerfs.

— Richard...

36

Lottie

Les larmes envahissent mes yeux. Je n'arrive pas à croire que je me suis lancée. Il y a longtemps que j'aurais dû le faire.

— Richard, je dis pour la troisième fois. Bien que je sois déjà mariée… veux-tu m'épouser ?

Silence. Un silence à couper au couteau. Les dernières lueurs du soleil disparaissent dans la mer. Au-dessus de nous, de petites étoiles commencent à briller dans le ciel bleu nuit.

— Bien sûr ! Bien sûr ! Bien sûr !

Richard m'étreint de toutes ses forces.

— Tu m'épouseras ?

— Bien sûr ! C'est ce que je veux. Me marier avec toi. Avec personne d'autre. Comme je regrette de m'être conduit comme un imbécile !

Il se donne un coup sur la tête.

— J'étais un imbécile. J'étais…

Je l'interromps de ma voix la plus douce :

— N'en parle plus ! Alors, c'est « oui » ?

— Évidemment que c'est oui ! Plutôt deux fois qu'une. Je ne te laisserai pas m'échapper à nouveau.

Il serre si fort ma main qu'il risque de me casser un os.

— Félicitations !

Fliss se jette dans mes bras, Lorcan secoue énergiquement la main de Richard.

— Vous voici fiancés officiellement ! constate Fliss. Il vous faut du champagne.

— Et une annulation ! ajoute Lorcan toujours pince-sans-rire.

Je suis fiancée ! À Richard ! L'euphorie me monte à la tête, accompagnée d'une secousse. C'est moi qui l'ai demandé en mariage ? Pourquoi ne pas l'avoir fait plus tôt ? C'était si facile !

— Bien joué ! me félicite Lorcan en m'embrassant. Tous mes vœux de bonheur !

Fliss rayonne.

— Je suis si heureuse. Vraiment comblée. C'est exactement ce que j'espérais pour toi.

Elle secoue la tête comme si elle avait encore du mal à y croire.

— Après toutes ces péripéties !

Elle me prend la main dans un geste de grande tendresse.

— Oui, après tout ça ! je dis en serrant sa main très fort.

Fliss hèle un serveur.

— Du champagne s'il vous plaît ! Nous avons des fiançailles à fêter !

Et chacun de se taire pour reprendre son souffle. Et chacun d'avoir les yeux fixés sur la bague que je tiens dans ma paume. Richard ne l'a toujours pas touchée.

Dois-je la lui passer au doigt ? Ou me contenter de la lui donner ? À moins que... Au fait, quelle est la règle pour une bague d'homme ?

Richard intervient enfin :

— Ma chérie, à propos de la bague...

Il essaie d'afficher une mine ravie alors qu'il pense le contraire.

— Une jolie bague, remarque Lorcan.

— Ravissante, approuve Fliss.

— Tout à fait, admet Richard très vite. Une bague très... brillante. Très chic. Mais voilà...

— Tu n'es pas obligé de la porter, je fais précipitamment. Elle n'est pas faite pour être portée. Tu peux la garder sur ta table de nuit... ou la fourrer dans un tiroir... ou la laisser au coffre...

Le soulagement de Richard est tellement visible que j'en éclate de rire. Quand il me prend à nouveau dans ses bras, je glisse la bague dans ma poche. Voilà. On n'en parlera plus.

Je savais bien que c'était une erreur.

Remerciements

À tous ceux qui m'ont aidée : un grand merci.

Composé par Nord Compo

Imprimé en France par CPI
en juin 2016
N° d'impression : 3017576

POCKET - 12, avenue d'Italie - 75627 Paris Cedex 13

Dépôt légal : juin 2015
Suite du premier tirage : juin 2016
S25565/03